TU SERAS UN AUTRE

SCIENCE-FICTION

Collection dirigée par Jacques Goimard

CORDWAINER SMITH

LES SEIGNEURS DE L'INSTRUMENTALITÉ

Tome I

TU SERAS UN AUTRE

traduit de l'américain par Simone Hilling

PRESSES POCKET

Une partie des nouvelles composant ce volume et le titre lui-même sont tirés du recueil américain
YOU WILL NEVER BE THE SAME

ISBN 2-266-02038-2

PRÉFACE

1

UNE VOIX

A ce jour, trente-sept histoires sont parues sous le nom de Cordwainer Smith.

Cette œuvre si brève a suffi : son auteur est pour nous l'un des géants de la science-fiction, ou plutôt l'un des géants de la littérature tout court.

Un texte, le premier, avait fait passer le message d'emblée : *Les Sondeurs vivent en vain*, publié en 1950, et qui produisit sur ses lecteurs un effet durablement ancré dans les mémoires. L'auteur n'était pas seulement brillant : c'était manifestement un vieux routier de l'écriture, maître de ses recettes au point de les utiliser avec une discrétion, une prudence, une modestie exemplaires. On crut — à tort — qu'un écrivain de science-fiction célèbre se cachait sous le nom de Cordwainer Smith.

Il faut dire que les suppositions n'étaient pas sans excuses. Mettez-vous à la place des gens : s'appeler *Cordwainer Smith* (en anglais), cela revient (en français) à s'appeler *Cordonnier Forgeron*. Avec quelques nuances, qui sauvent de la dérision ce curieux pseudonyme. D'abord, *smith* ne signifie pas seulement forgeron ; en composition, il désigne toute une série d'artisans spécialisés dans le métal ; en composition avec *cordwainer,* il suggère l'existence d'une sorte de sidérurgiste du cuir, et aussi — à l'arrière-plan — d'une matière vivante qu'on torture comme on travaille une matière inerte. Une idée de science-fiction.

Rappelons aussi que, dans l'anglais d'aujourd'hui, *cordonnier* se dit *shoemaker.* Le mot *cordwainer,* qui renvoie aux cuirs de Cordoue (dont justement le français a fait *cordouannier,* puis *cordonnier*), n'est plus en usage, sauf pour désigner une corporation. Mot à la fois noble et désuet, en opposition totale avec la simplicité de *Smith* (le nom de famille le plus répandu de la langue anglaise). Un texte proposé sous ce label contradictoire évoque à la fois le vénérable parchemin des scribes et la parole familière des conteurs (les « wordsmiths », dit encore l'angais), le lointain monastère et le village tout proche.

Revenons à M. *Cordonnier Forgeron.* Bien sûr, c'est un gag ; mais en y réfléchissant, il part du milieu culturel qui a produit Walt Disney et plus lointainement Lewis Carroll. Il n'est pas si étonnant de la part d'un auteur qui a donné à une ville le nom d'Andersen [1].

Un des premiers admirateurs de Cordwainer Smith fut Frederik Pohl. Quand il devint rédacteur en chef d'*If* et de *Galaxy* (en 1961) puis de *Worlds of Tomorrow* (en 1963), il s'empressa de solliciter les textes d'un écrivain qui, entre autres mystères, ne semblait pas particulièrement désireux de publier. Sur les trente-sept histoires connues de lui, trente et une ont été publiées depuis 1959 ; et comme l'auteur est mort en 1966, il apparaît à l'historien comme un auteur des années soixante — c'est-à-dire, la science-fiction étant ce qu'elle est, un moderne.

Curieux destin en vérité. Car cette modernité-là est profondément, essentiellement archaïque. Ecoutez-le commencer une histoire : « Je vous le dis en vérité... » [2] « Ceci est l'histoire de Mizzer... » [3] « Il se créa une légende. » [4] Faussement modeste : « Que se passe-t-il dans l'histoire ? Lis-la. » [5] Faussement immodeste : « Peut-être s'agit-il de l'histoire la plus triste, la plus folle, la plus démentielle de toute l'histoire de l'espace. » [6] Vraiment imprévu : « Vous connaissez déjà le dénouement. »[7] Nous avons l'impression d'entendre un conteur qui chauffe son public avant d'entamer sa récitation — ou son improvisation.

Cordwainer Smith est un auteur parfaitement déroutant pour le lecteur d'aujourd'hui, habitué aux règles du suspense. Souvent il commence par résumer son histoire en quelques lignes. Comme les anciens conteurs le faisaient — non pour casser leur coup, mais pour rassurer les spectateurs, au contraire, sur l'intérêt de ce qu'ils allaient leur faire entendre. Ainsi débute *Le Vaisseau d'or*[8]. Ailleurs, le résumé amène un enchaînement quelque peu... cavalier : « Voilà l'histoire. A part les détails. Ils suivent. »[9] Parfois l'auteur évoque la représentation d'une comédie musicale[10] ou décrit un tableau ; ces ruses ne peuvent donner le change sur le système de Cordwainer Smith, qui consiste à raconter la même histoire deux fois, trois fois ou davantage, pour en tirer des plaisirs toujours renouvelés par la seule grâce de l'écriture, l'auteur s'étant mis dans une situation telle qu'il n'y a pas d'autre salut possible.

Ces histoires si parfaitement narratives, si totalement habitées par la volupté de conter, sont aussi des histoires où la voix du récitant se fait entendre au présent (quel que soit le temps du verbe) et où des instants d'une extrême intensité peuvent coïncider avec des digressions, manifestement plus passionnantes pour l'auteur que le fil directeur de l'intrigue. Cordwainer Smith, dans la plupart de ses grandes nouvelles, se simplifie (ou se complique ?) la tâche en choisissant un thème bien connu de son public, ou du moins assez direct, assez généreux, assez immortel pour le toucher à coup sûr : *Boulevard Alpha Ralpha*[11], c'est Paul et Virginie ; *Le Crime et la Gloire du commandant Suzdal*[12], c'est Alexandre Nevski ; *Le Bateau ivre*[13], c'est le poème de Rimbaud ; *La Dame aux étoiles*[14], c'est Héloïse et Abélard ; *La Mère Hitton et ses chatons*[15], c'est Ali Baba et les quarante voleurs ; *La Dame défunte de la ville des gueux*[16], c'est Jeanne d'Arc ; et *La Ballade de C'mell*[17], bien sûr, c'est *Le Roman des trois royaumes.*

Le roman chinois, contrairement au roman occidental, est issu des récitations des conteurs publics. *Le*

Roman des trois royaumes a été mis par écrit au temps des Ming, mais il remonte beaucoup plus haut. Il appartient au genre de l' « histoire expliquée » (c'est-à-dire la légende) que les conteurs publics cultivaient déjà au XIIe siècle et inclut des poèmes extraits des résumés de l'histoire chinoise composés dans les écoles depuis le IXe siècle. Il est divisé en épisodes souvent très courts destinés à être dits en une fois. Des formules rituelles commencent et terminent chaque épisode. Le style parlé domine.

Cordwainer Smith savait le chinois et a vraisemblablement lu *Le Roman des trois royaumes* dans son enfance ; il en a traduit et adapté bien des passages dans ses œuvres inédites ; il s'en est beaucoup inspiré dans ses récits de science-fiction — comme il s'est inspiré des poèmes homériques, des *Mille et Une Nuits,* et de tant de chefs-d'œuvre de la littérature archaïque. Tout s'y retrouve — les épisodes, les poèmes, les chansons, etc. C'est une voix qui nous parle du fond des âges, nourrissant nos rêves de son bavardage familier, évoquant le souvenir de drames très anciens ; c'est la voix d'un vieillard — un peu magicien — qui s'adresse à des enfants candides. *Et justement il nous rend candides.* Il nous conduit à nous identifier à des personnages (une petite fille écoutant sa mère, un journaliste interviewant un homme âgé de quatre cents ans) qui s'abandonnent à une confiance totale. Il éveille en nous le désir d'entendre le conte — ce conte qui est l'Histoire, mais si beau que nous n'en percevons pas la puissance de vérité, ou plutôt que nous l'éprouvons comme puissance sans avoir envie de le discuter comme réseau d'affirmations.

Dans ces conditions, il produit un effet de réalité extrêmement puissant. Même ses personnages sont hantés par la magie du verbe et conscients de mettre en acte une parole antérieure ; l'un d'eux va jusqu'à dire : « Nous avons beaucoup à faire cette nuit, si l'Histoire doit vraiment s'accomplir à travers nous. »[18] Tout baigne dans une simplicité enchantée qui permet d'établir un contact direct avec le lecteur, et le texte crée des effets intensément poétiques avec un minimum de procédés poétiques. Au premier rang, la musique de la langue — rimes, répétitions, refrains, allitérations, euphonie —, mobilisée en prose comme en vers, et qui souligne la qualité légendaire, enchantée, cabalistique de la matière narrative. En second lieu, le ton chaleureux qui parfois se hausse jusqu'au pathétique (avec des personnages comme D'joan[19] ou C'mell[20]) mais qui garde toujours assez d'esprit, de lyrisme et de gaieté pour nous faire sortir émerveillés des plus affreuses tragédies. Enfin les images, tout compte fait peu nombreuses (sauf dans les dernières œuvres), mais si éclatantes qu'elles font littéralement voler notre imagination d'une figure à l'autre, à travers un paysage lumineux et coloré aux splendeurs miraculeuses. C'est là, bien sûr, que ce style apparemment oral trahit sa nature profondément écrite, et que cette œuvre inspirée apparaît aussi comme une œuvre concertée.

Et la science-fiction, dira-t-on ? Tout ce qui vient d'être dit paraît situer Cordwainer Smith dans l'univers du merveilleux. Pourtant, il suffit de définir la science-fiction comme « un moyen d'élargir l'esprit par l'emploi d'incongruités »[21] et l'on voit aussitôt ce que le genre apporte à cette œuvre rare : les incongruités ou si l'on veut les impossibilités doivent d'abord être nommées et Cordwainer Smith est l'un des plus grands créateurs de noms (et particulièrement de noms propres) de toute l'histoire littéraire ; il faut ensuite les évoquer, de façon nécessairement fragmentaire et vague, et Cordwainer Smith se donne tout le recul possible, créant des effets de point de vue habilement camouflés, poussant l'art de l'allusion floue au dernier degré du raffinement ; reste alors à faire fonctionner les incongruités, c'est-à-dire à en faire la matière d'un récit, et c'est là sans doute que notre auteur donne sa pleine mesure.

Car les intrigues ne sont que des anecdotes (on l'a vu plus haut) souvent situées un peu avant ou un peu après les temps forts de l'histoire à venir, c'est-à-dire les moments où les incongruités seraient obligées de fonctionner pleinement et d'apparaître comme des incongruités. Partout des bouleversements se préparent ou s'apaisent, partout la révélation escomptée est reportée à plus tard, promise pour d'autres contes ; le texte A appelle des explications dont certaines sont données dans le texte B, lequel à son tour demande des éclaircissements dont certains seront apportés par le texte C, ou par le texte A, ou par un texte en projet qui n'a jamais été écrit, ou par un texte fantôme qui n'a jamais été projeté ; il y a même des contradictions, qui auraient peut-être été résorbées sans la mort prématurée de l'auteur, ou qui peut-être étaient intentionnelles, simplement destinées à troubler le confort du lecteur (comme celles de Borges), mais qui plus probablement s'expliquent par la liberté de l'écrivain — une liberté qui ne s'embarrasse pas des détails — et dans une certaine mesure par sa diversité digne de Montaigne. Tout se passe en fin de compte comme si cette œuvre au ton si personnel était l'œuvre d'une multitude d'auteurs assemblant comme ils pouvaient les fragments épars d'une grande tradition légendaire.

C'est pourquoi Cordwainer Smith lui-même considère sa fiction comme « pré-cervantesque » : elle procède d'une narration non linéaire mais cyclique et sa forme idéale est la longue nouvelle articulée sur d'autres longues nouvelles (encore qu'il ait écrit de fort beaux romans). Cet enchevêtrement de récits incomplets, ces arborescences qui renvoient toujours à des arrière-mondes inexpliqués, cet inachèvement essentiel pourraient laisser seulement un arrière-goût de désordre ; au contraire, ils nous donnent perpétuellement la sensation d'être au seuil d'un monde infiniment riche et complexe, évoqué comme par mégarde, avec une maladresse très consciemment imitée des anciens diseurs et qui nous laisse toute notre liberté d'hommes, contrairement à ces romans trop bien agencés qui nous réduisent à vivre à leur rythme. De là l'impression très répandue que « Cordwainer Smith est un visiteur venu d'un lointain futur »[22], peut-être même un Seigneur de l'Instrumentalité. Quelque chose dans son œuvre a le ton de la vraie vie, c'est-à-dire de l'illusion parfaite ; elle suit le cours sinueux du monde au point de franchir — en apparence — les bornes de la littérature et de nous transporter dans une temporalité sans apprêts où les défaillances de la communication font partie de l'ordre des choses et confèrent au message un label d'authenticité.

Dans ces conditions, l'apport personnel de Cordwainer Smith à la science-fiction n'est pas très difficile à définir. Les incongruités du genre sont traitées par la plupart des grands écrivains comme des « moyens d'élargir l'esprit », selon la formule déjà citée de Frederik Pohl. Il ne s'agit pas seulement de surprendre ; un moment vient toujours où il faut s'expliquer et discuter ; le jeu de la fiction finit par avouer ses règles, et généralement l'histoire qui nous est contée finit du même coup. Cordwainer Smith ne refuse pas la discussion ; son œuvre, on le verra, est tout aussi pensée que celle des meilleurs ; on ne peut même pas dire qu'il refuse les explications — ce n'est pas un écrivain d'avant-garde —, mais il a l'art de les dérober à nos regards et de nous laisser pressentir comme un reste indistinct situé au-delà du conte, dans un espace dépourvu de contours. De là sans doute le charme extrêmement puissant qu'il exerce sur tous ses lecteurs ; de là aussi son caractère à peu près inimitable. Robert Silverberg a sans doute essayé de le pasticher dans *Les Ailes de la nuit*[23], et Samuel Delany dans *La Chute des tours*[24] ; ces romans, si remarquables soient-ils, n'ont pas le pouvoir incantatoire des *Seigneurs de l'Instrumentalité;* sans doute sont-ils trop écrits et, si l'on ose dire, trop alexandrins — ce qui ne retire rien à leur valeur spécifique. Si l'on voulait trouver des voix plus voisines, sans doute faudrait-il chercher du côté de Jack Vance et d'Ursula Le Guin, tous deux adeptes d'une science-fiction anthropologique. Ce n'est certainement pas un hasard.

2

UNE VIE

La mort de Cordwainer Smith (1966) a beaucoup fait pour dissiper le mystère. C'est alors que le public a découvert son vrai nom : Paul Myron Anthony Linebarger. Un nom célèbre en effet, mais pas du tout dans les milieux de la science-fiction.

Depuis lors, certains de ses admirateurs ont beaucoup contribué à faire connaître l'homme et à le mettre en relation avec son œuvre. Le plus gros travail a été fait par John Jeremy Pierce, qui a obtenu la confiance de sa veuve, Genevieve Linebarger (morte en 1981), et a travaillé sur ses archives personnelles[25] avant de composer en trois volumes une édition américaine de ses œuvres, incomplète assurément, mais très supérieure aux précédentes[26]. Des témoignages comme celui d'Arthur Burns, son ami australien[27], ou celui de Frederik Pohl, son rédacteur en chef-fétiche[28], méritent aussi d'être pris en compte.

Au XIXe siècle, la famille Linebarger est sudiste, épiscopalienne, démocrate et sans doute assez riche. Paul Myron Wentworth Linebarger, père de notre auteur, naquit en 1871 ; son propre père était ministre du culte. Il devait par la suite établir la généalogie de sa famille[29], qui remonte à l'Alsace médiévale. Comme beaucoup de jeunes Américains de bonne famille, il fit ses études en Europe, à Heidelberg et à Madrid, où il passa ses diplômes de droit. Il servit dans l'armée américaine pendant la guerre hispano-américaine de 1898, au cours de laquelle mourut sa première femme. En 1900, sa connaissance du droit espagnol le fit désigner comme juge dans les Philippines récemment annexées. C'est là qu'en 1907 il rencontre Sun Yat-sen, le futur président de la république chinoise. Cette rencontre décidera de sa carrière et, dans une large mesure, du destin de son fils.

Sun Yat-sen est un révolutionnaire, connu pour avoir organisé dans la Chine impériale des sociétés secrètes et des tentatives de soulèvements. Il a passé une bonne partie de sa vie en exil — au Japon, aux Etats-Unis, en Europe —, collectant des fonds chez les Chinois d'outre-mer pour ses entreprises politiques. Ce Chinois très occidentalisé (il s'est converti au christianisme et, dans le milieu mandarinal, on le considère comme « un hors-la-loi sans culture ») vient de fonder, en 1905, le parti qui deviendra le Kuomintang ; il a formulé sa doctrine des Trois Principes du peuple (libérer la Chine des colonisateurs mandchous ; fonder une république démocratique ; assurer le bien-être de tous) qui ressemble beaucoup à l'idéologie de la révolution américaine. Paul Linebarger senior est aussitôt séduit ; il démissionne de son poste de juge en 1907 et consacre non seulement son talent mais (selon la tradition familiale) la fortune dont il vient d'hériter à la cause de Sun Yat-sen.

Il aide à financer la révolution de 1911 ; après la défaite de Sun Yat-sen, il le suit en 1913 dans son exil japonais où il trouve le temps de rédiger une brochure de propagande intitulée *Nos chances chinoises à travers la guerre européenne,* publiée à Milwaukee par son frère Walter ; il l'a accompagné dans la première, peut-être dans la seconde de ses trois prises de pouvoir à Canton (1917-1918, 1920-1922, 1923-1925). La tradition familiale rapporte qu'il rompit avec le Kuomintang quand celui-ci s'allia au parti communiste ; mais l'événement ne l'empêcha pas d'écrire un livre intitulé *Sun Yat-sen et la république chinoise,* qui parut en 1925 — l'année de la mort du président — et reste encore aujourd'hui un livre de base sur cette question. Faut-il admettre que le manuscrit avait été confié à l'éditeur avant que l'alliance devienne officielle (janvier 1924) ? que l'amitié pour Sun Yat-sen survécut aux péripéties politiques ? que Linebarger senior ne croyait pas aux chances de cette ouverture à gauche ? En tout cas la rupture de Chang Kai-shek avec les communistes, en 1927, lui inspira un opuscule au titre-choc : *Notre cause commune avec la Chine contre l'impérialisme et le communisme,* publié à Los Angeles par le... Kuomintang. Nous le retrouvons ensuite aux jours d'épreuve — à l'époque des agressions japonaises : celle de 1931 lui inspire *La Chine navrée ;* celle de 1937 lui dicte *La Chine et la Judée, trop vieilles pour mourir.* Il ne néglige rien pour faciliter l'identification de ses lecteurs occidentaux à la cause chinoise.

Ce missionnaire du Kuomintang fut aussi un homme cultivé et un esprit curieux, qui publia des romans, des pièces de théâtre, des poèmes et des traductions de chansons politiques chinoises. Nous avons vu qu'il s'était marié une première fois ; c'est vraisemblablement en Chine qu'il rencontra une autre américaine, Lillian Bearden, et qu'il l'épousa en 1912. Paul Myron Anthony Linebarger — notre auteur — est le fruit de ce mariage. Il naquit le 11 juillet 1913, à Milwaukee, vraisemblablement chez son oncle : son père voulait qu'il naisse sur le territoire américain pour être éligible à la présidence des Etats-Unis. On notera qu'il voyait grand. Cet homme qui avait réussi (ou s'apprêtait à réussir) tant de choses considérait peut-être son destin comme un demi-échec et reportait ses espérances sur son fils unique et quelque peu tardif. C'est dire que Linebarger junior, avant même de naître, réunissait plusieurs des conditions qui font les surdoués, ou les malades, ou les deux. Plus tard il en prit conscience : dans *La Dame aux étoiles*[30], il décrit les tourments d'une petite fille aux prises avec une mère abusive, « la terreur et la solitude » qu'elle éprouve, et sa performance d' « être humain à l'état brut triomphant de ses tortionnaires », et on a l'impression qu'il sait de quoi il parle. Mais cette situation présente aussi des avantages et les enfants qui la vivent ne la jugent pas aussi catégoriquement que les adultes qui s'en sont détachés.

Bientôt la mère et le fils rejoignirent le père au Japon, où il avait suivi Sun Yat-sen. C'est au Japon que remontent les plus anciens souvenirs de notre auteur. Mais Sun Yat-sen — qui fut son parrain — était partout présent, et l'enfant qu'il tint souvent sur ses genoux fut un sino-américain plutôt qu'un nippo-américain. Linebarger senior était surnommé Lin Ba-keu (« Forêt des cent victoires ») par ses amis chinois ; Linebarger junior fut pour eux Lin Bai-lo (« Forêt de la félicité incandescente »), mais aussi Lin Ba-lo (« Paul Lin », *Ba-lo* étant la traduction chinoise de *Paul*). Senior n'hésitait pas à faire participer sa famille à ses aventures et dès la fin de 1916, à l'âge de trois ans, Junior voguait vers la Chine où Sun Yat-sen s'apprêtait à prendre le pouvoir à Canton. Il paraît certain qu'il vit très jeune des scènes affreuses ; la Chine l'effraya par la cruauté, le mépris de la vie qu'il vit à l'œuvre dans les guerres civiles ; en même temps, cette fourmilière à la fois chaotique et hiérarchisée fut le lieu de ses premières expériences, et nous croyons que c'est là (et non aux Etats-Unis, comme on le dit d'ordinaire) qu'il faut chercher la plus lointaine origine du sous-peuple et de l'Instrumentalité. On pense au *Jour de la pluie humaine :* « J'ai vu ces gens pleuvoir et plus jamais je ne veux voir souffrir quelqu'un... »[31]

Cependant Senior avait fini par comprendre que sa femme et son fils couraient des risques dans une situation pareille : il les envoya à Honolulu en 1919, mais Junior perdit un œil pendant le voyage, à la suite d'un accident. Il faisait ainsi connaissance avec un réseau d'épreuves (les blessures, les maladies, les médecins, l'hôpital) qui allaient marquer sa vie entière. Les témoignages de ses amis s'accordent avec son œuvre : l'expérience de la douleur — psychosomatique ou non — fut cruciale pour lui. A peine guéri, il revint en Chine et fut inscrit (épiscopalisme oblige) à la British Cathedral School de Shanghai en 1920. Il savait déjà lire (il affirmait avoir appris à quatre ans) mais l'institution scolaire, bientôt universitaire, allait lui apporter un nouveau modèle pour l'Instrumentalité. Sans doute son père fut-il souvent à Shanghai, soit comme émissaire de Sun Yat-sen, soit même comme avocat du gouvernement chinois dans la concession internationale. Cosmopolitisme et négociation : Paul junior apprit certaines choses très tôt. On pense une fois de plus à *La Dame aux étoiles :* « Tandis que sa mère fréquentait un fanatique après l'autre, Hélène était devenue une observatrice attentive des gens. Elle savait que ceux-ci portent leur biographie secrète inscrite sur leur visage. »[32]

Arrive 1923 : Sun Yat-sen se rapproche des communistes et s'apprête à reprendre Canton. Senior reste sans doute à Shanghai, qui est pour lui un observatoire idéal ; quant à Junior, il reprend le bateau, mais pour aller en Allemagne, à l'âge de dix ans (son père avait fait le même voyage à seize ans, mais nous savons que pour son fils il fait les choses en grand). Il est inscrit dans une Oberrealeschule de la région de Baden-Baden où il affirme avoir découvert la science-fiction en lisant *Giganten* (*Géants*) d'Alfred Döblin. Cet auteur avait d'abord présenté la technique comme le dieu nouveau ; dans *Giganten,* il la dénonce comme « l'usurpateur à abattre » : c'est déjà, avec trois ans d'avance, la thèse et le climat de *Métropolis.* Malheureusement le livre que Paul junior aurait pu lire en 1924 s'intitulait *Berge, Meere und Giganten* (*Montagnes, mers et géants*) ; il ne prit le titre de *Giganten* que lors de la réédition de 1932, et c'est probablement à cette époque, vers l'âge de vingt ans, que le futur écrivain en prit connaissance. Un essai manuscrit de 1927, découvert par John J. Pierce, fera remonter sa découverte de la science-fiction à *Vingt mille lieues sous les mers,* ce qui est nettement moins étonnant. En attendant, il est pensionnaire dans une école catholique de Monte-Carlo (1925), puis passe six mois à Long Beach, dans l'agglomération de Los Angeles : c'est peut-être là qu'il passe de Verne à Wells, à Doyle, à H. Rider Haggard, à Edgar Rice Burroughs, etc. A l'automne 1926, il retrouve sa Métropolis — Shanghai — et aussi son père, qu'il n'avait peut-être pas vu depuis trois ans.

Ici les renseignements fournis par John J. Pierce laissent perplexe. C'est en juillet 1926 que l'armée de Chang Kai-shek, alliée aux communistes, part de Canton pour conquérir le bassin du Yangt-sé ; l'occupation effective de cette zone est réalisée en peu de mois, mais chacun des deux vainqueurs cherche à exploiter la victoire à son profit : de là la rupture entre le Kuomintang et l'armée communiste, intervenue en avril 1927, juste après la prise de la ville chinoise de Shanghai, et marquée par les tragiques événements dont Malraux tira *La Condition humaine.* On comprend que Linebarger senior ait inscrit son fils à la Kaiser Wilhelms Schule (toujours le cosmopolitisme...) ; on ne comprend pas qu'il l'ait fait à la rentrée 1926. Cet homme averti a-t-il méconnu la tempête qui se déchaînait ? A-t-il trop perspicacement évalué, au contraire, la sécurité dans la concession internationale de Shanghai ? Avait-il des raisons personnelles d'être là au moment de la rupture ? Tenait-il à faire « connaître la vie » à son fils après lui avoir fait connaître les pensionnats ? L'idée que le futur Cordwainer Smith, âgé de treize ans, ait pu faire ses études en allemand à portée de canon d'une guerre civile a quelque chose de sidérant.

On sait que Chang Kai-shek gagna la partie et que Senior se réconcilia avec le Kuomintang. Mais ceux qui sont au centre de l'histoire n'ont éventuellement rien de plus pressé que d'en sortir. Junior lisait de la science-fiction : à cette époque, on en trouvait facilement à Shanghai (y compris *Amazing*, qu'il lut sans doute là pour la première fois). Il en écrivait même : sa première nouvelle fut publiée en 1928 ; dix-huit volumes de *juvenilia* inédits, datant de la période 1928-1932, sont recensés dans ses archives (certains d'entre eux sont même conservés). La nouvelle publiée était parue sous le pseudonyme d'Anthony Bearden : le nom de jeune fille de sa mère, précédé du seul prénom qu'il n'avait pas en commun avec son père. Mais ce père encombrant ne se laissait pas oublier : ayant accompagné Chang Kai-shek à Nankin, sa nouvelle capitale, il inscrivit son fils, en 1930, à l'université de cette ville ; la même année, il l'impliqua dans la négociation d'un emprunt chinois aux Etats-Unis (comme secrétaire privé, dit le fils ; mais nous savons que sa mémoire pouvait embellir les choses). L'année suivante, Junior voulut choisir la libérté, afficha des opinions avancées. Qu'à cela ne tienne : son père lui paya aussitôt un voyage à Leningrad pour le vacciner — une application radicale de la célèbre formule de Dewey : « learning by doing ». En 1932 encore, à dix-neuf ans, il était chargé de publier à Paris un recueil de chansons chinoises traduites par le vieux monsieur. Situation de *double bind* caractérisée : d'un côté, on lui confiait très tôt des responsabilités écrasantes pour son âge ; de l'autre, on le contrôlait de près. On lui lâchait la bride et on la serrait.

A cette époque, Senior avait dépassé la soixantaine et à tous égards il en avait trop fait. Il passa une bonne partie des années trente en France, dans une semi-retraite ; il y mourut en 1939. Son fils, à partir de 1931, fit des études de sciences politiques dans diverses universités américaines : la George Washington University, où il obtint son premier grade (A.B.) en 1933 ; l'American University et l'Université de Chicago ; enfin la Johns Hopkins University, où il obtint le Ph. D. en 1936. Sa thèse portait naturellement sur les doctrines politiques de Sun Yat-sen ; remarquablement brillante, elle fut publiée en 1937. L'auteur fut recruté comme chargé de cours à Harvard, puis à Duke où, dès 1938, il était nommé assistant. En 1941, il publiait son troisième livre sur la Chine nationaliste. L'idéologie officielle du Kuomintang, la « Nouvelle Vie », compromis entre la vieille sagesse chinoise et le christianisme, n'avait pas de secrets pour lui ; plus tard, il allait en tirer un bénéfice littéraire.

En même temps, ce bon élève s'essayait à la liberté. 1936 fut l'année de son mariage avec sa première femme, Margaret Snow. Il eut deux filles, Marcia Christine et Johanna Lesley. Il ne cessa pas de lire et d'écrire ; en fait, il ne semble pas qu'il ait jamais cessé depuis l'âge de quinze ans. Son œuvre est manifestement très personnelle ; mais ses spécialités — la science politique, la fiction, la science-fiction, la poésie (et particulièrement la chanson) — sont celles de son père. Il est génial. Et très souvent malade.

La scène internationale n'a jamais cessé de faire rejouer ses fantasmes. Il avait passé sa petite enfance au Japon avec Sun Yat-sen, qui à cette époque (les années dix) était projaponais ; il assista de loin à l'investissement progressif de la Chine par le Japon. Du coup Chang Kai-shek se rapprocha de Mao Tse-tung en 1936, et la famille Linebarger dut se résigner à ce qu'elle jugeait être une alliance contre nature. Ne nous représentons pas le jeune professeur comme un fanatique : depuis son enfance, il avait une grande habitude de la diplomatie. Mieux : il était accoutumé à un milieu cosmopolite où se croisaient toutes les langues, toutes les cultures. Lui-même parlait le chinois, l'allemand, le français et l'espagnol — les mêmes langues sans doute que son père (mais il lisait le russe et le portugais). Frederik Pohl l'a entendu dire : « Je peux parler... beaucoup... plus... lentement... et... distinctement... que... la plupart... des gens » — ce qui, note l'observateur, ne pouvait que le servir dans des négociations où ses interlocuteurs parlaient mal l'anglais. C'était un homme d'un tact et d'une courtoisie extrême — ce qui, naturellement, n'empêche pas la violence intérieure. Et il se trouve que ses contradictions biographiques coïncident avec celles de l'histoire mondiale. Sans doute a-t-il mis un peu de lui-même dans l'espion de son roman *Atomsk,* qui se déguise successivement en Japonais, en Chinois, en Russe, en juif allemand et en *ours* sibérien — ce qui ne l'empêche pas de faire une conquête. Et de s'interroger : « Comment pouvait-elle aimer un homme qui existait seulement par le pouvoir de sa maîtrise de soi, qui jouait constamment sur la scène du faire-croire ? »

Sur un tel homme, Pearl Harbour devait avoir des incidences incalculables. Il était borgne et physiquement handicapé ; mais il était à vingt-huit ans l'un des premiers spécialistes américains de l'Extrême-Orient. L'armée américaine le recruta avec le grade de lieutenant, d'abord dans son service d'information, puis au service de la guerre psychologique qu'il aida à créer. Ensuite il partit à l'état-major américain en Chine. Il finit la guerre avec le grade de commandant après avoir retrouvé deux vieilles connaissances : Chang Kai-shek et le Yang-tsé. Il refaisait avec des moyens nouveaux (l'Université, l'armée) un véritable pèlerinage aux sources. Et quelles sources ! Il avait connu Chang Kai-shek ennemi de Mao Tse-tung, il les retrouvait alliés ; il avait côtoyé Wang Tsing-wei à l'époque où celui-ci était le leader de l'aile gauche du Kuomintang, il le retrouvait chef du gouvernement projaponais de Nankin. A moins de trente ans, il savait tout ce qu'il faut savoir sur la grandeur et la dérision de l'histoire.

Cependant la nouveauté de l'expérience décupla sa puissance créatrice. En 1945, il écrivit sa première grande nouvelle de science-fiction, *Les Sondeurs vivent en vain*[33], qui fit le tour des rédacteurs en chef avant de paraître, on l'a vu, en 1950. Il ramenait de Chine plusieurs manuscrits, dont deux romans, *Ria* et *Carola,* qui furent publiés en 1947 et 1948 sous le pseudonyme de Felix C. Forrest (c'est-à-dire, si l'on donne au prénom son sens latin, « Forêt Heureuse » — le nom que lui avait donné Sun Yat-sen). Ces romans eurent du succès et l'auteur fut invité à participer à un débat avec ses lecteurs ; le défi fut relevé et Paul M. A. Linebarger affronta les fans de Felix C. Forrest. De ce jour, il devint incapable d'écrire sous ce nom — du moins, c'est ce qu'il a dit à Frederik Pohl. C'est sans doute vers la même époque qu'il cessa de publier des poèmes sous le pseudonyme d'Anthony Bearden. Il se chercha un autre patronyme pour protéger son identité — non pas tant son identité de professeur que, semble-t-il, son identité d'auteur : il y avait des choses dont il ne voulait pas discuter. Son roman d'espionnage, *Atomsk,* parut en 1949 sous le nom de Carmichael Smith ; et *Les Sondeurs vivent en vain* [34], l'année suivante, sous le nom que nous connaissons déjà — Cordwainer Smith. Une identité qui s'éparpille en menus fragments, chacun nanti de son appellation particulière. « I'm anybody », comme dit encore le héros d'*Atomsk.* Au témoignage d'Arthur Burns, il allait jusqu'à parler de lui à la troisième personne — mais c'est peut-être une vieille forme de politesse chinoise.

Ria et *Carola* ne sont pas des romans négligeables. Ils frappent d'emblée par leur différence radicale de ton et de style avec les œuvres de Cordwainer Smith. Ria et Carola sont deux jeunes Américaines qui racontent leur histoire à la première personne. L'auteur ayant dédié ces livres à sa femme Margaret, on est naturellement frappé par l'entrée en force d'une thématique féminine dans un destin si marqué par un père et un parrain. Genevieve Linebarger n'a presque rien dit à John J. Pierce de la mère de son époux — pas même la date de sa mort. Peut-être cet homme dominé — confisqué, pourrait-on dire — par son père s'est-il dit qu'il aurait été plus tranquille s'il avait été une fille. Ria et Carola sont deux incarnations de cette sœur imaginaire : la première, élevée au Japon, vit des aventures sentimentales dans l'Allemagne des années vingt ; la seconde, un peu plus âgée, défie sa famille en épousant un communiste chinois, l'accompagne chez lui pour faire la révolution, bascule dans le cauchemar et entreprend de revenir à tout prix. La toile de fond politique, partout présente, recompose de mille façons le triangle imaginaire de l'auteur : Japon (et Allemagne nazie) — Chine — monde communiste. En outre, il y a là des romans de formation, comme le souligne encore le titre de leur suite commune, *Journey in Search of a Destination,* restée inédite et retrouvée par John J. Pierce. Détail piquant : le manuscrit de ce dernier roman est signé du pseudonyme de J. W. Doublewood qui fait écho à la complexité de cette multiplication d'identités. Si l'auteur se cache, c'est parce qu'il a l'impression de s'être un peu trop dévoilé.

Carola paraît en 1948. La même année, l'armée américaine publie *La Guerre psychologique.* L'auteur a été nommé professeur de politique asiatique à la Johns Hopkins University en 1947 ; il habite Washington ; il signe son nouveau livre du nom de Paul M. A. Linebarger, qui est, si l'on ose dire, son pseudonyme politique. *La Guerre psychologique* a fait du tort à Cordwainer Smith dans les milieux de science-fiction de gauche, où bien entendu personne n'a lu ce livre. Une brève mise au point ne sera pas inutile. Paul M. A. Linebarger était voué à la propagande dès sa naissance ; c'est dire qu'il n'était pas seulement un professionnel de la propagande, mais aussi un homme de convictions et un grand séducteur, ce qui n'est pas forcément facile à concilier. C'était un homme éminemment sociable, ayant beaucoup besoin d'autrui (sauf sous le nom de Felix C. Forrest). Malgré son admiration pour les Japonais, il prisait moins l'honneur que la vie humaine ; quand ses collègues universitaires (majoritairement de gauche) lui reprochaient sa spécialité militaire, il disait qu'il aimait mieux détacher un homme de ses convictions que d'être obligé de le tuer.[35] A ses yeux, la guerre psychologique n'est pas le comble de la cruauté mais un moyen d'économiser la cruauté : il la définit comme « l'art de persuader l'ennemi de participer à des activités de groupe »[36], une formule qui devrait figurer dans toutes les anthologies de l'humour. Il a horreur de l'hystérie guerrière, comme il l'a montré dans *Le Crime et la Gloire du commandant Suzdal*[37] (qu'il ne faut surtout pas lire comme une condamnation de l'homosexualité) ; il croit qu'on peut humaniser même l'horreur. Selon lui, nul ne peut résister au lavage de cerveau, même sans torture ; il faut résister, mais seulement pour coûter le plus cher possible à l'ennemi ; et il faut garder la force de vivre, afin de retrouver un jour — avec un peu de chance — la capacité d'être libre extérieurement et intérieurement. Tout cela est très optimiste, et Cordwainer Smith est peut-être à l'arme psychologique ce que Robert Heinlein est à l'infanterie. On en jugera par cette forte maxime : « Il n'existe pas de meilleure façon d'apprendre le métier de la propagande que d'être totalement soumis à la propagande d'un autre. »[38]

Nous savons aujourd'hui que ce n'est pas si facile. En fait, Paul M. A. Linebarger le savait déjà. Il avait bien compris que l'homme qui craque est en danger de perdre sa liberté métaphysique. Il voulut explorer les confins de la liberté et entreprit une psychanalyse, d'abord pour étudier les problèmes de la guerre psychologique, puis par curiosité personnelle — il faudrait peut-être dire par passion. Ses notes nous apprennent que son analyse était déjà en cours en 1948 ; elle continua au rythme d'une séance par semaine pendant deux décennies (sauf lors de certains voyages) et ne se termina sans doute qu'avec sa mort. Il la définissait comme « une sorte d'exploration intérieure : il disait qu'il y avait toujours du nouveau à trouver »[39]. Il n'y voyait aucune contradiction avec sa foi chrétienne : à ses yeux, le Christ était « le plus grand de tous les psychiatres ». Il cherchait à rassembler son identité dispersée. Il dut parler beaucoup de Paul Myron Wentworth Linebarger.

On ne fait pas d'omelette sans casser d'œufs. Le lavage de cerveau a ses risques ; la psychanalyse aussi. Le professeur Linebarger divorça en 1949 ; le 20 mars 1950, il épousait Genevieve Collins, une de ses étudiantes. Ce rite de renouvellement n'est pas rare, et il n'est pas indispensable de passer par le divan pour l'accomplir. Au demeurant l'analyste n'a pas été nécessairement le complice de Genevieve Collins Linebarger, dont la beauté, le charme, la culture et le talent sont attestés par tous ceux qui l'ont approchée. Mais nous ne pouvons douter que ce changement de compagne n'ait été effectué par le héros de cette histoire au prix d'une très profonde remise en question : les archives familiales, quelque peu cryptiques pour cette période, en témoignent à leur manière.

Le divorce est souvent une expérience difficile. C'est toujours une épreuve pour un homme religieux, surtout épiscopalien : et l'on sait que Paul Linebarger assistait à la messe chantée tous les dimanches et que, chez lui, il disait les grâces aux repas — une manière d'afficher ses convictions peu courante chez les universitaires, mais très répandue dans les milieux missionnaires d'Extrême-Orient. On sait aussi que son christianisme n'était pas précisément moderne. Certains anglicans interprètent l'indissolubilité du mariage en disant que le mariage « ne devrait pas être dissous » ; un homme comme lui était plutôt porté à penser que le mariage « ne peut pas être dissous » et il n'est pas douteux qu'il lui ait fallu des raisons fortes pour changer d'avis.

Il en a payé le prix. Toute son œuvre porte la trace du drame. Souvent il fait l'éloge de la petite fille et de la femme-enfant ; parfois il l'oppose à une épouse plus âgée qui est toujours un personnage négatif. On fait rarement plus dur que le portrait de Dolorès Oh : « un véritable démon de regret, un fantôme possessif suçant la vitalité de son mari, et qui redoutait la compagnie, haïssant l'amitié, rejetait même les plus simples connaissances parce qu'elle craignait à jamais de n'être rien ».[40] La voici maintenant en action : « Son visage frémissait d'un espoir hideux, d'un violent désir de catastrophe, d'une avidité de désastre. »[41] Tout cela, bien entendu, ne s'applique pas à Margaret Snow...

Au demeurant la haine est au moins aussi ambiguë que l'amour. *Sur la planète des sables*[42], une œuvre plus tardive, nous raconte la rencontre de Casher O'Neill et de sa mère après bien des années d'absence. Elle ne veut pas lui pardonner. Elle a peur de lui. Elle est immuable et rigide, et il a le sentiment qu'il n'y peut rien. En outre, il apprend que sa femme est morte. Il a une fille qu'il ne connaît pas. Elle a grandi et s'est mariée depuis son départ. Elle est lasse de lui et lui demande de la laisser en paix. *Une étoile pour trois*[43], écrit à la même époque, présente un vieil homme fatigué, dégoûté de ses enfants (dont deux filles) et de lui-même parce que ses enfants sont dégoûtés de lui. Avons-nous tort de voir là beaucoup d'amertume et de culpabilité latentes ?

Le divorce fut un tribut aux fantasmes de Paul Linebarger (et peut-être aussi à ceux de son épouse). Plus tard, la psychanalyse lui permit de rebâtir. Son rôle est défini par le Maître-Chat dans *Le Sous-Peuple* : l'analyste change les gens juste un petit peu ; il les développe comme on développe les photos. Le vrai travail se fait dans la Salle de la Haine, c'est-à-dire le théâtre intérieur. C'est là que Rod McBan, le héros du roman, comprend qu'à plus de soixante ans il n'est pas encore sorti de l'enfance. Son père (qui porte le même nom que lui) lui dit qu'il n'est pas un vrai Rod McBan parce qu'il ne sait pas communiquer. Le fils découvre alors qu'il est rejeté par le père et qu'il le hait. Il est accablé à l'idée de lui succéder. Il a même causé sa mort. C'est dans la Salle de la Haine qu'il découvre le secret ; après quoi il trouve la force de pardonner à ses ennemis et même de se pardonner à lui-même. Tel est le fantôme (ou l'un des deux fantômes) que Paul Linebarger finit par rencontrer, et que sans doute il n'avait pas encore rencontré en 1949.

Tous les témoignages s'accordent à dire qu'il forma avec Genevieve un couple heureux uni par un amour fervent. Elle était un peu sa fille, et un passage de *La Ballade de C'mell*[44] suggère qu'elle voyait en lui une sorte de père. Une bonne partie de son œuvre peut être lue comme un poème d'amour pour Genevieve. Peut-être eurent-ils un regret, qui s'exprime discrètement dans *La Dame aux étoiles*[45] : « Pas plus en cet instant que plus tard, Hélène ne lui parla de l'enfant que maintenant ils n'auraient jamais. » Ceci compense-t-il cela ? Genevieve était une fine plume : elle a signé deux ouvrages[46] et elle collabora de façon certaine à quelques-unes des meilleures nouvelles de Cordwainer

Smith — *Le Vaisseau d'or, La Dame aux étoiles*[47] citée ci-dessus — puis, après la mort de son mari, elle termina *Lui-même en Anachron*[48] et *La Reine de l'après-midi*[49]. John J. Pierce lui attribue la paternité complète de *Jusqu'à une mer sans soleil*[50], de *La Rivière de brillantes étoiles*[51] et de *La Saga de la troisième sœur*[52]. L'analyse des textes nous inviterait plutôt à rapprocher cette dernière nouvelle de *La Reine de l'après-midi;* tous ces textes pourraient, comme *Mark Onze*[53], remonter assez haut dans la carrière de Cordwainer Smith ; *La Saga de la troisième sœur* resta inédite parce que sans doute elle était trop ouvertement religieuse pour les revues de science-fiction. Reste *Jusqu'à une mer sans soleil,* joli spécimen d'écriture poétique qui permet d'évaluer le genre d'influence que Genevieve exerça sur *Le Vaisseau d'or* et *La Dame aux étoiles.*

Sa collaboration alla d'ailleurs plus loin : son mari lui dictait ses nouvelles quand il était trop malade pour écrire et l'on a vu là une des sources de son style oral. Pourtant il a dactylographié lui-même *La Dame défunte de la ville des gueux*[54], typique de son style oral. On ne peut donc pas dire que la présence de Genevieve ait contribué à « oraliser » Cordwainer Smith. Ce qui est sûr, c'est qu'elle lui apporta beaucoup et que le couple Linebarger est l'un des grands duos créateurs de la science-fiction.

L'année 1950 marqua un autre tournant dans la carrière de Paul M. A. Linebarger : ce fut le passage à la pratique en matière de guerre psychologique. Il devint conseiller de l'armée anglaise aux prises avec les guérilleros communistes en Malaisie, puis rejoignit la Corée où il resta jusqu'en 1954. L'histoire ne dit pas s'il conduisit des interrogatoires, mais il est certain qu'il négocia la reddition de soldats chinois encerclés (l'art de la persuasion...) et qu'il travailla avec des soldats américains qui avaient subi un lavage de cerveau, à la fois pour les aider et pour étudier le phénomène. Il n'arrêta pas son analyse, qui, dit-on (ou dit-il ?), faisait partie intégrante de son entraînement. Et il revint avec le grade de colonel, prêt à remanier *La Guerre psychologique*, dont parut en 1955 une deuxième édition — celle qui n'a pas cessé d'être réimprimée depuis.

Aux Etats-Unis, *Les Sondeurs vivent en vain*[55], repris dans plusieurs anthologies, avaient produit une grosse impression. Cordwainer Smith (il est temps de lui donner ce nom) écrivit dès son retour *Le Jeu du rat et du dragon*[56] et, en 1955, cinq nouvelles, dont la publication s'échelonna jusqu'en 1959. Leur thème commun est l'expérience des limites vécue par des héros solitaires souvent connectés à des machines, et où l'on peut voir, si l'on veut, des fantasmes liés au lavage de cerveau, mais surtout des souvenirs bien concrets d'hospitalisation. La toile de fond — l'histoire du futur guidée par les Seigneurs de l'Instrumentalité — est déjà présente, mais l'auteur ne la montre guère.

L'étape suivante fut l'Australie. Il y fut invité en 1957 comme professeur associé et s'y fit de bons amis comme Arthur Burns, à qui il parla en toute liberté. L'Australie de cette époque avait encore un peu l'allure d'une lointaine province anglaise épargnée par la « révolution du plaisir » (qui, selon Paul Linebarger, faisait rage en Amérique) et culturellement proche de son ritualisme épiscopalien. Tout le séduisit, y compris les aborigènes. Il commença un carnet de notes où il précisait les grandes lignes de son histoire du futur et auquel, dit-on, il se référait souvent pour écrire... jusqu'au jour où il le perdit, par un acte manqué que le lecteur appréciera. Dans cette histoire, la « Norstralie » jouait un rôle central. Il repartit décidé à revenir en Australie où il voyait désormais son havre de grâce.

Il avait quarante-quatre ans. Paul Linebarger n'avait pas tout à fait dix ans à vivre ; Cordwainer Smith avait encore presque toute son œuvre à écrire. C'est dire qu'il y consacra beaucoup d'énergie — nous allions dire beaucoup de temps, mais il écrivait très vite. Encore trouva-t-il le moyen d'accepter le poste de doyen de la School for International Advanced Studies à Johns Hopkins en 1959. Mais cette fois ses éditeurs le talonnaient — surtout Frederik Pohl à partir de 1961 — et Genevieve était pour lui une complice très active. 1960 fut une année-charnière : lui qui donnait surtout des nouvelles écrivit un énorme roman, *Norstralie,* qu'il allait publier en deux parties — *L'Homme qui acheta la Terre* et *Le Sous-Peuple* — à la demande de ses éditeurs ; la foi religieuse, la dimension militante même devinrent de plus en plus apparentes dans ses textes ; enfin sa santé se détériora définitivement, ce qui ne ralentit pas sa cadence d'écriture, bien au contraire (nous avons vu pourquoi). La plupart de ses chefs-d'œuvre datent de cette époque et en ce domaine nous ne suivrons pas John J. Pierce, pour qui *La Quête des trois mondes* est l'amorce d'un déclin. L'intéressé ne cache pas que ses réserves sont liées aux allusions — trop nombreuses à ses yeux — à la « Vieille Religion Forte » ; nous voyons bien le problème ; il ne nous a pas gêné à la lecture de ce magnifique roman. Au demeurant *Sous la vieille Terre*[57], le dernier texte écrit par lui, nous entraîne dans une tout autre direction ; et le cycle des Seigneurs de l'après-midi, qu'il projetait d'écrire sans jamais dire ce qu'il avait en tête (ce qui est bien dans sa manière), aurait pu nous conduire encore ailleurs.

En 1965, après avoir écrit *Sous la vieille Terre* et perdu son carnet de notes, il fit un dernier voyage avec Genevieve : la Grèce, l'Egypte, Taiwan et, une fois de plus, l'Australie. Il méditait une histoire des guerres locales et cherchait de la documentation. Il annonça encore qu'il prendrait sa retraite en Australie. Il revint aux Etats-Unis en 1966 et ce fut la fin : hospitalisé au centre médical de Johns Hopkins, il y mourut d'une crise cardiaque le 6 août à l'âge de cinquante-trois ans. Il est enterré au cimetière militaire d'Arlington.

3

UNE VISION

Raconter l'histoire du futur, cela revient — en bonne logique — à traiter le futur comme passé et à en raconter l'évolution dans l'ordre chronologique. Il y a là un double paradoxe : d'un côté, l'auteur choisit parmi les potentialités du futur, il utilise d'un coup toute sa liberté d'invention et renonce à en faire usage par la suite (ou du moins il renonce *partiellement,* car bien peu d'écrivains ont situé *toute* leur œuvre dans leur histoire du futur) ; de l'autre, il renonce aux commodités de la fiction pour déployer ses textes dans l'espace d'une pseudo-réalité politique, religieuse ou philosophique. Il choisit la croyance contre l'illusion. Il s'affiche comme prophète, à la manière des anciens utopistes.

Compte tenu de ce que nous savons de Cordwainer Smith, on peut s'étonner qu'il ait fait un choix pareil, lui qui à tant d'égards est un conteur et non un prophète. Pourtant son histoire du futur fait partie de sa méthode littéraire. Chacune de ses nouvelles contient de l'inexpliqué, mais le lecteur a une chance de comprendre à condition de se référer à une autre nouvelle, parfois éloignée dans le temps. La promesse d'élucidation garantit que le public acceptera le mystère et restera complice. Moyennant quoi l'auteur, assuré ou feignant d'être assuré de partir d'un avenir cohérent, se donne le droit de le développer à son rythme, ne révèle dans chaque nouvelle que ce qui est absolument nécessaire à la compréhension de l'intrigue — c'est-à-dire, le plus souvent, peu de chose ; et une bonne partie de l'histoire future reste potentielle, même si les méthodes de l'auteur garantissent que tout attend explication. La trame historique crée des résonances à la fois intellectuelles et émotionnelles entre les textes, mais ce sont les résonances émotionnelles qui font tout le charme : ces « petits mystères inexpliqués », ces « pistes ouvertes sur le vide »[58] produisent globalement le « kaléidoscope de merveilles » où « tout est vraiment à venir »[59]. L'effet d'harmonie lacunaire ne saurait exister sans l'harmonie, sans l'écho lointain d'une musique des sphères.

Cette préoccupation n'est pas étrangère aux autres histoires du futur, à commencer par la plus connue, celle de Heinlein[60]. Celui-ci ne s'est pas caché d'avoir conçu son système en s'inspirant du roman réaliste : « C'était une idée que j'avais empruntée à Sinclair Lewis, qui, disait-on, établissait des tableaux, des fiches, des notes, voire des cartes détaillées concernant son Etat fictif du Winnemac et sa non moins abstraite métropole de Zenith. Mr. Lewis a réussi le remarquable exploit de rendre Zenith et ses habitants plus réels, aux yeux de la plupart des gens, qu'aucune ville authentique du Mid-west. Je pensai que ce qui était bon pour lui pouvait l'être aussi pour moi. Je m'emparai donc de l'idée. Je suis heureux de saisir l'occasion de reconnaître publiquement ma dette »[61].

Il n'y a ici entre Smith et Heinlein qu'une nuance de méthode : l'un cultive le flou artistique, l'autre accumule les détails précis. Esthétique du merveilleux contre esthétique réaliste ? Pas nécessairement : des mondes imaginaires comme ceux de l'*heroic fantasy* se construisent volontiers dans l'obsession documentaire, comme en témoignent l'œuvre de Tolkien et celles de beaucoup de ses disciples. En réalité, tout se résume à l'opposition entre un conteur captant son auditoire, armé d'un mince carnet de notes, et un historien adossé à ses archives. C'est la séduction contre l'autorité.

Reste que Smith et Heinlein, *sur le fond,* mènent le même combat contre Tolkien et ses épigones. Ils projettent leur histoire dans le futur, ils lui confèrent une présomption de réalité, ils prophétisent même s'ils s'en défendent ; la comparaison avec la Pythie sur son trépied sied mieux à Smith, à cause du ton, mais Heinlein ne peut l'éluder totalement malgré ses dénégations[62]. Car son histoire du futur a un contenu. Nous y voyons jusqu'aux environs de l'an 2000 un double mouvement de développement technologique et de dégradation des mœurs. Il en résulte une série de révolutions conduisant à des dictatures (dont une dictature religieuse) développant le contrôle psychologique des masses ; les voyages interplanétaires s'arrêtent jusqu'à la fin du XXIe siècle, où l'établissement d'un nouveau pacte social fondé sur l'épistémologie et la sémantique permet le rétablissement des libertés civiles, la relance de la recherche scientifique et la reprise des voyages spatiaux. Le sens général est clair : la science nous ouvrira l'espace, qui sera la nouvelle frontière, et nous promet une expansion indéfinie ; les tensions sociales et le tragique de l'histoire ne sont pas méconnus, mais la science future finira par remédier aussi à ce problème-là. Un bémol tout de même : après 2100 apparaissent des mutants quasi immortels, que les humains persécutent par jalousie et qui, après avoir choisi la clandestinité, finissent par s'expatrier dans les étoiles. C'est une fin ouverte, mais posant des limites à l'optimisme scientifique : l'avenir nous réserve des nouveautés qui ne sont pas seulement liées aux progrès de la science, et, pour l'*homo sapiens* au moins, l'histoire peut redevenir tragique. On n'en finira jamais avec les remous de la temporalité, même si les nouveaux problèmes engendrent de nouvelles solutions : ici, la longévité a partie liée avec le long voyage interstellaire. Ce n'est pas la dernière fois.

Heinlein, comme Cordwainer Smith, s'est bien gardé de raconter son histoire du futur ; il s'est contenté d'y situer des nouvelles et des romans. Mais ce cycle de récits, publiés de 1939 à 1950, portait en lui toutes les espérances utopiques de la science-fiction technologique et il a servi de modèle à une bonne partie des écrivains de cette génération et même des générations postérieures ; en somme, il a fondé pour une bonne part le vraisemblable de la science-fiction classique, et en particulier il a donné l'image canonique de cet « âge de l'espace » en quoi il se résume pour beaucoup de lecteurs, et sur lequel Cordwainer Smith devait broder tant de variations.

Pourtant il n'a pas éliminé tous les schémas concurrents, même dans l'âge d'or des années quarante. Le cycle de *Fondation* d'Asimov (1942-1950)[63] s'inspire de la chute de l'Empire romain telle qu'elle a été racontée par Gibbon[64] : un événement géant, mais un événement tout de même — rien en tout cas qui puisse se comparer à la suite complète des temps jusqu'au moment où l'avenir devient totalement imprévisible ou du moins inaccessible aux mosaïstes accoutumés aux détails précis tels que Heinlein. En contrepartie, Asimov ne réduit pas la grande histoire au simple rôle de toile de fond ; au contraire, il la suit dans ses épisodes les plus marquants, au point d'élaborer un ensemble cohérent, un cycle pleinement digne de ce nom, qui sera élu en 1966 « meilleure série de science-fiction de tous les temps ». Après coup, Asimov voulut poser aussi à l'historien du futur et, en 1955, publia sa propre chronologie[65] englobant certaines de ses œuvres, étrangères à sa conception primitive du cycle (Heinlein avait dévoilé la sienne dès 1941, ce qui d'ailleurs aliéna sa liberté d'auteur et le mit ultérieurement dans l'embarras). Sur le tard, il entreprit de compléter le cycle de *Fondation* avec *Fondation foudroyée* (1982)[66] et même d'unifier son histoire du futur avec *Les Robots de l'aube* (1983)[67] ; ces livres ne sont pas sans mérites, mais ils instituent une convergence artificielle et l'amateur d'Asimov ne doit attendre aucun plaisir supplémentaire de la lecture de ses romans dans l'ordre chronologique de son histoire du futur.

On connaît le thème de *Fondation* : l'Empire galactique a assuré 12 000 ans de paix et de prospérité, mais il se désagrège et les psychohistoriens calculent qu'il en résultera 30 000 ans de ruine et de barbarie. Tout ce qu'ils peuvent faire, c'est d'instituer une fondation qui interviendra opportunément dans l'histoire et réduira à 1 000 ans la durée du Moyen Age galactique. On a reconnu là certaines idées de Toynbee, selon qui toute civilisation se développe jusqu'à un *breakdown* où elle est incapable de répondre à un défi ; une minorité dominante crée alors un Etat universel ; des hordes barbares fondent des royaumes héroïques menaçants ; le prolétariat intérieur crée une Eglise universelle ; quand l'Etat universel s'écroule, cette Eglise sert de fondation à la civilisation suivante. Le mot *fondation* est dans Toynbee ; son schéma, inspiré lui aussi de l'histoire romaine, est conçu de telle sorte que la notion d'Eglise puisse s'appliquer aussi à l'histoire contemporaine et même à la collectivité des savants qui, selon Asimov, est la conscience de notre civilisation alors que le pouvoir de décision lui échappe. En sorte que le modèle du futur représenté dans *Fondation* est remarquablement ambigu : d'un côté, il adopte la position cyclique et — à court terme — pessimiste de Toynbee (les civilisations doivent savoir qu'elles sont mortelles), ce qui le place aux antipodes de Heinlein ; de l'autre, il met toute sa confiance dans les savants et monte un concours de circonstances leur permettant d'intervenir activement dans l'histoire, ce qui le situe dans la même perspective d'utopie scientiste que Heinlein et fait apparaître l'unité idéologique de la science-fiction de l'âge d'or.

Cordwainer Smith hérite de cette idéologie et, sur des points fondamentaux, il la fait sienne : pour lui l'humanité a un avenir indéfini ; la science est capable de progrès inconcevables ; enfin l'espace est certainement la prochaine frontière et en tout cas le théâtre ou l'enjeu de beaucoup de ses récits. Mais d'autre part il a été fortement marqué depuis les années trente par la lecture de Stapledon, qui lui offrait une conception très différente de l'histoire du futur. Cette filiation n'a guère été remarquée aux Etats-Unis (où Stapledon est peu lu) mais l'auteur et ses proches n'ont cessé de la proclamer. Elle se fonde sur deux livres : *Les Derniers et les Premiers* (1930)[68] et *Créateur d'étoiles* (1937)[69]. Le premier raconte l'essor et la chute de dix-huit espèces humaines pendant les deux prochains milliards d'années ; la première a culminé avec Socrate et Jésus ; la deuxième, la troisième, la cinquième, la quinzième, la seizième et la dix-huitième atteindront une sagesse de plus en plus haute ; puis le Soleil sera transformé en nova, mais des semences humaines seront envoyées dans le cosmos. Le second livre agrandit encore les perspectives et fait de Stapledon un concurrent moderne de Dante : le narrateur se désincarne et entreprend un voyage spirituel vers toutes les espèces intelligentes de la Galaxie ; il explore le cosmos du commencement à la fin des temps (le sujet des *Derniers et les Premiers* est traité en onze lignes) ; il décrit la montée d'un « Esprit galactique » englobant toutes les entités intelligentes de l'univers et instituant peu à peu une communauté — il faudrait dire : une fusion — utopique dont le « Créateur d'étoiles » se réjouit.

Cordwainer Smith partage certainement la plupart des convictions de Stapledon — le spiritualisme laïque, l'intuition de l'excellence cosmique, l'idée d'un dieu qui évolue avec ses créatures, l'impuissance des facultés humaines à découvrir la vérité (ce qui justifie le remplacement de la philosophie par la fiction) et la communauté comme condition nécessaire à l'accomplissement personnel — toutes idées qui fondent le thème des Grands Galactiques et trouveront leur couronnement dans *2001*. Plus globalement, Smith trouve aussi chez Stapledon l'idée que le progrès matériel compte moins que le progrès spirituel — une idée qui apparaît chez Toynbee, peut-être même chez Heinlein, mais qu'Asimov n'a pas reprise à son compte. Ce qui a le plus de prix à ses yeux, ce n'est pas d'affronter le présent, jour après jour, millénaire après millénaire ; c'est d'attendre et de préparer la fin des temps. Il est de ceux pour qui le présent ne prend pleinement son sens que par le futur. Simplement il n'a pas, comme Stapledon, la tête métaphysique ; il peut faire pressentir des horizons vertigineux, il n'a ni le goût de les explorer ni même celui de les appeler par leurs noms techniques, ce qui l'obligerait à entrer dans l'arène de la discussion. Ce n'est pas un ascète mystique mais simplement un poète naïf ; l'histoire du futur telle qu'elle s'est constituée au temps d'Heinlein et d'Asimov est pour lui une matière suffisante, à condition bien entendu d'en changer le sens et de remplacer une morale du progrès par une morale de l'accomplissement humain.

En un sens, Cordwainer Smith est arrivé à son heure. Après Hiroshima, l'optimisme scientiste est sérieusement remis en doute. L'année 1950, où paraît le premier texte signé Cordwainer Smith, est aussi celle où Heinlein et Asimov mettent fin à leurs sagas (provisoirement dans le cas du second) et où James Blish commence sa tétralogie des *Villes nomades* (1950-1962)[70]. Cette série remarquable et trop méconnue est peut-être aussi importante que les précédentes. Blish tient d'Asimov et de Heinlein par le scientisme, de Stapledon par l'inquiétude métaphysique — et surtout, par son pessimisme, il tient de son temps. Le XXIe siècle voit s'imposer des systèmes policiers à l'Ouest comme à l'Est ; on va jusqu'à oublier des découvertes scientifiques fondamentales. L'idée d'un totalitarisme rétrograde, puisée dans Heinlein, est singulièrement aggravée. Les deux inventions à retrouver sont un procédé d'antigravité et un antidote à la mort — ce qui permet d'associer, toujours comme dans Heinlein, le voyage aux étoiles et la longévité. Mais le traitement est très différent : grâce à l'antigravité enfin disponible, des villes entières partent dans l'espace pour échapper à la misère. Leurs habitants ne sont pas des conquérants mais des travailleurs saisonniers de la Galaxie, leurs migrations évoquent l'errance des « Okies » pendant la Grande Dépression. Certaines cités quittent la Galaxie : l'auteur est biologiste de formation et décrit l'expansion de l'humanité comme une simple dispersion. La tétralogie de Blish finit comme celle de Wagner : les derniers humains s'aperçoivent que l'univers va finir mais qu'ils peuvent, par leur mort, en fabriquer un autre. Tout recommencer comme autrefois ? Le suicide du dernier survivant a un enjeu colossal. Par-delà Toynbee, qui croyait tout de même au progrès, nous remontons à Spengler, qui voit la culture naître quand une collectivité « se détache de l'enfance » et mourir quand elle « retourne à l'état psychique primaire » ; qui, d'autre part, oppose l'idéal apollinien de la Cité-Etat et le désir faustien de l'inaccessible et des espaces illimités : deux postulations culturelles qui manifestement entrent en conflit dans la tétralogie des *Villes nomades*.

Chaque histoire du futur à sa spécificité, mais une problématique commune se dégage de ce rapide panorama. Le temps se compte en centaines ou en milliers d'années, l'espace s'étend jusqu'aux limites de la galaxie et même au-delà. Dès lors les dilemmes familiers de la S.F. (l'optimisme et le pessimisme, le désir et l'angoisse) sont transcendés au nom de cette sérénité supérieure que procure le sentiment de l'infini. Même chez un scientiste aussi convaincu que Blish, le progrès scientifique est progressivement dissous dans l'évolution biologique et le devenir cosmique. L'humanité se hausse aux nouvelles dimensions de son histoire : immortalité du groupe (dans le long voyage interstellaire) ou allongement de la longévité individuelle (parfois souligné par le don de prescience) composent le portrait du surhomme qui nous dépassera ; les mutations futures n'étendront pas seulement les pouvoirs de l'homme, elles introduiront les ruptures dans le tissu de l'histoire et dépasseront toutes les limites du prévisible. L'analysable est toujours cerné par l'indiscernable : c'est une des lois de ce genre très particulier où l'auteur le plus laïque rencontre les mêmes problèmes que le plus mystique. La science-fiction a toujours affaire aux limites de l'humain ; la démarche propre à l'histoire du futur est de les reculer démesurément et de voir ce qui se passe en pareil cas. Le résultat n'est pas très étonnant : au bout de la route, on trouve l'idéologie (évidemment), mais aussi un travail aux limites de l'idéologie et une méditation sur la fragilité des certitudes. George Barlow le souligne à propos de Cordwainer Smith, mais son propos pourrait, au prix de quelques retouches, s'appliquer à toutes les histoires du futur et même à l'histoire du passé : « Chacune de ses histoires a sa beauté propre, et l'histoire qui les englobe n'est, un peu comme dans la Bible, que la trame assez indifférenciée sur laquelle se dessine chaque étape de cette marche toujours recommencée vers un royaume de Dieu jamais atteint. »[71]

4

UNE VOIE

Cordwainer Smith ne saurait être soupçonné d'esprit de système et d'obsession unificatrice : nous l'avons vu changer de style comme de pseudonyme ; certains de ses textes essentiels ont été publiés après sa mort, certains même paraissent ici pour la première fois, et il n'est pas sûr qu'il les ait tous laissés inachevés — en fait, il n'est pas sûr qu'il ait fait beaucoup d'efforts pour les faire publier. Son travail d'écrivain fut manifestement pour lui une récréation : il ne tenait pas, on l'a vu, à entretenir des rapports suivis avec ses lecteurs ; et malgré le carnet perdu, il ne tenait pas davantage à ordonner ses textes en une suite linéaire homogène. On a relevé quelques-unes de ses contradictions, étonnantes pour une œuvre cyclique ; les érudits ont avancé qu'il les aurait corrigées s'il en avait eu le temps. Rien n'est moins sûr. Il y a en effet des contradictions à l'intérieur d'un même récit : *Mark Onze*[72] se passe soit en 3545 soit en 5495 selon qu'on s'appuie sur le début ou la fin de la nouvelle. Les lacunes posent des problèmes voisins : le cycle de la vengeance de Casher O'Neill aurait dû comprendre ses aventures initiales sur Mizzer, la Vieille Terre et Olympia ; mais l'auteur, au lieu de les écrire, a commencé avec *Une étoile pour trois* un second cycle de Casher, lui-même abandonné[73]. Cordwainer Smith fût-il mort centenaire que son œuvre aurait sûrement gardé ce caractère d'inachèvement essentiel, d'indifférence aux problèmes d'intendance et à ces petits riens qui vraisemblabilisent la fiction. Il a donc été très difficile d'assigner un ordre chronologique à ce parcours vagabond ; nous nous y sommes essayé à notre tour en nous appuyant sur les travaux d'Alice K. Turner[74], de John J. Pierce[75] et d'Anthony R. Lewis[76]. Le résultat est contestable et sera contesté ; nous en donnons le détail dans le préambule à chaque volume intitulé *Le Livre du Futur.* Mais le grand jeu du temps collectif (ou cosmique) ne saurait se réduire à un plaisir ludique, ni même à un plaisir intellectuel. Plutôt que de compter ici les voiles du navire, nous nous demanderons quels sont les grands vents qui lui font sillonner les sept mers. Où va-t-il, ce navire ? Quelle est la voie frayée par *Les Seigneurs de l'Instrumentalité ?*

Le thème fondamental de Cordwainer Smith, c'est l'homme — non pas l'homme historique ou l'homme abstrait des philosophes, mais l'individu dans son existence personnelle, irremplaçable et solitaire, considéré à travers l'épaisseur de son intimité particulière, traité avec toute l'affection et la tendresse dont l'auteur est capable. Un personnage de *Sous la vieille Terre*[77] énumère « les trois redoutables forces de l'esprit humain : la foi religieuse, la gloire vengeresse ou le vice pur ». Nous savons que l'auteur fut un esprit tout à fait religieux et pas du tout glorieux ni vengeur ; pour le vice, c'est une affaire entre son psychanalyste et lui. Mais peu importe : ce qui compte dans ces trois forces, ce n'est pas qu'elles sont trois, c'est que ce sont des forces. Certaines nouvelles parmi les plus anciennes prêtent à l'homme ou même à des objets des pouvoirs extraordinaires (télépathie, influence, prescience, etc.) ; l'auteur a un sens du surnaturel qui aurait pu déboucher — et qui a effectivement débouché, même dans les chefs-d'œuvre de la maturité comme *Boulevard Alpha Ralpha*[78] — sur le fantastique. Chaque homme recèle au fond de lui des possibilités qu'il ne soupçonne pas ; non seulement des possibilités à venir, subordonnées à quelque mutation, mais des possibilités latentes dans le présent, susceptibles de s'actualiser à tout instant. Ce n'est pas là une croyance occultiste, ni même un effet de la seule foi chrétienne ; Cordwainer Smith est très optimiste, il a la conviction (au moins littéraire) que les mutants sont déjà parmi nous et que nous ne les cherchons pas assez.

Que faire pour que l'homme puisse donner toute sa mesure ? Ici l'on n'évitera pas les références théologiques. Le Christ a dit : « Si quelqu'un veut venir à ma suite, qu'il renonce à lui-même. »[79] Après lui, saint Paul a invité ses interlocuteurs à « dépouiller le vieil homme »[80]. Ce que l'auteur résume dans le titre d'un de ses recueils : *Tu ne seras plus jamais le même.* Ici une précision s'impose. Cordwainer Smith est un bon chrétien, non un auteur dévôt ; à aucun moment il ne songe à prêcher, à faire l'éloge officiel d'une religion militante. Il sait très bien au contraire que ses lecteurs — les amateurs de science-fiction — sont massivement déchristianisés et refuseraient un tel message. Il pense qu'historiquement l'humanité file un mauvais coton et qu'il faut le dire : l'homme va changer, mais, parce qu'il méconnaît la nature du changement, il ne saura pas le maîtriser et le vivra dans la souffrance. Un correctif : chaque être humain est individuellement capable de générosité (en termes chrétiens, il faudrait dire : charité) et apte à se préparer au changement. Même dans la pire déroute que pourrait nous réserver l'histoire à venir, l'auteur et son lecteur gardent le pouvoir d'échanger tel ou tel message essentiel dans l'intimité de la lecture. Au demeurant Paul Linebarger sait d'expérience que des pratiques aussi laïques que la psychanalyse conduisent aux mêmes métamorphoses personnelles que la mystique chrétienne. Il est même prêt à transiger sur la définition de Dieu : « Une personne ou un concept susceptible de déclencher de nouveaux processus culturels » (*Sous la vieille Terre*).[81] Il est vrai que c'est un robot qui le dit — encore un effet de point de vue.

Mais s'il y des accommodements avec le ciel, il n'y en a pas avec l'histoire. Les hommes qui manquent leur chance de contrôler le changement sont condamnés à le subir. Leur science et même leurs pouvoirs extraordinaires se développent sans limites ; seulement, leur imprudence et leurs erreurs les mènent tout droit au collapsus. Les *Anciennes Guerres* conduisent à l'*Age Sombre,* qui dure des milliers d'années — le tiers, peut-être la moitié de l'histoire du futur de Cordwainer Smith. Le thème de la catastrophe atomique et de la renaissance après le cataclysme est largement renouvelé. Les *Terres Sauvages* sont parcourues par des machines à tuer survivantes, des animaux mutants et des hors-la-loi. Les *Hommes Véritables* se sont barricadés dans des Cités interdites. Leurs maîtres sont les Jwindz, des philosophes chinois épris de perfection qui entreprennent de remodeler les hommes à leur image. Le résultat n'est pas très heureux, et les Jwindz ne gardent le contrôle de leurs sujets qu'en leur administrant des tranquillisants. Ce peuple de zombies vit dans l'indifférence et l'apathie. Cette atmosphère d'atonie collective, consécutive à des guerres dantesques, a été remarquablement recréée par John Boorman dans son film *Zardoz,* qui (hormis le thème de l'immortalité, prématurément introduit) pourrait passer pour un résumé de l'Age Sombre. Les Hommes Véritables sont menacés d'extinction. La guerre ne leur a pas réussi ; la paix ne leur réussit pas davantage. On sent affleurer ici la critique du confucianisme telle que pouvait la faire un homme comme Sun Yat-sen.

Pendant des milliers d'années, l'humanité est sortie

de l'histoire. Elle y rentre avec le réveil des sœurs vom Acht, survivantes d'un lointain passé, sauvées par une sorte de miracle et restées en animation suspendue pendant tout ce temps. Les sœurs ont gardé le don de vitalité oublié de leurs descendants ; elles ont beaucoup d'enfants, qui forment la *Bande des Cousins* et renversent les Jwindz (*La Reine de l'après-midi*)[82]. Longtemps après, leurs descendants gardent le pouvoir de mûrir très jeunes, car ils descendent d'êtres non reconnus et illégaux (*Le Jour de la pluie humaine*)[83]. La famille Vomact, issue des sœurs, ne cessera de jouer un rôle de premier plan à travers les millénaires, dans une douzaine d'histoires du cycle ; elle symbolise la force des liens du sang et de la génération à travers les vicissitudes de l'histoire. Moralité : la paix — comme la guerre —, c'est la mort ; à la mort, on ne peut opposer que la vie — c'est-à-dire, bien entendu, l'amour.

Mais les Cousins sont très nombreux, ce qui les oblige à s'organiser, comme dans *Totem et Tabou*. Les Jwindz avaient déjà une « Instrumentalité » qui leur servait de police, puisque eux-mêmes dédaignaient d'agir. Les Cousins reprennent le mot et la chose, mais l'Instrumentalité, qui avait servi des hommes, servira désormais le genre humain tout entier. La notion qui à tort ou à raison apparaît comme la clef du cycle — et qui lui a en tout cas donné son titre — entre en scène, et il faut bien s'expliquer sur ce terme un peu mystérieux.

Le mot *instrumentalité* est d'origine théologique ; il fait partie du vocabulaire thomiste (mais on ne le trouve pas encore chez saint Thomas d'Aquin lui-même). Il est peu probable que Paul Linebarger ait entendu dans son enfance ce terme très technique, bien qu'il soit le petit-fils d'un ministre du culte épiscopalien (donc thomiste) et qu'il ait grandi dans un milieu où les missionnaires étaient certainement très nombreux et les signes extérieurs du christianisme (on dit parfois : les instruments) ouvertement brandis. Mais il a trouvé le mot *instrument* dans la Bible : l'Ancien Testament présente tel ou tel conquérant comme un « instrument » de la colère de Dieu ; dans le Nouveau Testament, Dieu dit de saint Paul : « Cet homme est un instrument que je me suis choisi »[84]. Bref, les instruments sont les personnes par le moyen desquelles Dieu agit, soit pour *détruire* (dans le cas des conquérants), soit pour *construire* et *instruire* (dans le cas de saint Paul) : toute une famille lexicale se résume en un mot. La théologie thomiste précise qu'une cause instrumentale (un homme ou un violon, par exemple) est amenée par le pouvoir d'une cause principale (Dieu ou un violoniste, par exemple) à produire un effet proportionné à la nature et au pouvoir de la cause principale. A cet effet, la cause instrumentale reçoit un pouvoir instrumental qui le dote d'une « instrumentalité efficiente », c'est-à-dire du pouvoir d'obtenir un effet qui va au-delà de ses propres forces. Non seulement les saints mais, par exemple, les ministres du culte administrant les sacrements sont les instruments de Dieu lui-même.

Cette austère notion théologique a été réactivée au cours de la jeunesse de l'auteur par l'*instrumentalisme* de John M. Dewey. Le célèbre philosophe a fait des conférences en Chine et en a tiré plusieurs dizaines d'articles entre 1919 et 1921. C'était l'époque où tout paraissait possible : la Chine n'allait-elle pas devenir une démocratie à l'occidentale, administrée par une élite chrétienne ? Le discours de Dewey sur le Kuomintang ressemble beaucoup à celui de Paul Linebarger senior, et il est possible que les deux hommes se soient rencontrés — en hommes d'influence qu'ils étaient l'un et l'autre. On a déjà vu que le second appliqua l'un des principes du premier (« learning by doing ») dans une circonstance critique. Pour Dewey, la pensée n'est qu'un instrument pour l'action et n'a de sens que par son rendement dans l'action : « La connaissance réfléchie est instrumentale pour se rendre maître d'une situation anormale. »[85] Une théorie correspond aux faits quand elle permet d'influer sur les faits qui relèvent d'elle, par l'intermédiaire de l'expérience. Tout le travail de la vie consiste à trouver des solutions aux problèmes qui se posent ; pour l'instrumentalisme, la théorie (comme la pratique) ne vaut que dans la mesure où elle permet d'améliorer concrètement l'existence vécue. Cette forme de pragmatisme a connu un énorme succès entre

1900 et 1950, surtout grâce à l'action de son inventeur dans le domaine pédagogique. Il n'est pas douteux que Cordwainer Smith en a entendu parler, peut-être dès son enfance et à coup sûr pendant sa vie d'étudiant et d'universitaire. Le mot *instrumentalité* est nettement moins surprenant aux Etats-Unis qu'en France ; cette familiarité sémantique, il la doit à Dewey.

Mais la richesse du mot vient aussi de la contradiction massive entre l'instrumentalisme et le thomisme. Pour saint Thomas, Dieu est intellect avant d'être volonté ; quant à l'homme, il peut être l'instrument de Dieu sans le comprendre ; à supposer qu'il comprenne (ce qui fut, sauf erreur, le cas de saint Paul), il ne cessera pas pour autant d'être passif. Chez Dewey, au contraire, les catégories intellectuelles sont des instruments de l'expérience et n'ont de sens que par elle. Elles ne prescrivent rien, l'expérience a toujours le dernier mot. Le pragmatisme est incompatible avec l'intellectualisme thomiste ; il y a dans les deux cas un ouvrier et un outil, mais ils échangent leurs places quand on change de théorie. Et entre les deux théories, Cordwainer Smith a fait son choix. Il emprunte au thomisme le mot *instrumentalité* et l'idée que tout instrument est essentiellement incomplet sans l'idée qui l'anime ; de Dewey, il garde l'idéologie instrumentaliste, qu'il prête... aux Seigneurs de l'Instrumentalité. Il ne l'adopte pas pour autant. C'est une question de point de vue.

Revenons à la Bande des Cousins. Leur Instrumentalité n'est pas au service de Dieu mais de l'humanité. C'est déjà une première limite sérieuse, et il ne faudrait pas solliciter beaucoup les textes de Cordwainer Smith pour lui faire dire qu'il y a là une cause instrumentale sans cause principale, et que les « Seigneurs » de cette Instrumentalité-là sont des imposteurs. Mais la situation est plus embrouillée encore dans le détail. L'Instrumentalité ne veut pas gouverner mais servir, ce qui est la fonction naturelle d'un instrument. Cependant cette distinction ne suffit pas : déjà les Jwindz se voulaient non des maîtres mais des Parfaits, ce qui ne les avait pas empêchés d'acculer les Hommes Véritables à la mort lente. La nouvelle Instrumentalité pose donc qu'elle sera bienveillante et non manipulatrice. C'est dire qu'elle laissera s'épanouir toutes les qualités de l'homme, à commencer par la vitalité. Comme le dit encore Dewey : « Les fins démocratiques exigent des méthodes démocratiques pour se réaliser. » Mais les fins démocratiques exigent des démocrates, c'est-à-dire, au sens où l'entend Dewey, des gens qui détiennent le pouvoir sans avoir le désir de l'exercer, des seigneurs sans seigneurie. De même l'école selon Dewey comporte un maître qui refuse d'exercer son autorité. Les enfants ne sont pas préparés à leur vie de futurs adultes mais conviés à vivre ensemble — et joyeusement — le temps de leur enfance. C'est la Bande des Cousins. Et il suffit de lire Cordwainer Smith pour voir à quel point l'Instrumentalité maintient l'humanité dans un état d'enfance.

L'erreur de la plupart des exégètes, c'est de croire que l'Instrumentalité est *en soi* un bon régime aux yeux de l'auteur. D'abord, ce n'est pas un régime politique, puisqu'elle laisse subsister des gouvernements sur la plupart des planètes, même quand ils sont parfaitement monstrueux (*La Planète Shayol*)[86]. C'est, si l'on veut, une élite juridique combinée à un ordre religieux et à une organisation d'espionnage, qui n'intervient que dans les grandes occasions. Son but ? On nous parle d'un « effort incessant pour garder l'homme tel qu'il était » (*Sous la Vieille Terre*)[87] : c'est dire que l'institution n'a pas de fécondité propre, et qu'il ne peut y avoir de progrès que technique. Ses moyens ? C'est « un corps constitué se perpétuant lui-même, et composé d'hommes dotés d'immenses pouvoirs et soumis à un code très strict » (*Le Bateau ivre*)[88]. Aucun renseignement clair n'est donné sur les modes de recrutement et de formation des Seigneurs et des Dames de l'Instrumentalité, mais il est clair que ce n'est ni une aristocratie scientifique à la Heinlein ou à la Asimov, ni une élite morale à la Stapledon. S'il faut choisir, disons que c'est plutôt une pragmatocratie : « Jestocost n'était pas devenu Seigneur de l'Instrumentalité sans user d'audace. Il possédait un esprit prompt, trop rapide pour être profondément intelligent. Il pensait par association et non par logique » (*La Ballade de C'mell*)[89]. Un héros selon Dewey, mais certainement pas selon saint Thomas — ni sans doute selon Cordwainer Smith.

Reste à préciser le programme pratique des Seigneurs. On a beaucoup de mal à y arriver — mais comment codifier la pratique des maîtres d'école selon Dewey ? Il y a en général un à quatre Seigneurs par planète, mais chaque Seigneur peut communiquer facilement avec les autres dans tout l'univers habité. Ils sont à la fois au-dessus des lois et soumis à des lois supérieures, comme on l'est — si l'on veut — dans la guerre secrète. Ils suivent une déontologie de caractère purement volontaire (comme dans l'Islande pré-chrétienne) et en tant qu'êtres humains ils sont sujets aux fautes, aux crimes, aux trahisons, à la corruption et même au suicide. On a le plus grand mal à distinguer le bon et le mauvais usage qu'ils peuvent faire de leurs pouvoirs puisque d'un côté ils peuvent tuer sans procès quand ils le jugent nécessaire et que d'autre part ils peuvent être condamnés à mort et exécutés par leurs pairs si ceux-ci estiment qu'ils ont commis un abus. Mais leurs techniques favorites sont la ruse et l'arme psychologique, familières à Paul Linebarger — ainsi que la négociation, qui avait été familière à son père. Comme toujours en droit anglo-saxon, la jurisprudence est reine ; mais cette jurisprudence-là se réinvente constamment. Les Seigneurs ont un tel pouvoir d'initiative qu'ils ont pratiquement les mains libres sans toujours savoir clairement *à quoi* ils servent et *de quoi* ils sont les instruments. Ils sont aux institutions politiques ce que les Vomact sont à la famille : ils assurent une permanence, ils sont là, mais ils ont des hauts et des bas. Ils ne sont pas infaillibles, et l'histoire humaine pendant quelques milliers d'années est dans une large mesure celle de leurs choix et de leurs défaillances. Ils semblent bien être une métaphore du gouvernement des Etats-Unis au bon vieux temps de la « libre entreprise ». C'est une anarchie tempérée par l'assassinat.

Dans l'univers de l'Instrumentalité, la place de Cordwainer Smith est aux frontières — comme la place de Paul Linebarger fut toujours aux limites de la sphère d'influence des Etats-Unis. Cet homme qui avait le goût des voyages fait dire à l'héroïne de *La Dame aux étoiles :* « Je suis lasse de la Terre et, puisqu'il n'est pas nécessaire de mourir pour la quitter, je pense que j'aimerais voguer jusqu'aux étoiles. »[90] Et M. Plusgris, son interlocuteur, lui décrit ainsi l'expérience du vol interstellaire : « Il y a des moments... Tes nerfs se tendent jusqu'à toucher les étoiles. Tu te sens énorme. »[91] Une euphorie qui ne va pas sans contreparties, puisque le même homme est décrit comme « un jeune célibataire prématurément vieilli, un homme dont l'amour s'était porté vers le vide et l'horreur et non vers les joies et les peines tangibles de la vie humaine »[92]. Le vide et l'horreur : l'espace est le plus souvent un supplice. Un *Premier Age de l'Espace* a ainsi avorté avant l'Age Sombre. Le *Deuxième Age de l'Espace* commence avec l'Instrumentalité. La grande expansion de l'humanité est liée au renouveau de la vitalité : il y a de plus en plus d'hommes, donc de plus en plus de candidats à l'émigration. Le lit d'hôpital et la couche nuptiale sont inextricablement mêlés dans l'image de l'astronef. *Les Sondeurs vivent en vain*[93] et *La Dame aux étoiles*[94] communiquent à la fois le sentiment d'une souffrance intense et celui (contradictoire ?) d'une complicité de l'homme et de la machine : les sondeurs du premier récit et les marins du second ont le sens d'une vocation très forte, quasi monastique. Et puis le cosmos est intéressant : l'Instrumentalité fait trop bien son travail et le monde extérieur est le refuge de toutes les initiatives. C'est là qu'on trouve les derniers aventuriers — qui sont peut-être les derniers hommes dignes de ce nom. On y vit à la loyale : « L'espace (...) ne commettait jamais de crimes; il tuait, tout simplement. La nature donnait la mort, mais l'homme, de planète en planète, amenait le crime avec lui » (*Pensez bleu, comptez deux*)[95]. Dans le cycle des *Seigneurs de l'Instrumentalité,* les Seigneurs sont souvent à l'horizon, parfois à peine mentionnés; le silence éternel du vide est toujours là, merveilleux et terrifiant. Loin de la théologie, Cordwainer Smith retrouve la bonne vieille tradition américaine de l'aventure.

L'histoire bascule, comme chez Heinlein et Blish, avec l'augmentation simultanée de la longévité et de la vitesse des voyages. Les vaisseaux voyagent plus vite que la lumière dans Espace Deux ; la transmission devient instantanée dans Espace Trois. Expansion de l'humain aux limites de l'univers ? Pas précisément ; en fait, la maîtrise de l'espace souligne plus cruellement l'impuissance face au temps. La longévité est allongée grâce au stroon, une drogue produite par un virus sur des moutons mutants dans une planète d'éleveurs, la Norstralie, qui grâce à cette découverte deviendra la plus riche de la Galaxie (et qui fournira à Frank Herbert le modèle de Dune et de son épice). Mais le stroon est rare et, à partir d'un certain âge, les effets sont tels qu'il vaut mieux mourir. L'Instrumentalité fait alors un choix démocratique, instrumental et... malencontreux : la vie humaine est uniformément prolongée jusqu'à quatre cents ans (sauf pour les Seigneurs, qui vivent mille ans). Pour la première fois dans l'histoire, les hommes connaissent d'avance le jour de leur mort. Bien entendu, on leur fournit tous les tranquillisants, tous les rêves nécessaires, comme au temps des Jwindz. Que feraient-ils d'autre ? Les robots et les sous-êtres (des animaux transformés en quasi-humains, comme dans *L'Ile du docteur Moreau*) se chargent du travail. Les Seigneurs décident de tout. Les hommes sont à la fois heureux, homogénéisés et programmés, privés d'espoir et de liberté : « Nous naissions dans la stupeur et mourions dans un rêve » (*Boulevard Alpha Ralpha*)[96]. Même la natalité est programmée : le don de vitalité a-t-il été reperdu ? L'histoire va-t-elle s'arrêter une seconde fois ? Ici Cordwainer Smith délaisse un peu Stapledon et la science-fiction pour s'inspirer de Huxley et de la tradition antiutopique. Il le fait d'ailleurs discrètement : aucun texte ne décrit la société déshumanisée pour elle-même. Mais des complots, des révoltes et des dangers venus d'outre-ciel montrent que l'Instrumentalité est ébranlée.

C'est alors que l'auteur change de rythme. Les histoires qui suivent ont toutes été publiées à la fin de sa vie (1961-1966) ; elles occupent quatre volumes sur les six qui forment le cycle ; elles se passent en totalité (sauf *La Planète Shayol*)[97] sur une période de trois ou quatre cents ans, ce qui est très court pour Cordwainer Smith. Quelques seigneurs éclairés, conscients que l'humanité agonise, lancent le programme de Redécouverte de l'Homme. On réintroduit les risques, la mort prématurée, l'incertitude, les maladies, les noms propres et même les différences culturelles. La liberté retrouvée permet aux gens d'être bons ou mauvais. Dans un fragment inédit de 1961, le Seigneur Jestocost soutient que les « avariés » — les malades, les estropiés, les surdoués et les débiles — doivent vivre et non être conduits à une mort heureuse : « Laissons-les exister et voyons ce qui arrivera. » La vitalité reviendra-t-elle ? Ce n'est pas sûr : en fait, même les accidents sont programmés.

Le véritable espoir vient des sous-êtres. Lors du retour des sœurs vom Acht, la troisième sœur apportait avec elle la *Vieille Religion Forte*. Le message n'a pas été reçu des hommes, mais il s'est transmis chez les sous-êtres, qui n'ont pas statut d'êtres humains. Dans *La Dame défunte de la ville des gueux*[98], le sous-peuple entame une longue croisade pour obtenir l'égalité. Le bûcher sur lequel finit D'joan, la fille-chien, emblématise les lynchages des Noirs et toutes les horreurs du racisme. Au nom du cosmopolitisme et de la religion réunies, Cordwainer Smith était un chaleureux partisan du métissage, et la bataille des droits civiques, qui aux Etats-Unis battait son plein dans les années soixante, eut en lui un partisan convaincu : il dédia même son recueil *Space Lords* à la mémoire de sa femme de ménage noire défunte, avec une épître dédicataire de deux pages où il l'assurait de son amour. Dans les derniers volumes du cycle, il prend soin de souligner que les sous-êtres ont toujours l'initiative, et que les Seigneurs éclairés finissent par leur accorder l'égalité des droits sans voir très bien où ils vont. Car l'auteur pense que seul le retour à la Vieille Religion Forte peut amener les hommes à redevenir humains, ou à reconnaître comme humains ceux qu'ils avaient exclus de l'utopie abolie. Or les Seigneurs ont proclamé l'embargo sur la religion, qui n'est pas comprise dans le processus de différenciation culturelle impliqué par la Redécouverte de l'Homme.

Comment aurait continué le cycle ? La mort prématurée de Cordwainer Smith autorise quelques hésitations. Dans *La Quête des trois mondes,* Casher O'Neill, d'abord obsédé par la vengeance, redécouvre l'amour et en particulier... l'amour du tyran qu'il voulait tuer : cette « révolution de l'amour » annonce une restauration religieuse. Dans *Lui-même en Anachron*[99], l'homme acquiert enfin la maîtrise du temps qui lui avait été jusque-là refusée et à cette occasion il est illuminé par une révélation de type manifestement chrétien. Nous savons par *La Rivière de brillantes étoiles*[100] qu'il y a interfécondité entre les hommes et certains sous-êtres ; la restauration religieuse aurait sans doute été de pair avec l'abolition des frontières raciales, l'unification du genre humain et le troisième retour de la vitalité. Mais *Jusqu'à une mer sans soleil*[101] montre que les forces mortifères n'ont pas pour autant abandonné la partie : sur la planète Xanadu, on cultive les « diehr-morts » à partir de tissus vivants et on les substitue aux vivants, ce qui peut permettre de remplacer tous les habitants de la planète par des zombies qui en sont les copies conformes et qui obéissent aveuglément aux détenteurs du pouvoir. On retrouve là le thème du *Père truqué* et d'autres récits de Philip K. Dick. Cordwainer Smith se voulait rassurant par la forme ; il ne l'était pas toujours quant au fond.

Ce nouveau cycle qui s'esquissait, l'auteur lui avait trouvé un titre : *Les Seigneurs de l'après-midi.* Nul ne sait au juste en quoi il devait consister, mais il n'est pas interdit de penser à cette école américaine selon Dewey où l'après-midi est consacré aux loisirs. On peut évoquer aussi *La Reine de l'après-midi*[102], où la plus jeune des sœurs vom Acht épouse l'homme laissé veuf par le décès de sa sœur aînée — ce qui nous ramène au thème éminemment cordwainerien de la jeune femme qui succède à la vieille. La reine de l'après-midi, c'est certainement Genevieve Linebarger ; et le seigneur de l'après-midi, c'est certainement l'homme que Paul Linebarger s'apprêtait à devenir en 1966, en paix avec son âme et en tout cas avec son inconscient. L'E-telekeli, son oiseau visionnaire, prévoit un temps où les hommes pourront « haïr facilement et légèrement, comme dans un jeu, et non violemment et maladivement, comme dans la réalité »[54].

Cette grâce lui a été refusée. Saurons-nous la conquérir ?

Jacques Goimard

NOTES

1. « Sur la planète aux gemmes », in *La Quête des trois mondes.*
2. « Le Cerveau brûlé », in *Le Rêveur aux étoiles.*
3. « Sur la planète des sables », in *La Quête des trois mondes.*
4. « La Dame aux étoiles », in *Le Rêveur aux étoiles.*
5. *L'Homme qui acheta la Terre,* prologue.
6. « Le Bateau ivre », in *Les Puissances de l'espace.*
7. « La Dame défunte de la ville des gueux », in *Le Rêveur aux étoiles.*
8. *Le Rêveur aux étoiles.*
9. *L'Homme qui acheta la Terre,* fin du prologue.
10. *Le Sous-Peuple.*
11. *Les Puissances de l'espace.*
12. *Le Rêveur aux étoiles.*
13. *Les Puissances de l'espace.*
14. *Le Rêveur aux étoiles.*
15. *Les Puissances de l'espace.*
16. *Le Rêveur aux étoiles.*
17. *Les Puissances de l'espace.*
18. « La Dame défunte de la ville des gueux », in *Le Rêveur aux étoiles.*
19. *Ibid.*
20. « Boulevard Alpha Ralpha » et « La Ballade de C'mell » in *Les Puissances de l'espace ; L'Homme qui acheta la Terre ; Le Sous-Peuple.*
21. Frederik Pohl, *The Instrumentality of Mankind,* Introduction.
22. Robert Silverberg in *Amazing,* juin 1965.
23. Trad. fr., J'ai lu, 1975.
24. Trad. fr., Opta, 1971.
25. Voir « Mr Forest of Incandescent Bliss » in *Speculation,* n° 33, 1976 et « The Treasure of the Secret Cordwainer » in *Science Fiction Review,* n° 48, août 1983.
26. Voir notre bibliographie, n°s 39, 40 et 41.
27. Voir « Paul Linebarger » in *Australian Science Fiction Review,* rééd. in John Bansung (éd) : *Exploring Cordwainer Smith,* Algol Press, New York, 1975. Trad. fr. (même titre) in n° 37 de notre bibliographie.

28. Voir n. 19.
29 Voir notre bibliographie, n° 69.
30. *Le Rêveur aux étoiles.*
31. *Ibid.*
32. *Ibid.*
33. *Tu seras un autre.*
34. *Ibid.*
35. Arthur Burns, *op. cit.*, p. 25.
36. *Ibid.*
37. *Le Rêveur aux étoiles.*
38. *Psychological Warfare,* éd. de 1955.
39. Arthur Burns, *op. cit.*, p. 29.
40. « Le Cerveau brûlé », in *Le Rêveur aux étoiles.*
41. *Ibid.*
42. *La Quête des trois mondes.*
43. *Ibid.*
44. *Les Puissances de l'espace.*
45. *Le Rêveur aux étoiles.*
46. Voir bibliographie, n°s 81 et 82.
47. Toutes deux dans *Le Rêveur aux étoiles.*
48. *Les Puissances de l'espace.*
49. *Tu seras un autre.*
50. *Les Puissances de l'espace.*
51. *Le Rêveur aux étoiles.*
52. *Tu seras un autre.*
53. *Ibid.*
54. *Le Rêveur aux étoiles.*
55. *Tu seras un autre.*
56. *Le Rêveur aux étoiles.*
57. *Les Puissances de l'espace.*
58. Donald A. Wollheim, *Les Faiseurs d'univers,* trad. fr. Laffont, 1971, p. 162.
59. *Ibid.*, p. 160.
60. Robert Heinlein : *Histoire du futur,* trad. fr., 5 vol., Presses Pocket (*L'Homme qui vendit la Lune ; Les Vertes Collines de la Terre ; Révolte en 2100 ; Les Enfants de Mathusalem ; Les Orphelins du ciel*).
61. Id., *L'Homme qui vendit la Lune,* p. 8.
62. *Ibid.*, p. 7-8.
63. Isaac Asimov : *Fondation, Fondation et Empire, Seconde Fondation,* trad. fr., Paris, Denoël.
64. Edward Gibbon : *Histoire du déclin et de la chute de l'Empire romain,* rééd., 2 vol., Laffont, coll. Bouquins.
65. Sur ce point, cf. Pierre Versins : *Encyclopédie de l'utopie et de la science-fiction,* Lausanne, L'Age d'Homme, 1972, art. Asimov.
66. Trad. fr., Denoël.
67. Trad. fr., J'ai lu, 2 vol.
68. Trad. fr., Denoël.
69. Ed. disponible en français : Néo.
70. James Blish : *Aux hommes les étoiles, Villes nomades, La Terre est une idée, Un coup de cymbales,* trad. fr., Denoël. Chronologie dans Pierre Versins, op. cit., art. Blish.

71. G. W. Barlow in D. Guiot (éd.) : *La Science-Fiction,* MA Editions, Paris, 1987, p. 114.

72. *Tu seras un autre.*

73. *La Quête des trois mondes.*

74. « Chronology », in *Exploring Cordwainer Smith,* op. cit. (voir note 25).

75. Voir note 23.

76. Anthony R. Lewis : *Concordance to Cordwainer Smith,* New England Science Fiction Association, Cambridge, Mass., 1984.

77. *Les Puissances de l'espace.*

78. *Ibid.*

79. *Mathieu,* XVI, 24 ; *Marc,* VIII, 34 ; *Luc,* IX, 23.

80. *Ephésiens,* IV, 22 ; *Colossiens,* III, 9.

81. *Les Puissances de l'espace.*

82. *Tu seras un autre.*

83. *Le Rêveur aux étoiles.*

84. *Actes,* IX, 15.

85. *Essays in Experimental Logic,* 1916, p. 17.

86. *Les Puissances de l'espace.*

87. *Ibid.*

88. *Ibid.*

89. *Ibid.*

90. *Le Rêveur aux étoiles.*

91. *Ibid.*

92. *Ibid.*

93. *Tu seras un autre.*

94. *Le Rêveur aux étoiles.*

95. *Ibid.*

96. *Les Puissances de l'espace.*

97. *Ibid.*

98. *Le Rêveur aux étoiles.*

99. *Les Puissances de l'espace.*

100. *Le Rêveur aux étoiles.*

101. *Les Puissances de l'espace.*

102. *Tu seras un autre.*

103. *Le Sous-Peuple.*

BIBLIOGRAPHIE

par Jacques Goimard

I. SCIENCE-FICTION

(sous le pseudonyme de Cordwainer Smith, sauf mention contraire)

1928

1. « War N° 81-Q » (sous le nom d'Anthony Bearden), in *Adjutant*, annuaire de la Central High School de Washington. Réécrit en 1961. Version de 1928 retrouvée et recueillie dans 41. Trad. fr. (« La Guerre n° 81-Q ») de la version de 1961 par Simone Hilling dans la présente édition.

1950

2. « Scanners Live in Vain. » *Fantasy Book*, n° 6. Ecrit en 1945. Repris dans les anthologies *Beyond the End of Time* (Frederik Pohl, 1952) et *Science and Sorcery* (William Crawford, 1953). Recueilli dans 19 et 40. Trad. fr. (« Les Sondeurs vivent en vain) par Simone Hilling in 37.

1955

3. « The Game of Rat and Dragon. » *Galaxy*, oct. Ecrit en 1954. Repris dans l'anthologie *Best Science Fiction of 1955* (Ted E. Dikty, 1956). Recueilli dans 19 et 40. Trad. fr. (« Le Jeu du rat et du dragon ») par Michel Demuth in *Galaxie* n° 20, déc. 1965 ; recueillie in 37.

1957

4. « Mark Elf. » *Saturn*, mai. Ecrit en 1955. Recueilli dans 19 et 41. Trad. fr. (« Mark Onze ») par Simone Hilling dans la présente édition[1].

1. A partir de cette date, la réputation de Cordwainer Smith est définitivement établie et l'on ne mentionnera plus les nombreuses reprises de ses œuvres dans des anthologies de langue anglaise.

1958

5. « The Burning of the Brain. » *If,* oct. Ecrit en 1955. Recueilli dans 19 et 40. Trad. fr. (« Le Cerveau brûlé ») par Simone Hilling in 37.
6. « Western Science Is so Wonderful. » *If,* déc. Ecrit en 1955. Recueilli dans 36 et 41. Trad. fr. (« La Science occidentale, quelle merveille ! ») par Simone Hilling dans la présente édition.

1959

7. « No, No, Not Rogov ! » *If,* fév. Ecrit en 1955. Recueilli dans 19 et 41. Trad. fr. (« Non, non, pas Rogov ! ») par Simone Hilling dans la présente édition.
8. « The Nancy Routine. » *Satellite,* mars. Recueilli dans 41 (sous le titre « Nancy »). Trad. fr. (« Nancy ») par Simone Hilling dans la présente édition.
9. « Golden the Ship Was — Oh ! Oh ! Oh ! » (en collaboration avec Genevieve Linebarger). *Amazing,* avr. Recueilli dans 19 et 40. Trad. fr. (« Le Vaisseau d'or ») par H. L. Planchat in *L'Aube enclavée* n° 5, 1972 ; reprise dans H. L. Planchat : *Derrière le néant* (Marabout, 1973). Nouvelle trad. fr. par Simone Hilling in 37.
10. « When the People Fell. » *Galaxy,* avr. Recueilli dans 36 et 41. Trad. fr. (« Le Jour de la pluie humaine ») par Michel Demuth in *Galaxy* n° 25, mai 1966 ; recueillie in 37.
11. « The Fife of Bodidharma. » *Fantastic,* juin. Ecrit en 1931, révisé en 1955. Recueilli dans 36 et 41. Trad. fr. (« Le Fifre de Bodidharma ») par Simone Hilling dans la présente édition.
12. « Angerhelm. » *Star Science Fiction n° 6,* déc. Recueilli dans 36 et 41. Trad. fr. (« Angerhelm ») par Simone Hilling dans la présente édition.

1960

13. « The Lady Who Sailed the *Soul* » (coll. Genevieve Linebarger). *Galaxy,* avr. Recueilli dans 19 et 40. Trad. fr. (« La Dame aux étoiles ») par Michel Demuth in *Galaxie* n° 15, juil. 1965 ; recueillie in 37.

1961

14. « Alpha Ralpha Boulevard. » *Fantasy & Science Fiction,* juin. Recueilli dans 19 et 40. Trad. fr. (« Boulevard Alpha Ralpha ») par Pierre Billon in *Fiction* n° 128, juil. 1964 ; recueillie in 37. Nouvelle trad. sous le même titre par Simone Hilling dans la présente édition.
15. « Mother Hitton's Littul Kittons. » *Galaxy,* juin. Recueilli

dans 30 et 40. Trad. fr. (« La Mère Hitton et ses chatons ») par Pierre Billon in *Galaxie* n° 4, août 1964 ; recueillie in 37. Nouvelle trad. sous le même titre par Simone Hilling dans la présente édition.

16. « A Planet Named Shayol. » *Galaxy,* oct. Recueilli dans 30 et 40. Trad. fr. (« La Planète Shayol ») par Michel Demuth in *Galaxie* n° 12, avr. 1965 ; reprise dans Alain Dorémieux : *Histoires fantastiques de demain* (Casterman, 1966) puis J. Goimard/D. Ioakimidis/G. Klein : *Histoires galactiques* (Livre de Poche, 1974) ; recueillie in 37.

1962

17. « From Gustible's Planet. » *If,* juil. Ecrit en 1958. Recueilli dans 41. Trad. fr. (« La Planète Gohemillo ») par Jean-Paul Bachellier in *Fantascienza,* juin 1981. Nouvelle trad. (« La Planète de Gustible ») par Simone Hilling dans la présente édition.
18. « The Ballad of Lost C'mell. » *Galaxy,* oct. Recueilli dans 30 et 40. Trad. fr. (« La Ballade de C'mell ») par Michel Demuth in *Galaxie* n° 17, sept. 1965 ; reprise dans J. Sadoul : *Anthologie de la littérature de science-fiction* (Ramsay, 1981) ; recueillie in 37.

1963

19. *You Will Never Be the Same.* Regency Books (rééd. Berkeley, 1970). Recueil comprenant 7, 13, 2, 3, 5, 9, 14, 4.
20. « Think Blue, Count Two. » *Galaxy,* fév. Recueilli dans 36 et 41. Trad. fr. (« Pensez bleu, comptez deux ») par Yves Hersant in *Galaxie* n° 56, jan. 1969 ; recueillie in 37.
21. « Drunkboat. » *Amazing,* oct. Recueilli dans 30 et 41. Trad. fr. (« Le Vaisseau ivre ») par H. L. Planchat in *L'Aube enclavée* n° 5, 1972 ; reprise dans H. L. Planchat : *Derrière le néant* (Marabout, 1973). Nouvelle trad. fr. (« Le Bateau ivre ») par Simone Hilling in J. Goimard/D. Ioakimidis/G. Klein : *Histoires de cosmonautes* (Livre de Poche, 1974) ; recueillie dans 37.
22. « The Good Friends. » *Worlds of Tomorrow,* oct. Recueilli dans 36 et 41. Trad. fr. (« Où sont les autres ? ») par René Lathière in *Galaxie* n° 3, juil. 1964 ; reprise dans J. Sternberg : *Les Chefs-d'œuvre de la science-fiction* (éd. Planète, 1970) mais non recueillie in 37. Nouvelle trad. (« Les Bons Amis ») par Simone Hilling dans la présente édition.
23. « On the Gem Planet. » *Galaxy,* oct. Recueilli dans 33. Trad. fr. (« Le Cheval de la planète aux gemmes ») par

René Lathière in *Galaxie* n° 30, oct. 1965 ; recueillie dans 37 (sous le titre : « Sur la planète aux gemmes »). Nouvelle trad. (même titre) par Simone Hilling dans la présente édition.

1964

24. « The Boy Who Bought Old Earth. » *Galaxy*, avr. Version abrégée (et remaniée par l'auteur) de la première partie d'un roman primitivement intitulé *Old North Australia* (cf. 25).
25. « The Store of Heart's Desire. » *If*, mai. Version abrégée (et remaniée par l'auteur) de la seconde partie d'un roman primitivement intitulé *Old North Australia* (cf. 24).
26. « The Crime and Glory of Commander Suzdal. » *Amazing*, mai. Recueilli dans 36 et 40. Trad. fr. (« Le Crime et la Gloire du Commandant Suzdal ») par Denise Hersant in *Fiction* n° 194, fév. 1970 ; recueillie in 37.
27. « The Dead Lady of Clown Town. » *Galaxy*, août. Recueilli dans 30 et 40. Trad. fr. (« La Dame défunte de la ville des gueux ») par Alain Dorémieux in 37.
28. *The Planet Buyer*. Pyramid Books, oct. Version longue (mais encore incomplète) de 24. Trad. fr. (« L'Homme qui avait acheté la Terre ») par Simone Hilling in 37. Reprise (« L'Homme qui acheta la Terre ») dans la présente édition.

1965

29. « On the Storm Planet. » *Galaxy*, fév. Recueilli dans 33. Trad. fr. (« Sur la planète des tempêtes ») par Denise Hersant in *Galaxie* n° 71, avr. 1970 ; recueillie in 37.
30. *Space Lords*. Pyramid Books, mai. Recueil comprenant 15, 27, 21, 18, 16 et un fragment de 28.
31. « Three to a Given Star. » *Galaxy*, oct. Recueilli dans 33. Trad. fr. (« Une étoile pour trois ») par Michel Deutsch in *Galaxie* n° 27, juil. 1966 ; recueillie in 37.
32. « On the Sand Planet. » *Amazing*, déc. Recueilli dans 33. Trad. fr. (« Sur la planète des sables ») par Denise Hersant in *Fiction* n° 187, juil. 1969 ; recueillie in 37.

1966

33. *Quest of the Three Worlds*. Ace Books. Recueil comprenant 23, 29, 32, 31 (les quatre longues nouvelles formant le cycle de Casher O'Neill).
34. « Under Old Earth. » *Galaxy*, fév. Recueilli dans 36 et 40. Trad. fr. (« Sous la vieille Terre ») par Michel Demuth in 37.

1968

35. *The Underpeople.* Pyramid Books, nov. Version longue (mais encore incomplète) de 25. Trad. fr. (*Le Sous-Peuple*) par Simone Hilling in 37.

1971

36. *Stardreamer.* Beagle Books, août. Recueil comprenant 20, 34, 26, 22, 11, 10, 12, 6.

1974

37. *Les Seigneurs de l'Instrumentalité.* Opta, juil-août. Recueil en 3 vol. comprenant :
- t. I : 19 (sauf 7 et 4) et 28 ;
- t. II : 35 et 33 ;
- t. III : 36 (sauf 6, 11, 12 et 22) et 30 publiés ensemble dans l'ordre suivant : 15, 18, 21, 27, 26, 20, 10, 16, 34. Rééd. Le Livre de Poche, 3 vol., 1980.

1975

38. « Down to a Sunless Sea » (par Genevieve Linebarger). *Fantasy & Science Fiction,* oct. Trad. fr. (« Là-bas, près de la mer sans soleil ») par Claudine Arcilla-Boraz, in *Fiction,* n° 290, mai 1978. Nouvelle trad. (« Jusqu'à une mer sans soleil ») par Simone Hilling dans la présente édition.
39. *Norstrilia.* Ballantine Books. Réunit en un roman 28 et 35 en supprimant certains passages (notamment la fin de 28 et le début de 35) écrits par Cordwainer Smith à la demande de Frederik Pohl pour la publication en revue (24 et 25). L'intention première de l'auteur est ainsi respectée, mais non son texte initial, dont les parties retranchées par l'éditeur de 28 et de 35 sont apparemment perdues.
40. *The Best of Cordwainer Smith.* Ballantine Books, sept. Recueil composé par John J. Pierce et comprenant 2, 13, 3, 5, 26, 9, 27, 34, 15, 14, 18, 16 placés dans l'ordre chronologique du Cycle de l'Instrumentalité tel qu'il a été reconstitué par l'anthologiste.

1979

41. *The Instrumentality of Mankind.* Ballantine Books. Recueil composé par John J. Pierce et comprenant 7, 1, 4, 41a (inédit), 10, 20, 41b (inédit), 17, 21, 6, 8 (sous le titre de « Nancy »), 11, 12, 22 placés dans l'ordre chronologique du Cycle de l'Instrumentalité tel qu'il a été reconstitué par l'anthologiste et rejetant en fin de volume les cinq nouvelles

qui — toujours selon l'anthologiste — sont extérieures au cycle.

a. « The Queen of the Afternoon. » Ecrit en 1955 et remanié en 1977 par Genevieve Linebarger à la demande de l'anthologiste. Trad. fr. (« La Reine de l'après-midi ») par Simone Hilling dans la présente édition.

b. « The Colonel Came Back from the Nothing-at-All. » Ecrit en 1955, remanié en 1958 et parfois considéré comme une première version de « Drunkboat » (mais il s'agit de maîtriser Espace Deux et non Espace Trois). Trad. fr. (« Le Colonel revint du Grand Néant ») par Simone Hilling dans la présente édition.

1987

42. « War n° 81-Q » (voir n° 1). Version révisée de 1961. Trad. fr. (« La Guerre n° 81-Q ») par Simone Hilling dans la présente édition.

43. « The Archer and the Deep. » Ecrit en 1941, révisé en 1961 et soumis à Judith Merril. Trad. fr. (« L'Archer des profondeurs ») par Simone Hilling dans la présente édition.

44. « Himself in Anachron. » Ecrit en 1946, révisé avant 1975 par Genevieve Linebarger pour l'anthologie *Last Dangerous Visions* (compilateur : Harlan Ellison), non parue à ce jour. Trad. fr. (« Lui-même en Anachron ») par Simone Hilling dans la présente édition.

45. « The Saga of the Third Sister », révisé par Genevieve Linebarger. Trad. fr. (« La Saga de la troisième sœur ») par Simone Hilling dans la présente édition.

46. « The Cravat of the Brilliant Stars », révisé par Genevieve Linebarger. Trad. fr. (« La Rivière de brillantes étoiles ») par Simone Hilling dans la présente édition.

N.B. — L'éditeur remercie chaleureusement l'Université du Kansas qui a bien voulu lui fournir le manuscrit de ces cinq textes inédits aux Etats-Unis. L'Université du Kansas détient aussi un certain nombre de textes inachevés et de textes étrangers à la science-fiction (ces derniers étant répertoriés ci-dessous). Enfin l'Université de Syracuse a en dépôt des manuscrits de textes publiés de Cordwainer Smith et annotés de la main de l'auteur.

II. AUTRES OUVRAGES DE FICTION
(sous les pseudonymes
de Margaret S. Linebarger
(son épouse en 1946),
Felix C. Forrest et Carmichael Smith)

1937

47. « General T'ang in Valley Dang » (inédit).
48. « The Slayer in the Tomb » (inédit).

1938

49. « The Pure Discourse » (inédit).

1939

50. « Alauda Dalma » (inédit). Soumis à *Unknown* en 1942 et apparemment perdu.

1941

51. « Noon in Adrianople » (inédit).

1946

52. MARGARET S. LINEBARGER. *Time beyond Phillip* (inédit).

1947

53. FELIX C. FORREST. *Ria.* New York, Duell, Sloan and Pearce.
54. CARMICHAEL SMITH. *The Dead Can Bite* (inédit).

1948

55. FELIX C. FORREST. *Carola.* New York, Duell, Sloan and Pearce.
56. *General Death* (inédit). Roman commencé en 1939.

1949

57. CARMICHAEL SMITH. *Atomsk : A Novel of Suspense.* New York, Duell, Sloan and Pearce. Roman d'espionnage.

1951

58. *Mighty Close to Heaven* (un chapitre écrit).

III. POESIE
(sous le pseudonyme d'Anthony Bearden)

Le nom d'Anthony Bearden, dont Paul Linebarger avait signé sa première nouvelle en 1928, lui servit ensuite de nom de plume pour publier ses poèmes dans des revues spécialisées. Selon le témoignage de Genevieve Linebarger (recueilli par John J. Pierce), il lui arriva de se voir décerner des prix. Sa production très abondante (« des volumes et des volumes », disait sa femme) ne fut sans doute publiée que pour une faible part. Le Cycle de l'Instrumentalité inclut de nombreux poèmes, sans qu'on puisse dire le plus souvent s'ils ont été écrits pour le Cycle ou avant lui. Une exception : les deux poèmes cités dans *Le Sous-Peuple,* où Rod Mac Ban les lit dans le magasin des désirs du cœur, et qui sont attribués à « Anthony Bearden, Ancien Américain, 1933-1949 après J.-C. » Il semble en résulter que Paul Linebarger cessa d'utiliser ce pseudonyme après 1949 et que les deux poèmes cités sont antérieurs.

IV. ŒUVRES POLITIQUES, ARTICLES, ESSAIS
(sous le nom de Paul M. Linebarger)

1937

59. *The Political Doctrines of Sun Yat Sen.* Baltimore, the Johns Hopkins Press.

1938

60. *Government in Republican China.* New York & Londres, Mc Graw-Hill.

1941

61. *The China of Chiang K'ai-Shek : a Political Study.* Boston, World Peace Foundation.

1948

62. *Psychological Warfare.* Washington, Infantry Journal

Press. 2e éd. révisée, Washington, Combat Forces Press, 1955.

1950

63. *Pathematics. Ethical Dianetics : the Lay Psychotherapy of Mutual Emotional Aid* (essai non publié).

1954

64. *Far Eastern Government and Politics : China and Japan* (en collaboration avec Djang Chu et Ardath W. Burks). New York, Van Nostrand. 2e éd., Princeton, Van Nostrand, 1956.

N.B. — (1) L'inventaire des articles de Paul Linebarger reste à faire. John J. Pierce signale qu'il a publié dans *Army*, en 1958, un compte rendu très favorable de *Not this August* de C. M. Kornbluth.

(2) Les archives politiques de Paul Linebarger sont déposées au Hoover Institute de l'Université de Stanford.

(3) Le nom de Paul M. Linebarger désigne à la fois Paul Myron Anthony Linebarger (notre auteur) et Paul Myron Wentworth Linebarger (son père). Voici la bibliographie de ce dernier :

1915

65. *Our Chinese Chances through Europe's War* (sous le pseudonyme de Paul Myron). Chicago et Milwaukee, Linebarger Brothers.

1916

66. *Miss American Dollars, a Romance of Travel* (pseud. Paul Myron). Milwaukee, Mid-nation publishers.

1918

67. *Bugle's Rhymes from France & The Ship Players' Comedy* (pseud. Paul Myron). Chicago, Mid-nation publishers.

1925

68. *Sun Yat Sen and the Chinese Republic.* New York & Londres, The Century Co (réédition disponible en librairie).

69. *A Family of Five Republics : a Sketch of the Origin of the Leyenberger-Lineberger-Linebarger-Lionberger Families* (coll. Walter Franklin Lineberger). Hammond, Ind., W. B. Conkey Co.

1927

70. *Our Common Cause with China against Imperialism and Communism.* Los Angeles, Kuo-min-tang.

1931

71. *La Chine navrée.* Paris, Dubois & Bauer.
72. *Es España otra China?* Barcelone, Imprenta Borras.

1932

73. *The Gospel of Chung' Shan according to Paul Myron Wentworth Linebarger,* éd. Paul Myron Anthony Linebarger. Paris, Brentano's.

1936

74. *Les Chansons anniversaires pour Sun Yat Sen, fondateur de la République de Chine.* Paris, Chaffange.
75. *Deutschlands gegenwärtige Gelegenheiten in China.* Bruxelles, L. Flas & Fils.

1937

76. *La Chine et la Judée, trop vieilles pour mourir : une esquisse des révolutions de Sun Yat Sen.* Washington, Mid-nation (imprimé en Belgique).
77. *Livret questionnaire pour les étudiants sur les doctrines politiques de Sun Yat Sen* (d'après le livre publié en 1937 par son fils). Washington, Mid-nation.
78. *Gegensätze und Aenlichkeiten zwischen Sun Yat Sens « San min chu i » und dem deutsche National-sozialismus.* Washington, Mid-nation.

1938

79. *Mes mémoires abrégés sur les révolutions de Sun-Yat-Sen.* Paris, Mid-nation.

(4) Enfin cette bibliographie, pour être aussi complète que le permet l'état actuel de la recherche, doit mentionner les ouvrages publiés par Genevieve Collins Linebarger, seconde épouse de notre auteur. Les voici :

1951

80. *Washington Sources on International Affairs; a Guide to Some Research Facilities in the District of Columbia Area*

(sous la direction de Franklin L. Burdette). College Park, Bureau of Public Administration, College of Business and Public Administration, University of Maryland.

1953

81. *The Federal Government in the American Novel, 1900-1950*. College Park, Maryland (dactylographié).

LE LIVRE DU FUTUR, PREMIÈRE JOURNÉE

Où commence le Livre ? Il y a quinze mille ans, disent les uns ; dix-huit mille, disent les autres. Simples débats d'historiens ; le Livre, on peut toujours le lire.

Les premiers récits remontent à une époque presque oubliée. Ils parlent de l'Allemagne nazie et de Cap Canaveral (« Le Fifre de Bodidharma »), de Chang Kaï-chek et de Mao Tsé-tung (« La Science occidentale, quelle merveille ! »), de Staline et d'Eisenhower (« Non, non, pas Rogov ! »), des spoutniks (« Angerhelm ») ou des guerres d'indépendance de l'Afrique noire (« L'Archer des profondeurs »). Tout cela serait bien oublié aujourd'hui s'il n'y avait le Livre, aboutissement de très anciennes traditions.

Tu seras un autre, dit le conteur ; tu ne seras plus jamais le même. Autrefois déjà, tout changeait très vite ; les hommes étaient obnubilés par leur histoire et ils négligeaient les signes venus du non-espace, du non-temps et de la non-matière. Ils se faisaient la guerre et croyaient que tous les problèmes seraient résolus par la science et la technique. Ils oubliaient les pouvoirs. Un simple objet pouvait avoir d'étranges pouvoirs sur l'esprit humain (« Le Fifre de Bodidharma) ; un être impalpable également (« La Science occidentale, quelle merveille ! »). Ces pouvoirs leur semblaient magiques et ordinairement ils n'y croyaient pas. Pourtant ils espéraient que la science les leur donnerait et nous savons bien aujourd'hui qu'elle peut le faire. Parfois ils gagnèrent la partie, ce qui n'alla pas sans inconvénients : à l'occasion ils sortirent du temps et ils en souffrirent (« Non, non, pas Rogov ! ») ; certains étaient sortis de l'espace, de leur corps même, et la science leur permettait d'exprimer leurs regrets (« Angerhelm »). Les hommes d'alors avaient des pouvoirs latents ; le futur était déjà dans leur présent, il leur faisait signe et ils ne tenaient pas forcément à comprendre (« L'Archer des profondeurs »).

Le temps passa. Les hommes s'élancèrent à la conquête de l'espace. Loin du système solaire, ils rencontrèrent le Grand Extérieur et ils surent qu'ils ne pourraient pas affronter l'intolérable (« Nancy »). Ils se maintenaient en vie à tout prix (« Les Bons Amis »). Mais ils ne connaissaient pas le moyen d'aller plus loin. Ils n'étaient pas prêts pour les grands changements.

Il est vrai que le progrès des sciences apparaissait comme le remède suprême à toutes les inquiétudes, à tous les pièges embusqués dans l'avenir. Même la guerre était devenue un luxe et un jeu (« Guerre n° 81-Q »). Jamais le niveau de vie n'avait été plus haut.

C'est alors que l'avenir les rattrapa. La science facilitait tout, y compris l'extermination. C'est à cette époque, sans doute, qu'il faut situer les anciennes guerres, dont notre mémoire collective a conservé la trace. La Terre se retrouva livrée aux machines et aux Bêtes. Les Hommes Véritables survivaient dans les cités où, sous la tutelle des Jwindz, ils recherchaient une perfection morose et inaccessible. Certains pensent qu'on avait commencé à transformer les animaux en sous-êtres. Le Premier Age de l'Espace était presque oublié, mais des colons sans nom avaient survécu sur des planètes lointaines, parfois au prix de mutations étranges. La Norstralie, croit-on, vivait déjà repliée sur elle-même, comme aujourd'hui.

Un jour les sœurs vom Acht se réveillèrent dans la solitude de l'espace et revinrent sur la Terre dévastée. La première rapporta le don de vitalité oublié tout au long des Ages Sombres (« Mark Onze »). La seconde provoqua la rébellion contre les Jwindz et l'avènement de l'Instrumentalité (« La Reine de l'après-midi »). La troisième transmit un présent plus précieux encore, et qui sur le moment ne fut accepté que par les sous-êtres (« La Saga de la troisième sœur »). Pour des millénaires, l'humanité rencontra la famille Vomact à tous les carrefours de son destin.

L'Instrumentalité se donna pour tâche de surveiller sans gouverner, de protéger sans contrôler. La Nouvelle Histoire commença. Avant même que la Terre soit réunifiée, les hommes trouvèrent la force d'affronter une seconde fois la Grande Douleur de l'Espace et reprirent le chemin des étoiles (« Les Sondeurs vivent en vain »).

LE FIFRE DE BODIDHARMA

La musique (dit Confucius) éveille l'esprit, la bienséance l'achève, la mélodie le complète.

Lun Yu, Livre VIII, chapitre 8

1

CE fut peut-être au cours de la deuxième période de la culture proto-indienne de Harappa, ou peut-être plus tôt, à l'aube même du métal, qu'un orfèvre découvrit par hasard la formule permettant de fabriquer un fifre magique. Le fifre lui devint mort et félicité, voie menant au salut ou à la perte au choix. Les générations futures purent considérer le fifre comme la prédécouverte accidentelle des pouvoirs psioniques avec déclenchement sonique.

Quoi que ce fût, cela agissait ! Bien avant le Bouddha, les prêtres dravidiens aux longues chevelures apprirent que le fifre agissait.

Coulé essentiellement en or, malgré la préférence de l'orfèvre pour le métal des miroirs, le fifre émettait des sifflements stridents, mais aussi transmettait des vibrations supersoniques dans une bande étroite — suffisamment étroite et intense pour réordonner les synapses du cerveau et modifier les émotions fondamentales de l'auditeur.

L'orfèvre ne survécut guère à la création de son instrument. Un jour on le retrouva mort.

Le fifre devint la propriété des prêtres ; après une brève et terrible période au cours de laquelle on en usa et abusa, il fut enterré dans la tombe d'un grand roi.

2

Des voleurs trouvèrent le fifre, l'essayèrent et moururent. Certains moururent dans la félicité, d'autres dans la haine, d'autres encore dans une frénésie de panique et d'hallucinations. Un seul fut assez fort pour survivre, et, encore tout tremblant de l'épreuve qui avait ineffablement affaibli ses sensations et ses émotions, il l'enveloppa dans une page des écritures saintes, et l'offrit au Bienheureux Bodidharma juste avant qu'il n'entreprît l'infiniment pénible voyage qui, par le toit du monde, le mena de l'Inde à la lointaine Cathay.

Le Bienheureux Bodidharma, l'homme qui avait vu la Perse, le vieillard à l'infinie sagesse, traversa les plus hautes montagnes l'année même où, en Chine, la dynastie nordique des Wei transportait sa capitale hors de la divine Loyang. (Partout ailleurs dans le monde, où les hommes comptaient les années à partir de la naissance du seigneur Jésus-Christ, cette année fut l'Anno Domini 554, mais le message du christianisme n'était pas encore parvenu dans les hautes terres séparant l'Inde de la Chine, et la parole du Seigneur Gautama Bouddha était encore le plus doux évangile ayant jamais frappé les oreilles des hommes.)

Bodidharma, vêtu d'une mince robe de moine, escalada les glaciers. Pour toute nourriture, il buvait l'air, en l'assaisonnant de prières. Les vents glacés transperçaient sa peau parcheminée et ses os las ; sa sainteté lui servait de manteau, et il portait dans son cœur indomptable la conviction que le message pur et saint du Seigneur Gautama Bouddha devait, par la volonté du temps et du hasard, être transmis du monde indien au monde chinois.

Une fois franchis les pics et les cols, il descendit dans la froidure glaciale du haut désert. Le sable déchirait ses pieds, mais il ne saignait pas car il était chaussé d'incantations sacrées et de charmes magiques.

Enfin, des animaux approchèrent. Ils vinrent dans la

laideur de leur péché, de leur ignorance et de leur honte. Bêtes ils étaient, mais plus encore que bêtes — c'étaient les âmes des méchants condamnées à d'innombrables renaissances, maintenant réincarnées sous des formes viles, à cause de la méchanceté qui leur avait fait autrefois rejeter les enseignements de la sagesse et de la vie éternelle étalés sous leurs yeux, aussi visiblement que les arbres et les cieux nocturnes. Plus vicieux avait été l'homme, plus laide était la bête : c'était la règle. Ici, dans le désert, les bêtes étaient très laides.

Le Bienheureux Bodidharma recula.

Il ne désirait pas se servir de son arme. « O Bienheureux dans l'Eternité, assis dans la Fleur de Lotus, Bouddha, viens à mon aide ! »

Aucune réponse ne résonna dans son cœur. Le péché et la méchanceté de ces bêtes étaient tels que même le Bouddha avait détourné sa face, et n'offrait aucune protection à son messager, Bodidharma le missionnaire.

A regret, Bodidharma sortit son fifre.

Le fifre était une arme délicate, de deux longueurs de doigt. Doré, de forme étrange et presque laide, il évoquait une civilisation que personne ne se rappelait dans l'Inde. Le fifre, créé à l'aube de l'humanité, avait traversé la masse des âges, les légions des années, et survécu en tant que témoin du pouvoir des premiers hommes.

Au bout du fifre était un petit sifflet. Quatre trous permettaient de jouer quatre notes, et une grande variété de combinaisons.

Joué une fois, le fifre incitait à la sainteté. Cela se produisait si tous les trous étaient bouchés.

Joué deux fois, tous trous ouverts, le fifre transmettait son propre pouvoir. Pouvoir étrange, en vérité. Il amplifiait toutes les émotions de tous les êtres vivants qui le percevaient.

Le Bienheureux Bodidharma avait emporté le fifre, parce qu'il le réconfortait. Les trous fermés, ses notes lui rappelaient le message sacré des Trois Trésors du Bouddha qu'il transportait de l'Inde en Chine. Les trous ouverts, ses notes apportaient félicité à l'innocent et châtiment au méchant. Innocence et méchanceté n'étaient pas déterminées par le fifre, mais par les auditeurs eux-mêmes, quels qu'ils fussent. Les arbres qui entendaient ces notes plus puissamment encore, à leur façon d'arbres, enfonçaient leurs racines dans la terre et élevaient leurs branches vers le ciel, cherchant leur nourriture avec leur espoir d'arbre, faible mais nouveau. Les tigres devenaient plus tigresques, les crapauds plus crapaudins, les hommes meilleurs ou pires, selon les dispositions de leur caractère.

« Arrière ! » cria le Bienheureux Bodidharma aux bêtes.

Tigre et loup, renard et chacal, serpent et araignée, ils avancèrent.

« Arrière ! » répéta-t-il.

Sabots et griffes, dards et dents, yeux flamboyants, ils avancèrent.

« Arrière ! » cria-t-il pour la troisième fois.

Ils avancèrent encore. Alors il souffla dans le fifre ouvert, deux fois, haut et clair.

Deux fois, haut et clair.

Les animaux s'immobilisèrent. A la deuxième note, ils commencèrent à se contorsionner, profondément emprisonnés par la bestialité de leur propre nature. Le tigre montra les dents à ses pattes antérieures, le loup mordit sa propre queue, le chacal s'enfuit en tremblant devant son ombre, l'araignée se cacha sous l'obscurité des rocs, et les autres bêtes viles qui avaient menacé le Bienheureux le laissèrent passer.

Le Bienheureux Bodidharma continua. A Anyang, la nouvelle capitale, le noble évangile du Bouddhisme fut reçu avec curiosité, calme et délice. Les Tartares Toba, barbares voluptueux qui s'étaient rendus maîtres du nord de la Chine, chassant de leurs cœurs et de leurs âmes la peur de la destruction, les emplirent de l'espoir de la mort. Les mères pleuraient de plaisir, sachant que leurs enfants morts avaient été admis à la félicité. L'Empereur lui-même déposa son épée pour écouter le message de paix qui avait si bravement franchi d'innombrables montagnes.

Quand mourut le Bienheureux Bodidharma, il fut enterré près d'Anyang, son fifre dans un coffret sacré en onyx près de sa main droite. C'est là qu'ils dormirent ensemble pendant treize cent et quarante ans.

3

En l'an 1894, un explorateur allemand — du moins s'imaginait-il l'être — pilla la tombe du Bienheureux au nom de la science.

Des villageois le surprirent sur le fait et le chassèrent des collines.

Il s'enfuit, ne sauvant qu'une seule pièce de son butin, un coffret en onyx contenant un fifre étrange en métal semblable à du cuivre. Du cuivre il avait l'apparence, bien que le métal ne fût pas aussi oxydé qu'aurait dû l'être du cuivre après un si long séjour dans une terre souvent humide. Le fifre était fort sale. Il le nettoya suffisamment pour constater qu'il était fragile et pour mettre à nu l'inscription qu'il portait en caractères non chinois.

Il ne le nettoya pas suffisamment pour s'essayer à en jouer. C'est pourquoi il vécut.

Le fifre fut offert à un petit musée municipal, dont le nom avait été choisi en l'honneur d'une grande-duchesse allemande. Il occupa la vitrine n° 34 du Dorotheum et y reposa encore pendant cinquante et un ans.

4

Les B-29 avait disparu. Leurs vrombissements assourdissants étaient partis en direction de Rastatt.

Wolfgang Huene sortit du fossé. Il se haïssait, il haïssait les Alliés, et pour un peu, il aurait haï Hitler. Membre des Jeunesses Hitlériennes, il était beau, blond, grand et buriné. Il était également brave, éveillé, cruel et intelligent. Il était nazi. Il ne pouvait espérer exister que dans un monde nazi. Ses parents, il le savait, n'étaient que d'inoffensifs imbéciles. Quand son père avait été tué dans un bombardement, Wolfgang ne l'avait pas regretté. Quand l'influenza avait tué sa mère, déjà à démi morte de faim, il ne s'en était pas inquiété. Elle était vieille et ne comptait pas. C'était l'Allemagne qui comptait.

Maintenant, l'Allemagne qui comptait commençait à se défaire, déchirée d'explosions, trouée d'ondes de choc et fracturée des assauts incessants des armées aériennes alliées.

Wolfgang, en tant que jeune nazi, ne connaissait pas la peur, mais il connaissait le trouble.

D'une façon animale, instinctive, il savait — sans y réfléchir — que si l'hitlérisme ne survivait pas, il ne survivrait pas non plus. Il savait même qu'il faisait de son mieux, bien qu'il n'y eût pas grand-chose à faire. Il recherchait les espions, tout en dénonçant les lâches qui se plaignaient du Führer ou de la guerre. Il aidait à organiser le Volksturm, et il espérait devenir un guérillero nazi même si les Alliés traversaient le Rhin. Comme un animal, mais un animal très intelligent, il savait qu'il devait combattre, tout en comprenant en même temps que le combat pouvait se retourner contre lui.

Debout au milieu de la rue, il regardait la poussière retomber après le bombardement.

Le clair de lune éclairait la chaussée défoncée.

Il se trouvait dans un quartier tranquille. Il entendait les incendies crépiter dans le centre de la ville, avec un bruit qui lui rappelait son père quand il mangeait de la salade. Près de lui, il n'entendait rien ; il semblait être seul sous la lune, dans un petit coin oublié du monde.

Il regarda autour de lui.

Ses yeux se dilatèrent d'étonnement : une bombe avait éventré le Dorotheum.

Désœuvré, il s'approcha des ruines. Il s'immobilisa dans l'entrée ténébreuse.

Jetant un coup d'œil en arrière dans la rue, puis levant les yeux au ciel pour s'assurer qu'une lumière ne constituait plus un danger, il alluma sa lampe de poche et balaya de son rayon la salle d'exposition. Les vitrines étaient cassées, presque tous les objets exposés recouverts d'éclats de verre. Sur les froids sols de pierre, les vitres des fenêtres gisaient au clair de lune comme des flaques de glace.

Juste devant lui, une vitrine s'affaissait sous son poids.

Il l'éclaira de sa lampe. Le rayon fit briller un tube court ressemblant au canon d'un antique pistolet. Wolfgang prit le tube. Il avait joué dans une fanfare et il reconnut ce que c'était. C'était un fifre.

Il le tint à la main un moment, puis le mit dans sa poche. Une dernière fois, il balaya la salle de son rayon, puis sortit dans la rue. Inutile d'avoir maille à partir avec la police.

Maintenant, il entendait les camions, alimentés en mauvais carburant, peiner sur la colline, leurs moteurs toussant et crachant.

Il mit sa lampe dans sa poche. Sentant le fifre, il l'en sortit.

Instinctivement, comme tout être humain l'aurait fait, il posa ses doigts sur les quatre trous et souffla. Le fifre était bouché.

Il s'obstina.

Il souffla plus fort.

Le fifre résonna.

Une note douce, dorée au-delà de tout ce qui est imaginable, plus douce et plus étrange que les notes les plus exaltantes du meilleur orchestre symphonique du monde, retentit à ses oreilles.

Il se sentit différent, soulagé, heureux.

Son âme, qu'il ignorait posséder, connut un état de paix encore jamais éprouvé. En cet instant naquit une petite religion. Petite, parce que confinée à l'esprit d'un seul adolescent brutal, mais religion néanmoins véritable, parce qu'elle véhiculait le message complet d'espoir, de réconfort et d'accomplissement d'un ordre dépassant les limites de cette vie. L'amour, et la signification extraordinaire de l'amour, se déversèrent dans son esprit. L'amour détendit les muscles de son dos, et permit même à ses paupières douloureuses de retomber sur ses yeux, dans la première honnête réaction de fatigue qu'il acceptât depuis des semaines.

Elle avait drainé le Nazi hors de lui. L'appel de la sainteté, piégé dans la magie oubliée du fifre de Bodidharma, était parvenu à se faire entendre, même de cet être. Puis il commit sa faute, une faute mortelle.

Le fifre n'avait pas plus de malice que le pistolet avant qu'on presse la détente, pas plus de haine que la rivière avant qu'elle engloutisse le noyé, pas plus de colère que la hauteur d'où l'homme se précipite dans le vide ; le fifre avait son propre pouvoir, composé pour partie du son lui-même, mais résidant essentiellement dans le lien mécanopsionique que la forme et l'alliage insolites avaient reçus de l'orfèvre de Harappa oublié depuis des siècles.

Wolfgang Huene recommença à souffler, tenant la flûte entre deux doigts, tous les trous débouchés. Cette fois, la note fut sauvage. En une vision instantanée, terrible et totalement convaincante, elle réincarna en lui toutes les fausses résolutions, le patriotisme venimeux, la bravoure vénéneuse du Reich d'Hitler. Il redevint un membre des Jeunesses Hitlériennes, un Aryen accompli. Ses yeux étincelaient du message qu'il sentait couler hors de lui.

Il souffla encore.

La troisième note était celle qui parfaisait l'ouvrage — la note qui avait protégé le Bienheureux Bodidharma dans le désert glacé du Tibet mille cinq cent cinquante ans plus tôt.

Huene devint encore plus nazi. Ce n'était plus un jeune homme, ce n'était plus un être humain. Il était maintenant l'amplification de lui-même. Il n'était plus que guerrier, mais il avait oublié qui il était et pour quoi il se battait.

Tous feux éteints, les camions atteignirent le sommet de la colline. Sans voir, il les regarda. Fifre en main, il les défia.

Une pensée folle lui traversa l'esprit. « Des tanks alliés… »

Il courut comme un fou vers le camion de tête. Le

chauffeur ne vit qu'une ombre et écrasa son frein trop tard. Le pare-chocs avant cogna contre un obstacle mou.

La roue avant recouvrit le corps du jeune homme. Quand le camion s'arrêta, Wolfgang Huene était mort et le fifre, à demi écrasé, reposait sur le roc d'une route allemande.

5

Hagen von Grün faisait partie des spécialistes allemands des fusées qui travaillaient à Huntsville, Alabama. Il était venu à Cap Canaveral pour participer à la cinquième série de lancements américains. Le troisième tir de la série comprenait un émetteur destiné à capter des ondes radio standard immédiatement au-dessous du satellite, dans le but de permettre aux auditeurs ordinaires du monde entier de participer à la poursuite du satellite. Ce satellite était conçu avec une espérance de vie relativement courte. Avec de la chance, il durerait cinq semaines, pas plus.

L'émetteur miniaturisé était conçu pour capter les sons, si faibles fussent-ils, produits par l'échauffement et le refroidissement de la coque, et de transmettre un dessin sonore réfléchissant la chaleur des rayons cosmiques, et aussi, jusqu'à un certain point, de relayer les images visuelles en termes de dessin sonore.

Hagen von Grün assistait à l'assemblage final. Une petite partie de l'assemblage consistait à insérer un tube, ayant la fonction de chambre de résonance, entre l'enveloppe extérieure du satellite et un minuscule micro de la taille d'un petit pois qui transformerait le son de la coque extérieure en signaux radio que les amateurs du monde entier pourraient suivre à deux mille kilomètres de distance.

Von Grün ne fumait plus. Il avait cessé de fumer depuis cette nuit effrayante où les avions alliés avaient bombardé le convoi de camions les transportant vers le salut, lui et ses camarades. Il s'était débrouillé pour se procurer des cigarettes pendant toute la guerre, mais maintenant, il n'avait même plus de fume-cigarette sur lui. Il avait à la place un vieux fifre en cuivre qu'il avait trouvé sur la route et remis en forme. La chance qu'il avait d'être encore en vie l'avait rendu superstitieux et reconnaissant envers le fifre qui lui rappelait sa résolution de ne plus fumer, si bien qu'il ne s'était jamais donné la peine de le nettoyer ni d'en jouer. Il l'avait pesé, mesuré, avait calculé son poids spécifique, en bon Allemand, au millimètre et au milligramme près, et il le conservait dans sa poche, bien qu'il fût un peu embarrassant à transporter.

Juste comme ils mettaient en place la dernière pièce du nez du cône, le support se rompit.

Il ne pouvait pas casser, mais il cassa quand même.

Descendre par l'ascenseur en chercher un autre aurait pris cinq minutes.

Mû par une étrange impulsion, Hagen von Grün se souvint que son fifre porte-bonheur avait la longueur requise à un millimètre près, et exactement le diamètre exigé. Les trous n'avaient pas d'importance. Il prit une lime, lima le vieux fifre et le mit en place.

Ils refermèrent la coque du satellite. Ils scellèrent le cône.

Sept heures plus tard, la fusée messagère prit son vol, premier engin capable d'atteindre toutes les ondes radio standard sur la Terre. Regardant la grande fusée monter dans le ciel, Hagen von Grün se demanda : Cela fait-il une différence que ces trous soient ouverts ou fermés ?

LA SCIENCE OCCIDENTALE, QUELLE MERVEILLE !

LE Martien s'était assis au sommet d'une falaise de granit. Pour mieux jouir de la brise, il avait pris la forme d'un petit sapin. Le souffle du vent lui paraissait toujours si agréable à travers des aiguilles persistantes.

Au pied de la falaise se tenait un Américain, le premier que le Martien eût jamais vu.

L'Américain sortit de sa poche un engin fantastiquement ingénieux. C'était une petite boîte métallique pourvue d'une buse qui se relevait, produisant une flamme immédiate. A cet appareil miraculeux, l'Américain alluma un tube d'herbes dispensatrices de félicité. Le Martien comprit que les Américains nommaient ces tubes des *cigarettes*. Tandis que l'Américain finissait d'allumer sa cigarette, le Martien prit la forme d'un démagogue chinois de quinze pieds de haut, au visage rougeaud et à la moustache noire, qui interpella l'Américain en anglais :

« Hello l'ami ! »

L'Américain leva la tête et sa mâchoire s'affaissa, presque décrochée de stupéfaction.

Le Martien, abandonnant la falaise, fit un pas dans le vide et se laissa doucement flotter en direction de l'Américain, l'approchant lentement pour ne pas trop l'effrayer.

Néanmoins, l'Américain semblait inquiet, car il dit : « Vous n'êtes pas réel, n'est-ce pas ? C'est impossible ? Ou bien est-ce possible ? »

Modestement, le Martien sonda l'esprit de l'Américain et réalisa qu'un démagogue chinois de quinze pieds de haut n'était pas une image visuelle rassurante pour une psychologie américaine. Il sonda de nouveau l'esprit de l'Américain, en quête d'une image rassurante. La première qu'il y vit fut celle d'une mère américaine ; le Martien prit donc la forme d'une mère américaine et répondit :

« Qu'est-ce qui est réel, mon chéri ? »

Sur ce, l'Américain verdit légèrement et se voila les yeux de la main. Le Martien regarda de nouveau dans l'esprit de l'Américain et y vit une image légèrement confuse.

Quand l'Américain ouvrit les yeux, le Martien avait pris la forme d'une infirmière de la Croix-Rouge en plein numéro de strip-tease. Cette manœuvre était inspirée par le désir d'être agréable, mais l'Américain n'eut pas l'air rassuré. Sa peur commença à se transformer en colère et il dit :

« Qui diable êtes-vous ? »

Le Martien renonça à l'obligeance. Il se transforma en un général chinois nationaliste éduqué à Oxford, et dit avec un accent britannique appuyé :

« Je suis de par ma nature un indigène de ces lieux, quelque peu surnaturel, comprenez-vous ? J'espère que cela ne vous choque pas. La science occidentale est si merveilleuse que j'ai eu envie d'examiner la machine fantastique que vous avez dans la main. Voulez-vous bavarder un peu avant de partir ? »

Le Martien perçut des images confuses dans l'esprit de l'Américain. Elles se rapportaient à une chose nommée *prohibition,* à une autre chose nommée *abstinence,* et à une question plusieurs fois réitérée : « Comment diable suis-je arrivé là ? »

Pendant ce temps, le Martien examinait le briquet.

Il le rendit à l'Américain qui eut l'air stupéfait. « Magie très réussie », dit le Martien. « Nous ne faisons pas ces sortes de choses dans ces collines. Je suis un Démon d'assez basse caste. Je vois que vous êtes capitaine dans l'illustre armée des Etats-Unis. Permettez-moi de me présenter. Je suis la 1 387 229ᵉ

Incarnation Subordonnée Orientale d'un Lohan. Avez-vous le temps de bavarder un peu ? »

L'Américain considéra l'uniforme nationaliste chinois. Puis il regarda derrière lui. Ses porteurs et son interprète chinois gisaient en tas sur le sol herbeux de la vallée, tous évanouis. L'Américain se contrôla suffisamment longtemps pour dire :

« Qu'est-ce qu'un Lohan ?

— Un Lohan est un Arhat », dit le Martien.

L'Américain ne comprit pas non plus cette information, et le Martien en conclut que quelque chose devait manquer aux aménités usuelles des présentations aux officiers américains. A regret, le Martien effaça tout souvenir de lui-même de l'esprit de l'Américain et des esprits des Chinois évanouis. Il revint se poser au sommet de la falaise, reprit sa forme de sapin et réveilla toute la troupe. Il vit l'interprète chinois gesticuler à l'adresse de l'Américain, et il sut que le Chinois disait :

« Il y a des Démons dans ces collines... »

Le Martien apprécia le franc éclat de rire par lequel l'Américain salua ce trait de superstition chinoise.

Puis il regarda le détachement disparaître en longeant la rive du petit Lac de la Rivière-aux-Huit-Bouches, à la beauté miraculeuse.

Cela se passait en 1945.

Le Martien consacra bien des heures solitaires à essayer de matérialiser un briquet, mais il ne parvint jamais à en créer un qui ne se dissolût pas en quelque émanation primordiale fétide quelques heures plus tard.

Puis ce fut 1955. Le Martien apprit qu'un officier soviétique arrivait, et il envisagea avec un plaisir sincère de faire la connaissance d'une autre personne venant de ce monde occidental si miraculeusement à la page.

Peter Farrer était un Allemand de la Volga.

Les Allemands de la Volga sont à peu près aussi russes que ne sont américains les Hollandais de Pennsylvanie.

Ils vivent en Russie depuis plus de deux cents ans, mais les terribles rigueurs de la Seconde Guerre mondiale ont détruit ou dispersé la plupart de leurs communautés.

Farrer lui-même s'en était bien tiré. Après être resté quelques années *yefreitor* dans l'Armée Rouge, il avait accédé au grade de sous-lieutenant. Il avait étudié dans un Institut Technique et était devenu géologue et géomètre.

Le chef de la mission militaire soviétique dans la province de Yunnan, en République Populaire de Chine, lui avait dit :

« Farrer, vous allez en vacances. Ce voyage ne comporte aucun danger, mais nous voulons un avis sur la faisabilité d'une seconde route de montagne le long des falaises rocheuses à l'ouest du Lac Pakou. J'ai de l'estime pour vous, Farrer. Vous avez fait oublier votre nom allemand, et vous êtes un bon citoyen et officier soviétique. Je sais que vous ne causerez aucun problème avec nos alliés chinois ou avec les montagnards parmi lesquels vous allez voyager. Soyez prudent avec eux, Farrer. Ils sont très superstitieux. Nous avons besoin de leur soutien total, mais nous pouvons prendre notre temps pour l'obtenir. La libération de l'Inde est encore lointaine, mais quand nous devrons passer à l'action pour aider les Indiens à rejeter l'impérialisme américain, nous ne voulons pas avoir de points faibles sur nos arrières. Ne pressez pas les choses, Farrer. Assurez-vous que vous faites du bon travail technique, mais aussi que vous vous liez d'amitié avec tout ce qui n'est pas élément réactionnaire impérialiste. »

Farrer hocha la tête, très grave.

« Vous voulez dire, camarade colonel, que je dois me lier d'amitié avec *tout* ?

— Avec tout », dit fermement le colonel.

Farrer était jeune et il aimait faire un peu de propagande pour ses idées.

« Je suis un athée militant, mon Colonel. Dois-je me montrer amical envers les prêtres ?

— Envers les prêtres aussi », dit le colonel. « Surtout envers les prêtres. »

Le colonel considéra Farrer d'un œil incisif.

« Liez-vous d'amitié avec tout et tout le monde, excepté avec les femmes. Vous m'entendez, camarade ? Pas de problèmes. »

Farrer salua et retourna à son bureau faire ses préparatifs pour le voyage.

Trois semaines plus tard, Farrer montait, longeant les petites cascades qui menaient à la Rivière des Sables d'Or, la Chinshachiang, nom local de La Longue Rivière ou Yang-tsé.

A côté de lui trottinait Kungsun, le secrétaire du Parti. Kungsun était un aristocrate de Pékin qui s'était affilié au Parti Communiste dans sa jeunesse. Visage aigu, voix aiguë, il se faisait pardonner ses origines en étant le communiste le plus violent de tout le nord-ouest du Yunnan. Ils n'avaient qu'un escadron de troupes et de nombreux porteurs locaux pour leurs approvisionnements, mais un officier de la vieille Armée Populaire de Libération était quand même chargé de veiller à leur bien-être militaire et de garder l'œil sur les compétences techniques de Farrer. Le camarade capitaine Li, rondelet et jovial, suait de fatigue derrière eux pendant l'ascension.

Li les interpella.

« Si vous voulez être des héros du travail, continuons à monter, mais si vous voulez suivre les saines pratiques de la logistique militaire, asseyons-nous pour boire un thé. De toute façon, il est impossible d'atteindre Pakouhu avant la nuit. »

Kungsun regarda en arrière avec mépris. La file des soldats et des porteurs s'étirait sur deux cents mètres, soulevant un serpent de poussière accroché aux pentes rocheuses de la montagne. Il vit les casquettes des soldats et des porteurs, et les canons de leurs fusils pointés vers le ciel pendant la montée. Il vit les têtes enturbannées de serviettes des porteurs libérés, et il sut sans avoir à leur parler qu'ils le maudissaient aussi violemment qu'ils avaient maudit dans le passé leurs oppresseurs capitalistes. Loin au-dessous d'eux, le fil de la Chinshachiang serpentait comme un fil d'or dans le vert assourdi de la vallée au crépuscule.

Il cracha à l'adresse du capitaine :

« S'il ne tenait qu'à vous, nous serions encore à boire le thé à l'auberge, pendant que les hommes dormiraient. »

Le capitaine ne s'offensa pas. Il avait vu bien des secrétaires du Parti dans sa vie. Dans la Nouvelle Chine, c'était beaucoup plus sûr d'être capitaine. Quelques-uns des secrétaires du Parti qu'il avait connus étaient devenus des personnages très importants. L'un d'eux était même allé jusqu'à Pékin, où il s'était vu attribuer une Buick pour lui tout seul, plus trois Parker 51, ce qui, dans la bureaucratie communiste, correspondait à un état voisin de la félicité parfaite. Le capitaine Li ne désirait rien de tout cela. Deux solides repas par jour, et une succession ininterrompue de filles de ferme patriotiques, rondelettes de préférence, telle était son idée d'une Chine totalement libérée.

Farrer parlait mal le chinois, mais il saisit le sens général de la discussion. En mandarin maladroit, mais compréhensible, il cria, riant d'eux à moitié :

« Venez donc, camarades. Nous n'arriverons peut-être pas au lac avant la nuit, mais nous ne pouvons pas non plus bivouaquer sur cette falaise. »

Sifflotant *Ich hatt' ein Kameraden,* il passa devant Kungsun et prit la tête de la colonne.

C'est donc Farrer qui arriva le premier en haut de la montée, et tomba nez à nez avec le Martien.

Cette fois, le Martien était prêt. Il se rappelait son expérience décevante avec l'Américain, et il ne voulait pas effrayer son hôte, ce qui aurait gâché la nature mondaine de la rencontre. Pendant que Farrer escaladait la montagne, le Martien escaladait l'esprit de Farrer, bondissant au milieu de ses souvenirs comme un écureuil bondit de branche en branche dans un immense chêne. Il en avait extrait de nombreux souvenirs agréables. Puis il était revenu à son poste et les avait incorporés à des fantômes d'aspect très substantiel.

La moitié de son corps dépassait du rebord de la falaise quand Farrer réalisa ce qu'il avait sous les yeux. Deux camions militaires soviétiques étaient parqués dans une minuscule clairière, une table dressée devant chacun, dont l'une chargée de délicieux zakouskis (l'équivalent soviétique des smorgasbords). Le Martien espérait pouvoir conserver leur matérialité à ces objets tandis que Farrer les mangerait, mais il avait peur qu'ils ne disparaissent dès leur absorption : il ne connaissait guère les processus digestifs des humains et ne voulait pas provoquer de violents maux d'estomac chez son hôte en le laissant ingérer des objets de composition chimique extrêmement improvisée et incertaine.

Le premier camion s'ornait d'un grand drapeau rouge, portant en grandes lettres cyrilliques blanches l'inscription : « BIENVENUE AUX HEROS DE BRYANSK ».

Le deuxième camion était encore mieux. Ayant constaté que Farrer aimait beaucoup les femmes, il avait matérialisé quatre jeunes et jolies Soviétiques, une blonde, une brune, une rousse et une albinos, pour le piquant. Le Martien, ne sachant pas s'il arriverait à leur faire parler correctement les formes féminines et séduisantes de la langue russe, les avait installées dans des fauteuils et endormies. Il s'était demandé quelle forme il devait prendre lui-même, et avait décidé qu'il serait des plus courtois de prendre l'apparence de Mao Tse-tung.

Farrer ne franchit pas le rebord de la falaise. Il se figea où il était. Il regarda le Martien, et le Martien dit, très obséquieux :

« Venez. Nous vous attendons.

— Qui diable êtes-vous ? », aboya Farrer.

« Je suis un Démon prosoviétique », dit le simulacre de Mao, « et j'ai matérialisé un comité de réception communiste. J'espère que ça vous plaît. »

A ce moment, Kungsun et Li parurent. Li passa à la gauche de Farrer, Kungsun à sa droite. Tous trois s'immobilisèrent, bouche bée.

Kungsun se ressaisit le premier. Il reconnut Mao Tse-tung. Il ne manquait jamais une occasion de faire connaissance avec les hauts dignitaires du Parti. D'une voix très faible, tendue, incrédule, il dit :

« Camarade Président, je ne pensais jamais vous

rencontrer dans ces collines. Mais êtes-vous bien vous, et si vous n'êtes pas vous, qui êtes-vous ?

— Je ne suis pas le président de votre parti », dit le Martien. « Je ne suis qu'un Démon local aux sentiments procommunistes très vifs, qui voudrait faire la connaissance de personnes agréables comme vous-mêmes. »

A ce point, Li s'évanouit et aurait dévalé la falaise, renversant soldats et porteurs, si le Martien n'avait allongé son bras gauche, qui se transforma pour la circonstance en python, saisit Li, toujours inconscient, et le déposa doucement contre le camion des zakouskis. Les beautés soviétiques continuèrent à dormir. Le python se retransforma en bras.

Le visage de Kungsun était devenu livide ; comme son teint naturel était d'une agréable nuance ivoire, sa pâleur était très marquée.

« Je pense que ce *wang-pa* est un imposteur contre-révolutionnaire, dit-il d'une voix faible, mais je ne sais pas quoi faire de lui. Je me réjouis que la République Populaire de Chine ait un représentant de l'Union Soviétique pour nous instruire en cette circonstance difficile. »

Farrer dit d'une voix tranchante :

« Si c'est un imposteur, c'est un imposteur chinois. Pas un imposteur russe. Et vous feriez bien de ne pas l'injurier. Il semble avoir des pouvoirs effectifs. Regardez ce qu'il a fait à Li. »

Le Martien décida de faire parade de son éducation et dit d'un ton très conciliant :

« Si je suis un *wang-pa,* vous êtes un *wang-pen.* »

Puis, sous le coup de l'inspiration, il ajouta en russe :

« Un *wang-pen,* c'est une personne ingrate. Pire qu'une personne illégitime. Ma forme vous plaît-elle, camarade Farrer ? Avez-vous un briquet sur vous ? La science occidentale est si merveilleuse, et moi, je n'arrive jamais à faire des choses très solides, alors que vous, vous faites des avions, des bombes atomiques et toutes sortes d'objets divertissants de ce genre. »

Farrer fouilla dans sa poche, cherchant son briquet.

Un hurlement retentit derrière lui. L'un des soldats chinois, quittant la colonne immobile, passait la tête par-dessus le rebord de la falaise pour voir ce qui se passait. Voyant les camions et Mao Tse-tung, il se mit à glapir :

« Il y a des démons par ici ! Il y a des démons par ici ! »

Le Martien savait par des siècles d'expérience qu'il était inutile d'essayer de s'entendre avec des indigènes, à moins qu'ils ne fussent ou très jeunes, ou très, très vieux. Il s'avança jusqu'au bord de la falaise pour que tous les hommes puissent le voir. La silhouette de Mao se dilata jusqu'à une hauteur de trente et un pieds. Puis il se changea en une incarnation de l'ancien dieu chinois de la guerre, avec moustache, rubans, et épées ornées de pompons qui flottaient à la brise. Ils s'évanouirent tous, comme il l'avait prévu et désiré. Il les cala solidement contre des rochers pour qu'ils ne roulent pas sur la pente. Puis il prit la forme d'une AFAT soviétique — une assez jolie blonde ayant des galons de sergent — et se rematérialisa à côté de Farrer.

Entre-temps Farrer avait sorti son briquet.

La jolie petite blonde dit à Farrer :

« Je vous plais mieux sous cette forme ? »

Farrer dit :

« Je ne crois absolument rien de tout ça. Je suis un athée militant. J'ai combattu la superstition toute ma vie. »

Farrer avait vingt-quatre ans.

Le Martien dit :

« Je ne crois pas que vous m'aimiez en fille. Ça vous gêne, n'est-ce pas ?

— Comme vous n'existez pas, vous ne pouvez pas me gêner. Mais si ça ne vous fait rien, pourriez-vous rechanger de forme ? »

Le Martien prit l'apparence d'un petit Bouddha potelé. Il savait que c'était légèrement impie, mais il entendit Farrer pousser un soupir de soulagement. Même Li se rasséréna maintenant que le Martien avait pris une forme religieuse convenable.

« Ecoutez-moi bien, monstre obscène et démoniaque », gronda Kungsun, « nous sommes en République Populaire de Chine. Il vous est absolument interdit de prendre la forme d'images surnaturelles ou de vous livrer à des activités non athées. S'il vous plaît, abolissez-vous vous-même et les illusions que vous avez créées. Et d'ailleurs, qu'est-ce que vous voulez ?

— J'aimerais », dit le Martien d'une voix douce, « devenir membre du Parti Communiste Chinois. »

Farrer et Kungsun se regardèrent, médusés. Puis ils se mirent à parler tous les deux en même temps, Farrer en russe et Kungsun en chinois.

« Nous ne pouvons pas, dit Farrer, vous laisser entrer dans le Parti.

— Si vous êtes un démon, dit Kungsun, vous n'existez pas, et si vous existez, vous êtes illégal. »

Le Martien sourit.

« Prenez quelques rafraîchissements. Vous changerez peut-être d'avis. Voulez-vous une fille ? », dit-il, montrant son assortiment de beautés russes, toujours endormies dans leurs fauteuils.

Kungsun et Farrer firent non de la tête.

Avec un soupir, le Martien dématérialisa les filles et les remplaça par trois tigres sibériens. Les tigres approchèrent.

L'un d'eux s'arrêta commodément derrière le Martien et se coucha. Le Martien s'assit dessus.

« J'adore m'asseoir sur un tigre », dit le Martien, ravi. « C'est tellement confortable. Prenez donc un tigre. »

Bouche bée, Farrer et Kungsun considéraient leur tigre respectif. Les tigres bâillèrent et s'étirèrent.

Au prix d'un immense effort de volonté, les deux jeunes hommes s'assirent devant leur tigre. Farrer soupira.

« Qu'est-ce que vous voulez ? Je suppose que vous avez gagné...

— Prenez un pichet de vin. »

Il matérialisa un pichet de vin et une tasse en porcelaine devant chacun des interlocuteurs, lui compris. Il se versa à boire et les considéra, plissant ses yeux pénétrants.

« J'aimerais apprendre tout ce qu'on peut savoir de la science occidentale. Vous comprenez, je suis un étudiant martien, exilé ici pour devenir la 1 387 229e Incarnation Subordonnée Orientale d'un Lohan. Je suis ici depuis plus de deux mille ans, et je ne perçois que dans un rayon de dix lieues. Si je pouvais, j'aimerais étudier pour devenir ingénieur, mais comme je ne peux pas quitter ces lieux, je voudrais adhérer au Parti Communiste, afin que des visiteurs viennent me voir en grand nombre. »

Pendant ce temps, Kungsun avait pris sa décision. Il était communiste, mais il était chinois aussi — chinois aristocrate de surcroît, et très versé dans le folklore de son pays. Quand il reprit la parole, ce fut en termes beaucoup plus mesurés, et en une forme poliment archaïque du dialecte de la cour de Pékin :

« Honoré et estimé Démon, Seigneur, il est inutile que vous essayiez d'adhérer au Parti Communiste. Je reconnais que c'est très patriotique, en votre qualité de Démon chinois, de vouloir adhérer au groupe progressiste qui conduit le peuple chinois dans sa lutte incessante contre les cruels impérialistes américains. Mais, bien que vous m'ayez convaincu, je ne crois pas que vous puissiez convaincre les autorités du Parti, estimé Seigneur. La seule chose que vous puissiez faire dans notre nouveau monde communiste de la Chine Nouvelle, c'est de devenir un réfugié contre-révolutionnaire et d'émigrer en territoire capitaliste. »

Blessé, le Martien fronçait les sourcils en sirotant son vin, l'air boudeur.

« Je vois, jeune homme, que vous commencez à croire en moi. Vous n'avez pas à le reconnaître. Croyez simplement un peu en moi. Je suis heureux de constater que vous, monsieur Kungsun, secrétaire du Parti, vous êtes prêt à vous montrer poli. Je ne suis pas un Démon chinois, puisque je suis à l'origine un Martien élu à la Basse Assemblée de Concorde, mais qui, à la suite d'une remarque inopportune, doit vivre sous la forme de la 1 387 229e Incarnation Subordonnée Orientale d'un Lohan pendant trois mille printemps et automnes avant de pouvoir rentrer. Je pense être là encore très longtemps. D'autre part, j'aimerais étudier pour devenir ingénieur, et je pense qu'il vaudrait bien mieux pour moi adhérer au Parti Communiste que de m'exiler à l'étranger. »

Farrer eut une inspiration. Il dit au Martien : « J'ai une idée. Mais avant de vous l'exposer, voulez-vous, s'il vous plaît, faire disparaître ces maudits camions et enlever ces *zakouskis* ? Ils me mettent l'eau à la bouche, mais, j'en suis désolé, je ne peux pas accepter votre hospitalité. »

Le Martien s'exécuta, d'un simple geste de la main. Les camions et les tables disparurent. Li, qui dormait appuyé contre un véhicule, s'effondra dans l'herbe. Il marmonna quelque chose dans son sommeil puis reprit ses ronflements. Le Martien se retourna vers ses hôtes.

Farrer reprit le fil de son idée.

« Laissons de côté la question de savoir si vous existez ou non. Je peux vous assurer que je connais le Parti Communiste Russe et que mon collègue, le camarade Kungsun ici présent, connaît le Parti Communiste Chinois. Les partis communistes sont de merveilleuses institutions. Ils conduisent les masses dans le combat contre les Américains iniques. Réalisez-vous que si nous ne poursuivions pas le combat révolutionnaire, nous serions tous obligés de boire du Coca-Cola tous les jours ?

— Qu'est-ce que le Coca-Cola ? » demanda le Démon.

« Je ne sais pas », répondit Farrer.

« Alors, pourquoi avoir peur d'en boire ?

— C'est à côté de la question. Il paraît que les capitalistes en font boire à tout le monde. Le Parti Communiste ne peut pas prendre le temps d'ouvrir des secrétariats surnaturels. Cela anéantirait nos campagnes antireligieuses que d'avoir un secrétaire démoniaque. Je peux vous assurer que le Parti Communiste Russe ne l'acceptera jamais, et notre ami ici présent vous dira qu'il n'y a pas de place pour vous dans le Parti Communiste Chinois. Pourtant, nous voulons votre bonheur. Vous semblez un Démon très sympathique. Pourquoi ne pas vous en aller, tout simplement ? Les capitalistes vous accueilleront à bras ouverts. Ils sont très réactionnaires et très religieux. Vous trouverez peut-être même des gens pour croire en vous. »

Quittant sa forme de Bouddha potelé, le Martien prit l'apparence et l'habit d'un jeune Chinois, étudiant ingénieur à l'Université de la Révolution de Pékin. Dans sa nouvelle incarnation, il reprit :

« Je ne veux pas qu'on croie en moi. Je veux faire des études scientifiques et tout apprendre sur la science occidentale. »

Kungsun se porta au secours de Farrer. Il dit :

« Inutile d'essayer de devenir un ingénieur communiste. Vous me semblez être un démon assez distrait, et je crois que, même si vous essayiez de vous faire passer pour un être humain, vous l'oublieriez tout le temps et ne cesseriez de changer de forme. Ce qui serait catastrophique pour le moral de n'importe quelle classe sociale. »

Le Martien se dit en lui-même que le jeune homme n'avait pas tort. Il détestait conserver une forme quelconque plus d'une demi-heure. Rester sous la même forme corporelle le rendait nerveux. Il aimait aussi changer de sexe de temps en temps ; cela lui semblait reposant. Sans avouer que Kungsun avait marqué un point avec cette remarque, il hocha aimablement la tête et demanda :

« Mais comment aller à l'étranger ?

— Allez-y, c'est tout », dit Kungsun avec lassitude. « Partez, c'est tout. Vous êtes un Démon. Vous pouvez faire n'importe quoi.

— Je ne peux pas faire ça », dit l'étudiant martien d'une voix tranchante. « Il me faut un modèle. »

Il se tourna vers Farrer.

« Ça ne servirait à rien que vous me donniez quelque chose. Si vous me donniez quelque chose de russe et que j'atterrisse en Russie, vous m'avez dit qu'ils ne veulent pas plus d'un Martien communiste que les gens d'ici. D'ailleurs, je n'ai pas envie d'abandonner mon lac merveilleux, mais je suppose qu'il le faudra si je veux me familiariser avec la science occidentale.

— J'ai une idée », dit Farrer.

Il ôta sa montre et la tendit au Martien.

Le Martien l'examina. Bien des années plus tôt, la montre avait été fabriquée aux Etats-Unis d'Amérique.

Un G.I. l'avait donnée à une Fraülein. La grand-mère de la Fraülein l'avait donnée à un soldat de l'Armée Rouge contre trois sacs de pommes de terre, et le soldat de l'Armée Rouge l'avait donnée contre cinq cents roubles à Farrer, quand ils s'étaient connus à Kouïbychev. Les chiffres étaient peints au radium, de même que les aiguilles. La petite aiguille manquait, mais le Martien en matérialisa une neuve. Il en changea la forme plusieurs fois avant d'être satisfait de son œuvre. La montre portait une inscription en anglais : « Marvin Watch Company ». Au bas du cadran, il y avait un nom de ville : « Waterbury, Conn. »

Le Martien lut les inscriptions. Il dit à Farrer :

« Qu'est-ce que c'est que ce Waterbury, *Kahn* ?

— Conn., c'est l'abréviation du nom d'un Etat américain. Si vous voulez être réactionnaire capitaliste, c'est un endroit très favorable. »

Toujours livide, mais maladivement prévenant, Kungsun ajouta son mot. Il dit :

« Je crois que vous aimeriez beaucoup le Coca-Cola. C'est très réactionnaire. »

L'étudiant martien fronça les sourcils. Il tenait toujours la montre à la main. Il dit :

« Ça m'est égal que ce soit réactionnaire ou non. Je veux vivre dans un endroit très scientifique. »

Farrer dit :

« Vous ne pouvez pas vivre dans un endroit plus scientifique que Waterbury, Conn., surtout Conn. — c'est l'endroit le plus scientifique qu'ils ont en Amérique, je suis sûr qu'ils sont très pro-Martiens et que vous pourrez adhérer à l'un des partis capitalistes. Ça ne les gênera pas. Mais les partis communistes vous poseront des problèmes. »

Farrer sourit et ses yeux s'éclairèrent. Il pensait tenir l'argument décisif.

« De plus », ajouta-t-il, « vous pouvez garder ma montre pour toujours. »

Le Martien fronça les sourcils. Se parlant à lui-même, l'étudiant martien dit :

« Je vois que le communisme chinois va s'effondrer dans huit ans, huit cents ans ou huit mille ans. Je ferais peut-être mieux d'aller dans ce Waterbury, Conn. »

Les deux jeunes communistes approuvèrent vigoureusement en souriant au Martien.

« Honoré et estimé Martien, Seigneur, passez votre chemin, je vous prie, parce que je voudrais que mes hommes montent sur la falaise avant la nuit. Allez, avec notre bénédiction. »

Le Martien changea de forme. Il prit l'apparence d'un Arhat, disciple subordonné du Bouddha. Il les dominait de ses huit pieds. Son visage rayonnait d'un calme surnaturel. La montre, miraculeusement pourvue d'un nouveau bracelet, brillait à son poignet.

« Je vous bénis, jeune gens », dit-il. « Je vais à Waterbury. » Et il y alla.

Farrer regarda Kungsun.

« Qu'est-il arrivé à Li ? »

Kungsun secoua la tête, hébété.

« Je ne sais pas. Je me sens tout drôle. »

(En partant pour cet endroit d'une merveilleuse étrangeté, Waterbury, Conn., le Martien avait pris soin d'effacer de leurs esprits tout souvenir de lui-même.)

Kungsun s'avança jusqu'au bord de la falaise, et vit les hommes endormis.

« Regardez ça », grommela-t-il.

S'avançant à l'extrême bord de l'abîme, il hurla :

« Debout, fainéants, debout, tortues ! Vous n'êtes pas fous de dormir sur une falaise à l'approche de la nuit ? »

Le Martien concentra tous ses pouvoirs sur la localisation de Waterbury, Conn.

Il était la 1 387 229e Incarnation Subordonnée Orientale d'un Lohan (ou d'un Arhat) et ses pouvoirs étaient limités, même s'ils pouvaient paraître impressionnants à des profanes.

Il y eut un choc, un frisson, une rupture, une impression de choses faites et défaites, et il se retrouva dans un pays plat. Une étrange obscurité l'entourait. L'air, qu'il n'avait jamais humé auparavant, s'écoulait doucement autour de lui. Farrer et Li, suspendus sur une falaise loin au-dessus de la Chinshachiang, restaient loin derrière lui dans le monde qu'il venait de fuir. Il se souvint qu'il avait laissé sa forme derrière lui.

Distraitement, il abaissa les yeux sur lui-même, pour voir quelle apparence il avait adoptée pour le voyage.

Il découvrit qu'il était arrivé sous la forme d'un petit Bouddha rieur de sept pouces de haut, sculpté dans un bel ivoire jauni.

« Ça ne conviendra jamais », grommela-t-il. « Il faut que je prenne une forme locale... »

Il palpa son environnement, cherchant télépathiquement des objets intéressants assez proches.

« Ah, un camion de lait. »

La science occidentale, quelle merveille, pensa-t-il. Imaginez donc, une machine faite uniquement dans le but de transporter du lait !

Vivement, il se transforma en camion de lait.

Dans l'obscurité, il n'avait pas bien distingué le métal dont était fait le camion, ni la couleur de sa peinture.

Pour ne pas se faire remarquer, il se transforma en camion de lait en or massif. Puis, sans chauffeur, il démarra son moteur et se mit à rouler sur l'une des grandes routes menant à Waterbury, Connecticut... Si donc vous voyez un camion en or massif se conduire tout seul dans les rues, vous saurez que c'est le Martien, alias la 1 387 229e Incarnation Subordonnée d'un Lohan, et qu'il pense toujours que la science occidentale est une merveille.

NON, NON, PAS ROGOV !

La forme dorée sur les marches d'or tremblait et palpitait comme un oiseau devenu fou — comme un oiseau doué d'un intellect et d'une âme, et pourtant poussé à la folie par des extases et des terreurs au-delà de l'humaine compréhension — des extases incarnées momentanément dans la réalité par l'exécution d'un art superlatif. Un millier de mondes regardait.

L'ancien calendrier eût-il été encore en usage que cela se serait passé en l'an 13582 après J.-C. Après la défaite, après la désillusion, après la ruine et la reconstruction, l'humanité avait bondi au milieu des étoiles.

Par la rencontre avec un art non humain, par la confrontation avec des danses non humaines, l'humanité avait fait un superbe effort esthétique et avait bondi sur la scène de tous les mondes.

Les marches d'or vacillaient devant les yeux. Certains yeux avaient des rétines. Certains avaient des cônes cristallins. Mais tous les yeux étaient fixés sur la forme dorée qui interprétait LA GLOIRE ET L'AFFIRMATION DE L'HOMME au Festival de Danse Inter-Mondes de ce qui aurait pu être l'an 13582 après J.-C.

Une fois encore, l'humanité remportait le concours. La musique et la danse étaient hypnotiques au-delà des limites des systèmes, stimulantes et choquantes pour des yeux humains et inhumains. La danse était le triomphe du choc — le choc de la beauté dynamique.

La forme dorée sur les marches d'or interprétait les scintillantes complexités de la signification. Le corps était d'or, et pourtant humain. Le corps était une femme, et pourtant plus qu'une femme. Sur les marches d'or, dans la lumière d'or, elle tremblait et palpitait comme un oiseau devenu fou.

1

Le Ministère de la Sécurité d'Etat avait été positivement choqué en découvrant qu'un agent nazi, plus héroïque que prudent, avait failli atteindre N. Rogov.

Pour les forces armées soviétiques, Rogov avait plus de valeur que deux armées aériennes, plus de valeur que trois divisions motorisées. Son cerveau était une arme, une arme de la puissance soviétique.

Et puisque son esprit était une arme, Rogov était un prisonnier.

Ça lui était égal.

Rogov était de pur type russe, visage large, cheveux blonds, yeux bleus, avec de la fantaisie dans le sourire, de l'amusement dans les pattes d'oie.

« Naturellement que je suis un prisonnier », dit Rogov. « Je suis le prisonnier du service d'Etat des peuples soviétiques. Mais les ouvriers et les paysans sont bons pour moi. Je suis académicien de l'Académie des Sciences de Toute l'Union, général de division dans l'Armée Aérienne Rouge, professeur à l'Université de Kharkov, sous-directeur à la fabrication du Trust de la Production des Avions de Combat Rouges. Chacun de ces organismes me verse un salaire. »

Parfois, considérant les savants russes, ses collègues, il disait, très grave, en plissant les yeux :

« Pourrais-je servir les capitalistes ? »

Ses collègues effrayés essayaient de se sortir d'embarras par de vagues bredouillements, protestant de leur loyalisme envers Staline, ou Beria, ou Joukov ou Molotov ou Boulganine, suivant le cas.

Rogov avait l'air typiquement russe : calme, railleur, amusé. Il les laissait bredouiller.

Puis il éclatait de rire.

Sa gravité transformée en hilarité, il explosait d'un rire bienveillant, effervescent, pétillant.

« Naturellement que je ne pourrais jamais servir les capitalistes. Ma petite Anastasia ne me le permettrait pas. »

Ses collègues souriaient avec gêne, souhaitant que Rogov ne parle pas si étourdiment, ou si comiquement, ou si librement.

Même Rogov pouvait se retrouver mort.

Rogov ne le pensait pas.

Eux, si.

Rogov n'avait peur de rien.

La plupart de ses collègues se craignaient les uns les autres, craignaient le système soviétique, le monde, la vie et la mort.

Autrefois, peut-être Rogov avait-il été ordinaire et mortel comme les autres, et plein de peurs.

Mais il était devenu l'amant, le collègue, le mari d'Anastasia Fiodorovna Cherpas.

La camarade Cherpas avait été sa rivale, son antagoniste, sa concurrente, dans la lutte pour la prééminence scientifique aux confins audacieux de la science slave. La science russe ne pouvait jamais égaler la perfection inhumaine de la méthode allemande, la rigide discipline morale et intellectuelle du travail d'équipe allemand, mais les Russes pouvaient rattraper et dépasser les Allemands en donnant libre cours à leurs imaginations audacieuses et fantastiques. Rogov avait été un pionnier dans la conception des premiers lanceurs de fusées en 1939. Cherpas avait terminé son travail en assurant la direction des fusées par radio.

En 1942, Rogov avait inventé un nouveau système de cartographie photographique. La camarade Cherpas l'avait appliqué au film en couleurs. Rogov, blond, yeux bleus, avait énoncé ses critiques de la naïveté et de la faiblesse de la camarade Cherpas dans les meetings top-secrets des savants russes, au cours des sombres nuits de l'hiver 1943. La camarade Cherpas, ses cheveux blonds comme les blés flottant sur ses épaules comme de l'eau vive, son visage sans maquillage étincelant de fanatisme, d'intelligence et de loyalisme, le défiait avec arrogance, ridiculisant sa théorie du communisme, agaçant son honneur, minant ses hypothèses intellectuelles là où elles présentaient des points faibles.

En 1944, la querelle Rogov-Cherpas valait déjà le détour.

En 1945, ils se marièrent.

Leur cour avait été secrète, leur mariage fut une surprise, leur collaboration un miracle dans les assises supérieures de la science soviétique.

La presse émigrée avait rapporté la remarque du grand savant Peter Kapitza : « Rogov et Cherpas, c'est une équipe. Ils sont communistes, bons communistes ! Mais ils sont plus que cela ! Ils sont *russes,* assez russes pour vaincre le monde. Regardez-les. C'est l'avenir, c'est notre avenir russe ! » Peut-être cette citation marquait-elle quelque exagération, mais elle montrait l'énorme respect qu'inspiraient Rogov et Cherpas à leurs collègues de la science russe.

Peu après leur mariage, des choses étranges leur arrivèrent.

Rogov demeurait heureux. Cherpas était radieuse.

Néanmoins, leurs visages prenaient parfois l'air hagard, comme s'ils avaient vu des choses que les mots ne peuvent pas exprimer, comme s'ils avaient découvert des secrets trop importants pour les murmurer, même aux agents les plus sûrs de la Police d'Etat Soviétique.

En 1947, Rogov eut une entrevue avec Staline. Quand il sortit du bureau du Kremlin, le grand leader l'accompagna en personne à la porte, le front soucieux, hochant la tête en disant :

« Da, da, da. »

Même ses collaborateurs personnels ne savaient pas pourquoi Staline disait : « Oui, oui, oui », mais ils virent les ordres qui partirent avec les mentions UNIQUEMENT A QUI DE DROIT et A LIRE ET RENVOYER — NE PAS CONSERVER, et portant de plus le tampon POUR PERSONNES AUTORISEES SEULEMENT ET A NE COPIER SOUS AUCUN PRETEXTE.

Dans le budget vrai et secret de cette année-là, par

ordre direct de Staline, on ajouta le poste « Projet Télescope ». Staline ne toléra aucune enquête, ne souffrit aucun commentaire.

Un village qui avait un nom devint innommé.

Une forêt, précédemment ouverte aux ouvriers et aux paysans, devint territoire militaire.

A la poste centrale de Kharkov s'ouvrit une nouvelle boîte postale pour le *village de Ya. Ch.*

Rogov et Cherpas, camarades et amants, tous deux savants et tous deux russes, disparurent de la vie quotidienne de leurs collègues. On ne vit plus leurs visages dans les meetings scientifiques. On ne les aperçut plus que rarement.

Les rares fois où on les vit, généralement quand ils allaient à Moscou ou en revenaient à la saison où l'on élaborait le Budget de Toute l'Union, ils étaient souriants et heureux, mais ne plaisantaient pas.

Ce que le monde extérieur ignorait, c'est qu'en leur donnant la maîtrise de leur propre projet, en leur accordant un paradis, un paradis personnel, Staline avait veillé à ce qu'un serpent y entrât avec eux. Cette fois, le serpent se composait non pas d'une seule, mais de deux personnes — Gausgofer et Gauck.

2

Staline mourut.

Beria mourut aussi — moins spontanément.

Le monde continua.

Tout entrait dans le village de Ya. Ch. et rien n'en sortait.

le bruit courut que Boulganine lui-même avait rendu visite à Rogov et Cherpas. On murmura même qu'en arrivant à l'aéroport de Kharkov pour reprendre l'avion pour Moscou, Boulganine avait dit : « C'est énorme, énorme. Il n'y aura plus de guerre froide s'ils réussissent. Il n'y aura plus de guerre du tout. Nous anéantirons le capitalisme avant qu'il ait commencé à combattre. S'ils réussissent. S'ils réussissent. » On dit que Boulganine avait lentement secoué la tête, perplexe, et qu'il n'avait rien dit, mais ajouté ses initiales au programme non modifié du Projet Télescope quand un messager lui avait apporté une enveloppe venant de Rogov.

Anastasia Cherpas devint mère. Leur premier enfant ressemblait à son père. Il fut suivi d'une petite fille. Puis vint un autre garçon. Les enfants ne ralentirent pas les travaux de Cherpas. Ils avaient une grande datcha, et des nurses diplômées s'occupaient de la maison.

Tous les soirs, ils dînaient tous les quatre ensemble.

Rogov, russe, humoriste, courageux, amusé.

Cherpas, plus âgée, plus mûre, plus belle que jamais, mais aussi mordante, aussi joyeuse et aussi intelligente que jamais.

Et puis les deux autres, les deux qui étaient assis en face d'eux tous les jours de leur vie, les deux collègues dont la parole du tout-puissant Staline faisait un châtiment perpétuel.

Gausgofer était une femelle : visage en lame de couteau, exsangue, avec une voix s'apparentant à un hennissement de cheval. C'était une scientifique et une policière, compétente dans ces deux branches. En 1917, elle avait dénoncé sa propre mère au Comité Bolchevik de la Terreur. En 1924, elle avait commandé l'exécution de son père. C'était un Russe allemand de vieille noblesse balte, et il avait essayé d'adapter son esprit à l'ordre nouveau, sans y réussir. En 1930, elle avait poussé son amant à lui faire un peu trop confiance. C'était un communiste roumain, très haut placé dans la hiérarchie, mais il lui avait murmuré des choses à l'oreille dans l'intimité de leur chambre, murmuré, le visage inondé de larmes ; elle avait écouté tendrement sans rien dire, et avait rapporté ses paroles à la police le lendemain matin.

Ce qui avait attiré sur elle l'attention de Staline.

Staline n'y était pas allé par quatre chemins. Il lui avait parlé brutalement :

« Camarade, vous êtes un cerveau. Je vois que vous comprenez le communisme. Vous savez ce que c'est que le loyalisme. Vous allez vous élever et servir le Parti et la classe ouvrière. Mais est-ce là tout ce que vous désirez ? termina-t-il, aboyant la question. »

Elle en était restée bouche bée de stupéfaction.

Le vieil homme avait alors changé d'expression, la considérant maintenant avec une bienveillance mauvaise. Il lui avait posé l'index sur la poitrine.

« Etudiez la science, camarade. Étudiez la science. Communisme plus science égale victoire. Vous êtes trop intellectuelle pour vous cantonner dans le travail policier. »

Gausgofer tirait une sorte de fierté gênée du programme infernal de son homonyme allemand, le vieux et diabolique géographe, qui avait fait de la géographie une arme terrible dans le combat antisoviétique des nazis.

Rien n'aurait plu davantage à Gausgofer que de s'immiscer dans le mariage de Cherpas et Rogov.

Gausgofer avait ressenti de l'amour pour Rogov dès l'instant où elle l'avait vu.

Gausgofer avait ressenti de la haine — car la haine peut être aussi spontanée et miraculeuse que l'amour — dès l'instant où elle avait vu Cherpas.

Mais cela aussi, Staline l'avait prévu.

Avec Gausgofer, fanatique au sang froid, il avait envoyé un homme nommé B. Gauck.

Gauck était solide, calme, impassible. A peu près de la même taille que Rogov. Mais là où Rogov était musclé, Gauck était flasque. Là où le teint de Rogov était clair, coloré du rose que confèrent la santé et l'exercice, la peau de Gauck, gris verdâtre, huileuse, ressemblait à du lard rance, d'aspect maladif même dans ses meilleurs jours.

Gauck avait les yeux noirs et petits. Son regard était froid et acéré comme la mort. Gauck n'avait pas d'amis, pas d'ennemis, pas de croyances, pas d'enthousiasmes. Même Gausgofer avait peur de lui.

Gauck ne buvait jamais, ne sortait jamais, ne recevait jamais de lettre et n'en envoyait jamais, ne disait jamais une parole spontanée. Il n'était jamais grossier, jamais bon, jamais amical, jamais vraiment réservé : aucune réserve ne pouvait s'ajouter à la retraite totale qu'était toute sa vie.

Après l'arrivée de Gauck et Gausgofer, Rogov avait demandé à sa femme, dans l'intimité de leur chambre :

« Anastasia, cet homme a-t-il toute sa raison ? »

Cherpas croisa ses belles mains expressives. Elle dont l'esprit avait animé tant de réunions scientifiques, elle ne trouvait plus ses paroles. Elle regarda son mari, troublée.

« Je ne sais pas, camarade... Je ne sais pas... »

Rogov sourit, de son sourire slave amusé.

« Alors, je crois qu'au moins Gausgofer ne le sait pas non plus. »

Cherpas éclata de rire et prit sa brosse à cheveux.

« Ça, non. Elle ne le sait pas au juste, n'est-ce pas ? Je parie qu'elle ne sait même pas à qui il fait son rapport. »

Cette conversation s'était estompée dans le passé. Gauck, Gausgofer, les yeux noirs et les yeux sans vie — ils étaient restés.

Tous les soirs au dîner, ils s'asseyaient ensemble tous les quatre.

Tous les matins, ils se retrouvaient tous les quatre au laboratoire.

Le grand courage, la haute raison et l'humour acéré de Rogov permettaient au travail de continuer.

Les éclairs de génie de Cherpas lui permettaient de redémarrer, chaque fois que la routine accablait son magnifique intellect.

Gausgofer espionnait, surveillait, et souriait de ses lèvres exsangues ; parfois, assez curieusement, Gausgofer faisait des suggestions authentiquement constructives. Elle ne comprit jamais les recherches dans leur entier, mais elle savait assez de mécanique et d'ingénierie pour être très utile à l'occasion.

Gauck entrait, s'asseyait tranquillement, ne disait rien, ne faisait rien. Il ne fumait même pas. Il n'était jamais nerveux. Il ne s'endormait jamais. Il regardait, c'est tout.

Le laboratoire s'étendit, et avec lui s'étendit l'immense configuration de l'appareil d'espionnage.

3

En théorie, ce que Rogov avait proposé et que secondait Cherpas était imaginable. Il s'agissait d'une tentative pour formuler une théorie intégrée regroupant tous les phénomènes d'électricité et de radiations accompagnant la conscience, et de reproduire les fonctions électriques de l'esprit sans utiliser de matériel organique.

L'étendue des produits potentiels était immense.

Le premier produit qu'avait demandé Staline, si possible, était un récepteur capable de capter les pensées d'un esprit humain et de les traduire soit sur des cartes perforées, adaptées de la machine allemande de Hellschreiber, soit en langage phonétique. Si les résistances pouvaient être inversées et si la machine-cerveau pouvait servir non seulement de récepteur mais d'émetteur, elle serait peut-être en mesure de renvoyer des forces stupéfiantes qui paralyseraient ou tueraient le processus de la pensée.

Dans le meilleur des cas, la machine de Rogov pourrait servir à troubler la pensée humaine à grandes distances, à sélectionner les cibles humaines à soumettre à cette confusion mentale, et à maintenir un système de brouillage électronique accédant directement au cerveau humain sans passer par l'intermédiaire de tubes et de récepteurs.

Il avait réussi — en partie. Il s'était donné de violentes migraines au cours de la première année de travail.

La troisième année, il avait tué une souris à dix kilomètres de distance. La septième année, il avait provoqué des hallucinations collectives et une vague de suicides dans un village voisin. C'était cela qui avait impressionné Boulganine.

Rogov travaillait maintenant sur le concept « récepteur ». Personne n'avait encore exploré la bande de radiations infiniment étroite, infiniment subtile, distinguant un esprit humain d'un autre, mais Rogov essayait néanmoins de capter des esprits éloignés.

Il avait tenté de construire un casque télépathique, mais il avait échoué. Il s'était alors détourné de la réception de la pensée pure pour s'attaquer à la réception des images visuelles et auditives. A l'endroit où les terminaisons nerveuses plongeaient dans le cerveau même, il était parvenu, au cours des ans, à distinguer des poches entières de micro phénomènes et à en localiser certaines.

Grâce à un ajustage infiniment délicat, il avait réussi un jour à capter la vision de leur second chauffeur, et était parvenu, grâce à une aiguille plantée juste sous sa propre paupière droite, à « voir » par les yeux de l'autre, tandis que celui-ci, ignorant de cette expérience, lavait leur limousine Zis à mille six cents mètres de là.

Plus tard ce même hiver, Cherpas avait surpassé cet exploit et avait capté une famille entière qui dînait dans une ville voisine. Elle avait proposé à B. Gauck de lui insérer une aiguille dans la pommette pour qu'il puisse voir avec les yeux d'un étranger épié sans qu'il s'en doute. Gauck avait refusé les aiguilles, mais Gausgofer avait participé aux expériences.

La machine à espionner commençait à prendre tournure.

Deux étapes restaient à franchir. La première consistait à capter une cible lointaine, telle que la Maison-Blanche à Washington ou le Quartier Général de l'O.T.A.N. aux alentours de Paris. La machine pouvait obtenir des renseignements parfaits en s'introduisant dans les esprits vivants d'individus situés à de grandes distances.

Le second problème consistait à trouver une méthode pour brouiller ces esprits à distance, provoquant chez eux larmes, confusion mentale ou même folie.

Rogov avait essayé, mais il n'était pas arrivé à dépasser une portée de trente kilomètres du village innommé de Ya.Ch.

Une année, en novembre, il y avait eu soixante-dix cas d'hystérie, la plupart se terminant en suicides, à Kharkov, situé à plusieurs centaines de kilomètres de là, mais Rogov n'était pas certain que sa machine en fût responsable.

La camarade Gausgofer osa le tirer par la manche. Ses lèvres exsangues sourirent et ses yeux morts s'illuminèrent quand elle dit :

« Vous allez réussir, camarade. Vous allez réussir. »

Cherpas la regarda avec mépris. Gauck ne dit rien.

L'agent femelle Gausgofer surprit le regard de Cherpas fixé sur elle et, pendant un instant, un arc de haine vivante fulgura entre les deux femmes.

Puis tous trois se remirent à travailler sur la machine.

Gauck, assis sur son tabouret, regardait.

Les aides de laboratoire n'avaient jamais beaucoup parlé, et la salle était silencieuse.

4

C'est l'année où mourut Eristratov qu'ils firent une percée. Eristratov mourut après que l'Union Soviétique et les Démocraties Populaires eurent essayé de mettre un terme à la guerre froide avec les Américains.

C'était en mai. Dehors, les écureuils bondissaient dans les arbres. Les feuilles encore couvertes de la pluie nocturne s'égouttaient sur le sol et humidifiaient la terre. Ils étaient bien, avec quelques fenêtres ouvertes qui laissaient entrer les odeurs de la forêt.

Ils n'étaient que trop familiers des odeurs de leurs poêles à mazout et des senteurs refroidies de l'isolation, de l'ozone et de l'appareillage électronique surchauffé.

Rogov s'était aperçu que sa vue baissait parce qu'il était obligé de planter l'aiguille réceptrice près de son nerf optique pour obtenir des impressions visuelles de la machine. Après des mois d'expérimentation sur des sujets animaux et humains, il avait décidé de reproduire une de leurs dernières expériences, tentée avec succès sur un prisonnier âgé de quinze ans, en insérant directement l'aiguille dans le cerveau, derrière les yeux. Rogov avait hésité à se servir d'un prisonnier, car

Gauck, parlant au nom de la sécurité, avait insisté pour que tout prisonnier ayant participé à des travaux soit éliminé cinq jours au plus après le début de l'expérience. Rogov s'était convaincu que la technique de l'aiguille crânienne était sans danger, mais il était las d'essayer d'obtenir de civils ignorants et terrifiés le genre de concentration scientifique exigé par la machine.

Rogov résuma la situation à l'intention de sa femme et de leurs deux étranges collègues.

Irrité pour une fois, il cria à Gauck :

« Avez-vous jamais su de quoi il s'agit ? Vous êtes là depuis des années. Savez-vous ce que nous essayons de faire ? N'avez-vous donc jamais eu envie de participer vous-même aux expériences ? Réalisez-vous le nombre d'années de calculs mathématiques qui sont entrées dans la fabrication de ces résistances et de ces ondes ? Etes-vous bon à quelque chose ? »

Gauck répondit d'une voix monocorde et placide :

« Camarade professeur, j'obéis à mes ordres. Vous obéissez aux vôtres. Je ne vous ai jamais gêné. »

Rogov faillit sortir de ses gonds.

« Je sais que vous ne m'avez jamais gêné. Nous sommes tous de bons serviteurs de l'Etat Soviétique. Ce n'est pas une question de loyalisme. C'est une question d'enthousiasme. N'avez-vous jamais envie de jeter un coup d'œil sur la science qui se fait devant vos yeux ? Nous avons cent ans, ou mille ans d'avance sur les capitalistes américains. Cela ne vous excite-t-il pas ? N'êtes-vous pas un être humain ? Pourquoi ne participez-vous pas ? Me comprendrez-vous quand je vous expliquerai ? »

Gauck ne répondit pas : il se contenta de regarder Rogov de ses petits yeux en boutons de bottine. Son visage gris sale ne changea pas d'expression. Gausgofer poussa un bruyant soupir de soulagement féminin, mais elle aussi garda le silence. Cherpas, considérant son mari et ses deux collègues, avec un regard amical et un sourire engageant, intervint :

« Continue, Nikolai. Le camarade peut suivre s'il le désire. »

Gausgofer regarda Cherpas avec envie. Elle semblait encline à garder le silence, puis se décida à parler. Elle dit :

« Continuez, camarade Professeur. »

Rogov reprit :

« *Kharosho,* je ferai ce que je pourrai. La machine est maintenant prête à recevoir des esprits situés à d'immenses distances. »

Il plissa la bouche avec un mépris amusé.

« Nous pourrons peut-être nous glisser dans l'esprit du gredin en chef en personne, et découvrir ce qu'Eisenhower mijote aujourd'hui contre le peuple soviétique. Ne serait-ce pas merveilleux si notre machine arrivait à l'anéantir et le laissait gâteux derrière son bureau ? »

Gauck commenta :

« N'essayez pas. Pas avant d'avoir reçu des ordres. »

Rogov ignora l'interruption et continua :

« Premièrement, je vais recevoir. Je ne sais pas ce que je recevrai, qui je recevrai, ni d'où viendra la réception. Tout ce que je sais, c'est que cette machine va franchir l'espace pour ramener directement dans mon esprit les yeux et les oreilles d'un autre esprit. Avec la nouvelle aiguille qu'on plonge directement dans le cerveau, il me sera possible d'avoir une localisation très précise. Le problème avec ce garçon, la semaine dernière, c'est qu'il voyait bien quelque chose hors de cette salle, mais qu'il semblait aussi recevoir des sons dans une langue étrangère ; malheureusement il ne savait pas assez d'anglais ou d'allemand pour déterminer où la machine l'avait emmené. »

Cherpas éclata de rire.

« Je ne suis pas inquiète. J'ai vu alors que c'était sans danger. Tu passeras le premier, mon mari. Si nos camarades n'ont rien à objecter... ?

Gauck hocha la tête.

Gausgofer, haletante, posa ses mains osseuses sur son cou décharné et dit :

« Naturellement, camarade Rogov, naturellement. C'est vous qui avez fait *tout* le travail. C'est vous qui devez passer le premier. »

Rogov s'assit.

Un technicien en blouse blanche roula la machine près de lui. Elle était montée sur trois roues pneumatiques et ressemblait aux petits appareils radiographiques utilisés pour les radios dentaires. Mais le cône était remplacé par une longue aiguille incroyablement dure. Elle avait été faite spécialement pour eux par le meilleur spécialiste tchèque en instruments chirurgicaux.

Un autre technicien s'approcha avec un plat à raser, un blaireau et un rasoir à main. Sous le regard mort de Gauck, il rasa une aire de quatre centimètres carrés au sommet du crâne de Rogov.

Cherpas prit alors la relève. Elle immobilisa son mari dans un serre-tête, puis, à l'aide d'un microscope, établit des coordonnées si exactes que l'aiguille s'enfoncerait dans la dure-mère exactement à l'endroit désiré.

Elle fit tout cela avec douceur, d'une main ferme et experte. C'était sa femme, mais c'était aussi son égale dans la science et dans l'Etat soviétique.

Elle recula et considéra son ouvrage. Puis elle lui adressa un sourire très spécial, le sourire qu'ils n'échangeaient que dans leur intimité.

« Il ne faudra pas faire ça tous les jours. Il faudra trouver le moyen d'accéder à l'intérieur du cerveau sans utiliser cette aiguille. Mais ce ne sera pas douloureux.

— Et même si c'est douloureux, est-ce que cela compte ? » dit Rogov. « C'est le couronnement de tous nos travaux. » *Enfonce.*

Gausgofer regardait, comme si elle avait envie qu'on l'invite à prendre part à l'expérience, mais elle n'osa pas interrompre Cherpas. Cherpas, les yeux brillants d'attention, tendit la main et abaissa la manette qui amena l'aiguille à un dixième de millimètre de l'endroit désiré.

Rogov parla d'un ton très concentré.

« J'ai à peine senti une petite piqûre. Tu peux mettre le courant. »

Gausgofer n'arriva pas à se contenir.

« Est-ce que je peux mettre le courant ? » dit-elle timidement à Cherpas.

Cherpas hocha la tête. Gauck regardait. Rogov attendait. Gausgofer abaissa la manette.

Le courant passa.

D'un mouvement impatient de la main, Cherpas renvoya les techniciens au fond du laboratoire. Deux ou trois d'entre eux s'étaient arrêtés de travailler et regardaient Rogov d'un air stupide. Ils parurent gênés, puis ils se rassemblèrent à l'autre bout du laboratoire.

L'humide vent de mai soufflait sur eux, apportant des odeurs de forêt et de feuilles.

Tous trois regardaient Rogov.

Le visage de Rogov commença à changer. Il se congestionna. Sa respiration se fit si bruyante et oppressée qu'ils l'entendaient à plusieurs mètres. Cherpas, à genoux devant lui, l'interrogeait silencieusement du regard.

Rogov n'osa pas hocher la tête, pas avec l'aiguille dans le cerveau. Il remua ses lèvres congestionnées et dit d'une voix pâteuse :

« N'arrête... pas... maintenant. »

Rogov lui-même ne savait pas ce qui se passait. Il pensait qu'il verrait peut-être un intérieur américain, ou un intérieur russe, ou une colonie tropicale. Il verrait peut-être des palmiers, ou des forêts, ou des bureaux. Il verrait des canons ou des immeubles, des salles de bains ou des lits, des hôpitaux, des villas ou des églises. Il verrait peut-être avec les yeux d'un enfant, d'une femme, d'un homme, d'un soldat, d'un philosophe, d'un esclave, d'un ouvrier, d'un sauvage, d'un croyant, d'un communiste, d'un réactionnaire, d'un gouverneur, d'un policier. Il entendrait peut-être des voix ; il entendrait peut-être de l'anglais, du français, du russe, du swahili, de l'hindi, du malais, du chinois, de l'ukrainien, de l'arménien, du turc ou du grec. Il ne savait pas.

Quelque chose d'étrange se passait.

Il lui *semblait* qu'il avait quitté le monde, qu'il avait quitté le temps. Les heures et les siècles se rétrécissaient à mesure que les cadrans et la machine, sans direction, cherchaient à capter le signal le plus puissant jamais émis par un enfant de l'humanité. Rogov ne le savait pas, mais sa machine avait conquis le temps.

La machine atteignit la danse, le challenger humain, et le festival de danse de l'année qui n'était pas 13 582 après J.-C. mais qui aurait pu l'être.

Devant les yeux de Rogov, la forme dorée et les marches d'or tremblaient et palpitaient en un rituel mille fois plus puissant que l'hypnotisme. Les rythmes signifiaient pour lui rien et tout. C'était la Russie, c'était le communisme. C'était sa vie — c'était son âme qu'il voyait en action sous ses yeux mêmes.

Pendant une seconde, la dernière seconde de sa vie ordinaire, il regarda par ses yeux de chair et vit la femme pitoyable qu'il avait autrefois trouvée belle. Il vit Anastasia Cherpas, et resta indifférent.

Sa vue revint se concentrer sur l'image dansante, sur cette femme, ces postures, cette danse !

Puis il perçut le son — une musique qui aurait fait pleurer de honte un Tchaïkovski, des orchestres qui auraient imposé à jamais le silence à Chostakovitch ou à Khatchatourian, tant ils surpassaient la musique du xxe siècle.

Les gens-qui-n'étaient-pas-des-gens et qui vivaient entre les étoiles avaient enseigné bien des arts à l'humanité. L'esprit de Rogov était le meilleur de son temps, mais son temps était très, très en retard sur le temps de la danse magnifique. Sur cette vision, Rogov devint complètement et définitivement fou. Il devint aveugle à la vue de Cherpas, Gauck et Gausgofer. Il oublia le village de Ya.Ch. Il s'oublia lui-même. Il était comme un poisson élevé dans un vivier d'eau stagnante, la première fois qu'on le jette dans les eaux vives d'un torrent. Il était un insecte émergeant de la chrysalide. Son esprit du xxe siècle ne put supporter l'imagerie et l'impact de la musique et de la danse.

Mais l'aiguille était toujours là, et l'aiguille transmettait à son esprit plus que son esprit ne pouvait supporter.

Les synapses de son cerveau sautèrent comme un disjoncteur. Le futur l'inonda.

Il s'évanouit. Cherpas s'élança et releva la manette. Rogov s'effondra dans son fauteuil.

5

Ce fut Gauck qui appela les docteurs. Au crépuscule, Rogov reposait calmement, bourré de sédatifs. Ils étaient deux médecins, appartenant tous deux à l'état-major. Gauck avait obtenu l'autorisation de les faire venir en téléphonant directement à Moscou.

Mais ils étaient contrariés. L'un d'eux ne cessait de faire des reproches à Cherpas.

« Vous n'auriez pas dû faire cela, camarade Cherpas. Le camarade Rogov n'aurait pas dû faire cela non plus. On ne peut pas s'amuser comme ça à planter des aiguilles dans le cerveau. Il s'agit d'un problème médical. Aucun de vous n'est docteur en médecine. C'est très bien d'essayer des machines sur des prisonniers, mais on ne peut pas infliger des traitements pareils au personnel scientifique soviétique. Je vais être blâmé parce que je ne pourrai pas faire revenir Rogov à la raison. Vous l'avez entendu. Il ne fait que marmonner : “ Cette forme dorée sur les marches d'or, cette musique, ce moi est un moi véritable, cette forme dorée, cette forme dorée, je veux être avec cette forme dorée ”, et autres sottises pareilles. Vous avez peut-être anéanti à jamais un esprit de premier ordre… »

Il s'interrompit, comme s'il en avait trop dit. Après tout, il s'agissait d'un problème de sécurité, et c'étaient Gauck et Gausgofer qui semblaient représenter les services secrets.

Gausgofer tourna ses yeux chassieux vers le docteur, et dit d'une voix étouffée, égale et incroyablement venimeuse : « Est-il possible qu'elle ait fait ça, Docteur ? »

Le docteur regarda Cherpas en répondant à Gausgofer : « Comment ? Vous étiez là. Pas moi. *Comment* aurait-elle pu faire ça ? *Pourquoi* l'aurait-elle fait ? C'est vous qui étiez là. »

Cherpas ne disait rien. Elle serrait les lèvres pour contenir son chagrin. Ses cheveux blonds brillaient, mais à ce moment-là, ses cheveux étaient tout ce qui lui restait de sa beauté. Elle avait peur, et elle allait basculer dans la dépression. Elle n'avait pas de temps pour haïr cette imbécile ou pour se soucier de la sécurité. Tout ce qui lui importait, c'était son collègue, son amant, son mari, Rogov.

Ils ne pouvaient rien faire, sauf attendre. Ils allèrent dans une grande salle et essayèrent de manger.

Les domestiques avaient disposé sur la table d'immenses plats de viandes froides, des jattes de caviar, des corbeilles de pain, du beurre pur, du vrai café et des alcools.

Aucun d'eux ne mangea beaucoup.

Tous, ils attendaient.

A 21 h 15, ils entendirent des rotors tourner au-dessus de la maison.

Le grand hélicoptère était arrivé de Moscou.

Des autorités supérieures prenaient la relève.

6

L'autorité supérieure était représentée par un ministre-délégué du nom de V. Karper.

Karper était accompagné de deux ou trois colonels en uniforme, d'un ingénieur en civil, d'un homme appartenant à l'état-major du Parti Communiste de l'Union Soviétique, et de deux docteurs.

Ils se dispensèrent des civilités d'usage. Karper dit simplement :

« Vous êtes Cherpas. Je vous ai déjà rencontrée. Vous êtes Gausgofer. J'ai lu vos rapports. Vous êtes Gauck. »

La délégation entra dans la chambre de Rogov. Karper dit sèchement :

« Réveillez-le. »

Le médecin militaire qui lui avait administré les sédatifs dit :

« Camarade, il ne faut pas... »

Karper l'interrompit.

« Silence. »

Se tournant vers le docteur qu'il avait amené et montrant Rogov, il répéta :

« Réveillez-le. »

Le docteur de Moscou conféra brièvement avec le médecin militaire. Lui aussi se mit à faire non de la tête. Il regarda Karper, l'air troublé. Karper devina ce qu'il allait entendre. Il dit :

« Allez-y. Je sais que cela présente un certain danger pour le patient, mais il me faut des éléments de rapport pour rentrer à Moscou. »

Les deux docteurs s'affairèrent autour de Rogov. L'un d'eux demanda sa trousse et lui fit une piqûre. Puis tous s'écartèrent du lit.

Rogov se contorsionna sur sa couche. Il se tordait, comme supplicié. Ses yeux s'ouvrirent, mais il ne les vit pas. D'une voix claire d'enfant, avec des mots simples, Rogov se mit à parler :

« ... cette forme dorée, les marches d'or, la musique, remportez-moi vers la musique, je veux être avec la musique, je suis la musique... »

Et il continua ainsi, en un monologue incessant et monotone.

Cherpas se pencha vers lui, son visage directement dans l'axe de sa vision.

« Mon chéri, mon chéri, réveille-toi. C'est grave. »

Tous comprirent que Rogov ne l'entendait pas, car il continua ses bredouillements sur les formes dorées.

Pour la première fois depuis des années, Gauck prit l'initiative. S'adressant directement à l'homme de Moscou, il demanda :

« Camarade, puis-je faire une suggestion ? »

Karper le regarda. Gauck montra Gausgofer de la tête.

« Nous avons tous les deux été envoyés ici sur l'ordre du camarade Staline. C'est ma supérieure. C'est elle la responsable. Moi, je ne fais que vérifier après elle. »

Le ministre-délégué se tourna vers Gausgofer. Depuis un moment, Gausgofer fixait Rogov étendu dans son lit. Pas une larme dans ses yeux bleus et chassieux, mais elle avait le visage tiré par une tension extrême.

Karper, dédaignant ce stress, lui dit fermement, clairement, avec autorité :

« Que conseillez-vous ? »

Gausgofer le regarda dans les yeux et dit d'une voix posée :

« Je ne crois pas que son cerveau soit endommagé. Je crois qu'il a obtenu une communication qu'il doit partager avec un autre être humain, et que si l'un de nous ne le suit pas, il n'y aura peut-être jamais de réponse. »

Karper aboya :

« Très bien. Alors, que faisons-nous ?

— Permettez-*moi* de le suivre dans la machine. »

Anastasia Cherpas éclata d'un rire hystérique. Elle saisit Karper par le bras et pointa le doigt sur Gausgofer. Karper la regardait fixement.

Cherpas réprima un peu son rire et cria à Karper :

« Cette femme est folle. Elle aime mon mari depuis des années. Elle hait ma présence. Et maintenant, elle croit pouvoir le sauver. Elle croit qu'elle peut le suivre. Elle croit qu'il désire communiquer avec elle. C'est ridicule. Je le suivrai moi-même ! »

Karper regarda autour de lui. Il choisit deux membres de sa suite et ils s'isolèrent dans un coin de la pièce. On les entendait parler, sans distinguer leurs paroles. Au bout de six ou sept minutes, Karper revint.

« Vous vous êtes mutuellement accusées de violations graves envers la sécurité. L'une de nos meilleures armes, l'esprit de Rogov, est hors d'usage. Rogov n'est pas simplement un homme. C'est un projet soviétique. On me dit que l'officier principal de la sécurité, poursuivit-il avec mépris, une policière au dossier remarquable, est accusé par un célèbre savant soviétique, femme elle aussi, d'un amour ridicule envers le patient. Je ne tiendrai pas compte de cette accusation. Le développement de l'Etat Soviétique ne peut pas se voir entravé par des questions de personnalités. La camarade Gausgofer suivra. J'agis ainsi dès ce soir parce que le médecin que j'ai amené me dit que Rogov ne survivra peut-être pas, et qu'il est très important pour nous de découvrir ce qui lui est arrivé et pourquoi. »

Il tourna son regard funeste sur Cherpas.

« Pas de protestations, camarade. Votre esprit est la propriété de l'Etat Soviétique. Votre vie et votre éducation ont été payées par les travailleurs. Ce sont des choses qu'on ne peut pas gaspiller par sentimentalité personnelle. S'il y a quelque chose à découvrir, la camarade Gausgofer le découvrira pour nous. »

Ils retournèrent tous dans le laboratoire. On alla chercher dans leur dortoir les techniciens terrifiés. On ralluma les lumières et on ferma les fenêtres. Le vent de mai s'était rafraîchi.

On stérilisa l'aiguille.

On chauffa les résistances électriques.

Gausgofer prit place dans le fauteuil, personnification impassible du triomphe. Elle sourit à Gauck tandis qu'un assistant apportait le savon et le rasoir pour lui raser le haut du crâne.

Gauck ne lui rendit pas son sourire. Il la fixait de ses yeux noirs. Il ne dit rien. Il ne fit rien. Il regardait.

Karper arpentait la salle, regardant de temps en temps les préparatifs hâtifs mais ordonnés de l'expérience.

Anastasia Cherpas s'assit à la table du laboratoire, à cinq mètres du groupe. Elle observait l'arrière du crâne de Gausgofer à l'endroit où s'enfonçait l'aiguille. Elle enfouit son visage dans ses mains. Certains crurent l'entendre pleurer, mais aucun ne faisait très attention à elle. Ils étaient trop occupés à observer Gausgofer.

Le visage de Gausgofer se congestionna. Ses joues flasques se couvrirent de sueur. Ses doigts se crispèrent sur les accoudoirs du fauteuil.

Soudain, elle se mit à hurler :

« *Cette forme dorée sur les marches d'or.* »

Elle se leva d'un bond, entraînant l'appareillage après elle.

Personne ne s'attendait à cela. Le fauteuil tomba par terre. Le porte-aiguille, soulevé de terre, oscilla sur le côté, entraîné par son poids. L'aiguille fendit le cerveau de Gausgofer comme une faux. Ni Rogov ni Cherpas n'avaient jamais prévu un combat avec le fauteuil. *Ils ne savaient pas qu'ils allaient capter l'an 13582 après J.-C.*

Le corps de Gausgofer gisait par terre, entouré de fonctionnaires surexcités.

Karper eut la présence d'esprit de chercher Cherpas du regard.

Elle se leva de la table et marcha vers lui. Un mince filet de sang coulait de sa pommette. Un autre filet de sang coulait d'un point de sa joue, situé à un centimètre et demi de son oreille gauche.

Extrêmement maîtresse d'elle-même, le visage blanc comme de la neige fraîche, elle lui sourit.

« J'ai écouté.

— Quoi ? » dit Karper.

« J'ai écouté, écouté », dit Anastasia Cherpas. « J'ai découvert où est parti mon mari. Il est en un lieu qui n'appartient pas à ce monde. Quelque chose d'hypnotique qui dépasse les limitations de notre science. Nous avons fabriqué un puissant canon. Mais le canon nous a tiré dessus avant que nous ayons le temps de nous en servir. Vous pensez peut-être que vous arriverez à me faire changer d'avis, camarade Ministre-Délégué, mais il n'en sera rien.

» Je sais ce qui s'est passé. Mon mari ne reviendra jamais. Et je ne continuerai pas plus loin sans lui.

» Le Projet Télescope est terminé. Vous pourrez essayer de trouver quelqu'un pour le mener à bien, mais vous n'y parviendrez pas. »

Karper la regarda fixement, puis se détourna.

Gauck était planté devant lui.

« Que voulez-vous ? » aboya Karper.

« Je veux vous dire », dit Gauck à voix très basse, « je veux vous dire, camarade Ministre-Délégué, que Rogov est fini comme elle le dit, et elle est finie comme elle le dit. Tout est vrai. Je le sais. »

Karper le foudroya du regard.

« Comment le savez-vous ? »

Gauck resta impassible. Avec une assurance surhumaine et un calme parfait, il répondit à Karper :

« Camarade, je ne discute pas les faits. Je connais

ces gens, bien que je ne connaisse pas leur science. Rogov est fini. »

Enfin, Karper le crut. Karper s'assit dans un fauteuil près d'une table. Il regarda son équipe.

« Est-ce possible ? »

Personne ne répondit.

« Je vous ai demandé si c'était possible ? »

Tous regardèrent Anastasia Cherpas, ses magnifiques cheveux, ses yeux bleus résolus, et les deux minces filets de sang coulant des trous d'aiguilles qui lui avaient permis d'écouter.

Karper se tourna vers elle.

« Que savons-nous maintenant ? »

Pour toute réponse, elle tomba à genoux et se mit à sangloter :

« Non, non, pas Rogov ! Non, non, pas Rogov ! »

C'est tout ce qu'ils purent tirer d'elle. Gauck continuait à regarder.

Sur les marches d'or dans la lumière dorée, une forme dorée dansait un rêve au-delà de toutes les limites de l'imagination, dansait et attirait la musique à elle jusqu'à ce qu'un soupir de désir, désir qui devenait espoir et tourment, passât dans les cœurs de toutes les choses vivantes sur un millier de mondes.

Les bords de la scène dorée, déchiquetés et vagues, se fondirent peu à peu dans le noir. L'or s'adoucit en une nuance d'argent doré, puis d'argent pur, et enfin devint blanc. La danseuse dorée était maintenant une silhouette rose-blanc abandonnée, silencieuse et fatiguée, sur les immenses marches blanches. Les applaudissements d'un millier de mondes déferlèrent sur elle.

Elle les regardait sans les voir, elle aussi subjuguée par la danse. Les applaudissements ne signifiaient rien. La danse était une fin en soi. Il faudrait qu'elle continue à vivre, jusqu'à ce qu'elle se remette à danser.

ANGERHELM

Bizarre, bizarre, bizarre. C'est tout à fait bizarre, bizarre, bizarre de penser sans cerveau — c'est vraiment un tour de passe-passe sans l'être que de penser sans cerveau. Parler sans cerveau est encore plus difficile, mais c'est faisable.

Je me rappelle encore le son de cette phrase quand nous parvînmes enfin à mettre la main sur le vieux Nelson Angerhelm et à l'asseoir devant la bande bourdonnante.

L'histoire avait débuté bien avant. Je n'en ai jamais connu les commencements.

Je suis l'assistant de M. Spatz, et Spatz met les budgets en pièces depuis dix-huit ans maintenant. C'est l'homme qui approuve, pour le comte du Directeur du Budget, toutes les requêtes de liaison spéciale entre le Secrétariat à la Défense et tous les services secrets.

Il est très compétent dans sa partie. Parmi les gens qui se sont présentés pour demander de l'argent, ceux qui se sont retrouvés avec le dixième de ce qu'ils sollicitaient sont beaucoup trop nombreux pour qu'on puisse les aligner dans n'importe quel couloir du Pentagone. Ce qui n'est pas peu dire.

L'affaire commença à s'ébruiter il y a quelques mois, quand les Russes commencèrent à récupérer ces bizarres petites capsules enregistreuses. Les capsules venaient de leurs Spoutniks. Nous ne savions pas ce que contenaient ces capsules à leur retour de l'espace. Tout ce que nous savions, c'est qu'elles contenaient quelque chose.

Les capsules, nous pouvions les suivre au radar dans leur descente, mais, malheureusement, elles tombaient toutes en territoire russe, sauf une qui tomba dans l'Atlantique. Après avoir dépensé sept millions de dollars, nous avons renoncé à la retrouver.

L'amiral de la Flotte de l'Atlantique avait été informé par son adjoint des services secrets qu'ils avaient une chance de la retrouver s'ils continuaient à chercher. L'amiral en référa à Washington, et les fonctionnaires du budget eurent connaissance de la requête. Ce qui l'enterra pour un temps.

L'affaire commença à s'ébruiter par quatre sources différentes en même temps. Khrouchtchev lui-même dit quelque chose de très bizarre au secrétaire d'Etat. Ils avaient quand même fini par se rencontrer à Londres.

A la fin d'une réunion, Khrouchtchev dit en effet :

« Vous faites quelquefois des blagues, monsieur le Secrétaire d'Etat ? »

Le secrétaire d'Etat eut l'air très étonné en entendant la traduction.

« Des blagues, monsieur le Premier Ministre ?

— Oui.

— Quel genre de blagues ?

— Des blagues sur des appareils.

— Des blagues sur des machines, c'est assez malséant », dit l'Américain.

Ils continuèrent à discuter, se demandant si c'était une bonne idée de faire des blagues alors qu'ils avaient tous un sérieux travail d'espionnage à faire.

Le Russe répéta avec insistance qu'il n'avait pas d'espionnage, qu'il n'avait jamais entendu parler d'espionnage, et que son espionnage fonctionnait assez bien pour qu'il sache parfaitement qu'il n'avait pas d'espionnage.

A cet éclat, le secrétaire d'Etat répliqua qu'il n'avait pas d'espionnage non plus, et que nous ne savions absolument rien de ce qui se passait en Russie. De plus, non seulement nous ne savions rien sur la Russie, mais nous savions que nous ne savions pas et nous en étions sûrs. Après cet échange, les deux leaders se séparèrent, chacun se demandant ce que l'autre avait voulu dire.

On rapporta l'affaire à Washington. Je figurais tout en bas de la liste des gens chargés de s'en occuper.

A l'époque, j'avais un permis « galactique », à peine inférieur au permis universel. Ce n'était pas grand-chose, mais c'était mieux que rien. J'étais censé lire ces documents dans l'exercice de mes fonctions auprès de M. Spatz. En fait, ça ne servait à rien sauf à tuer le temps quand je ne travaillais pas pour lui sur des budgets.

La seconde piste nous vint de nos hommes de la Vallée. Nous n'avons jamais appelé cet endroit autrement, et je précise que nous n'aimons pas le voir figurer sur le budget fédéral. Nous en savons tout ce que nous avons besoin d'en savoir, et nous cessons d'y penser.

C'est beaucoup plus sûr de cesser de penser. Ce n'est pas notre rôle de penser à ce que d'autres font, surtout s'ils dépensent plusieurs millions de dollars de l'oncle Sam par jour, essayant de déterminer à quoi ils pensent et se retrouvant la plupart du temps sans rien de concluant.

Nous devions apprendre par la suite que nos hommes de la Vallée avaient expédié pratiquement tous nos agents de la sécurité dans une campagne proche de Minneapolis, pour chercher un certain Angerhelm. Nelson Angerhelm.

A l'époque, ce nom ne disait rien à personne, mais avant la fin de notre enquête, il faisait partie de l'affaire la plus sensationnelle du XXe siècle. Si jamais on l'ébruite, ce sera l'affaire la plus sensationnelle des deux derniers millénaires.

Le troisième fragment du puzzle nous parvint un peu plus tard.

Le colonel Plugg était au Département G-2. Il appela M. Spatz, et, ne le trouvant pas, il m'appela. Il dit :

« Que se passe-t-il avec votre patron ? Il n'est jamais dans son bureau ?

— Je n'y suis pour rien. Je ne le commande pas, c'est lui qui me commande. Que désirez-vous, mon Colonel ? »

Le colonel émit un grognement.

« Ecoutez, vous êtes censé me donner de l'argent pour mes liaisons. Je ne sais pas jusqu'où je serai obligé d'aller pour " liaiser ", ni si ça fait partie de mes attributions. J'ai demandé à mon patron ce que je dois faire, et il ne sait pas. Nous devrions peut-être nous en laver les mains et laisser agir les services secrets. Ou envoyer l'affaire au Département d'Etat. Vous passez la moitié de votre vie à me dire si je peux oui ou non avoir des liaisons, puis à me donner l'argent nécessaire. Pourquoi ne venez-vous pas à mon bureau, prendre un peu vos responsabilités pour une fois ? »

Je me précipitai au bureau de Plugg. C'était un problème concernant l'armée.

Voici les faits.

L'assistant de l'attaché militaire soviétique, un certain lieutenant-colonel Potariskov, sollicita un entretien. Il vint sans rien amener avec lui. Pas même un traducteur. Il parlait un anglais curieux, mais compréhensible.

L'intervention de Potariskov se résumait à ceci : ce n'était pas très fair-play de la part des militaires américains d'interférer avec un bulletin météorologique solennel en introduisant des blagues dans le radar soviétique. Si les militaires américains n'avaient rien de mieux à faire, pouvaient-ils avoir l'obligeance de se faire des blagues entre eux et de laisser les forces soviétiques tranquilles ?

Cela n'avait guère de sens.

Le colonel Plugg essaya de comprendre de quoi il retournait. Le Russe paraissait en pleine crise et ne cessait de parler de blagues.

On finit par apprendre que Potariskov avait un bout de papier dans sa poche. Il le sortit, et Plugg y jeta un coup d'œil.

Il portait une adresse. Nelson Angerhelm, 2322 Ridge Drive, Hopkins, Minnesota.

On découvrit, ce qui ne prit pas longtemps, que Hopkins, Minnesota était une banlieue de Minneapolis.

Cela ne signifiait rien pour le colonel Plugg, et il demanda à Potariskov s'il avait une requête précise en tête.

Potariskov demanda si le colonel avouait la blague au sujet d'Angerhelm.

Plugg dit que les Services Secrets n'avouent jamais les blagues auxquelles ils se livrent avec les Transmissions. Plugg maintint qu'il ne savait rien. Il dit qu'il ferait une enquête et transmettrait les résultats à Potariskov. Potariskov s'en alla.

Plugg appela les Transmissions, et à la fin de la conversation il avait une piste qui le ramenait à la Vallée. Les gens de la Vallée furent prévenus et envoyèrent dare-dare un émissaire.

C'est à peu près à ce stade que j'entrai en scène. L'émissaire n'arriva pas à contacter M. Spatz, et le problème s'aggravait sérieusement.

Il faut dire que les trois pistes finissaient par se rejoindre. Les gens de la Vallée avaient relevé le nom (et ce n'est pas à moi de vous dire comment ils avaient procédé). Le nom d'Angerhelm avait été diffusé sur tout le système des transmissions soviétique. Pratiquement tous les fonctionnaires soviétiques du monde s'étaient vu demander s'ils savaient quoi que ce soit sur Nelson Angerhelm, et pratiquement tous, du moins à la connaissance des gens de la Vallée, avaient répondu qu'ils ignoraient totalement de quoi il s'agissait.

Une référence à la conversation de M. Khrouchtchev avec le secrétaire d'Etat donnait à penser que l'enquête sur Angerhelm s'y rattachait. Angerhelm semblait être la référence correcte. Les gens de la Vallée avaient déjà quelques renseignements sur lui. Ils s'étaient informés auprès du F.B.I.

Le F.B.I. avait dit que Nelson Angerhelm était un éleveur de volailles à la retraite, âgé de soixante-deux ans. Il avait été mobilisé pendant la Première Guerre Mondiale.

Il n'avait pas servi longtemps. Arrivé à Plattsburg, New York, il s'était cassé la cheville, avait passé quatre mois à l'hôpital, car il y avait eu des complications. Depuis lors, il touchait une pension d'ancien combattant. Il n'était jamais sorti des Etats-Unis, n'avait jamais fait partie d'un mouvement subversif, ne s'était pas marié et ne dépensait jamais un sou. D'après les renseignements rassemblés par le F.B.I., sa vie ne valait pas la peine d'être vécue.

Ce qui laissait l'affaire au point mort. Rien dans l'enquête ne permettait de le rattacher à l'Union Soviétique.

D'ailleurs, il se trouva que ce n'était pas nécessaire. Spatz entra dans le bureau et annonça qu'une conférence avait été convoquée : toute la communauté des Services Secrets y assistait avec quelques responsables du Département d'Etat et un observateur de la Maison-Blanche.

On posa la question : « Qui était Nelson Angerhelm ? Qu'allait-on faire à son sujet ? »

Ils disposaient d'un autre rapport, établi par un agent dont la spécialité était de se faire passer pour un agent du fisc.

L' « agent du Fisc » était l'un des meilleurs spécialistes du F.B.I. pour la surveillance des mouvements subversifs. Grand expert en espionnage, il n'ignorait rien des cabales en tous genres. Il pouvait sentir un conspirateur à trois kilomètres par temps clair. En séjournant quelques instants dans une pièce, il pouvait dire lequel des assistants avait assisté à une réunion illégale et où au cours des trois dernières années. J'exagère peut-être un peu, mais pas beaucoup.

Ce garçon, qui avait un véritable flair d'artiste pour débusquer les cocos et qui que ce soit qui ressemblât de près ou de loin à un coco, revint avec un rapport innocentant totalement Angerhelm.

Angerhelm n'avait qu'un usuel lien avec le monde extérieur. Il avait un jeune frère, qui s'appelait Tice. Nom bizarre, et je ne sais pas pourquoi on le lui avait donné. Quelqu'un nous dit par la suite que, joint à son nom de famille, ce prénom évoquait celui de Theiss Ankerhjelm, nom d'un amiral suédois ayant vécu deux siècles plus tôt. Peut-être la famille était-elle fière de cette similitude.

Le jeune frère était un ancien de West Point. Il avait fait une carrière militaire normale ; ce qui était assez facile quand on fait ses débuts à l'Etat-Major.

Mais on apprit peu après que le jeune frère était mort

deux mois plus tôt. Lui aussi était resté célibataire. L'un des psychiatres qui travaillaient sur l'affaire remarqua : « Quelle mère ! »

Tice Angerhelm avait beaucoup voyagé. En fait, il travaillait sur deux ou trois affaires où j'avais mis le nez. Ce qui donna lieu à toutes sortes de questions.

Quoi qu'il en soit, il était mort. Il n'avait jamais travaillé directement sur des problèmes soviétiques. Il n'avait aucun ami soviétique, n'était jamais allé en Union Soviétique et n'avait jamais rencontré des forces militaires soviétiques. Il n'avait même jamais assisté à une réception officielle à l'ambassade soviétique.

Il n'avait aucune spécialité, et ne connaissait que le règlement, quelques mots de français et le programme des missiles. Il aimait jouer aux cartes, était un remarquable pêcheur de truites, et, semble-t-il, un don Juan du dimanche.

Alors commença la quatrième phase.

On demanda au colonel Plugg de se mettre en rapport avec le lieutenant-colonel Potariskov pour voir si celui-ci avait du nouveau à lui communiquer. Cette fois, Potariskov rappela, et dit qu'il préférait que ce soit son patron, l'ambassadeur soviétique, qui appelle le secrétaire ou le sous-secrétaire d'Etat.

Il y eut quelques atermoiements de part et d'autre. Le secrétaire d'Etat n'était pas en ville, le sous-secrétaire dit qu'il serait ravi de voir l'ambassadeur soviétique s'il y avait des questions à discuter. Il dit que nous avions retrouvé Angerhelm, et que si les autorités soviétiques désiraient interviewer elles-mêmes M. Angerhelm, elles n'avaient qu'à se rendre à Hopkins, Minnesota, et l'interviewer.

Ce qui provoqua quelque embarras quand on s'aperçut que Hopkins, Minnesota, se trouvait en « zone interdite » aux Soviétiques, en représailles contre les « zones interdites » imposées aux diplomates américains en Union Soviétique.

On arrangea la chose. On demanda à l'ambassadeur soviétique s'il aimerait aller interviewer un éleveur de volailles au Minnesota ?

Quand l'ambassadeur soviétique déclara qu'il ne

s'intéressait pas spécialement aux éleveurs de volailles, mais qu'il rencontrerait volontiers M. Angerhelm à une date ultérieure avec l'accord du gouvernement américain, l'affaire en resta là.

Rien ne se passa. On présume que les Russes transmettaient toutes les informations à Moscou par courrier, lettre ou quelque autre de ces moyens mystérieux qu'utilisent les Russes quand ils se conduisent avec beaucoup de détermination et de solennité.

Je n'entendis plus rien, et il est certain que l'ambassade soviétique n'eut aucun contact inhabituel à cette époque.

Nelson Angerhelm n'était pas encore au courant de l'histoire. Tout ce qu'il savait, c'est que plusieurs personnages bizarres lui avaient posé des questions sur des anciens combattants qu'il connaissait à peine, dans le cadre d'une enquête de sécurité.

Et un Agent du Fisc avait eu avec lui une conversation interminable et épuisante sur la succession de son frère. Il ne semblait pas avoir laissé grand-chose.

Angerhelm continua à nourrir ses poulets. Il avait la télévision, et Minneapolis offre un assez joli choix de chaînes. De temps en temps, il se montrait à l'église ; plus fréquemment, il se montrait au bazar local.

Il faillit déménager pour fuir les nouveaux supermarchés. Il n'aimait pas la façon dont Hopkins s'était développé, et préférait se rendre dans les villages des environs où il y avait encore des bazars. Curieusement, cela semblait le seul plaisir du vieillard.

Dix-neuf jours s'écoulèrent — je peux dire que je saurais presque en rendre compte heure par heure — et la réponse dut arriver de Moscou. Sans doute apportée par le messager châtain et trapu qui faisait l'aller-retour tous les quinze jours. C'est un de nos hommes de la Vallée qui me prévint. Je n'étais pas censé le savoir, et cela n'avait alors pas d'importance.

Apparemment, l'ambassadeur soviétique avait reçu l'ordre de ne pas dramatiser l'affaire. Il demanda audience au sous-secrétaire d'Etat, et la discussion tourna autour des prix mondiaux du beurre et de l'effet des exportations américaines de beurre au Pakistan sur les tentatives de l'Union Soviétique de troquer du beurre contre du chanvre.

Discussion apparemment extraordinaire et confidentielle aux yeux de l'ambassadeur soviétique. Le sous-secrétaire d'Etat aurait été plus impressionné s'il avait pu découvrir pourquoi l'ambassadeur avait annoncé de but en blanc que l'Union Soviétique avait accordé au Pakistan un crédit d'environ cent vingt millions de dollars pour la construction de routes tout à fait inutiles ; il répondit aigrement que si l'Union Soviétique décidait de stabiliser les marchés mondiaux avec la coopération des Etats-Unis, nous serions très heureux de collaborer. Mais ce n'était pas le moment de discuter d'argent ou de pratiques commerciales loyales alors qu'ils nous inondaient de camelote à des prix de dumping.

Il était dans le caractère de cet ambassadeur soviétique de prendre son échec avec calme. Il semblait que sa mission fût de ne pas avoir de mission. Il partit, et l'on n'en entendit plus parler.

Potariskov revint au Pentagone, cette fois accompagné d'un civil. L'anglais du nouveau venu était un peu plus que parfait. Si bon en fait qu'il en était irritant.

Potariskov lui-même faisait un peu chevalin, avec son visage d'écolier basané aux yeux et aux cheveux bruns. J'eus tout le temps de l'examiner, car j'étais assis au fond du bureau de Plugg, faisant celui qui attend quelqu'un.

La conversation fut très simple. Potariskov nous apporta un enregistrement magnétique. C'était une bande américaine standard.

Plugg la considéra et dit :

« Vous voulez l'écouter immédiatement ? »

Potariskov acquiesça.

Le sténographe alla chercher un magnétophone. Pendant ce temps, trois ou quatre autres officiers entrèrent, et aucun ne ressortit. En fait, l'un d'eux n'était même pas officier, mais, par un simple hasard, il portait un uniforme ce jour-là.

Ils passèrent la bande et je l'écoutai. Ça faisait *bizz-bizz-bizz-bizz*. Il y avait quelques sifflements, puis *clic-clic-clic-clic*. Et de nouveau *bizz-bizz-bizz-bizz*. Le genre de sons qu'on entend à la radio quand il n'y a même pas de parasites. Simplement les bourdonnements bizarres qui indiquent que quelqu'un fait une transmission radio quelconque quelque part, mais pas assez près pour produire les bruyants parasites que nous entendons si souvent.

Tous, nous écoutions debout, et plutôt solennels. Plugg, soldat jusqu'aux moelles, se tenait au garde-à-vous, ses yeux allant alternativement du magnétophone à Potariskov. Potariskov regarda Plugg, puis balaya le groupe du regard.

Le petit civil russe, venimeux comme un serpent, nous dévisagea tous l'un après l'autre. Manifestement, il nous évaluait et essayait de découvrir si l'un d'entre nous entendait quelque chose qu'il n'entendait pas. Aucun de nous n'entendit quoi que ce soit.

A la fin de la bande, Plugg tendit le bras pour arrêter l'appareil.

« Ne l'arrêtez pas », dit Potariskov.

L'autre Russe intervint :

« Vous n'avez pas entendu ? »

Tous, nous secouâmes la tête. Nous n'avions rien entendu.

Sur quoi, Potariskov dit, avec une singulière politesse :

« Repassez la bande, s'il vous plaît. »

On la repassa. On n'entendit rien, à part les *bizz* et les *clic*.

Au bout de quinze minutes, cela devint assez monotone pour certains d'entre nous. Un ou deux des assistants s'en allèrent. Il se trouva que c'étaient de vrais visiteurs. Les faux visiteurs s'effondrèrent dans des fauteuils.

Le colonel Plugg offrit une cigarette à Potariskov qui l'accepta. Ils se mirent à fumer pendant qu'on passait la bande une troisième fois. Enfin Potariskov dit :

« Arrêtez l'appareil. Vous n'avez pas entendu ?

— Entendu quoi ? » dit Plugg.

« Entendu le nom et l'adresse. »

Sur quoi il m'arriva la chose la plus bizarre du

monde. Je savais que j'avais entendu quelque chose, et je me tournai vers le colonel et dis :

« Bizarre, je ne sais pas où je l'ai entendu ni comment, mais je sais quelque chose que je ne savais pas.

— Qu'est-ce que c'est ? » dit le petit civil russe, dont le visage s'éclaira.

« Nelson... » dis-je, avec l'intention de dire « Nelson Angerhelm, 2322 Ridge Drive, Hopkins, Minnesota ». Exactement ce que j'avais vu dans les documents secrets « galactiques ». Naturellement, je n'allai pas plus loin. Cela figurait dans les documents et devait rester secret. Comment aurais-je pu le savoir ?

Le civil russe me regarda, avec un sourire curieux, à la fois méchant et amical. Il dit :

« N'avez-vous pas entendu " Nelson Angerhelm, 2322 Ridge Drive, Hopkins, Minnesota " il y a quelques instants, sans savoir exactement *où* vous l'avez entendu ? »

La question suivante se posa alors : que s'était-il passé ?

Potariskov parla avec une franchise singulière, approuvé par son acolyte.

« Nous croyons qu'il s'agit d'un cas de perception marginale. Nous avons passé cette bande. C'est une copie, naturellement. Nous en avons fait beaucoup. Nous les avons fait entendre à toute notre population. Personne ne peut spécifier à quel moment il a entendu le nom et l'adresse. Nous avons mis nos meilleurs spécialistes sur la question. Certains disent que c'est à la troisième minute, d'autres à la douzième, d'autres à la treizième ou à différents endroits. Mais des gens différents soumis à des contrôles différents sortaient de l'audition avec l'idée qu'ils avaient entendu " Nelson Angerhelm, 2322 Ridge Drive, Hopkins, Minnesota ". Nous avons même essayé la bande sur des Chinois. »

A ce point, le civil russe intervint.

« Oui, en effet, ils l'ont essayée sur des Chinois, et eux aussi ont entendu la même chose. Nelson Angerhelm. Même sans savoir la langue, ils entendent Nelson Angerhelm. Même quand ils ne savent rien d'autre, ils entendent ça et ils entendent le numéro de la rue. Ce numéro est toujours en anglais. Ils ne peuvent pas faire un enregistrement. L'enregistrement, ce sont uniquement ces bruits, et pourtant, le nom et l'adresse ressortent. Comment expliquez-vous ça ? »

Ce qu'ils disaient se révéla exact. Nous essayâmes la bande, nous aussi, après leur départ.

Nous l'essayâmes sur des étudiants, des étrangers, des psychiatres, des passants, et des gens de la Maison-Blanche. Nous pensâmes même à la diffuser sur une radio locale, comme un jeu radiophonique, avec des prix pour ceux qui entendraient. C'était un peu gros, alors nous acceptâmes une suggestion moins risquée : la diffuser sur le circuit intérieur d'une base militaire.

La base était gardée nuit et jour. Les permissions n'y semblaient pas nombreuses, et il fut facile de les supprimer pendant une semaine. On diffusa six fois cette maudite bande, et presque tous les soldats de la base voulurent écrire à Nelson Angerhelm, 2322 Ridge Drive, Hopkins, Minnesota. Ils se traitaient même d'Angerhelm, se demandant ce que diable ça pouvait vouloir dire.

Naturellement, on fit beaucoup de jeux de mots sur le nom, et même quelques plaisanteries assez gaillardes. ce qui ne servit à rien.

Le problème, c'est qu'au cours de ces différents tests, nous non plus n'arrivâmes pas à déterminer à quel moment se produisait la transmission subliminale du nom et de l'adresse.

C'était subliminal, incontestablement. Pas grande difficulté à cela. N'importe quel bon psychologue peut transmettre un message sonore ou visuel sans que le récepteur sache exactement comment il l'a reçu. Il s'agit simplement de descendre un tout petit peu au-dessous du seuil de réception consciente, et d'énoncer le message de façon suffisamment claire et forte pour qu'il passe.

Nous savions donc à quoi nous avions affaire. Ce que nous ne savions pas, c'est ce que les Russes en faisaient, comment ils l'avaient obtenu, et pourquoi ils étaient si bouleversés.

Finalement, on transmit le tout à la Maison-Blanche pour une conférence. Cette conférence, à laquelle mon patron, M. Spatz, assista en tant que rapporteur et modérateur pour sauvegarder les intérêts du directeur du Budget et du contribuable américain, fut des plus brèves.

Tous les chemins menaient à Nelson Angerhelm. Nelson Angerhelm était déjà gardé par environ la moitié du F.B.I. et une grande partie des forces militaires locales. On avait placé des micros dans toutes les pièces de sa maison, et ils pouvaient enregistrer jusqu'aux battements de son cœur. Les mesures de sécurité prises pour cet homme rappelaient les défenses pour garder Fort Knox.

Angerhelm savait qu'il se passait des choses très bizarres, mais il ne savait pas quoi, et il ne savait pas qui elles concernaient.

Des mois plus tard, il confia à quelqu'un qu'il avait cru que son frère avait fait des faux en écritures ou de la fausse monnaie, et qu'en conséquence on surveillait tout le voisinage. Il ne réalisait pas que la surveillance exercée sur lui en faisait le plus grand trésor national américain depuis la découverte de la bombe atomique.

Le président donna l'ordre lui-même. Il passa tous les faits en revue. Le secrétaire d'Etat dit qu'il ne croyait pas que Khrouchtchev aurait parlé de blague s'il avait compris les faits.

Nous avions même mis des Russes à l'épreuve — des Russes de notre bord naturellement. Et ils n'avaient pas tiré de l'enregistrement autre chose que les autres. Tout le monde entendait toujours la même chose : « Nelson Angerhelm, 2 322 Ridge Drive, Hopkins, Minnesota. »

Mais cela ne menait personne nulle part.

La seule chose à faire était de nous adresser à l'intéressé lui-même.

Quand vint le moment de choisir des individus passe-partout pour y aller, les services secrets se montrèrent très réticents à l'idée de laisser quiconque intervenir dans leur numéro. Mais, d'autre part, ils n'avaient pas juridiction sur le territoire, surtout depuis que le président avait confié l'affaire à J. Edgar Hoover en lui disant : « Ed. occupez-vous de cela. Ça ne me dit rien qui vaille. »

Quelqu'un du Pentagone. sans doute inspiré par les services secrets de l'aviation. eut la brillante idée de dire que. si l'armée et le reste de la communauté des services secrets ne pouvaient pas agir en cette occasion. leur meilleure option serait de se venger des services de liaison en les laissant y aller eux-mêmes. Il voulait parler de M. Spatz.

M. Spatz s'était arrangé pour conserver son poste très longtemps en évitant tout ce qui pouvait être intéressant ou spectaculaire. en surveillant toujours ce qui avait de l'importance au fond — c'est-à-dire le budget et les autorisations pour l'année suivante — et en se débarrassant des personnalités chicanières bien avant que quiconque se fût aperçu qu'elles l'étaient.

C'est pourquoi il n'y alla pas. Si cette affaire Angerhelm se terminait par un fiasco, il ne voulait pas y avoir participé.

Ce fut donc moi qui reçus la mission.

Pour la circonstance. on me nomma membre honoraire du F.B.I.. et à la fin. on me laissa même porter la bande magnétique. Ils devaient en avoir au moins six autres copies. de sorte que l'honneur n'était pas aussi grand qu'il le semblait. Nous étions censés venir en tant que personnes ayant connu son frère.

L'après-midi était sec et rougeâtre. comme si le coucher du soleil était proche.

On arrêta la voiture juste devant cette jolie maison préfabriquée. Elle avait des doubles fenêtres tout autour. et semblait aussi douillette que le tapis du proverbe — vous savez. celui où les mites se nichent au chaud pour passer l'hiver. On n'était pas en hiver. et ce vieux monsieur ne pouvait manifestement pas se payer la climatisation. Mais la maison n'en avait pas moins l'air bien calfeutrée.

Aucun luxe. aucune ostentation. C'était simplement une maison très vivable.

L'agent du F.B.I. était un noble cœur. et me laissa tirer la sonnette. Pas de réponse. alors je re-sonnai. De nouveau. pas de réponse.

Nous décidâmes d'attendre en nous promenant. Nous inspectâmes la voiture ; elle semblait bien entretenue.

Nous re-sonnâmes, puis nous fîmes le tour de la maison, jetant un coup d'œil à l'intérieur par la fenêtre de la cuisine. Nous vérifiâmes si le moteur de la voiture était chaud. Nous nous demandions s'il se cachait et nous surveillait sans être vu. Une fois de plus, nous tirâmes la sonnette.

A ce moment, le vieillard remonta l'allée menant à sa maison.

Nous nous présentâmes, et les préliminaires n'eurent rien que de banal. Je m'aperçus que mon cœur battait à grands coups. Si quelque chose plongeait dans la perplexité à la fois l'Union Soviétique et le reste du monde, quelque chose de capté dans les profondeurs mêmes de l'espace, quelque chose que des milliers d'hommes avaient entendu et qu'aucun ne pouvait identifier, quelque chose de si mystérieux que le nom de Nelson Angerhelm résonnait sans interruption comme un cri pitoyable au-delà de toutes les limites de la compréhension, qu'est-ce que ce pouvait être ?

Nous ne le savions pas.

Le vieil homme restait immobile. Il était très droit, brûlé par le soleil, les joues rouges, le nez rouge, les oreilles rouges. Solide comme un roc, suédois jusqu'aux moelles.

Nous n'eûmes qu'à lui dire que nous nous inquiétions pour son frère, Tice Angherhelm, et il nous écouta. Nous n'eûmes pas de problème, aucun problème.

Ses yeux se dilataient à mesure qu'il nous écoutait, et il dit :

« Je sais que des tas de gens sont venus fouiner par ici et que vous avez eu des tas de problèmes, et je pensais bien que quelqu'un viendrait pour m'en parler, mais je ne pensais pas que ce serait si tôt. »

L'agent du F.B.I. marmonna quelques excuses vagues et polies, et Angerhelm continua :

« Je suppose que vous êtes du F.B.I., messieurs. Je ne crois pas que mon frère ait volé. Il n'était pas malhonnête. »

Nouvelle pause, puis il reprit :

« Mais il avait toujours eu l'esprit curieux et tortueux — il avait toujours l'air de quelqu'un qui va faire une blague. »

Les yeux d'Angerhelm s'éclairèrent.

« Et s'il a fait une blague, messieurs, il a même pu commettre un crime. Je ne sais pas. Moi, je me contente d'élever des poulets et d'essayer de gagner ma vie. »

Ce n'était peut-être pas la bonne façon de procéder pour les services secrets, mais je pris de vitesse l'agent du F.B.I. et dis :

« Etes-vous un homme heureux, monsieur Angerhelm ? Trouvez-vous votre vie vraiment satisfaisante ? »

Le vieillard me jeta un regard incisif. Manifestement, il trouvait que quelque chose n'allait pas et il ne semblait pas avoir grande confiance en mon jugement.

Et pourtant, bien qu'incisif, son regard contenait aussi de la sympathie, et je suis sûr qu'il comprit que je souffrais de surmenage. Ses yeux se dilatèrent légèrement. Il se redressa et prit un air assez fier.

Il semblait se souvenir qu'il avait des amiraux suédois pour ancêtres et que, bien longtemps avant que le nom d'Angerhelm se dessèche et meure dans ce plat pays à l'ouest de Minneapolis, il avait contenu quelque chose de grand, et que peut-être des étincelles de ce grand nom flottaient encore quelque part dans l'univers.

Je ne sais pas. Il en comprit l'importance, je suppose, car il me regarda droit dans les yeux.

« Non, jeune homme, ma vie n'a pas été très satisfaisante. Et j'espère que personne n'est obligé de vivre une vie comme la mienne. Mais en voilà assez. Vous n'êtes pas venu pour poser des devinettes, et je suppose que vous avez quelque chose d'assez embêtant à me montrer. »

L'agent du F.B.I. prit alors la relève.

« Oui, mais cela n'a rien de gênant pour vous, monsieur Angerhelm. Et même le colonel Angerhelm votre frère n'aurait rien à objecter s'il était encore en vie.

— N'en soyez pas si sûr », dit le vieillard. « Mon frère avait des objections pratiquement à tout. En fait, mon frère m'a dit un jour : “ Ecoute, Nels, je reviendrais de l'enfer même plutôt que de laisser quelqu'un me mettre injustement quelque chose sur le dos. " Voilà ce qu'il m'a dit. Et je crois qu'il le pensait. Il avait un curieux orgueil, et si vous avez quelque chose ici concernant mon frère, il vaudrait mieux me le montrer. »

Sur ce, la conversation prit fin et nous fîmes ce qu'on nous avait dit de faire. Nous sortîmes la bande et nous la mîmes sur le magnétophone portatif que nous avions apporté.

On fit passer l'enregistrement au vieillard.

Je l'avais entendu si souvent que j'aurais pu le reproduire vocalement, sans le secours de la machine. Les *clic-clic* et les *bizz-bizz*. Aucun bourdonnement, mais des *clic-clic* et des *bizz-bizz*, et de longues périodes de morne silence, ce silence contraint d'une machine enregistreuse en marche quand il n'en sort rien.

Le vieux monsieur écouta sans aucune réaction apparente, absolument aucune.

Absolument aucune réaction ? Non, pas absolument aucune.

Il eut effectivement une réaction. A la fin de la bande, il dit très simplement, très directement, et presque froidement :

« Repassez-la-moi. Repassez-la-moi, s'il vous plaît. Il y a peut-être quelque chose. »

Nous la repassâmes.

Après cette seconde audition, il se mit à parler. « Alors ça, c'est pas banal. J'entends mon nom et mon adresse, et je ne sais pas où je les entends. Mais je vous jure devant Dieu, messieurs, que c'est la voix de mon frère. C'est la voix de mon frère que j'entends quelque part dans ces bruits et ces grésillements. Et pourtant, j'entends seulement mon nom et mon adresse, Nelson Angerhelm, 2322 Ridge Drive, Hopkins, Minnesota. Mais je l'entends, messieurs, et non seulement c'est net, mais c'est la voix de mon frère, et je ne sais pas où je l'entends. Je ne sais pas d'où elle vient. »

On lui repassa la bande une troisième fois.

Au milieu de l'enregistrement, il leva les mains et dit :

« Arrêtez l'appareil. Arrêtez. Je ne peux pas le supporter. Arrêtez. »

On arrêta l'appareil.

Assis dans son fauteuil, il haletait. Au bout d'un moment, il reprit d'une voix cassée :

« J'ai du whisky. Là-bas, sur l'étagère près de l'évier. Vous voulez m'en donner un peu, messieurs ? »

L'agent du F.B.I. et moi, nous nous consultâmes du regard. Il ne voulait pas être mêlé à un empoisonnement accidentel, alors il me laissa y aller. C'était un assez bon whisky, d'une marque connue. J'en versai deux onces et je rapportai le verre. Je bus un peu de whisky moi-même. Chose passablement stupide pendant le service, mais je ne voulais pas prendre le risque de l'empoisonner. Après toutes les années que j'avais passées dans le contre-espionnage militaire, je voulais rester dans le service civil et ne voulais pas risquer de perdre mon poste en or auprès de M. Spatz.

Il but son whisky et dit :

« Est-ce qu'on peut enregistrer là-dessus en même temps que la bande passe ? »

Nous répondîmes que non. Nous n'avions pas pensé à ça. « Je crois être capable de vous dire ce qu'il dit. Mais je ne sais pas combien de fois je pourrai vous le dire, messieurs. Je suis malade. Je ne me sens pas bien. Je ne me suis jamais senti très bien. C'est mon frère qui a vécu. Moi, je n'ai pas vécu. Je n'ai pas eu une vie très intéressante, je n'ai jamais rien fait et je ne suis jamais allé nulle part. Mon frère a tout eu. Il a eu les femmes, il a eu la fille — la seule fille que j'aie jamais aimée, et après, il ne l'a même pas épousée. Il a eu la vie, il est parti et il est mort. Il faisait des blagues et ne laissait jamais personne lui marcher sur les pieds. Et, messieurs, mon frère est mort. Pouvez-vous comprendre ça ? Mon frère est mort. »

Nous répondîmes que nous savions que son frère était mort. Nous ne lui dîmes pas qu'on l'avait exhumé, et que le cercueil avait été ouvert, et ses os radiographiés. Nous ne lui dîmes pas que ses os avaient été pesés, qu'on avait refait son identification à partir de ce qui restait de ses doigts qui étaient assez bien conservés.

Nous ne lui dîmes pas qu'on avait vérifié son numéro, toutes les circonstances ayant amené sa mort et interrogé toutes les personnes qui y étaient liées de près ou de loin.

Nous ne lui dîmes rien de tout cela. Nous lui dîmes simplement que nous savions que son frère était mort. Il le savait aussi.

« Vous savez que mon frère est mort, et voilà qu'il y a sa voix dans ce drôle de truc. Il n'y a rien, mais il y a sa voix... »

Nous acquiesçâmes. Nous dîmes que nous ne savions pas comment sa voix y était entrée, et que nous ne savions même pas qu'il y avait une voix.

Nous ne lui dîmes pas que nous avions nous-mêmes entendu cette voix des centaines de fois, et toujours sans savoir où nous l'avions entendue.

Nous ne lui dîmes pas que nous avions passé la bande dans une base militaire, et que tous les militaires présents avaient entendu le nom de Nelson Angerhelm, avaient entendu quelque chose dire ça, toujours sans pouvoir dire où.

Nous ne lui dîmes pas que tout l'appareil des services secrets soviétiques avait maudit cette bande pendant un temps indéterminé, et que nos services avaient eu l'impression désagréable que tout cela venait d'un Spoutnik évoluant quelque part dans l'espace.

Nous ne le lui dîmes pas, mais nous le savions. Nous savions que s'il avait entendu la voix de son frère et que s'il voulait enregistrer, c'était quelque chose de grave.

« Vous pouvez me trouver quelque chose pour dicter ? » demanda le vieillard.

« Je peux prendre des notes », répliqua l'agent du F.B.I.

Le vieillard secoua la tête.

« Ce n'est pas suffisant. Je crois que vous aimeriez avoir tout au complet si c'est possible et si j'arrive à recoller les morceaux.

— Les morceaux de quoi ? » demanda l'agent du F.B.I.

« Les morceaux de ce truc qu'il y a derrière les bruits. C'est la voix de mon frère qui parle. Il dit des choses — ça ne me plaît pas, ce qu'il dit. Ça me fait peur et ça salit tout. Je ne suis pas sûr de pouvoir tout entendre, et je ne l'entendrai pas deux fois. J'irai plutôt à l'église. »

Nous nous consultâmes du regard.

« Pouvez-vous attendre dix minutes ? D'ici là, nous nous ferons apporter un autre magnétophone. »

Le vieillard acquiesça de la tête. L'agent du F.B.I. retourna à la voiture et activa la radio. Une grande antenne sortit de la Chevrolet, qui, à part ça, ressemblait à une voiture ordinaire. Il contacta son bureau. De Minneapolis, on envoya à Hopkins un appareil d'enregistrement sous escorte policière. Je ne sais pas combien de temps il faut aux ambulances pour faire le trajet, mais l'agent à l'autre bout du fil annonça :

« Il me faudra bien vingt à vingt-deux minutes. »

On attendit.

Le vieillard ne voulait pas nous parler, et il ne voulait pas que nous lui repassions la bande. Il attendit en silence, sirotant son whisky.

« Ça va peut-être me tuer, et je veux avoir mes amis autour de moi. Mon pasteur s'appelle Jensen, et si quelque chose m'arrive, prévenez-le, mais je ne crois pas qu'il m'arrive rien. Prévenez-le, c'est tout. Je mourrai peut-être, messieurs, ce sera peut-être trop pour moi. C'est la chose la plus bouleversante qui soit jamais arrivée à un homme, et je ne veux pas que vous interveniez. Vous comprenez que ça peut me tuer, messieurs ? »

Nous faisions semblant de savoir ce qu'il voulait dire, mais nous n'en avions pas la moindre idée, à part le fait qu'il était peut-être cardiaque et pouvait s'effondrer brusquement.

Le bureau avait estimé le trajet à vingt-deux minutes. Il en fallut dix-huit à l'assistant du F.B.I. pour arriver. Il apporta l'une de ces nouvelles petites machines ultra-modernes, de celles que j'aimerais avoir chez moi. On peut les emporter partout, et le son est digne d'une salle de concert.

Le vieillard se rasséréna en voyant que nous le prenions au sérieux.

« Donnez-moi des écouteurs et laissez-moi relever ce que j'entends et dicter. Je vais essayer de tout reproduire. Ce ne sera pas la voix de mon frère. Ce sera ma voix que vous entendrez. Vous me suivez ? »

On mit le magnétophone en marche.

C'est alors que le message commença. Et c'est par là que j'ai aussi commencé ce récit.

Bizarre, bizarre, bizarre. C'est tout à fait bizarre, bizarre, bizarre de penser sans cerveau — c'est vraiment un tour de passe-passe sans l'être que de penser sans cerveau. Parler sans cerveau est encore plus difficile, mais c'est faisable.

Nels, c'est Tice. Je suis mort.

Nels, je ne sais pas si je suis au Ciel ou en Enfer, mais je crois plutôt que je suis en Enfer. Nels, je vais faire la plus grosse blague que personne ait jamais faite. C'est drôle, je suis un officier de l'armée américaine, je suis mort, et ça n'a pas d'importance. Nels, tu ne comprends donc pas ? Quand on est mort, ça n'a pas d'importance d'être américain ou russe, officier ou pas. Et même le rire n'a pas d'importance.

Mais il reste suffisamment de moi, Nels, suffisamment de mon vieux moi pour que je rie encore une dernière fois aux dépens de toi et des autres.

Je n'ai plus de corps pour rire, Nels, et je n'ai plus de bouche pour rire, plus de joues pour sourire, et il ne reste vraiment rien de moi. Tice Angerhelm est quelque chose de différent maintenant, Nels. Je suis mort.

J'ai su que j'étais mort quand je me suis senti si différent. C'était plus confortable d'être mort, plus détendu. Il n'y a plus rien de tendu.

C'est le problème, Nels, il n'y a plus rien de tendu. Il n'y a plus rien autour de toi. Tu ne peux pas sentir le monde, tu ne peux pas voir le monde, et pourtant, tu sais tout ce qui s'y passe. Tu sais tout sur tout.

C'est terriblement solitaire, Nels. Il y a certains coins où tu n'es pas seul, certains bizarres petits coins où tu sens de l'amitié et des choses qui bougent.

Nels, c'est comme des chatons, ou des visages d'enfants, ou l'odeur du vent par beau temps. C'est chaque fois que tu te détournes de toi-même et que tu ne penses plus à toi-même.

Ce sont les fois où tu ne veux rien et où tu veux quelque chose.

C'est ce que tu ne repousses pas, que tu ne hais pas, que tu ne crains pas, que tu n'espères pas. C'est ça, Nels, c'est ça le bon côté de l'intérieur de la mort. Et je suppose que certains l'appelleraient le Ciel. Et je suppose qu'on obtient le Ciel juste en prenant l'habitude de voir le Ciel dans chaque jour de sa vie ordinaire. Car c'est ça. Le Ciel est là, Nels, dans la vie quotidienne, tous les jours, jour après jour, autour de toi.

Mais ce n'est pas ce que j'ai ici. Oh, Nels, je suis bien Tice Angerhelm, ton frère, et je suis mort. Et je pourrais nommer Enfer l'endroit où je suis, car c'est tout ce que je hais.

Nels, ça a toutes les odeurs que je n'ai jamais désirées. Ça sent comme sentait le foin à l'époque où j'avais mon vieux roadster Willys, et où j'ai séduit ma première fille un soir d'août. Tu peux aller lui demander. Elle s'appelle Mme Prai Jesselton maintenant. Elle habite de l'autre côté de Saint Paul. Tu n'as jamais su que je l'avais séduite, et si tu en doutes, tu peux le lui demander toi-même.

Et tu vois, je suis quelque part, et je ne sais pas quelle est la nature de ce quelque part.

Nels, c'est moi, Tice Angerhelm, et je vais le hurler de toutes mes forces avec ce que j'ai maintenant à la place de la bouche. Je vais le hurler si fort que toute oreille humaine qui entendra pourra inscrire mon message sur ce stupide gadget soviétique et le transmettre. TRANSMETTEZ CE MESSAGE A NELSON ANGERHELM 2322 RIDGE DRIVE, HOPKINS, MINNESOTA. Et je vais le répéter plusieurs fois, pour que tu saches que c'est ton frère qui parle, et que je suis quelque part, qui n'est ni le Ciel ni l'Enfer, et qui n'est pas vraiment l'espace non plus. Je suis dans quelque chose qui est différent de l'espace, Nels. C'est juste un quelque part avec moi à l'intérieur, et il n'y a rien d'autre que moi. Et avec moi, il y a tout.

A l'intérieur avec moi, il y a tout ce que j'ai toujours pensé, tout ce que j'ai fait, tout ce que j'ai toujours désiré.

Tous les contraires sont semblables. Tout ce que je haïssais et tout ce que j'aimais, c'est pareil. Tout ce que je redoutais et tout ce que je souhaitais — c'est pareil. Je te l'assure, tout est pareil maintenant, et le châtiment est aussi grand pour un désir réalisé que pour un désir insatisfait.

La seule chose qui compte, ce sont ces moments calmes et heureux de la vie où l'on ne désire rien, Nels. On n'est rien. Quand on ne désire rien, dans le monde où l'on est, et qu'on jouit de choses simples comme la sensation de l'eau sur la peau, quand on se sent innocent et qu'on ne pense à rien d'autre.

La vie, ce n'est rien de plus, Nels. Je suis Tice et c'est moi qui te l'assure. Et tu sais que je suis mort et que je ne voudrais pas te mentir.

Et surtout pas sur ce cylindre soviétique, ce gadget soviétique qui va rentrer chez eux et les tourmenter.

Nels, j'espère que cela ne t'ennuiera pas trop, que tout le monde soit au courant pour cette fille. J'espère que la fille me pardonnera, mais il fallait que je transmette mon message.

Et cependant c'est là le message — tout ce que j'ai toujours craint — j'ai craint quelque chose dans la guerre, et tu connais l'odeur de la guerre. L'odeur de la guerre est celle d'un abattoir en juillet. La puanteur partout. Il y a des odeurs de brûlé, l'odeur du caoutchouc qui brûle et l'odeur bizarre de la poudre. Je n'ai jamais participé à une guerre atomique. Je ne connais que les explosions à l'ancienne. Je t'en ai parlé, avant, et j'en avais peur. Et au milieu de tout ça, je sens aussi le parfum de cette fille, de cette fille dans cet hôtel de Melbourne, cette fille que je croyais désirer jusqu'au moment où elle dit quelque chose, où je dis quelque chose, et alors, il n'y eut plus rien entre nous. Et maintenant je suis mort.

Et, écoute, Nels —

Ecoute, Nels, je parle comme par un tour de passe-passe. Je ne sais pas comment je connais l'existence des autres — des autres qui sont morts comme moi. Je n'en ai jamais rencontré un seul, et je ne parlerai peut-être jamais à aucun d'entre eux. J'ai simplement la sensation qu'ils sont là, eux aussi. Ils ne peuvent pas parler.

Ce n'est pas qu'ils ne peuvent pas parler, pas vraiment. Ils ne désirent même pas parler.

Ils n'ont pas envie de parler. Parler, c'est un tour de passe-passe, c'est tout. C'est un tour de passe-passe que tout le monde peut apprendre, mais, pour cela, il doit falloir être un homme mesquin et vide, un homme qui a vécu sa vie malgré le Ciel et qui est maintenant en Enfer. C'est le genre d'homme capable de se rappeler le tour de passe-passe que constitue la parole. Comme un tour qu'on fait avec des pièces de monnaie ou des cigarettes, quand rien d'autre n'a d'importance.

Alors, je te parle, Nels. Et, Nels, je suppose que tu mourras comme moi. Ça n'a pas d'importance, Nels. Il est trop tard pour changer — c'est tout.

Adieu, Nels. Tu es en assez bonne santé. Tu as vécu ta vie. Tu as senti le vent dans tes cheveux. Tu as vu la belle lumière du soleil, et tu n'as pas trop haï, craint ou aimé.

Quand le vieillard eut fini de dicter, l'agent du F.B.I. et moi, nous lui demandâmes de recommencer.

Il refusa.

On se leva tous les trois. On fit entrer l'assistant.

Le vieillard refusait toujours de dicter une seconde fois les paroles qu'il entendait dans ces bruits et qu'il était seul à entendre.

Nous aurions pu l'arrêter et le forcer, mais cela ne rimait pas à grand-chose tant qu'on n'avait pas transmis son texte à Washington pour en évaluer l'importance.

Il nous dit au revoir quand nous partîmes.

« Je pourrai peut-être refaire ça dans un an. Mais mon problème, messieurs, c'est que j'y crois. C'était la voix de mon frère, Tice Angerhelm, et il est mort. Et vous m'avez apporté quelque chose d'étrange. Je ne sais pas où vous avez trouvé un médium ou un voyant pour enregistrer tout ça, et de telle façon que je l'entende et pas vous. Mais j'ai entendu, messieurs, et je crois que je vous ai dit assez exactement ce que c'était. Et les mots que j'ai employés, ce ne sont pas les miens, ce sont ceux de mon frère. Emportez-les, messieurs, et faites-en ce que vous pourrez, et si vous voulez que je ne dise à personne que le gouvernement américain travaille avec des médiums, je garderai le secret. »

Tel fut son adieu.

Nous fermâmes le bureau local et partîmes immédiatement pour l'aéroport, emportant la bande avec nous, mais on en transmettait déjà le contenu à Washington par télex.

Telle est la fin de l'histoire et telle est la fin de la blague. Potariskov eut une copie de la bande, et l'ambassadeur soviétique aussi.

Et Khrouchtchev se demanda sans doute quelle blague démente les Américains lui faisaient. Se servaient-ils d'un médium ou d'un moyen quelconque ayant un rapport avec la perception subliminale afin d'attaquer l'U.R.S.S. parce qu'elle ne croit pas en Dieu et ne croit pas en la mort ? Est-ce là ce qu'il aura pensé ?

Voilà une occasion où j'espère que l'espionnage soviétique est très fort. J'espère que leurs espions sont assez forts pour savoir que nous aussi, nous sommes perplexes. J'espère qu'ils réalisent que nous sommes arrivés dans un cul-de-sac, et que, quoi qu'ait fait Tice Angerhelm ou un autre parlant en son nom, enregistrant dans l'espace sur un engin soviétique, nous n'y sommes pour rien, nous autres Américains.

Si ce ne sont pas les Russes qui ont fait ça, et si ce n'est pas nous, qui alors ?

J'espère que leurs espions le découvriront.

L'ARCHER DES PROFONDEURS

BERND Nielssen remua dans son lit, puis soudainement, horriblement, il se réveilla. Ce n'était pas New York, ce n'était pas ce bon vieil hôtel Scotti tout décati à deux pas de Park Avenue, ce n'étaient pas son lit, ses fenêtres, sa table… Il battit des paupières.

Bien sûr que non.

C'était Paris, et les lourds camions roulaient bruyamment dans la brume matinale de la rue des Capucines.

Mais où étaient la prairie ensoleillée, les nobles prêtres, le sang noircissant dans la poussière assoiffée ?

Où était-ce ?

Il avait rêvé. Rêver, ce n'était pas une activité convenable pour un commissaire adjoint des Nations Unies, en route pour des contrées montagneuses où il devait mettre fin à une guerre de l'Age de la Pierre. Mais peut-être la prairie ensoleillée était-elle réelle ?

Il tendit le bras vers ses cigarettes et son petit fume-cigarette en écume de mer, essayant de prendre assez de recul pour bien revoir son rêve.

« Qui rêve ? » pensa-t-il. « Est-ce que je rêve le rêve, ou est-ce que le rêve me rêve ? »

Posant les pieds par terre et prenant ses allumettes sur la table de nuit, il commença à se souvenir.

Ce n'était pas la première fois qu'il se trouvait en ce lieu, où le soleil semblait si haut, si chaud, si petit, où le sol buvait le sang, où des hommes grands et majestueux brandissaient en l'air des flèches sacrées.

Les tendances vaguement mystiques de ses ancêtres

norvégiens le troublaient encore. Il s'approcha de la fenêtre et vit une 4 CV Renault tourner le coin en pétaradant poussivement comme une mitrailleuse surchauffée.

Une fois rêvé, un rêve est une ombre de choses, un fantôme sur les eaux, un fragment de vie né et perdu dans un instant insubstantiel. Mais quand le rêve revient, il devient soudain plus que la vie car la même heure ne revient jamais et aucun jour ne répète son cours. Un rêve deux fois rêvé sous la même forme, la même configuration, le même entrelacs d'espace et d'air vaporeux — un tel rêve a valeur de symbole. Dans un monde secret, des rythmes s'établissent : le monde réel attend. Simples divagations de cerveaux ensommeillés ? Simple agitation d'une volonté jouant à cache-cache avec l'intelligence ? Coups d'œil jetés sur le serpent déroulé du temps ? A regret, Bernd pensa à l'étourdi qui saute assez haut pour voir et ne voit pas : des montagnes de futur lui obstruent la vue.

C'est à Paris, une nuit, que Nielssen avait fait ce rêve. Il était inquiet, non pour lui-même, mais pour les milliers de malheureux passés en un seul mois des flèches de pierre aux cartouches de 9 mm. Leurs vies dépendaient de son habileté et de sa réussite ; sans lui, ils mourraient. Et pourtant, qu'avait-il ? Une poignée de mots et le drapeau bleu passé des Nations Unies.

La première fois, il était descendu en Caroline pour se reposer. Il avait couché dans une chambre propre balayée par le vent, dans un hôtel construit sur une colline en face des Smoky Mountains. Les collines étaient plus arrondies et douces que les escarpements de ses fjords natals, mais il s'était senti à l'aise. L'air fleurant bon le pin avait frappé ses narines. Ses oreilles, encore émoussées du sommeil, avaient perçu les bruits tranquilles du Sud américain — vieilles voitures, diesels lointains au ronronnement grave, rires débridés des jeunes qui veillent trop tard.

Il se souvint à Paris de ce qu'il avait vu à Asherville en ouvrant les yeux.

Ils s'étaient bien ouverts.

Mais pas à Asherville.

La violente et fauve lumière des rêves l'avait frappé de plein fouet.

D'abord, la scène fut étrange et pas désagréable. Nielssen avait une impression d'étroitesse, de resserrement, mais ses yeux considérèrent l'herbe courte et poussiéreuse avec curiosité. Il n'y avait aucun espoir, aucune colère. (Comme la première fois, pensa-t-il.) A sa droite se dressait un bouquet de grands arbres sauvages qui semblaient lutter pour s'écarter les uns des autres, comme des explosions végétales. Devant eux, des édifices bas qui lui rappelèrent des ruches. Le reste du paysage se composait de plaines à l'herbe jaunâtre et poussiéreuse, commençant à ses pieds et s'étendant jusqu'à l'horizon. Le soleil qui semblait si chaud ne brûlait pas sa peau, mais la lumière avait un éclat pénétrant, de sorte que toute la vue prenait comme une opacité lisse. Même la poussière n'arrivait pas à atténuer l'éclat d'un monde inondé de cette lumière semblable à un émail brillant.

Brusquement sortirent des bâtiments une vingtaine d'hommes, la plupart en vêtements d'aspect militaire et presque familier, un ou deux en robes primitives multicolores.

Les voyant, le Nielssen du rêve avait essayé de les appeler. Alors seulement il avait réalisé qu'il était ligoté, bâillonné, attaché à un pilori par des liens d'étoffe impossibles à desserrer, bâillonné par quelque chose d'humide et qui paraissait aussi fait d'étoffe.

Même à ce stade du cauchemar lumineux (à Asherville comme à Paris), Nielssen n'avait ressenti aucune peur. Avec l'étonnement d'un animal considérant la machine qui va l'écraser, ou le regard de l'enfant souffrant déjà au-delà de toute souffrance, il regardait les robes multicolores approcher, le dépasser, s'arrêter.

Le rêve gardait la qualité du rêve. Le monde lisse et radieux semblait hostile mais ne recelait aucun son. Aucune voix ne criait, et pourtant le silence n'avait pas la solennité des voix tues. Avec froideur et raideur, les silhouettes bougeaient, visibles mais inaudibles dans l'incroyable silence. L'un des hommes en robe multicolore prit un arc, un arc long et étrange strié comme une corne de bélier. Y ajustant une flèche, il relâcha la corde, et la flèche, comme un petit serpent mortel, siffla au visage de Nielssen. Quelque chose dans le geste de l'homme fit penser à Nielssen qu'il n'était pas mauvais archer, mais qu'il l'avait volontairement manqué.

De nouveau, une flèche fut ajustée à l'arc. Et cette fois, Nielssen flancha, car, dans l'air fauve, il vit la mort arriver, sentit le raidissement soudain et interloqué des muscles de sa gorge où s'enfonçait la flèche, juste au-dessous du menton, sans douleur, même maintenant, mais avec un flot de sang où il se noyait. En mourant, il jaillit hors de son corps lié au pilori ; sa conscience suivit son sang dans la poussière noircissante, et pénétra la terre aussi facilement qu'une épée qu'on remet au fourreau.

Un instant, il aperçut ses propres pieds morts, dégouttant de sang sur l'herbe, à l'instant où ses yeux s'abaissèrent. Puis la terre et les ténèbres l'engloutirent.

A Paris comme à Asherville, des profondeurs au-delà de toutes profondeurs le reçurent et le happèrent tandis qu'il sombrait lentement dans l'obscurité cascadante ; puis, une fois encore, ce fut la lumière.

Une panique aiguë, diabolique, se rua dans sa conscience. La fureur paralysait ses lèvres, si toutefois il avait des lèvres. Il se retrouva vivant, ou partiellement vivant, dans les profondeurs tièdes et translucides des eaux. De nouveau il était attaché, mais par quelque chose que les mots cette fois ne pouvaient pas exprimer. C'était reptilien, mais pas animal — une femme ou un dieu, peut-être, mais pas une bête. C'était vivant, et pourtant c'était doué des certitudes irrégulières, de la précision maladroite d'une machine. Des yeux sans peur ni pitié le regardaient, et...

Aucun mot, aucun nom ne peuvent traduire cette pensée, se dit-il. *Nul ne pourrait penser ainsi, mais je le pense quand même...*

Puis sursaut et réveil, à Paris comme à Asherville.

Il sentait encore l'étoffe de ses liens, la moiteur de son bâillon, l'humidité immobile de la dernière submersion.

Eveillé, il regardait la rue des Capucines et observait les camions qui passaient. L'autre fois, il avait scruté la nuit de la Caroline, à la recherche des lucioles jumelles qui étaient des voitures.

A Paris, il cherchait la réalité à tâtons pour s'y cramponner.

Arriverait-il à comprendre cette histoire ?

Que signifiait-elle ?

Cette seconde fois, le rêve lui-même comportait une sorte de fatalité irrémédiable. A chaque instant, il avait prévu et su tout ce qui allait arriver. Les hommes en robes multicolores se détachèrent du groupe des soldats. Ils tenaient leurs arcs cérémonieusement, rituellement ; dans l'acte de le tuer, ils semblaient eux-mêmes condamnés. Cette seconde fois, il avait remarqué une solution de continuité dans l'horizon sur sa gauche, une petite irrégularité dans le profil du ciel. Tandis qu'il considérait cette faille, la seconde flèche avait atteint son but, sa gorge avait étouffé, ses yeux ouverts s'étaient assombris, et il avait coulé dans les ténèbres de la terre. De nouveau il était tombé dans des eaux innommées, jusqu'au moment où il avait touché le fond tiède et doux d'une mer inconnue, perdu pour tout être au monde hormis lui-même.

De nouveau, il avait respiré facilement dans l'eau étrange et tiède, et l'ami-ennemi reptilien était arrivé, le saisissant avec une force où n'entraient ni pitié, ni curiosité, ni peur.

Il éteignit sa cigarette sur l'appui de la fenêtre et écouta les avions civils qui réduisaient leur altitude au-dessus de Paris, Paris, le centre du monde. Rien d'inquiétant là-dedans.

Il considéra la chambre : aucun danger.

« Tout va bien, chef », dit-il à son patron imaginaire.

Il se sentit bien jusqu'au moment où il regarda ses mains. Elles lui semblèrent jaunes, et poussiéreuses, et, malgré l'abat-jour rouge de la lampe de chevet, éclairées comme par la lumière du soleil.

Il renonça et sonna pour demander du café. Très bien, il travaillerait jusqu'à l'aube.

Mais pendant qu'il travaillait, son rêve continuait à le troubler. « Dans quel recoin du temps ai-je atterri, quelle tragédie passée ou future ai-je découverte par hasard ? Ce n'est pas Paris. La première fois, ce n'était pas non plus Asherville. C'est moi. Je porte cela en moi. Mais qu'est-ce que c'est — quel est le message ? »

Le lendemain, il oublia le rêve en regardant la Méditerranée belle et brillante comme un jouet sous les ailes de l'avion géant qui l'emportait vers le sud. Il dormit au-dessus du Sahara et ne fit aucun rêve. Le steward et l'hôtesse lui servirent un excellent repas, et, quand il l'eut terminé, ils descendaient vers un aéroport. Une voiture des Nations Unies, fanion bleu battant au vent, l'attendait.

Le soir, il fut très occupé — des hommes, des papiers, des photos, des cartes. Les gens se bousculaient pour lui parler seul à seul. Enfin ils partirent et il dormit un peu dans sa suite climatisée. Avant l'aube suivante, des porteurs le réveillèrent, des domestiques le nourrirent, des garçons d'étage le guidèrent, un chauffeur le conduisit, un pilote l'accueillit, un petit avion l'emporta dans le ciel. C'est seulement après le décollage qu'il vit la bande fauve de l'aube.

« Ça, m'sieur », dit le pilote, « c'est ce que les Européens appellent le Fleuve Brun. Très mauvais. Les grands indigènes sont là, et ils font de la magie ».

Le pilote se concentra sur ses commandes. De lourdes balles frappaient l'avion. Ils tombaient en vrille et la terre venait à leur rencontre. La terre était noire, mais l'aube continuait à se lever.

Maintenant, il savait ce qui se passait avant le rêve. Ils déshabillèrent son corps douloureux. Quelques-uns portaient des torches qui brûlaient avec une odeur de résine. D'autres, plus nombreux, avaient de longues torches électriques chromées. Ils ne disaient rien, mais poussaient de temps en temps des grognements de fatigue tout en le transportant loin de l'avion ; le corps d'un autre homme flambait dans ses vêtements qu'ils avaient inondés d'essence. L'horrible bûcher s'estompa avec la venue de l'aube. Quand le soleil parut sur l'horizon, Bernd était attaché à un haut pilori avec des liens d'étoffe.

« Je l'ai rêvé à Asherville et à Paris et c'était un rêve.

Mais ici, au-delà du Fleuve Brun, ce n'est pas un rêve. Vais-je me réveiller aussi cette fois ? Pitié, pitié, puis-je me réveiller ? »

Mais il ne se réveilla pas, parce qu'il était déjà éveillé.

La fauve lumière du jour faisait luire le monde comme de l'émail. Du pilori où il était attaché, il voyait de bas édifices qui lui rappelaient des ruches. Cette solution de continuité dans l'horizon, c'était l'épave de son avion. Il ramena son regard sur les édifices. Bientôt des hommes, la plupart en kaki, mais deux vêtus de robes longues multicolores — bientôt, des hommes allaient en sortir. Il le savait.

NANCY

ENTRANT dans la pièce, Gordon Greene se trouva en face de deux hommes. La jeune ordonnance n'avait aucune personnalité. Ce qui n'était pas le cas du général. Le général était assis à sa place attitrée, son bureau, lequel était disposé au milieu de la pièce. Mais l'infinie courtoisie du général se remarquait à un détail : les lamelles des stores vénitiens détournaient la lumière des yeux de l'interlocuteur.

A l'époque, le colonel général était Wenzel Wallenstein, le premier homme qui se fût aventuré dans les profondeurs de l'espace. Il n'avait pas atteint une étoile. Personne n'en avait jamais atteint une à l'époque, mais il était allé plus loin qu'aucun homme n'avait jamais été auparavant.

Wallenstein était un vieil homme, et pourtant son âge n'était pas considérable. Il avait moins de quatre-vingt-dix ans à une époque où la plupart des hommes vivaient jusqu'à cent cinquante ans. Ce qui donnait à Wallenstein cet air vieilli, c'était la souffrance venant de la tension mentale, pas la souffrance qui vient de l'angoisse ou de la concurrence, pas celle qui vient de la maladie.

C'était une souffrance d'une nature plus subtile — une sensibilité qui créait sa propre douleur.

Et pourtant, elle était bien réelle.

Wallenstein était aussi stable qu'on peut l'être, et le jeune lieutenant fut étonné de découvrir que, dès sa première rencontre avec le commandant en chef, son instinct le portait à la sympathie pour l'homme qui commandait toute l'organisation.

« Votre nom ?

— Gordon Greene », répondit le lieutenant.

« De naissance ?

— Non, mon Général.

— Quel était votre nom, à l'origine ?

— Giordano Verdi.

— Pourquoi en avez-vous changé ? Verdi est un beau nom.

— Les gens le trouvaient difficile à prononcer, mon Général. J'ai fait ce que j'ai pu.

— Moi, j'ai conservé mon nom », dit le vieux général. « Affaire de goût, je suppose. »

Le jeune lieutenant leva la main, la main gauche, paume en avant, faisant le nouveau salut inventé par les psychologues. Cela signifiait que la courtoisie militaire pouvait être mise de côté pour le moment, et que le subordonné sollicitait la permission de parler d'homme à homme avec son supérieur. Il connaissait bien ce salut, et pourtant, dans ce cadre, il avait eu du mal à le faire.

La réponse du général fut rapide. Il fit le contre-salut : main gauche, paume en avant.

Le vieux visage lourd, tiré, stressé et sage ne changea pas d'expression. Le général était en alerte. Machinalement amicaux, ses yeux suivaient le lieutenant. Le lieutenant était sûr qu'il n'y avait rien derrière ces yeux, sauf des mondes et des mondes de problèmes intérieurs.

Le lieutenant reprit la parole, cette fois avec plus de confiance.

« S'agit-il d'un entretien spécial, mon Général ? Avez-vous quelque chose en tête pour moi ? Si oui, mon général, il est de mon devoir de vous prévenir. J'ai été déclaré psychologiquement instable. Les services se trompent rarement, mais ils m'ont peut-être envoyé ici par erreur. »

Le général sourit. D'un sourire machinal. Simple contrôle des muscles, et non expression spontanée d'une émotion humaine.

« Vous saurez ce que j'ai en tête quand nous en aurons discuté, lieutenant. Quelqu'un va venir nous rejoindre, et cela vous donnera une idée de la direction que votre vie va prendre. Vous savez parfaitement que vous avez demandé de partir dans l'espace profond, et que, en ce qui me concerne, la réponse est oui. Maintenant, la question est la suivante : « Le désirez-vous vraiment ? Voulez-vous accepter cette nomination ? » Est-ce seulement pour cette raison que vous avez fait le signe de courtoisie ?

— Oui, mon Général », dit le lieutenant.

« Ce n'était pas nécessaire pour ce genre de question. Vous pouviez me la poser dans le cadre du service. Ne versons pas trop dans la psychologie. C'est inutile, n'est-ce pas ? »

De nouveau, le général adressa au lieutenant un sourire appuyé.

Wallenstein fit un signe à son ordonnance, qui se mit au garde-à-vous.

« Faites-le entrer », dit Wallenstein.

« Oui, mon Général », dit l'ordonnance.

Les deux hommes attendirent, désœuvrés. D'un pas vif, rapide, heureux, un étrange lieutenant entra dans la pièce.

Gordon Greene n'avait jamais vu personne qui fût comparable à ce lieutenant. Le lieutenant était vieux, presque aussi vieux que le général. Son visage était joyeux et lisse. Les muscles de ses joues, de son front, annonçaient le bonheur, la détente, une vision confiante de la vie. Le lieutenant portait les trois plus hautes décorations du service. Il n'en existait pas de plus hautes, et pourtant il était là, déjà vieux et toujours lieutenant.

Le lieutenant Greene ne comprenait pas. Il ne savait pas qui était cet homme. Il était assez facile d'être lieutenant pour un jeune homme, mais pas pour un vieillard de soixante-dix ou quatre-vingts ans. Les gens de cet âge étaient colonels, ou à la retraite, ou morts.

Ou ils étaient retournés à la vie civile.

L'espace, c'était fait pour les jeunes.

Le général lui-même se leva, par courtoisie pour cet homme de sa génération. Les yeux du lieutenant Greene se dilatèrent. Cela aussi, c'était bizarre. Le général n'avait pas la réputation de violer irrégulièrement la courtoisie.

« Asseyez-vous, mon Général », dit l'étrange vieux lieutenant.

Le général s'assit.

« Que voulez-vous de moi maintenant ? Voulez-vous que je répète une fois de plus le numéro Nancy ?

— Le numéro Nancy ? » dit machinalement le général.

« Oui, mon Général. C'est la même histoire que j'ai racontée à tous ces autres jeunes gens. Vous l'avez entendue, je l'ai entendue. Inutile de jouer la comédie. »

L'étrange lieutenant dit alors :

« Je m'appelle Karl Vonderleyen. Avez-vous déjà entendu parler de moi ?

— Non, mon Lieutenant », dit le jeune lieutenant.

« Vous ne perdez rien pour attendre », dit le vieux lieutenant.

« Pas d'amertume, Karl », dit le général. « Vous n'êtes pas le seul à avoir eu des problèmes. Je suis parti, j'ai fait la même chose que vous, et je suis général. Vous pourriez au moins avoir la courtoisie de m'envier.

— Je ne vous envie pas, mon Général. Vous avez vécu votre vie, et j'ai vécu la mienne. Vous savez ce que vous n'avez pas eu, ou vous croyez le savoir, et je sais ce que j'ai eu, et je suis sûr de le savoir. »

Le vieux lieutenant détourna son attention du commandant en chef et se tourna vers le jeune homme.

« Vous allez partir dans l'espace », dit-il, « et nous vous jouons une petite saynète, un numéro comique. Le général n'a pas eu de Nancy. Il n'a pas demandé de Nancy. Il n'a pas voulu d'aide. Il est allé dans le Grand Extérieur, et il n'en est pas mort. Cela a duré trois ans. Trois années qui doivent en paraître plutôt trois millions. Il a traversé l'enfer et il en est revenu. Regardez son visage. C'est un vainqueur. Un vainqueur total et incontestable, assis devant vous, usé, fatigué, et, semble-t-il, blessé. Regardez-moi. Regardez-moi bien, lieutenant. Je suis un vaincu. Je suis lieutenant dans le Service Spatial et je le resterai. »

Le commandant en chef garda le silence. Vonderleyen poursuivit :

« Oh, on me nommera général pour la retraite, je suppose, quand le temps viendra. Je ne suis pas prêt pour la retraite. J'aime autant rester dans le Service Spatial, tout compte fait. Il n'y a pas grand-chose à faire dans ce monde. Et je l'ai eu.

— Vous avez eu quoi, mon Lieutenant ? » osa demander le lieutenant Greene.

« J'ai trouvé Nancy. Pas lui », dit-il. « C'est aussi simple que ça. »

Le général intervint.

« Ce n'est pas si catastrophique et pas si simple, lieutenant Greene. On dirait que quelque chose ne va pas chez le lieutenant Vonderleyen aujourd'hui. C'est une histoire que nous devons vous raconter et à partir de laquelle vous devrez prendre votre décision. Mais le règlement ne dit rien sur la façon de s'y prendre. »

Le général regarda le lieutenant Greene d'un air incisif.

« Savez-vous ce que nous avons fait à votre cerveau ?

— Non, mon Général.

— Avez-vous entendu parler du virus *sokta ?*

— Le quoi, mon Général ?

— Le virus *sokta.* Sokta est un vieux mot du Chosenmal, la langue de l'ancienne Corée. C'était un pays situé à l'est de l'ancien Japon. Cela signifie « peut-être », et c'est un « peut-être » que nous inoculons dans votre tête. C'est un cristal minuscule, plus que microscopique. C'est là. Il y a une machine sur le vaisseau, pas une grande parce que nous ne pouvons pas gaspiller la place ; elle a la résonance nécessaire pour faire détoner le virus. Si vous faites détoner *sokta,* vous serez comme lui. Sinon, vous serez comme moi — en supposant, dans l'un et l'autre cas, que vous reveniez vivant. Vous pouvez ne pas survivre et vous pouvez ne pas revenir, auxquels cas notre conversation est purement académique. »

Le jeune homme rassembla son courage et demanda :

« Qu'est-ce que ça va me faire ? Pourquoi tant d'histoires ?

— Nous ne pouvons pas vous dire grand-chose. L'une des raisons, c'est que ça n'en vaut pas la peine.

— Vous voulez dire que vous ne pouvez vraiment pas parler, mon Général ? »

Le général secoua la tête, avec tristesse et sagesse.

« Non. Je n'ai pas trouvé, il a trouvé, et pourtant, cela reste, en quelque sorte, au-delà des limites de la parole. »

A ce point de son histoire, bien des années plus tard, je demandai à mon cousin :

« Eh bien, Gordon, s'ils disent que tu ne peux pas parler, comment se fait-il que tu puisses quand même ?

— Je suis saoul, mon vieux, je suis saoul », dit mon cousin. « Combien crois-tu que ça m'a pris pour en arriver là ? Je ne le raconterai plus jamais — jamais. D'ailleurs, tu es mon cousin, tu ne comptes pas. Et j'ai promis à Nancy que je n'en parlerais à personne.

— Qui est Nancy ? » lui demandai-je.

« Nancy, c'est toute l'histoire. C'est toute l'histoire. C'est ce que ces deux pauvres vieux essayaient de me dire dans le bureau. Ils ne savaient pas. L'un d'eux, il avait Nancy ; l'autre, il ne l'avait pas.

— Nancy est-elle une personne réelle ? »

Sur quoi il me raconta le reste de l'histoire.

L'entretien fut dur. Il fut propre, net, simple, direct. Les alternatives étaient tranchées. Il était parfaitement clair que Wallenstein voulait que Greene revienne vivant. Cela faisait partie de la politique du commandement spatial de ramener un homme vaincu mais vivant, plutôt que de le laisser devenir un héros mort. Les pilotes n'étaient pas si nombreux. De plus, le moral serait catastrophique si l'on disait aux hommes qu'ils partaient pour des opérations-suicides.

Tout était affaire de psychologie, et quand Greene sortit du bureau, il était plus troublé qu'en y entrant.

Ils ne cessaient de lui répéter, chacun à leur façon — le général joyeusement, le vieux lieutenant tristement —, que c'était sérieux. Le vieux général sévère était très gai en lui disant cela. Le vieux lieutenant joyeux se montrait très compatissant.

Greene lui-même se demandait pourquoi il ressentait tant de sympathie pour le général en chef et tant d'indifférence à l'égard du lieutenant vaincu. Il aurait dû avoir des tendances contraires.

Mille cinq cents millions de miles plus tard, quatre mois plus tard en temps ordinaire, quatre vies plus tard en temps vécu, Greene comprit ce qu'ils avaient voulu dire. C'était un vieil enseignement de la psychologie. Absolument seuls, les hommes mouraient. Les vaisseaux étaient conçus pour échapper à ce danger. Il y avait deux hommes sur chaque vaisseau. Chaque vaisseau emportait des tas d'enregistrements, et même quelques animaux passablement inutiles. Dans son cas, un couple de hamsters. Ils avaient été stérilisés, naturellement, pour ne pas avoir le problème de nourrir les jeunes, mais ils composaient quand même une petite famille bien à eux, image en miniature du bonheur de la vie sur la Terre.

La terre était très, très loin.

C'est alors que son copilote mourut.

Et tout ce qui menaçait Greene prit réalité.

Greene réalisa soudain de quoi ils parlaient.

Les hamsters étaient son seul espoir. Il collait son visage contre leur cage et leur parlait. Il leur attribuait des états d'âme. Il essayait de vivre leurs vies avec eux, comme s'ils étaient des humains.

Comme si lui-même faisait encore partie des vivants, comme s'il n'était pas seul avec le silence tonitruant derrière le mince mur de métal. Il n'y avait rien à faire, qu'arpenter le vaisseau comme un animal en cage au milieu de machines qu'il ne comprendrait jamais.

Le temps perdit sa perspective. Il savait qu'il était fou, et aussi qu'en se contrôlant il arriverait à survivre à cette folie partielle. Il comprit même que son instabilité psychique, qui, croyait-il, le rendait impropre au Service Spatial, contribuait sans doute à l'espoir qu'il éprouva à ce stade.

Son esprit revenait toujours à Nancy et au virus *sokta*.

Qu'est-ce qu'ils avaient dit ?

Ils lui avaient dit qu'il pouvait réveiller Nancy, quoi

qu'elle fût. Nancy n'était pas un de ses noms préférés. Et pourtant, d'une façon ou d'une autre, le virus agissait toujours. Il n'avait qu'à approcher la tête d'un certain point, presser le clou de résonance dans le mur, une seule fois, et sa mission échouerait, il serait heureux et rentrerait vivant.

Il ne comprenait pas. Pourquoi un tel choix ?

Il lui sembla que trois mille ans s'étaient écoulés quand il dicta son dernier message au Service Spatial. Il ne savait pas ce qui allait arriver. Manifestement, ce vieux lieutenant Vonderleyen était encore vivant. Tout aussi manifestement, le général était encore vivant. Le général avait réussi. Le lieutenant avait échoué.

Et maintenant, le lieutenant Greene, à mille cinq cents millions de miles de la terre, devait faire son choix. Il le fit. Il choisit d'échouer.

Mais il voulait, par discipline, parler pour l'homme qui échouait, et il dicta, pour les archives du vaisseau quand il reviendrait sur la Terre, un message très simple, se terminant par un appel à la justice.

« ... et ainsi, messieurs, j'ai décidé d'activer le virus. Je ne sais pas ce que signifie la référence à Nancy. Je n'ai aucune idée de ce que me fera le virus *sokta,* sauf qu'il me fera échouer. De cela, je suis sincèrement honteux. Je regrette l'humaine faiblesse qui me pousse à cela. La faiblesse humaine, et vous, messieurs, qui avez permis cela. A cet égard, ce n'est pas moi qui échoue, mais le Service Spatial lui-même qui me donne l'autorisation d'échouer. Messieurs, pardonnez l'amertume avec laquelle je vous dis au revoir en ces secondes, mais maintenant, je vous dis vraiment au revoir. »

Il cessa de dicter, cligna des yeux, regarda une dernière fois les hamsters — où seraient-ils quand le virus *sokta* commencerait à agir ? —, pressa le bouton et se pencha en avant.

Rien ne se passa. Il enfonça de nouveau le bouton.

Le vaisseau s'emplit soudain d'une étrange odeur. Il n'arrivait pas à l'identifier. Il ne savait pas ce que c'était.

Il se rappela soudain que c'était l'odeur de l'herbe fraîchement coupée, mêlée à un léger parfum de géranium, de rose aussi peut-être, mais très subtil. Odeur commune dans les fermes où il allait autrefois en été. C'était l'odeur de sa mère sur le perron, l'appelant pour le repas, ou de lui-même, assez homme pour être indulgent envers la femme en sa mère, assez enfant pour se tourner joyeusement vers une voix familière.

Il se dit :

« S'il n'y a que ça dans ce virus, je peux continuer à travailler avec la même efficacité. »

Il ajouta :

« A mille cinq cents millions de miles dans l'espace, sans rien que deux hamsters pendant des années de solitude, quelques hallucinations ne peuvent pas me faire de mal. »

La porte s'ouvrit.

Elle ne pouvait pas s'ouvrir.

Elle s'ouvrit quand même.

A cet instant, Greene connut une peur plus terrible que toute autre peur jamais éprouvée. Il se dit :

« Je suis fou, je suis fou », en fixant la porte qui s'ouvrait.

Une jeune fille entra. Elle dit :

« Bonjour, toi. Tu me connais, non ?

— Non. Non, mademoiselle, qui êtes-vous ? »

La jeune fille ne répondit pas. Elle resta là, simplement, et lui sourit.

Elle portait une jupe de serge bleue à rayures verticales bien serrée à la taille, une ceinture du même tissu et un corsage très simple. Ce n'était pas une fille étrange, et surtout pas une créature de l'espace.

C'était quelqu'un qu'il avait connu, et très bien. Aimé, peut-être. Mais il n'arrivait pas à la situer — pas à cet instant, pas en ce lieu.

Elle continua à le regarder, simplement.

Et tout lui revint. Bien sûr, c'était Nancy. Mais pas seulement la Nancy dont ils parlaient, mais *sa* Nancy, la Nancy à lui qu'il avait toujours connue et jamais rencontrée encore.

Il parvint à se ressaisir et lui dit :

« Comment se fait-il que je te connaisse si je ne te connais pas ? Tu es Nancy, je t'ai connue toute ma vie et j'ai toujours voulu t'épouser. Tu es la jeune fille dont j'ai toujours été amoureux et je ne t'avais encore jamais vue. C'est bizarre, Nancy. Terriblement bizarre. Je ne comprends pas. Et toi ? »

Nancy s'approcha et posa sa main sur son front. C'était une petite main très réelle, et sa présence lui fut chère, précieuse et bienvenue. Elle dit :

« Cela va exiger un peu de réflexion. Tu comprends, je ne suis pas réelle, pour personne, sauf pour toi. Et pourtant, je suis plus réelle pour toi que personne ne le sera jamais. C'est ça, l'action du virus *sokta,* mon chéri. C'est moi. Je suis toi. »

Il la contemplait.

Il aurait pu être malheureux, mais il ne se sentait pas malheureux, il était tellement content de l'avoir avec lui. Il dit :

« Qu'est-ce que tu veux dire ? C'est le virus *sokta* qui t'a créée ? Je suis fou ? Tu n'es qu'une hallucination ? »

Nancy secoua la tête, faisant danser ses jolies boucles.

« Ce n'est pas ça. Je suis simplement chaque fille que tu as jamais désirée. Je suis l'illusion que tu as toujours cherchée, mais je suis toi parce que je suis dans les profondeurs de ton être. Je suis toute chose que ton esprit n'aurait peut-être pas rencontrée dans la vie. Tout ce que tu aurais peut-être eu peur d'approfondir. Me voilà, et je vais rester avec toi. Tant que nous serons ici, sur ce vaisseau, avec la résonance, nous nous entendrons bien. »

A ce moment, mon cousin se mit à pleurer. Il prit une bouteille et se versa un grand verre d'épais Dago rouge. Il pleura un moment. Posant sa tête sur la table, il leva les yeux vers moi et dit : « Il y a longtemps, très longtemps. Il y a très longtemps, et je me rappelle toujours comment elle parlait avec moi. Et je comprends maintenant pourquoi ils disent qu'on ne peut pas en parler. Il faut être ivre mort pour parler d'une vie réelle qu'on a eue, d'une vie bonne et belle, et qu'on a laissée échapper, non ?

« C'est vrai », dis-je, pour l'encourager.

Nancy transforma le vaisseau immédiatement. Elle déménagea les hamsters. Elle changea la décoration. Elle vérifia les dossiers. Le travail continua, plus efficace qu'auparavant.

Mais le foyer qu'ils se construisirent, c'était différent. Il était plein d'odeurs de pain chaud et d'odeurs de vent, et parfois il entendait la pluie tomber, bien que la pluie la plus proche fût maintenant à mille six cents millions de miles, et qu'il n'y eût rien que le grattement du froid silence sur le métal froid à l'extérieur du vaisseau.

Ils vécurent ensemble. Il ne leur fallut pas longtemps pour s'habituer l'un à l'autre.

Il était né Giordano Verdi. Il avait ses limites.

Et le temps vint pour eux de devenir encore plus proches qu'amant et amante. Il dit :

« Je ne peux pas te prendre, chérie. Ce n'est pas bien, même dans l'espace, et même si tu n'es pas réelle. Tu es très réelle pour moi. Acceptes-tu de m'épouser sur le livre de prières ? »

Ses yeux s'éclairèrent, et ses lèvres incomparables brillèrent de ce sourire qui lui était si particulier. Elle dit :

« Bien sûr. »

Elle se jeta dans ses bras. Il passa les mains sur ses épaules. Il sentit ses côtes. Il sentit les mèches séparées de ses cheveux caresser ses joues. C'était réel, ça. C'était plus réel que la vie même, et pourtant un imbécile lui avait dit que c'était un virus — que Nancy n'existait pas. Si ce n'était pas Nancy, alors, qu'est-ce que c'était ? pensa-t-il.

Il la posa par terre et, ivre d'amour et de bonheur, il lut le livre de prières. Il lui demanda de faire les répons. Il dit :

« Je suppose que je suis le capitaine et je suppose que je nous ai mariés, toi et moi, n'est-ce pas, Nancy ? »

Le mariage fut une réussite. Le vaisseau décrivait une course immense, comme une comète. Il s'en alla très loin. Si loin que le soleil n'était plus qu'un point imperceptible. L'interférence du système solaire n'avait virtuellement aucun effet sur les instruments.

Un jour, Nancy vint le trouver et lui dit :

« Je suppose que tu sais maintenant pourquoi tu es un vaincu ?

— Non », dit-il.

Elle le regarda gravement. Elle dit :

« Je pense avec ton esprit. Je vis dans ton corps. Si tu meurs sur ce vaisseau, je meurs aussi. Pourtant, tant que tu vis, je suis vivante et séparée. C'est drôle, n'est-ce pas ?

— C'est drôle », dit-il, une nouvelle vieille douleur s'éveillant dans son cœur.

« Et pourtant, je peux te dire quelque chose que je sais avec cette part de ton esprit que j'utilise. Je sais sans toi que je suis. Je suppose que je reconnais ta formation technique et que je la sens mystérieusement, même si je n'en éprouve pas le manque. J'ai eu l'éducation que tu pensais que j'avais et que tu désirais que j'aie. Mais vois-tu ce qui se passe ? Nous travaillons avec la moitié de la puissance de ton cerveau. Tu consacres toute ton imagination à me créer. Toutes tes pensées sont pour moi. Je les désire, exactement comme je désire que tu m'aimes, mais il n'en reste plus pour les urgences, et il ne reste rien pour le Service Spatial. Tu fais le minimum, c'est tout. Est-ce que j'en vaux la peine ?

— Naturellement que tu en vaux la peine, chérie. Tu vaux tout ce qu'un homme peut espérer d'une aimée, d'une amante, d'une épouse et d'une compagne.

— Mais ne vois-tu pas que je prends le meilleur de toi ? Tu mets tout en moi, et quand le vaisseau arrivera, je ne serai plus. »

Curieusement, il réalisait que la drogue agissait. Il voyait ce qui lui arrivait quand il regardait sa bien-aimée Nancy, avec ses cheveux si brillants, et il réalisait qu'ils n'avaient jamais besoin de mise en pli. Il regarda ses vêtements, et il réalisa qu'elle portait des tenues pour lesquelles aucune place n'existait sur le vaisseau. Et pourtant, elle en changeait, de façon délicieuse, captivante, séduisante, tous les jours. Il mangeait des nourritures dont il savait qu'elles ne pouvait pas être dans le vaisseau. Rien de tout cela ne l'inquiétait. Et maintenant, il n'arrivait même pas à s'inquiéter à l'idée de perdre Nancy elle-même. Toute autre pensée, il aurait pu l'expulser de son esprit subconscient, et se rendre à l'idée que ce n'était pas une hallucination après tout.

C'en était trop. Il lui passa les doigts dans les cheveux. Il dit :

« Je sais que je suis fou, chérie, et je sais que tu n'existes pas.

— Mais si, j'existe. Je suis toi. Je suis une part de Gordon Greene, aussi vrai que je suis mariée avec toi. Je ne mourrai jamais tant que tu ne mourras pas, chéri, parce que, quand tu rentreras chez toi, je retomberai tout au fond de ton esprit, mais je vivrai dans ton esprit aussi longtemps que tu vivras. Tu ne peux pas me perdre, et je ne peux pas te quitter et tu ne peux pas m'oublier. Et je ne peux m'enfuir vers personne, sauf par tes propres lèvres. C'est pourquoi ils parlent comme ça. C'est pourquoi c'est une expérience si étrange.

— Et c'est là que je sais que j'ai tort », insista Gordon, têtu. « Je t'aime, et je sais que tu es un fantôme, et je sais que tu t'en iras, et je sais que notre union tire à son terme, et ça ne m'inquiète pas. Je serai heureux simplement d'être avec toi. Je n'ai pas besoin de boire. Je n'ai pas besoin de me droguer. Et pourtant, le bonheur est là. »

Ils vaquèrent à leurs petits travaux domestiques. Ils vérifièrent ses graphiques, ils rangèrent les dossiers, ils écrivirent quelques folies dans le livre de bord. Puis ils firent griller des marshmallows au feu de bois. Il y avait une élégante cheminée qui n'existait pas. Les flammes ne pouvaient pas brûler mais elles brûlaient. Il n'y avait pas de marshmallows sur le vaisseau, mais ils en grillèrent quand même et les mangèrent avec plaisir.

Ainsi s'écoulait leur vie — pleine de magie, mais d'une magie sans douleur ni provocation, ni colère, ni désespoir.

Ils furent un couple très heureux.

Même les hamsters le sentaient. Ils étaient propres et rebondis. Ils mangeaient de bon cœur. Ils n'avaient plus le mal de l'espace. Ils le regardaient.

Il en fit sortir un, celui au nez brun, et le laissa courir dans la pièce. Il dit :

« Tu es un vrai militaire. Pauvre petit. Né pour l'espace et condamné à l'espace. »

Nancy ne reparla qu'une seule fois de la question de leur avenir. Elle dit :

« Tu sais que nous ne pouvons pas avoir d'enfants. Le *sokta* ne le permet pas. Tu pourras avoir des enfants de ton côté, mais ce sera bizarre si tu en épouses une autre avec moi à l'arrière-plan. Et j'y serai. »

Ils revinrent sur la Terre. Ils rentrèrent.

Comme il franchissait le sas, un médecin colonel dur et las le regarda d'un air incisif. Il dit :

« Oh, nous pensions bien que c'était arrivé.

— Quoi, docteur ? » dit un lieutenant Greene rondelet et radieux.

« Vous avez trouvé Nancy », dit le colonel.

« Oui, docteur. Je vais la chercher.

— Allez la chercher », dit le colonel.

Greene rentra dans la fusée et chercha. Pas trace de Nancy. Il revint à la porte, stupéfait. Mais pas bouleversé. Il dit :

« Colonel, je ne la vois pas, mais je suis sûr qu'elle n'est pas loin. »

Le colonel lui adressa un sourire étrange, compatissant, las.

« Elle ne sera jamais loin, lieutenant. Vous avez fait le travail minimal. Je ne sais pas si nous ne devrions pas décourager les gens comme vous. Vous réalisez sans doute que vous êtes gelé dans votre grade. Vous recevrez une décoration, Mission Accomplie. Mission réussie, plus loin que jamais personne n'était allé avant vous. Au fait, Vonderleyen dit qu'il vous connaît et qu'il vous attend là-haut. Mais nous devons vous emmener à l'hôpital pour nous assurer que vous n'entrerez pas en état de choc. »

« A l'hôpital », dit mon cousin, « il n'y eut pas de choc. »

Nancy ne lui manquait même pas. Comment aurait-elle pu lui manquer puisqu'elle n'était pas partie ? Elle n'était jamais loin, juste derrière la porte, juste à quelques minutes.

Au petit déjeuner, il savait qu'il la verrait à midi. Au repas de midi, il savait qu'elle passerait dans l'après-midi. Et à la fin de la journée, il savait qu'il dînerait avec elle.

Il savait qu'il était fou. Aussi fou qu'on peut l'être.

Il savait parfaitement qu'il n'y avait pas de Nancy et qu'il n'y en avait jamais eu. Il pensait qu'il aurait dû haïr le *sokta* qui l'avait mis dans cet état, mais le *sokta* portait son antidote avec lui.

L'effet Nancy était une immolation à l'espoir perpétuel, à la promesse de quelque chose qu'on ne pouvait jamais perdre. Ce qui vaut souvent mieux qu'une réalité qu'on peut perdre.

« Moi ? Renoncer à Nancy ? Ne sois pas stupide.

— Mais tu ne l'as pas », dit quelqu'un.

« Ça, c'est toi qui le dis », repartit mon cousin, le lieutenant Greene.

LES BONS AMIS

La fièvre avait fait de lui comme un petit enfant. Debout derrière le médecin, l'infirmière le contemplait avec un demi-sourire où se mêlaient la tendresse et la perception de son charme viril.

« Quand pourrai-je partir, toubib ?

— Dans deux ou trois semaines, peut-être. Il faut d'abord que vous vous remettiez d'aplomb.

— Je ne parle pas de mon retour à la maison, toubib. Je voulais dire : quand est-ce que je vais pouvoir reprendre l'espace ? Je suis capitaine, toubib. Et un bon. Vous le savez, n'est-ce pas ? »

Le docteur approuva gravement.

« Je veux repartir, toubib. Tout de suite. Je veux guérir. Je veux guérir dès maintenant. Je veux retrouver mon astro et reprendre l'espace. Je ne sais même pas pourquoi je suis ici. Qu'est-ce que vous êtes en train de me faire, toubib ?

— Nous essayons de vous remettre d'aplomb », répondit le docteur. Sa voix était douce et ferme en même temps.

« Mais je ne suis pas malade, toubib. Vous vous êtes trompé de client. Nous avions ramené l'astro et tout allait bien, n'est-ce pas ? Ensuite nous avons commencé à sortir, et puis... alors là, plus rien. Le noir. Et je me retrouve ici, à l'hôpital. Il y a quelque chose de pas clair, toubib. Est-ce que je me suis blessé après l'arrivée ?

— Non. Il ne vous est rien arrivé à l'astroport.

— Alors, pourquoi me suis-je évanoui ? Pourquoi suis-je malade et couché ? Il a bien fallu qu'il se passe quelque chose, toubib. C'est évident. Autrement, je ne serais pas ici. J'ai dû avoir un coup dur. Après un si bon voyage ! Bon sang, où est-ce que ça m'est arrivé ? » Une lueur égarée passa dans les yeux du malade. « Est-ce que quelqu'un m'a rentré dedans ? Je ne suis pas blessé, dites, toubib ? Pas infirme ? Je pourrai reprendre l'espace, pas vrai ?

— Peut-être », dit le docteur.

L'infirmière retint brusquement sa respiration, comme si elle était sur le point de dire quelque chose. Le médecin tourna la tête et lui adressa un coup d'œil impératif signifiant *taisez-vous.*

Le malade vit la mimique.

Sa voix prit une intonation désespérée qui en faisait presque un gémissement. « Qu'est-ce qu'il y a, toubib ? Pourquoi ne voulez-vous rien dire ? Qu'est-ce qui ne va pas ? Quelque chose m'est arrivé. Où est Ralph ? Où est Pete ? Et Jock ? Quand je l'ai vu pour la dernière fois, il vidait une canette de bière. Où sont-ils tous ? Larry, Went, Betty ? Où est mon équipage, toubib ? Ils ne sont pas morts ? Je ne suis pas le seul survivant, n'est-ce pas ? Parlez, toubib ; dites-moi la vérité. Je suis capitaine de l'espace, vous savez. J'ai tenu le coup dans de sales moments. Vous pouvez tout me dire. Je ne suis pas mou à ce point, je peux encaisser. Où sont-ils, tous mes copains ? Une fameuse expédition ! Vous ne voulez pas me répondre, toubib ?

— Je vous répondrai, articula gravement le docteur.

— Okay ! Allez-y.

— Que voulez-vous savoir en particulier ?

— Ne faites pas l'âne, toubib ! Dites-moi les choses carrément. Parlez-moi d'abord de mes amis, et ensuite de ce qui m'est arrivé.

— Pour ce qui est de vos amis... » (le docteur choisissait ses mots avec soin) « je puis vous dire qu'aucun changement n'est intervenu dans la position des personnes dont vous venez de parler.

— Très bien, toubib. Alors, si ce n'est pas eux, c'est

moi. Allez-y. Que m'est-il arrivé ? Un sale coup, forcément, sans quoi vous n'auriez pas cette figure de croque-mort ! »

Le compliment amena sur les lèvres du docteur une petite grimace vite effacée. « Je n'essaierai pas de justifier mon visage, jeune homme. Je l'ai depuis ma naissance. Mais vous, vous êtes dans un état grave et nous essayons pour l'instant de vous remettre d'aplomb. Et je vous dirai toute la vérité.

— Alors, allez-y, toubib ! Tout de suite. Est-ce que j'ai reçu un mauvais coup ? Est-ce que je suis blessé ? Est-ce que c'était un accident ? Parlez donc, à la fin ! »

Derrière le docteur, l'infirmière bougea légèrement. Il se retourna. Elle regardait en direction de la seringue hypodermique posée sur le plateau. Il lui fit un bref signe négatif. Le malade ne perdit rien de cet échange dont il comprit parfaitement le sens.

« Vous avez raison, toubib. Ne la laissez pas me droguer. Je n'ai pas besoin de dormir. J'ai besoin de savoir la vérité. Si tous ceux de l'équipe vont bien, pourquoi ne sont-ils pas là ? Milly est peut-être dans le couloir ? Milly, celle qui a les boucles blondes. Et Jock ? Et pourquoi Ralph n'est-il pas venu ?

— Je vais tout vous dire, mon petit. Ce sera dur, peut-être, mais je compte sur vous pour prendre la chose en homme. Cependant, il serait préférable que vous parliez le premier.

— Vous parler de quoi ? Enfin, vous savez bien qui je suis ? Vous avez bien lu les journaux ? Vous avez entendu parler de Larry ? Un sacré navigateur, Larry ! Sans lui, nous ne serions pas revenus ! »

Le soleil matinal du printemps entrait à flots par la fenêtre ouverte et une brise légère venait caresser le visage jeune et décomposé. Il y avait de la compassion, et davantage, dans la voix du docteur.

« Je ne suis qu'un simple médecin. Je ne suis pas l'actualité de près. Je connais votre nom, votre âge et votre fiche médicale, mais j'ignore à peu près tout de votre expédition. Racontez-la-moi.

— Vous voulez rire, toubib ! Il y a de quoi écrire un

bouquin. Nous sommes célèbres. Tenez, je vous parie qu'en ce moment Went est en train de se faire une jolie somme avec les photos et les films qu'il a pris.

— Je ne vous demande pas de tout dire, mon vieux. Si vous me parliez simplement de vos deux derniers jours avant l'atterrissage et de la façon dont vous êtes arrivé à bon port ? »

Le jeune homme eut un sourire gêné qui ajoutait une expression de culpabilité à la joie des souvenirs évoqués. « Oh ! je peux vous en parler, bien sûr. Vous êtes toubib et tout ce que vous entendez, vous le gardez pour vous. »

Le docteur acquiesça d'un signe de tête convaincu. « Voulez-vous que l'infirmière sorte ? demanda-t-il à mi-voix.

— Oh ! non, protesta le malade. C'est une brave fille. Ce n'est pas comme si vous alliez bavarder ensuite à tort et à travers. »

Le docteur acquiesça derechef, imité par l'infirmière qui sourit en même temps. Elle sentait les larmes gonfler ses yeux, mais n'osait pas les essuyer. Ils avaient affaire à un malade extrêmement perspicace. Il aurait vu son geste et l'effet aurait été catastrophique.

Maintenant, il voulait tout raconter et s'exprimait avec une volubilité difficile à suivre. « Vous connaissez l'astronef, toubib. Il se pose un peu là : douze cabines, salle commune, pesanteur artificielle, placards, toute la place qu'on peut souhaiter. »

Le médecin cligna des yeux sans rien dire. Il continua seulement à observer le malade avec une attention pleine de sympathie.

« Eh bien, toubib, quand on a su qu'il ne restait plus que deux jours et que tout était paré, on a organisé une petite fête. On a dansé. Jock a déniché de la bière dans un placard et Ralph l'a aidé à sortir les canettes. Betty est une vieille copine, mais j'ai commencé à m'amuser un brin avec Milly. Ah ! mes amis, ce bonheur ! Un régal ! » Il regarda l'infirmière et rougit jusqu'à la racine des cheveux. « Passons sur les détails. Une vraie ribouldingue, toubib. Nous étions en grande forme. Complètement beurrés. Cette bamboula, monsieur ! Je crois bien que personne n'a jamais autant rigolé que nous l'avons fait cette fois-là, les copains et moi. Et nous sommes arrivés sans bavures. Ce Larry, quel navigateur ! Il avait beau être fin saoul et garder Betty sur ses genoux, il a posé l'astro comme une vieille douairière dépose sa pièce sur la sébile du curé. Tout s'est passé au huitième de poil. D'accord, je n'aurais pas dû être tellement fier de débarquer avec tout mon équipage ivre à tomber par terre, mais c'était bien le plus beau voyage, la plus belle équipe et la plus belle rigolade qu'un capitaine ait jamais connus. Et puis nous revenions mission accomplie, toubib. On n'aurait pas donné un peu de mou à la fin si on n'avait pas été sûrs que rien ne clochait. Donc nous nous sommes posés, prêts pour le débarquement. Après ça, tout devient noir jusqu'au moment où je me retrouve ici. A vous maintenant de me raconter la suite, mais n'oubliez pas de me dire à quel moment Larry, Jock et Went vont venir me voir. Ce sont des types, vous savez, toubib ! Votre petite infirmière sera obligée de les tenir à l'œil. Ils pourraient bien m'apporter une bouteille de ce qu'il ne faut pas. Okay, toubib. A votre tour.

— Avez-vous confiance en moi ? demanda le docteur.

— Bien sûr. Pourquoi pas ?

— Croyez-vous vraiment que je vous dirai la vérité ?

— C'est moche de votre part de me demander ça, toubib. Vraiment moche. Okay, allez-y toujours.

— Je préfère que vous ayez d'abord votre piqûre », reprit le docteur en s'efforçant, non sans peine, de garder la même voix ferme et douce qu'auparavant.

Le malade parut stupéfait. Il jeta un regard vers l'infirmière et la seringue posée sur le plateau. Puis il sourit au médecin, mais c'était un sourire traversé d'effroi.

« D'accord, toubib. C'est vous le patron. »

L'infirmière l'aida à relever sa manche et tendit la main pour prendre la seringue.

Le docteur l'arrêta. Il la regarda bien en face, les yeux plantés dans les siens. « Non, intraveineuse. Je vais la faire. Comprenez-vous ? »

Elle avait l'esprit rapide.

Elle saisit un garrot de caoutchouc sur le plateau et l'enroula prestement autour du bras du malade, juste au-dessous du coude.

Le docteur attendait, très calme.

Puis il prit le bras à son tour et passa son doigt sur l'épiderme pour repérer la veine.

« Donnez », dit-il.

Elle lui tendit l'aiguille.

Malade, infirmière et docteur — tous trois regardèrent la seringue se vider de son contenu dans la veine qui faisait saillie dans la saignée du bras.

Le docteur retira l'aiguille. Lui-même, à présent, semblait soulagé. « Ressentez-vous quelque chose ? » demanda-t-il.

« Pas encore, toubib. Pouvez-vous me dire la vérité, maintenant ? Avec cette drogue dans les veines, je ne risque plus de faire du tapage. Où est Larry ? Où est Jock ?

— Vous n'étiez pas à bord d'un astronef, mon petit. Vous étiez seul dans une fusée de sauvetage monoplace. Votre petite fête n'a pas duré deux jours. Elle a duré vingt ans. Ce n'est pas Larry qui a ramené votre astronef. Ce sont des spécialistes qui ont retrouvé l'épave, depuis la Terre, par télémétrie. Quant à vous, vous étiez au dernier degré de l'épuisement, déshydraté, presque mort. Jamais, dans toute l'histoire de l'espace, on n'a vu un homme aussi près de sa fin. La fusée de sauvetage avait un hibernateur et vous étiez alimenté par le dispositif de secours. En outre, elle était dotée du nouveau masque hypnotique. Vous avez eu certainement une seconde ou deux pour vous le coller au visage avant que les commandes automatiques de la fusée fassent le reste. Vous n'aviez aucun ami avec vous. Ceux dont vous parlez sortent uniquement de votre imagination

— Ça va, toubib. Je vais bien. Ne vous en faites pas pour moi.

— Il n'y a jamais eu de Jock, ni de Larry, ni de Milly. Tout cela n'est qu'un effet du masque hypnotique.

— J'ai compris, toubib. Tout va bien. Fameuse, la drogue que vous m'avez donnée. Je me sens partir dans les rêves. Vous pouvez me laisser dormir, maintenant. Vous m'expliquerez tout ça demain matin. Mais n'oubliez pas de m'amener Ralph et Jock dès que ce sera l'heure des visites. »

Il se tourna vers le mur et l'infirmière ramena les couvertures sur ses épaules.

Au dernier moment, comme ils s'apprêtaient à quitter la chambre, elle passa devant le docteur et sortit en courant. Elle ne voulait pas qu'il la voie pleurer.

LA GUERRE N° 81-Q

PENDANT quelques siècles brefs et heureux, la guerre se transforma en un grand jeu. Puis, quand la population mondiale dépassa la marque des trente milliards, le Premier Ministre en Exercice, Chatterji, présenta aux autorités mondiales sa formule des « Proportions Justes », et, de jeu qu'elle était, la guerre redevint réalité. Quand elle fut finie, des monstres hideux couvraient les ruines des cités, les saints et les idiots campaient sous les ponts des routes désertes, et quelques machines chasseuses d'hommes parcouraient le monde à la recherche d'armes survivantes.

1

Bien avant que la guerre véritable ne fît régresser l'humanité de mille ans, les nations jouaient selon la formule de la « guerre inoffensive ». Les guerres étaient facilement déclarées, livrées sans danger, gagnées ou perdues avec panache, et leur conclusion acceptée comme décisive. Les guerres étaient assez rares pour supplanter tous autres événements sur les écrans de télévision, assez belles pour justifier les extérieurs les plus spectaculaires, assez dures pour faire appel à des champions doués d'une vision parfaite et de nerfs d'acier. Les armes étaient des dirigeables armés de missiles, de contre-missiles et d'écrans-leurres ; on les avait remis en service parce qu'ils étaient assez lents pour bien se voir sur les téléviseurs, assez difficiles à manœuvrer pour exiger des pilotes habiles. Toute une classe de guerriers s'était développée pour les piloter — ils s'entraînaient sur les pentes neigeuses et les plages sous-marines des stations de loisirs du monde entier, puis, bronzés et en pleine forme, prenaient place dans les salles de contrôle et manœuvraient les vaisseaux à partir de leurs bases nationales. Les kinescopes étaient accouplés, de sorte que les scènes de bataille alternaient avec les images montrant les guerriers assis devant leurs consoles, le front plissé d'inquiétude, bien visibles avec leurs halètements d'angoisse ou leurs sourires de triomphe, et tout le spectacle des émotions humaines révélé dans l'exécution d'une guerre sous licence.

Survint la guerre entre l'Amérique et le Tibet.

Le Tibet s'était vu libéré du Goonhogo, le gouvernement central chinois, uniquement grâce à la généreuse aide américaine et à la menace (était-ce un bluff ? était-ce la mort ?) vibrant dans les silos des missiles entourant le Lac Erié. Personne ne sut jamais si les Américains auraient risqué une guerre réelle, parce que les Chinois n'imposèrent pas l'épreuve de force. A l'assemblée mondiale, les Américains avaient joui du soutien de l'Union Indienne et des Congos Fédérés, et il y avait des dettes politiques à payer quand la libération du Tibet fut réalisée. Le Congo demanda qu'on soutienne ses revendications sur le Sahara, chose assez aisée vu qu'il suffisait de voter à l'assemblée. Mais l'Union Indienne revendiqua le plus grand collecteur d'énergie solaire, qui, longeant la crête sud de l'Himalaya, devait s'étendre sur cent vingt kilomètres. Les Américains hésitèrent, puis le construisirent sur une concession tibétaine, conservant les titres de propriété entre leurs mains. Juste avant l'envoi des premiers flots d'énergie vers les plaines du Bengale, des soldats tibétains envahirent les salles de contrôle, munis d'un arrêté du ministère de l'Intérieur tibétain, des techniciens tibétains connectèrent des câbles envoyés par le Goonhogo de la base de Tali au Yunnan, et les Tibétains annoncèrent qu'ils avaient vendu toute la production énergétique à leur ancien ennemi, le Goonhogo de Chine.

Même en politique où l'on s'attend rarement à de la reconnaissance, une telle ingratitude était difficile à supporter. Les Américains venaient juste de libérer les Tibétains des Chinois, et voilà que les Tibétains saisissaient la récompense que l'Amérique avait construite pour l'Inde, en remerciement de son aide sur la question du Tibet. Légalement, l'affaire était délicate. Les accumulateurs solaires étaient sur territoire tibétain, et, d'après le système de « souveraineté » qui prévalait à l'époque, toute nation pouvait faire ce qu'elle voulait sur ses propres terres et s'en tirer sans dommages.

Certains Américains étaient si furieux qu'ils réclamèrent une guerre véritable contre le Goonhogo de Chine. Le président lui-même remarqua doucement qu'il n'était pas juste de combattre un antagoniste simplement parce qu'il s'était montré plus astucieux que vous.

Le Congrès vota une guerre sous licence.

Le président n'avait pas d'autres choix. Il fut obligé de déclarer la guerre au Tibet. Il demanda un permis de guerre au secrétariat mondial. Il reçut en retour un permis pour la « guerre N° 81-Q », car quelqu'un au secrétariat s'était aperçu que le Tibet ne pourrait payer que la guerre la plus courte. Les Américains avaient sollicité un permis de « Guerre A », qui aurait duré quatre jours pleins. Le secrétariat mondial refusa de reconsidérer l'affaire.

Il n'y avait pas à discuter.

L'Amérique était en guerre.

Le président convoqua Jack Reardon.

2

Reardon était le meilleur pilote licencié d'Amérique.

« Bonjour, Jack », dit le président. « Vous n'avez pas combattu depuis deux ans, depuis notre défaite contre l'Islande. Vous vous sentez en forme en ce moment ?

— Plus que jamais, monsieur le président », dit Jack.

Il hésita, puis poursuivit :

« Je vous en prie, ne parlez pas de l'Islande, monsieur. Personne n'a jamais pu vaincre Sigurd Sigurdssen. Nous avons de la chance qu'il ait pris sa retraite.

— Je ne vous aurais pas convoqué si j'avais voulu vous faire des reproches. Je sais que vous avez combattu mieux que personne à l'exception du grand Sigurd lui-même. C'est pourquoi vous êtes ici. A votre avis, comment devrions-nous conduire les hostilités ?

— Il n'y a guère de choix pour le matériel, pas avec une guerre de classe Q. Les cinq vaisseaux devraient être pris dans la nouvelle catégorie des Mark Zéro. Puisque c'est nous qui avons pris l'initiative des hostilités, je pense que les Tibétains choisiront la zone de guerre la moins chère possible. Ils voudront éviter de trop s'endetter.

Le Goonhogo les aidera, mais les Chinois ont eu les accumulateurs solaires au prix minimal et ils essaieront de les garder à bon compte.

— Je ne savais pas que vous étiez un expert en politique internationale », dit le président en souriant.

Reardon eut l'air embarrassé.

« Désolé, monsieur », grommela-t-il.

« Ça ne fait rien », dit le président. « Je pensais exactement la même chose. Donc, ils choisiront les Kerguelen, non ?

— Probablement », dit Reardon. « Et nos cameramen seront furieux. Mais les Français louent ces îles très bon marché. C'est la seule façon pour eux de les conserver sur le marché des zones de guerre. »

Le président changea complètement. Le vieux patricien civilisé qui venait de prendre son petit déjeuner devint le politicien rusé et égoïste qui avait battu tous ses concurrents pour la place, pour découvrir ensuite que son pays avait bien plus besoin d'un président qu'il n'avait lui-même besoin de la présidence. Il regarda Reardon bien en face, droit dans les yeux, puis demanda, d'un ton solennel et cérémonieux :

« Jack, il s'agit peut-être de la question la plus

importante de votre vie. Comment voulez-vous livrer cette guerre ? »

Reardon se raidit.

« J'ai pensé qu'il serait déplacé d'apporter une liste, monsieur. J'ai pensé que vous en auriez peut-être une...

— Il n'est pas question de cela », dit le président. « Préférez-vous combattre seul ?

— Seul, monsieur ?

— Ne jouez pas les modestes avec moi, Reardon », dit le président. « Nous n'avons pas de meilleur guerrier que vous. En fait, vous êtes notre seul guerrier de premier ordre. Il y a quelques espoirs parmi les jeunes, mais aucun de votre classe... »

Le sujet était si technique que Reardon s'oublia au point d'interrompre le président :

« Boggs est très bon, monsieur. Il a livré six combats en qualité de mercenaire dans les mini-guerres africaines.

— Reardon », dit le président, « vous m'avez interrompu.

— Je vous demande pardon, monsieur le président », bredouilla Reardon.

« Boogs n'a rien à voir à l'affaire. Je l'ai vu aussi à l'œuvre, vous savez. Même en le comptant, ça ne fait que deux pilotes de première classe. »

Reardon regarda le président bien en face ; son regard demandait qu'on lui donne l'autorisation de parler.

Le président eut un petit sourire.

« Bon, qu'y a-t-il ?

— Et si nous complétions l'équipe par des mercenaires, monsieur ?

— Des mercenaires ! » s'écria le président. « Grands dieux non ! Ce serait la pire chose à faire. Nous passerions pour des crétins aux yeux du monde entier. J'ai menacé de livrer une guerre réelle pour libérer le Tibet, et le Goonhogo de Chine a cédé uniquement parce que quelques-uns de ses membres ont cru que l'Amérique reste forte. Si nous engageons des mercenaires, c'en est fait de cette idée. Il faut préserver le prestige de l'Amérique. Le ferez-vous, oui ou non ? »

Reardon eut l'air sincèrement perplexe.

« Je ferai quoi, monsieur ?

— Imbécile », dit le président. « Pouvez-vous livrer la guerre tout seul, oui ou non ? Vous connaissez le règlement. »

Reardon le connaissait. La nation qui se battait avec un seul pilote se voyait accorder un immense avantage. Deux vaisseaux ennemis abattus, et elle avait gagné, quel que fût le nombre des appareils qu'elle avait perdus. Il n'y avait plus eu une seule guerre à un pilote depuis que le grand Sigurd Sigurdssen avait vaincu l'Europe Fédérée, le Maroc, le Japon et le Brésil, dans cet ordre, trente-deux ans plus tôt. Après cela, personne n'avait jamais plus déclaré à l'Islande une guerre de classe Q. L'Islande continua à déclarer des guerres sous licence sous les prétextes les plus futiles ; les Islandais avaient accumulé assez de crédits pour livrer une centaine de guerres. Les puissances attaquées avaient toutes choisi la guerre la plus longue et compliquée qu'elles pouvaient trouver, pour noyer Sigurd dans le travail d'équipe.

Reardon regarda par la fenêtre. Le président le laissa réfléchir. Enfin, il parla, avec une conviction profonde :

« Je peux essayer, monsieur le président. Ils nous en offrent l'occasion en exigeant une guerre de classe Q. Mais je ne suis pas un Sigurd, et vous le savez, monsieur.

— Je le sais, Reardon », dit le président avec sérieux, « mais peut-être qu'aucun d'entre nous — pas même vous — ne sait encore de quoi vous êtes capable. Le ferez-vous, Reardon, pour le pays, pour moi, pour vous-même ? »

Reardon acquiesça de la tête. A cet instant, la victoire et la gloire lui paraissaient bien lointaines.

3

Les formalités furent remplies sans problème.

Le Tibet et l'Amérique revendiquaient tous deux les

Banques Solaires des Chaînes Himalayennes. Les deux nations convinrent que le titre de propriété appartiendrait au vainqueur.

Le Conseil de Guerre Universel accorda un permis de guerre, strictement soumis aux conditions suivantes :

1. La guerre serait livrée exclusivement à l'heure et aux lieux spécifiés.
2. Aucun être humain ne devait être tué ou blessé, directement ou indirectement, par l'action des machines de guerre, les blessures mentales n'entrant pas en compte.
3. Un territoire approprié devait être loué et évacué. Des dispositions spéciales seraient prises pour évacuer le maximum d'animaux sauvages, les oiseaux en particulier, qui pouvaient souffrir de la bataille.
4. Les armes seraient des dirigeables ailés, d'un poids maximal de 22000 tonnes, propulsés par des moteurs non nucléaires.
5. Toutes les radios devaient être strictement supervisées par le C.G.U. et par les deux belligérants. A la première plainte pour brouillage ou interférence, la guerre serait arrêtée.
6. Chaque dirigeable serait armé de six missiles non explosifs et de trente contre-missiles non explosifs.
7. Le C.G.U. devait intercepter et détruire tous les missiles perdus à l'aide d'armes réelles avant qu'ils ne sortent de la zone de guerre, et chaque belligérant, quelle que fût l'issue de la guerre, devrait payer directement au C.G.U. l'interception et la destruction des missiles perdus.
8. Aucun être humain vivant ne devrait se trouver sur les vaisseaux, dans la zone de guerre ou dans les équipements de communication qui devaient diffuser la guerre sur toutes les télévisions du monde. (Les dernières victimes d'une « guerre inoffensive » étaient les équipes vidéo qui avaient amené leur multicoptère devant les canons déchaînés d'un dirigeable de combat avant que son pilote, à des milliers de kilomètres de là, ait pu les voir et arrêter son tir.)
9. Le « territoire assigné » devait être le Territoire de Guerre des Kerguelen, à louer par les deux parties à la

Quatorzième République Française, membre de l'Europe Fédérée, au prix horaire de quatre millions de livres d'or.

10. L'allocation des places, à part les droits vidéo qui appartenaient aux combattants, demeurait la seule propriété du bailleur du Territoire de Guerre des Kerguelen.

Selon ces stipulations, les Français aéroportèrent les moutons hors des Kerguelen — les pauvres moutons avaient l'habitude de quitter leurs pâturages pour l'Antarctique chaque fois qu'une guerre éclatait — et le décor fut prêt.

Reardon choisit de combattre à partir d'Omaha ; il supposait que ses homologues tibétains seraient stationnés à Lhassa, mais, comme le Tibet avait été sous domination étrangère pendant bien des générations, il se demanda quels mercenaires ils pourraient bien engager. Sung de Pékin, peut-être : il avait livré six guerres de plus que Reardon, et était un combattant fiable.

2

Les Français vendirent sans problème tous leurs places et points de vue autour des Kerguelen. Comme d'habitude, des contrebandiers vendirent des télescopes qui étaient réputés donner des vues parfaites de la guerre, et, comme d'habitude, la plupart ne fonctionnèrent pas ; les acheteurs avaient fait pour rien le voyage de Durban, Madras ou Perth.

Les vaisseaux de guerre étaient prêts. Les vaisseaux américains étaient couleur or, avec des ailes trapues sortant de leur fuselage, portant sur leurs flancs l'ancien aigle américain entouré de cercles bleu, blanc et rouge. Les Tibétains avaient loué cinq vieux vaisseaux au Goonhogo chinois. On avait enlevé l'ancien emblème de la Chine et peint à sa place le moulin à prières du Tibet. Les mécaniciens chinois étant habiles à la tromperie, le membre américain de l'équipe d'arbitrage insista pour inspecter lui-même les dix vaisseaux avant de signer le permis d'entrée dans le Territoire de Guerre des Kerguelen.

La guerre devait commencer à midi, heure locale. Reardon débuta avec un avantage considérable. Les arbitres avaient assigné les positions par tirage au sort, et l'Américain avait un fort vent debout alors que les vaisseaux ennemis devaient faire marche arrière pour empêcher le vent de les souffler hors de la zone de combat.

Un imbécile de bureaucrate avait baptisé les vaisseaux américains d'après des personnages de Shakespeare, de sorte que Reardon se retrouva aux commandes de l'*Ariel,* du *Prospéro,* de l'*Obéron,* du *Caliban* et du *Titania.* Les Tibétains n'avaient pas pris le temps de débaptiser les vaisseaux chinois qui portaient les noms d'anciennes dynasties : le *Han,* le *Yüen,* le *Ch'ing,* le *Chin* et le *Ming.*

Reardon disposa ses vaisseaux le long de la ligne des spectateurs, pour que les Tibétains ne puissent pas faire feu sur lui sans que leurs missiles sortent du Territoire, encourant ainsi une pénalité. A Omaha, il leva les yeux, pour voir ses adversaires qui venaient d'apparaître sur son télécran. Sung était bien là ; de même que Baartok, célèbre mercenaire se battant sous pavillon du Lichtenstein, et qui participait à toutes les batailles qu'il trouvait. Les trois autres lui étaient inconnus. L'un d'eux, en costume tibétain, était une jeune fille. « Bonne propagande pour les Chinois, pensa Reardon. Le Goonhogo n'en rate pas une ! »

Les Chinois provoquèrent le mécontentement des spectateurs en émettant un écran de fumée. Ils ne pouvaient guère faire autre chose, avec leurs vaisseaux en marche arrière rudement ballottés dans le vent. Quand l'écran de fumée atteignit les vaisseaux, Reardon sauta. Il mit le *Prospéro* en commande manuelle, prit trois décisions à l'aveuglette et sauta.

Le *Prospéro* émergea hors de combat de l'autre côté de l'écran de fumée, les flancs percés de deux missiles, et Reardon se dit que l'équipe de sauvetage n'en tirerait pas grand-chose quand la guerre serait terminée.

Mais il avait presque gagné la guerre. Il avait touché le *Han* et le *Ming*. Il les observa par les yeux de l'*Ariel*. Le *Ming*, fortement endommagé, luttait pour rester en position au-dessus des eaux froides, froides du sud de l'Océan Indien. Reardon soupçonnait que Baartok en avait pris le commandement. Soudain, le *Ming* tira ; Reardon fit pivoter l'*Ariel*. Des flammes derrière son vaisseau lui apprirent que le C.G.U. avait intercepté les missiles. Cela continua jusqu'à ce que son écran fût plein d'une blancheur laiteuse et tremblotante. De nombreuses migraines se préparaient parmi les spectateurs qui regarderaient ces éclairs d'interception trop longtemps. Manifestement, Baartok ne se souciait pas des pénalités que ses employeurs tibétains auraient à payer. Et pourtant, l'*Ariel* lui avait échappé avec une facilité déconcertante.

Cependant, le *Han*, bien qu'en chute libre, avait attaqué le *Caliban*, qui perdit son aile gauche et commença à tomber. Reardon lança un regard de reproche au robot qui manœuvrait le vaisseau pour lui, puis décida de ne pas perdre de temps à maudire les programmeurs du robot qui avaient si mal anticipé l'action.

Le visage et la voix de l'arbitre du C.G.U. sortirent de tous les écrans. « Le *Caliban*, américain. Le *Han*, tibétain. A évacuer du champ de bataille. Suspendez le feu jusqu'à exécution. »

D'après le système de score, Reardon venait de manquer de peu la victoire. Il lui suffisait d'abattre deux vaisseaux ennemis tout en en conservant un à lui en état de vol jusqu'à la fin de la guerre, et il avait gagné. Le *Ming*, qui maintenant rasait les vagues et se désintégrait, était sa première victoire ; le *Han* aurait dû être l'autre. Maintenant, tout était à recommencer.

Il confia l'*Ariel* à un robot et prit lui-même le commandement du *Titania*.

L'un des vaisseaux ennemis se mit à avancer lentement le long de la ligne des spectateurs. Il ne pouvait pas tirer sur Reardon, parce que le Territoire était rectangulaire et que le *Titania* se trouvait trop proche d'un angle. Et Reardon ne pouvait pas tirer non plus à moins d'amener le *Titania* presque au niveau des vagues ; alors, ses missiles perdus s'envoleraient dans l'espace.

Lui et l'ennemi plongèrent en même temps.

Son écran de commandement s'alluma. Puis le visage du président apparut. Seul le président jouissait de ce privilège. « Comment ça va, mon garçon ? Pas trop bien, on dirait ? »

Reardon avait envie de hurler : « Disparaissez, imbécile ! »

Mais c'était le président ; et personne ne donne d'ordres à un président.

Il se força à rester poli, mais il savait qu'il avait pâli de rage.

« Je vous en prie, libérez l'écran, monsieur. Tout va bien, monsieur. Merci. »

Le visage du président disparut, et Reardon se retrouva sur le *Titania,* juste au moment où l'ennemi le coupait en deux.

En proie à une rage démentielle mais contrôlée, il prit les commandes de l'*Ariel,* laissant le *Titania* s'abîmer dans les vagues.

Il diffusa lui-même un écran de fumée, et se rua vers lui. Il arriva au-dessus juste à temps pour voir deux vaisseaux chinois qui le cherchaient. Il replongea dans la fumée qui se dissipait. Il tendit la main vers la manette des missiles simultanés, qui devaient tous atteindre leur cible au même instant. Mais, l'esprit distrait par cet imbécile de président, il se trompa, et abaissa la manette : DESTRUCTION.

L'*Ariel* périt dans un joli feu d'artifice. Il y avait deux autres nuages orange près de lui. L'œil vidéo de l'*Ariel* lui montra qu'il avait techniquement gagné la guerre. Les deux autres vaisseaux tombèrent avec lui.

Il passa sur l'*Obéron,* son dernier vaisseau. Les Tibétains en avaient encore deux, le *Ch'ing* et le *Yüen.*

L'arbitre parut sur l'écran.

« Vous avez actionné la manette DESTRUCTION. Cette arme n'est pas permise dans une guerre sous licence.

— C'était une erreur », rétorqua sèchement Reardon. « Regardez l'enregistrement que vous avez de moi. Vous verrez que je tendais la main vers la manette " missiles simultanés ". »

Il y eut un silence, pendant lequel l'écran vide bourdonna. Puis l'arbitre reparut, s'adressant à Baartok et à Sung, mais laissant Reardon écouter.

« Le règlement n'a pas prévu cette situation », dit l'arbitre.

« C'était une erreur, mais vos vaisseaux prenaient un risque en approchant le sien de si près. Il arrivait sur vous d'en haut. Je déclare son action valable. »

Maintenant, tout ce qu'il avait à faire, c'était de rester en vie, c'est-à-dire avec un vaisseau fonctionnel, pendant les soixante-sept minutes suivantes.

Il se mit à longer la ligne des spectateurs, de si près que certains reculèrent. De nombreuses voix réclamèrent l'arbitre, mais Reardon s'assura qu'il respectait bien la zone franche de cent mètres.

Le *Ch'ing* et le *Yüen* se liguèrent contre lui, et il fut obligé d'utiliser ses réacteurs d'urgence pour plonger et esquiver leurs missiles.

De nouveau, il plongea.

Les vaisseaux chinois le suivirent.

Un missile sectionna le bras élévateur de son aile droite.

Reardon utilisa cette avarie à son avantage. Il tourna l'*Obéron* de flanc, comme un vaisseau désemparé, et le laissa tomber vers l'eau.

Le *Yüen* suivit pour jeter un coup d'œil, et Reardon tira dessus. Il perça dedans un trou par lequel il voyait la lumière du jour. Le *Yüen* dériva vers les spectateurs, désemparé. Sur l'écran fulgura l'éclair des armes protectrices du C.G.U., et le *Yüen* disparut.

L'*Obéron* frôla l'eau, et, à cet instant même, Reardon le mit en marche arrière, et il tira deux de ses précieux missiles directement dans l'eau. Un énorme nuage de vapeur se dégagea sur lequel l'*Obéron* s'éleva plus vite qu'aucun vaisseau avant lui. Il ne voyait pas où il allait, parce que sa vidéo était toujours pointée sur les vagues et qu'il s'élevait en marche arrière.

L'impact survint.

L'*Obéron* venait de percuter quelque chose qui ne pouvait être que le *Ch'ing.*

Reardon accrut sa poussée, faisant virer sec son vaisseau, toujours en marche arrière. Par l'arrière, il tira sur le vaisseau qu'il venait de percuter et le poussa inexorablement vers l'eau. Les deux vaisseaux entrés en collision ne s'étaient pas encore embrasés.

Le panneau de contrôle des avaries s'alluma soudain comme un arbre de Noël. Tout l'arrière de son vaisseau avait disparu.

Du bout des doigts et effleurant les touches aussi légèrement que possible, il tapa le mot : ASCENSION. Il ne voyait rien, que le ciel bleu au-dessus de lui et le vaisseau-spectateur, qui avait l'air bizarrement déplacé, car il semblait de travers sur la gauche de son champ. L'*Obéron* se libéra de quelque chose.

Il avait coulé le *Ch'ing* sans même le voir.

L'arbitre reparut sur l'écran.

« Votre vaisseau n'est pas englouti dans l'océan. L'autre a disparu. La guerre est terminée avec soixante et une minutes d'avance. La victoire appartient à l'Amérique. Le Tibet a perdu. »

Puis, d'un ton différent, l'arbitre ajouta :

« Félicitations, mon garçon. Les pilotes ennemis souhaitent vous congratuler. Ont-ils votre accord ?

5

Avant que Reardon ait pu répondre oui ou non, son écran se vida.

De nouveau, le président avait fait jouer sa priorité.

Reardon constata avec amusement que le vieux monsieur pleurait.

« Vous avez réussi, mon petit, vous avez réussi. Je n'en avais jamais douté. »

Reardon se força à l'approuver d'un sourire, puis attendit que les visages de ses cordiaux ennemis apparaissent sur l'écran. Baartok l'inviterait sans doute à dîner ; il n'y manquait jamais.

MARK ONZE

LES années passèrent. La Terre continua, alors même qu'une humanité vaincue et hagarde rampait dans les ruines glorieuses d'un immense passé.

1

LA DESCENTE D'UNE DAME

Les étoiles tournoyaient, silencieuses, dans ce ciel nocturne du début de l'été, bien que les hommes eussent oublié depuis longtemps de nommer ces nuits par le nom de juin.

Laird essaya de regarder les étoiles en fermant les yeux. Jeu excitant et terrifiant pour un télépathe : à tout moment, il pouvait sentir les cieux s'ouvrir et, touchant par l'esprit l'image de l'étoile la plus proche, se plonger dans un cauchemar de chute perpétuelle. Chaque fois qu'il éprouvait cette sensation traumatisante, effroyable, suffocante, de chute sans limites, il était obligé de fermer son esprit à la télépathie jusqu'à la guérison de ses pouvoirs.

Son esprit recherchait les objets situés juste au-dessus de la Terre, stations spatiales incendiées glissant sur leurs orbites multiples, tourbillonnant éternellement, restes des destructions des anciennes guerres atomiques.

Il en trouva une.

Si ancienne qu'elle n'avait pas de contrôles de survie cryotroniques. Sa conception était incroyablement archaïque ; des tubes chimiques semblaient l'avoir en son temps propulsée hors de l'atmosphère terrestre.

Il ouvrit les yeux et la perdit immédiatement.

Les refermant aussitôt, il se mit à tâtonner mentalement à la recherche de l'antique épave. Lorsque son esprit la sentit, les muscles de sa mâchoire se raidirent. Il perçut de la vie à l'intérieur, une vie aussi ancienne que l'archaïque machine elle-même.

En un instant, il établit le contact avec son ami Tong Ordinateur.

Il déversa ses renseignements dans l'esprit de Tong. Fort intéressé, Tong lui renvoya une orbite qui devait recouper l'orbite légèrement parabolique de l'ancienne machine et la ramener dans l'atmosphère de la Terre.

Laird fit un suprême effort.

Appelant à l'aide tous ses amis invisibles, il sonda une dernière fois les rebuts qui orbitaient et clignotaient, invisibles, juste au-dessus de leurs têtes. Retrouvant l'antique machine, il parvint à lui imprimer une poussée.

C'est ainsi qu'environ mille six cents ans après avoir quitté le Reich d'Hitler, Carlotta vom Acht amorça son retour sur la Terre des hommes.

Pendant toutes ces années, elle n'avait pas changé.

Mais la Terre n'était plus la même.

L'ancienne fusée s'inclina. Quatre heures plus tard, elle commença à frôler la stratosphère, et ses anciens contrôles, préservés du changement par le froid et le temps, se remirent à fonctionner. La chaleur les réactiva.

La trajectoire s'aplatit.

Quinze heures plus tard, la fusée cherchait une destination.

Les contrôles électroniques, réellement morts depuis des milliers d'années dans le temps immuable de l'espace même, se mirent en quête d'un territoire allemand, sondant les terres par feed-back qui sélectionnaient les caractéristiques nazies à partir des brouilleurs de communications électroniques.

Il n'y en avait pas.

Comment la machine pouvait-elle le savoir ? La machine avait quitté la ville de Pardubice le 2 avril 1945, au moment où les Russes nettoyaient les dernières poches de résistance allemande. Comment la machine savait-elle qu'il n'y avait plus d'Hitler, plus de Reich, plus d'Europe, plus d'Amérique, plus de nations ? La machine était réglée sur des codes allemands. Seulement sur des codes allemands.

Cela n'affectait pas les mécanismes du feed-back.

Ils recherchaient toujours les codes allemands. Il n'y en avait pas. L'ordinateur de la fusée fut victime d'une légère névrose. Il se mit à discuter tout seul comme un singe en colère, se reposa, se remit à parler, puis dirigea la fusée vers quelque chose qui semblait vaguement électrique. La fusée descendit et la jeune fille se réveilla.

Elle savait qu'elle se trouvait dans la boîte où l'avait placée son père. Elle savait qu'elle n'était pas une chienne couarde comme les nazis que méprisait son père. C'était une jeune fille prussienne de noble famille militaire. Son père lui avait ordonné de rester dans la boîte. Et ce que son père ordonnait, elle l'avait toujours fait. C'était la première règle à observer, pour une jeune fille de sa caste, âgée de seize ans et appartenant à la classe des Junkers. Le bruit augmenta.

Les murmures électroniques explosèrent en une cacophonie démentielle de déclics.

Elle sentait une affreuse odeur de brûlé, quelque chose d'horrible et de pourri comme la viande. Elle craignit que ce ne fût elle, mais elle ne ressentait aucune douleur. « *Vati, Vati,* que m'arrive-t-il ? » cria-t-elle à son père.

(Son père, mort depuis mille six cents et quelques années, ne répondit pas, naturellement.)

La fusée se mit à tourner. L'ancien harnais de cuir qui la maintenait se cassa. La section de la fusée où elle se trouvait n'était pas plus grande qu'un cercueil, mais elle se fit quand même de douloureuses ecchymoses.

Elle se mit à pleurer.

Elle vomit, quoique assez peu. Puis elle glissa dans son vomi, ce dont elle fut furieuse et honteuse, quoique ce fût une réaction des plus naturelles.

Les bruits se fondirent tous en un tintamarre assourdissant. La dernière chose qu'elle se rappela fut la mise à feu des décélérateurs. Le métal était si fatigué que les tubes, non contents de s'allumer vers l'avant, se désintégrèrent sur les côtés.

Elle avait perdu connaissance au moment où la fusée s'écrasa. Peut-être cela lui sauva-t-il la vie, car la moindre tension musculaire lui aurait brisé les os et déchiré les muscles.

2

UN IDIOT LA DÉCOUVRIT

Il folâtrait dans la forêt ténébreuse, les métaux et les plumes de son magnifique uniforme rayonnant au clair de lune. Les Hommes Véritables avaient depuis longtemps abandonné le gouvernement du monde aux Idiots, car ils ne s'intéressaient pas aux activités telles que la politique et l'administration.

Le poids de Carlotta, non sa volonté consciente, avait actionné l'ouverture du sas de secours.

Son corps gisait, moitié à l'intérieur, moitié à l'extérieur de la fusée.

Elle s'était vilainement brûlée au bras gauche, à l'endroit où sa peau avait touché la coque brûlante de la fusée.

L'Idiot écarta les buissons et s'approcha.

« Je suis le Seigneur Haut Administrateur de la Région Soixante-Treize », dit-il, déclinant son identité selon les règles.

La jeune fille inconsciente ne répondit pas. Il monta vers la fusée, plié en deux pour ne pas se faire dévorer par les dangers de la nuit, et écouta attentivement le compteur de radiations implanté sous la peau de son crâne derrière son oreille gauche. Il souleva la fille avec dextérité, la mit doucement sur son épaule, tourna les talons, rejoignit les buissons en courant, tourna à angle droit, courut encore quelques pas, regarda autour de lui, incertain, puis se remit à courir, toujours hésitant, toujours furtif, jusqu'au ruisseau.

Fouillant dans sa poche, il en sortit un baume contre les brûlures. Il en appliqua une couche épaisse sur la brûlure de la jeune fille. Le baume y resterait, tuant la douleur et protégeant la peau jusqu'à la cicatrisation complète.

Il lui jeta de l'eau froide au visage. Elle s'éveilla. « *Wo bin ich ?* » dit-elle en allemand.

De l'autre côté du monde, Laird, le télépathe, avait momentanément oublié la fusée. Il aurait pu comprendre la jeune fille, mais il n'était pas là. La forêt l'entourait, et la forêt était pleine de vie, de peur, de haine et d'impitoyable destruction.

L'Idiot débita quelque chose en sa langue.

Elle le regarda et se dit que c'était un Russe.

Elle lui dit en allemand :

« Etes-vous russe ? Etes-vous allemand ? Faites-vous partie de l'armée du général Vlasov ? A quelle distance sommes-nous de Prague ? Vous devez me traiter avec courtoisie. Je suis une jeune fille importante... »

L'Idiot la fixait en silence.

Il eut un sourire d'une concupiscence innocente et totale. (Les Hommes Véritables n'avaient jamais jugé nécessaire d'inhiber les habitudes reproductrices des Idiots au milieu des Bêtes, des Impardonnés et des Menschenjägers. Il était difficile de rester en vie pour n'importe quel genre d'êtres humains. Les Hommes Véritables voulaient que les Idiots continuent à se reproduire, à porter les rapports, à glaner les quelques nécessités de la vie et à distraire suffisamment les autres habitants du monde pour laisser les Hommes Véritables jouir du calme et de la contemplation qu'exigeaient leurs tempéraments exaltés mais indolents.)

L'Idiot était typique de son espèce. Pour lui, nourriture signifiait manger, eau signifiait boire, et femme signifiait faire l'amour.

Il ne faisait pas de distinctions.

Bien que lasse, troublée et moulue, Carlotta reconnut cette expression.

Mille six cents ans plus tôt, elle avait failli être violée et assassinée par les Russes. Ce soldat était un petit homme fantastique, rond et souriant, avec assez de décorations pour être un général soviétique. D'après ce qu'elle pouvait voir au clair de lune, il était glabre et aimable, mais il avait l'air trop innocent et stupide pour être de grade si élevé. Peut-être les Russes étaient-ils tous comme lui, se dit-elle.

Il tendit le bras vers elle.

Malgré sa fatigue, elle le gifla.

Geste qui jeta la confusion dans les idées de l'Idiot. Il savait qu'il avait le droit de capturer toute femme appartenant aux Idiots. Mais il savait aussi qu'un sort pire que la mort attendait quiconque touchait une femme appartenant aux Hommes Véritables. Quelle était-elle, cette… cette chose… cette puissance… cette entité descendue des étoiles ?

La pitié est aussi vieille et aussi subjective que la concupiscence. A mesure que la concupiscence diminuait, la pitié humaine élémentaire prit le dessus. Il tira quelque nourriture de sa poche et la lui tendit.

Elle mangea, le regardant avec confiance, encore très enfant.

Soudain, il y eut un bruit de branches brisées dans la forêt.

Carlotta se demanda ce qui s'était passé.

Quand l'Idiot lui était apparu, il avait le visage inquiet. Puis il avait souri et parlé. Plus tard, il s'était fait lubrique. Enfin, il s'était conduit en gentleman. Maintenant, il avait le visage vide, cerveau et muscles concentrés sur l'acte d'écouter — d'écouter quelque chose d'autre, au-delà des craquements de branches, quelque chose qu'elle n'entendait pas. Il se retourna vers elle.

« Courez. Courez. Levez-vous et courez. Il le faut, courez ! »

Elle écouta ses paroles sans les comprendre.

De nouveau, il s'accroupit pour écouter.

Puis il la regarda, le visage décomposé d'horreur. Carlotta essaya de comprendre ce qui se passait, mais elle ne parvint pas à déchiffrer ce qu'il voulait dire.

Trois autres étranges petits hommes vêtus exactement comme lui surgirent en courant de la forêt.

Ils couraient comme des cerfs ou des élans devant un incendie de forêt, le visage vide d'épuisement, les yeux fixés droit devant eux de sorte qu'ils semblaient presque aveugles. Ils évitèrent les arbres par miracle. Ils dévalèrent la pente, éparpillant les feuilles dans leur fuite. Ils se jetèrent dans le ruisseau qu'ils franchirent en soulevant des gerbes d'eau. Avec un cri presque animal, l'Idiot de Carlotta les suivit.

La dernière fois qu'elle le vit, ses plumes oscillaient ridiculement au rythme de sa course.

De la direction d'où venaient les trois Idiots, un son terrifiant et surnaturel siffla dans les bois. Son sifflant et grave, à donner la chair de poule, accompagné par un bruit régulier de machinerie.

Le bruit évoquait tous les chars du monde comprimés en un seul fantôme vivant de char, un cœur de machine qui avait survécu à sa propre destruction, et qui, comme un esprit, revenait hanter les lieux d'anciennes batailles.

Carlotta se tourna vers le bruit qui approchait. Elle essaya de se lever et n'y parvint pas. Elle fit face au danger. (Toutes les jeunes Prussiennes, destinées à être des mères d'officiers, apprenaient à faire face au danger et à ne jamais lui tourner le dos.) Le bruit se rapprochant, elle entendit l'interrogation aiguë et démentielle du doux caquetage électronique. Cela ressemblait au sonar qu'elle avait une fois entendu dans le laboratoire de son père, dans les bâtiments secrets du projet Nordnacht du Reich.

La machine sortit de la forêt.

Et elle ressemblait bien à un fantôme.

3

LA MORT DE TOUS LES HOMMES

Carlotta fixa la machine. Elle avait des pattes de sauterelle, le corps d'une tortue de dix pieds de haut, et trois têtes qui bougeaient sans repos au clair de lune.

Du bord avant de la carapace supérieure surgit un bras caché, comme pour la frapper, plus mortel qu'un cobra, plus rapide qu'un jaguar, plus silencieux qu'une chauve-souris glissant devant la lune.

« Non, pas ça ! » hurla Carlotta en allemand.

Le bras s'immobilisa soudain au clair de lune.

Arrêt si soudain que le métal vibra comme la corde d'un arc.

Les têtes de la machine se tournèrent vers elle.

Quelque chose comme de la stupéfaction sembla frapper l'engin. Le sifflement se fit ronronnement apaisant. Le caquetage électronique atteignit un crescendo, puis cessa. La machine tomba à genoux.

Carlotta rampa jusqu'à elle.

Elle dit en allemand :

« Qui êtes-vous ?

— Je suis la mort de tous les hommes qui s'opposent au Sixième Reich Allemand », dit la machine en un allemand flûté et chantant. « Si cette Reichangehöriger désire m'identifier, mon modèle et mon numéro sont gravés sur ma carapace. »

La machine se baissa si bas que Carlotta put saisir une de ses têtes et regarder le bord de la carapace supérieure au clair de lune. La tête et le cou, quoique en métal, étaient, au toucher, beaucoup plus faibles et cassants qu'elle ne s'y attendait. La machine semblait d'une vieillesse insondable.

« Je ne vois rien », gémit Carlotta. « J'ai besoin de lumière. »

Il y eut un craquement et un grincement de machinerie longtemps inutilisée. Un autre bras mécanique apparut, répandant dans son mouvement des flocons de poussière presque cristallisée. Le bout du bras émit une lumière, bleue, pénétrante, étrange.

Le ruisseau, la forêt, la petite vallée, la machine et Carlotta elle-même furent inondés par la douce lumière pénétrante qui ne l'éblouit pas mais lui donna une impression de bien-être. Grâce à la lumière, elle put lire. Tracée sur la carapace, juste au-dessus des trois têtes, se lisait cette inscription :

WAFFENAMT
DES SECHSTEN DEUTSCHEN REICHES
BURG EISENHOWER, 2495 ap. J.-C.

Et au-dessous, en caractères latins beaucoup plus grands :

MENSCHENJÄGER MARK ELF.

« Que signifie " Chasseur d'homme, Modèle Onze " ?

— C'est moi », siffla la machine. « Comment se fait-il que vous ne me connaissiez pas si vous êtes allemande ?

— Bien sûr que je suis allemande, imbécile ! » dit Carlotta. « Est-ce que j'ai l'air d'une Russe ?

— Qu'est-ce qu'une Russe ? » dit la machine.

Debout dans la lumière bleue, Carlotta s'interrogea, songea, redouta — redouta l'univers inconnu qui venait de se matérialiser autour d'elle.

Quand son père, Heinz Horst Ritter vom Acht, professeur et docteur en physique mathématique au projet Nordnacht, l'avait envoyée dans le ciel avant de périr d'une mort horrible aux mains de la soldatesque russe, il ne lui avait rien dit du Sixième Reich, rien de ce qu'elle pourrait rencontrer, rien de l'avenir. Il lui vint à l'esprit que peut-être le monde était mort, que les étranges petits hommes ne se trouvaient pas près de Prague, qu'elle était au Ciel ou en Enfer, morte elle-même, ou, si elle était encore vivante, dans un autre monde, ou dans le futur de son propre monde, ou dans des choses dépassant la compréhension humaine, ou dans des problèmes qu'aucun esprit ne pouvait résoudre...

De nouveau, elle s'évanouit.

Le Menschenjäger ne pouvait pas savoir qu'elle était inconsciente, et lui parla en son allemand sérieux, aigu et chantant.

« Citoyenne allemande, sois sûre que je te protégerai. Je suis construit pour reconnaître les pensées allemandes et tuer tous les hommes qui n'ont pas des pensées allemandes authentiques. »

La machine hésita. Un bruyant caquetage de cliquetis électronique retentit dans les bois silencieux tandis que la machine essayait de mettre de l'ordre dans son propre esprit. Parmi le stock de mots si longtemps inutilisés, il n'était pas facile de sélectionner ceux qui convenaient à une situation si ancienne et si nouvelle. La machine restait immobile dans sa propre lumière bleue. On n'entendait que le murmure du ruisseau vaquant irrésistiblement à ses affaires de chose non vivante. Même les oiseaux dans les arbres et les insectes alentour étaient réduits au silence par la présence redoutée de la machine sifflante.

Les Idiots étaient maintenant à trois kilomètres de distance, et leur course, dans les récepteurs de sons du Menschenjäger, n'était plus qu'un petit bruit de pas précipités qui s'affaiblissait.

La machine était déchirée entre deux devoirs, le devoir familier et commun de tuer tous les hommes qui n'étaient pas des Allemands, et le devoir ancien et oublié de secourir tous les Allemands, quels qu'ils fussent. Après une autre période de caquetage électronique, la machine reprit la parole. Sous la monotonie de l'allemand chantant se percevait un étrange avertissement, rappelant le sifflement qu'elle faisait en avançant, témoignage d'un immense effort mécanique et électronique.

La machine dit :

« Vous êtes allemande. Il y a longtemps qu'il n'y a plus d'Allemands nulle part. J'ai fait le tour du monde deux mille trois cent vingt-huit fois. J'ai tué dix-sept mille quatre cent soixante-neuf ennemis du Sixième Reich avec certitude, et j'en ai sans doute tué quarante-deux mille sept de plus. Je suis revenu onze fois au centre automatique de restauration. Les ennemis qui se donnent le nom d'Hommes Véritables se soustraient toujours à ma poursuite. Je n'en ai pas tué un seul depuis plus de trois mille ans. Les hommes ordinaires que certains appellent les Impardonnés sont ceux que je tue le plus, mais j'attrape souvent des Idiots et je les supprime aussi. Je me bats pour l'Allemagne, mais je n'arrive nulle part à trouver l'Allemagne. Il n'y a pas d'Allemands en Allemagne. Il n'y a pas d'Allemands nulle part. Je n'accepte d'ordres de personne sauf d'un Allemand. Pourtant, je n'ai trouvé d'Allemands nulle part, d'Allemands nulle part, d'Allemands nulle part… »

Le cerveau de la machine sembla victime d'un blocage électronique car elle répéta *d'Allemands nulle part* trois ou quatre cents fois de suite.

Carlotta revint à elle dans le cliquetis rêveur de la machine, qui continuait à répéter, avec une intensité triste et démente, *d'Allemands nulle part.*

Elle dit :

« Je suis une Allemande.

— … d'Allemands nulle part, d'Allemands nulle part, sauf vous, sauf vous, sauf vous. »

La voix mécanique se tut sur un long gémissement.

Carlotta essaya de se lever.

Enfin, la machine retrouva ses mots.

« Qu'est-ce que… que… je… fais… maintenant ?

— Aidez-moi », dit fermement Carlotta.

Cet ordre sembla éveiller quelque chose dans l'antique assemblage cybernétique.

« Je ne peux pas vous aider, membre du Sixième Reich. Car ce qu'il vous faut, c'est une machine à secourir. Je ne suis pas une machine à secourir, je suis un chasseur d'hommes, conçu pour tuer tous les ennemis du Reich Allemand.

— Alors, allez me chercher une machine à secourir », dit Carlotta.

La lumière bleue s'éteignit, laissant Carlotta debout

dans le noir, comme aveugle. Elle n'était pas bien assurée sur ses jambes. La voix du Menschenjäger lui parvint.

« Je ne suis pas une machine à secourir. Il n'y a pas de machines à secourir. Il n'y a pas de machines à secourir nulle part. Il n'y a pas d'Allemagne nulle part. Il n'y a pas d'Allemands nulle part, pas d'Allemands nulle part, pas d'Allemands nulle part, à part vous. Il faut que vous demandiez une machine à secourir. Maintenant, je m'en vais. J'ai des hommes à tuer. Des hommes qui sont les ennemis du Sixième Reich Allemand. C'est tout ce que je peux faire. Je peux me battre jusqu'à la fin des temps. Je trouverai un homme et le tuerai. Puis j'en trouverai un autre et le tuerai. Je m'en vais pour accomplir l'œuvre du Sixième Reich Allemand. »

Sifflements et cliquetis reprirent.

Avec une délicatesse incroyable, la machine traversa le ruisseau, aussi légère qu'un chat. Carlotta écoutait intensément les ténèbres. Même les feuilles mortes de l'année précédente ne crissèrent pas sous les pas du Menschenjäger qui s'éloignait dans les ombres des arbres.

Soudain, ce fut le silence.

Carlotta entendait le cliquetis angoissant des ordinateurs du Menschenjäger. Puis la lumière bleue se ralluma et la forêt prit un aspect fantomatique.

La machine revint.

De l'autre côté du ruisseau, elle lui parla de sa voix sèche et flûtée, dans son allemand chantant.

« Maintenant que j'ai trouvé une Allemande, je viendrai vous faire mon rapport tous les cent ans. C'est correct. Je crois que c'est correct. Je ne sais pas. J'ai été construit pour faire mon rapport à des officiers. Vous n'êtes pas officier. Mais vous êtes allemande. Je viendrai donc vous faire mon rapport tous les cent ans. Dans l'intervalle, prenez garde à l'Effet Kaskakia. »

Carlotta s'était rassise et grignotait les petits cubes d'aliments déshydratés que l'Idiot lui avait donnés. Ils avaient un vague goût de chocolat. La bouche pleine, elle cria au Menschenjäger :

« *Was ist das ?* »

La machine dut comprendre, car elle répondit :

« L'Effet Kaskakia est une arme américaine. Les Américains ont disparu. Il n'y a plus d'Américains nulle part, plus d'Américains nulle part, plus d'Américains nulle part...

— Arrêtez de vous répéter », dit Carlotta. « Qu'est-ce que cet effet dont vous parlez ?

— L'Effet Kaskakia stoppe les Menschenjägers, stoppe les Hommes Véritables, stoppe les Bêtes. On peut le sentir, mais on ne peut ni le voir ni le mesurer. Il se déplace comme un nuage. Seuls des hommes simples aux pensées pures et aux vies heureuses peuvent survivre à l'intérieur. Les oiseaux et les hommes ordinaires peuvent vivre à l'intérieur, eux aussi. L'Effet Kaskakia se déplace comme les nuages. Il y a plus de vingt et un et moins de trente-quatre Effets Kaskakia qui se déplacent lentement sur cette planète nommée Terre. J'ai transporté d'autres Menschenjägers au Centre de Restauration pour les faire réparer et reconstruire, mais le Centre n'a rien pu faire. L'Effet Kaskakia nous détruit. C'est pourquoi nous nous enfuyons devant lui, bien que les officiers nous aient ordonné de ne fuir devant rien. Si nous ne fuyions pas, nous cesserions d'exister. Vous êtes une Allemande. Je crois que l'Effet Kaskakia vous tuerait. Maintenant, je m'en vais pour chasser un homme. Quand je le trouverai, je le tuerai. »

La lumière bleue s'éteignit.

La machine s'enfonça dans la forêt nocturne, sifflant et cliquetant dans le silence ténébreux.

4

CONVERSATION AVEC L'OURS MOYEN

Carlotta était devenue adulte.

Elle avait quitté le chaos de l'Allemagne hitlérienne à la chute de ses avant-postes bohémiens. Elle avait obéi à son père, le Ritter vom Acht, qui les avait scellées, elle et ses sœurs, dans des missiles conçus comme transports de personnel et de ravitaillement pour la Première Base Lunaire de l'Allemagne Nationale-Socialiste.

Lui et son frère médecin, le professeur docteur Joachim vom Acht, avaient soigneusement bouclé sur elles les harnais des missiles.

Leur oncle le docteur leur avait fait des piqûres.

Karla s'était envolée la première, puis Juli, puis Carlotta.

Puis Pardubice, forteresse entourée de barbelés, et le ronron monotone des camions de la Wehrmacht essayant d'échapper aux attaques aériennes de l'aviation rouge et des bombardiers américains, avaient disparu du jour au lendemain, et cette mystérieuse « forêt au milieu du néant » avait surgi dès la nuit suivante.

Carlotta était complètement hébétée.

Elle trouva un endroit confortable au bord du ruisseau, couvert d'un épais tapis de feuilles mortes. Sans se soucier des dangers possibles, elle dormit.

Elle n'avait pas dormi plus de quelques minutes quand les buissons de nouveau s'écartèrent.

Cette fois, c'était un ours. Debout à la lisière de l'obscurité, l'ours regarda la vallée et le ruisseau au clair de lune. Il n'entendait aucun bruit venant des Idiots, aucun sifflement de manshonyagger, ainsi que lui et les siens appelaient les machines chasseresses. Quand il fut sûr qu'aucun danger ne menaçait, il leva une patte et la plongea délicatement dans un sac en cuir suspendu à son cou par une lanière. Il en sortit doucement une paire de lunettes qu'il posa lentement et soigneusement devant ses vieux yeux fatigués.

Puis il s'assit près de la jeune fille et attendit son réveil.

Elle dormit jusqu'à l'aube.

Le soleil et les chants d'oiseaux la réveillèrent.

(*Ou peut-être fut-ce l'esprit de Laird, sondant à distance, et qui apprit par son sens télépathique qu'une femme avait magiquement et mystérieusement émergé de la fusée archaïque, et qu'il y avait là un être humain différent de toutes les autres espèces humaines, reposant au bord d'un ruisseau, dans un endroit qui s'était appelé autrefois le Maryland ?*)

Carlotta s'éveilla, mais elle était malade.

Elle avait la fièvre.

Son dos lui faisait mal.

Ses paupières étaient presque scellées d'écume. Le monde avait eu tout le temps de produire de nouvelles substances allergéniques depuis son passage sur la Terre. Quatre civilisations étaient nées et avaient disparu. Elles et leurs armes avaient laissé derrière elles des résidus propres à enflammer les organes.

Sa peau la démangeait.

Elle avait mal au cœur.

Son bras était engourdi et couvert d'une substance noire et poisseuse. Elle ne savait pas que c'était le baume utilisé la veille par l'Idiot.

Ses vêtements étaient secs et semblaient tomber en haillons.

Elle se sentait si mal qu'en voyant l'ours elle n'eut même pas la force de courir.

Elle referma les yeux, tout simplement.

Etendue, les yeux clos, elle se redemanda où elle était.

L'ours dit en un allemand parfait :

« Vous vous trouvez à la limite de la Zone de Non-Identité. Vous avez été secourue par un Idiot. Vous avez très mystérieusement stoppé un Menschenjäger. Pour la première fois de ma vie, il m'est donné de sonder un esprit allemand, et de voir que le mot manshonyagger est en réalité Menschenjäger, c'est-à-dire chasseur d'hommes. Permettez-moi de me présenter. Je suis l'Ours Moyen qui vit dans ces bois. »

La voix non seulement parlait allemand, mais parlait exactement l'allemand qu'il fallait. C'était l'allemand que Carlotta avait entendu toute sa vie dans la bouche de son père. C'était une voix masculine, assurée, sérieuse, rassurante. Les yeux clos, elle réalisa que c'était un ours qui parlait. Puis elle se souvint que l'ours portait des lunettes et sursauta.

Elle dit en s'asseyant :

« Qu'est-ce que vous voulez ?

— Rien », dit l'ours, d'une voix douce.

Ils se considérèrent un moment.

Puis Carlotta dit :

« Qui êtes-vous ? Où avez-vous appris l'allemand ? Que vais-je devenir ?

— La Fräulein désire-t-elle que je réponde aux questions dans l'ordre ? » demanda l'ours.

« Ne soyez pas stupide », dit Carlotta. « L'ordre importe peu. D'ailleurs, j'ai faim. Vous avez quelque chose à manger ? »

L'ours répondit avec douceur :

« Cela ne vous plairait pas de chasser des insectes. J'ai appris l'allemand en lisant dans votre esprit. Les Ours de ma sorte sont les amis des Hommes Véritables, et nous sommes bons télépathes. Les Idiots ont peur de nous, mais nous avons peur des manshonyaggers. D'ailleurs, vous n'avez pas à vous inquiéter, car votre mari va bientôt paraître. »

Carlotta se dirigeait alors vers le ruisseau pour boire. Ces derniers mots la figèrent sur place.

« Mon mari ? » s'écria-t-elle.

« C'est tellement probable que c'est certain. Un Homme Véritable du nom de Laird vous a fait atterrir. Il sait déjà ce que vous pensez, et je perçois son plaisir à découvrir un être humain sauvage et étrange, mais pas vraiment sauvage et pas vraiment étrange. En ce moment même, il pense que vous avez peut-être franchi les siècles pour rapporter à l'humanité le don de la vitalité. Il pense que vous aurez ensemble des enfants merveilleux. Maintenant il me dit de ne pas vous dire ce que je crois qu'il pense, de peur que vous ne vous enfuyiez. »

L'ours gloussa.

Carlotta se leva, bouche bée.

« Vous pouvez vous asseoir dans mon fauteuil », dit l'Ours de Taille Moyenne, « ou vous pouvez attendre ici la venue de Laird. Dans l'un et l'autre cas, votre avenir est assuré. Votre nausée disparaîtra. Vos maux guériront. Vous retrouverez le bonheur. Je le sais, parce que je suis l'un des ours les plus sages qui existent ».

Carlotta était furieuse, troublée, effrayée, et, de nouveau, malade. Elle se mit à courir.

Quelque chose comme un coup la frappa.

Elle sut sans qu'on le lui dise que c'était l'esprit de l'ours qui s'était projeté pour enfermer le sien.

Il frappa — boum — et ce fut tout.

Jusque-là, elle n'avait jamais pensé au confort que pouvait procurer l'esprit d'un ours. C'était comme d'être couchée dans un grand grand lit, avec maman qui s'occupait d'elle quand elle était petite, heureuse d'être choyée et certaine de guérir.

La colère s'écoula d'elle. La peur la quitta. La nausée s'atténua. La matinée semblait très belle.

Elle se sentait elle-même très belle en se retournant...

Du ciel bleu, en une chute rapide mais gracieuse, descendait la silhouette dorée d'un jeune homme. Une pensée heureuse pulsa dans son esprit. *C'est Laird, mon bien-aimé. Il vient. Il vient. Je vivrai heureuse avec lui à jamais.*

C'était bien Laird.

Et c'était bien elle.

LA REINE DE L'APRÈS-MIDI

LORSQU'ELLE commença à s'éveiller, elle désira par-dessus tout sa famille. Elle les appela : « Mutti, Vati, Carlotta, Carla ! Où êtes-vous ? » Mais naturellement elle cria en allemand car elle était une authentique jeune Prussienne. Puis elle se souvint.

Combien de temps s'était écoulé depuis que son père les avait enfermées, elle et ses deux sœurs, dans les capsules spatiales ? Même son père, le Ritter vom Acht, et son oncle, le professeur docteur Joachim vom Acht — qui leur avait fait les piqûres à Pardubice, Allemagne, le 2 avril 1945 — ne pouvaient pas imaginer que les jeunes filles resteraient en animation suspendue pendant des milliers d'années.

Et c'est pourtant ce qui s'était passé.

Le soleil de l'après-midi colorait d'orange et d'or les ombres somptueuses des Arbres Combattants. Charls regarda les arbres, sachant que, lorsque le soleil passerait de l'orange au rouge et que le crépuscule obscurcirait l'horizon occidental, ils seraient de nouveau consumés d'un feu intérieur.

Charls ne savait pas quand on avait planté les arbres — les Arbres Combattants, ainsi que les nommaient les Hommes Véritables — dans le but exprès de plonger leurs immenses racines dans la terre, à la recherche des éléments radioactifs contenus dans le sol et dans les eaux souterraines, concentrant les impuretés dans leurs gousses, puis laissant tomber leurs gousses, jusqu'au jour où les eaux tombant du ciel et celles des nappes souterraines seraient de nouveau pures.

Charls ne savait qu'une chose. Toucher l'un de ces arbres, et le toucher directement, signifiait une mort certaine.

Il désirait ardemment briser une branche, mais il n'osait pas. Non seulement c'était *tambu,* mais encore il redoutait la maladie. Son peuple avait beaucoup progressé au cours des dernières générations, tellement qu'il y avait des jours où il ne craignait pas de rencontrer des Hommes Véritables et de discuter avec eux. Mais la maladie ne se discutait pas.

A la pensée des Hommes Véritables, sa gorge se serra, inexplicablement. Il se sentit sentimental, tendre, craintif ; la nostalgie qui l'étreignait ressemblait à l'amour, et pourtant, il savait que ce ne pouvait pas être de l'amour, car il n'avait jamais vu un Homme Véritable, sauf de loin.

Pourquoi, se demanda Charls, pensait-il tant aux Hommes Véritables ? Peut-être y en avait-il un dans les parages ?

Il regarda le soleil couchant, maintenant assez rouge pour ne plus être dangereux. Quelque chose dans l'air le mettait mal à l'aise. Il appela sa sœur. « Oda ! Oda ! »

Elle ne répondit pas.

De nouveau, il cria :

« Oda ! Oda ! »

Cette fois, il l'entendit venir, traversant imprudemment les sous-bois. Il espéra qu'elle penserait à éviter les Arbres Combattants. Parfois, Oda était trop impatiente.

Soudain, elle se dressa devant lui.

« Tu m'as appelée, Charls ? Tu m'as appelée ? Tu as trouvé quelque chose ? Devons-nous nous rendre ensemble quelque part ? Que veux-tu ? Où sont maman et papa ? »

Charls ne put s'empêcher de rire. Oda était toujours comme ça.

« Une question à la fois, petite sœur. N'as-tu pas peur de mourir de la mort brûlante en traversant les arbres comme ça ? Je sais que tu ne veux pas croire au *tambu,* mais la maladie est bien réelle.

— Non, elle ne l'est pas. »

Elle secoua la tête.

« Peut-être l'était-elle autrefois... Autrefois, sans doute », dit-elle, conciliante. « Mais connais-tu, personnellement, quelqu'un qui en soit mort au cours des mille dernières années ?

— Bien sûr que non, petite sotte. Je ne vis pas depuis mille ans. »

Oda retrouva toute son impatience.

« Tu sais très bien ce que je veux dire. D'ailleurs, j'ai décidé que toutes ces histoires n'étaient que sottises. Nous avons tous frôlé les arbres par hasard. Alors, un jour, j'ai *mangé* une gousse. Et il ne s'est rien passé. »

Il en fut atterré.

« Tu as *mangé* une gousse ?

— C'est bien ce que j'ai dit. Et il ne s'est rien passé.

— Oda, tu finiras par aller trop loin, un jour. »

Elle lui sourit.

« Et maintenant, je suppose que tu vas me dire que le lit des océans n'a pas toujours été couvert de prairies. »

Il répondit avec indignation :

« Non, bien sûr, je ne suis pas si bête. Je sais qu'on a mis l'herbe dans les océans pour la même raison qu'on a planté les Arbres Combattants — pour absorber tous les poisons qu'ont laissés les Anciens au temps des Anciennes Guerres. »

Ils auraient peut-être longtemps continué à se chamailler, mais à cet instant ses oreilles perçurent un bruit insolite. Il connaissait le bruit que faisaient les Hommes Véritables pendant leurs courses mystérieuses dans le ciel. Il connaissait le bourdonnement menaçant qu'émettaient les Cités lorsqu'il s'en approchait de trop près. Il connaissait aussi les cliquetis que faisaient les quelques manshonyaggers survivants en traversant les Terres Sauvages, à la recherche de quelque non-Allemand à tuer. Pauvres machines aveugles, elles étaient si faciles à duper.

Mais ce bruit était différent. Il n'en avait jamais entendu de semblable.

Le sifflement pulsant monta vers l'aigu, lui déchirant les oreilles. Il semblait évoluer cycliquement, s'éloignant et se rapprochant tour à tour, mais de plus en plus proche malgré tout. Charls en fut terrorisé, sentant une menace inexplicable.

Oda, elle aussi, avait entendu. Leur querelle oubliée, elle lui saisit le bras.

« Qu'est-ce que c'est, Charls ? Qu'est-ce que ça peut bien être ? »

Il répondit, d'une voix hésitante et pleine d'interrogations :

« Je ne sais pas.

— Les Hommes Véritables font-ils quelque chose, quelque chose que nous ignorons ? Veulent-ils nous nuire ou nous réduire en esclavage ? Veulent-ils nous attraper ? Avons-nous envie d'être attrapés ? Charls, dis-moi, avons-nous envie d'être attrapés ? Se peut-il que ce soient des Hommes Véritables qui arrivent ? J'ai l'impression de sentir l'odeur des Hommes Véritables. Ils sont déjà venus, une fois, ils ont attrapé certains d'entre nous, les ont emmenés et leur ont fait des choses étranges qui les ont fait ressembler à des Hommes Véritables. Se pourrait-il que les Hommes Véritables soient de retour ? »

Malgré sa peur, Charls s'irrita des paroles d'Oda. Elle parlait trop.

Le bruit persista et s'intensifia. Charls sentit qu'il était directement au-dessus de sa tête, mais il ne voyait rien.

« Charls, je crois que je vois ce que c'est », dit Oda. « Tu vois, Charls ? »

Soudain, lui aussi vit le cercle — vague blancheur, masse vaporeuse qui augmentait de taille et de volume. En même temps, le bruit augmentait, jusqu'à une intensité à lui déchirer les tympans. C'était quelque chose d'encore jamais vu dans son monde...

Une idée le frappa. Aussi violente qu'un coup de poing, elle sapa son courage et sa virilité comme rien n'était parvenu à le faire à ce jour ; il ne se sentait plus ni jeune ni fort. Il arrivait à peine à formuler ses paroles.

« Oda, c'est peut-être...

— Peut-être quoi ?

— Peut-être une de ces vieilles, vieilles armes de l'Ancien Passé ? Revenue pour nous détruire tous, comme nous l'ont toujours prédit les légendes ? Les gens ont toujours dit qu'elles reviendraient... »

Sa voix mourut.

Quel que fût le danger, il se savait impuissant, impuissant à se protéger, impuissant à protéger Oda.

Contre les anciennes armes, il n'y avait pas de défense. L'endroit où ils se trouvaient était aussi sûr qu'un autre et pas plus sûr qu'un autre. Les gens devaient continuer à vivre sous la menace d'armes très, très antiques. C'était la première fois qu'il se voyait personnellement confronté à cette menace, mais il en avait entendu parler. Il prit la main d'Oda.

Oda, singulièrement courageuse maintenant que tout danger réel était écarté, le tira loin de la rive, loin du *cenote*. Il se demanda distraitement pourquoi elle semblait vouloir l'éloigner de l'eau. Elle le tira par le bras et il s'assit à côté d'elle.

Il savait déjà qu'il était trop tard pour aller chercher leurs parents ou d'autres membres de leur horde. Parfois, il fallait la journée entière pour réunir toute la famille — la *chose* descendait implacablement, et Charls, vidé de toute énergie, cessa même de parler. Il kosa télépathiquement : *Attendons ici sans bouger,* et elle lui serra la main, kosant à son tour : *Oui, mon frère.*

La longue boîte dans le cercle lumineux continua à descendre, inexorable.

C'était étrange. Charls sentait une présence humaine, mais l'esprit était curieusement proche du sien. Il sentit une qualité d'esprit qu'il ignorait. Il avait lu dans l'esprit des Hommes Véritables aux moments où ils volaient au-dessus de lui ; il lisait dans l'esprit des gens de son peuple ; il savait distinguer les pensées de la plupart des oiseaux et des animaux ; et c'était très facile de détecter l'avidité électronique élémentaire de l'esprit mécanique d'un manshonyagger.

Mais cet être-là avait un esprit brut, élémentaire, chaud. Et fermé.

Maintenant, la boîte était toute proche. Allait-elle s'écraser dans cette vallée ou dans la suivante ? De l'intérieur, lui parvenaient des hurlements stridents. Charls avait mal aux oreilles, la chaleur et le bruit lui irritaient les yeux. Oda serrait sa main très fort.

L'objet s'écrasa sur le sol.

Il déchira le flanc de la colline juste à l'endroit du *cenote*. Si Oda ne s'en était pas instinctivement éloignée, la boîte leur serait tombée dessus, réalisa Charls.

Charls et Oda se levèrent lentement.

D'une façon ou d'une autre, la boîte devait avoir décéléré : elle était chaude, mais pas au point d'enflammer les arbres environnants. De la fumée s'élevait des feuilles écrasées.

Le bruit avait disparu.

Charls et Oda s'approchèrent de l'objet à dix longueurs d'homme. Charls formula clairement sa pensée et la dirigea sur la boîte.

Qui êtes-vous ?

Manifestement, l'occupant de la boîte n'inteindit pas télépathiquement son message. Il lança vers eux une pensée affolée, à l'intention de tous les êtres vivants en général.

« Imbéciles, imbéciles, aidez-moi ! Sortez-moi de là ! »

Oda inteindit la pensée, de même que Charls. Elle intervint mentalement, et Charls s'étonna de la clarté et de la force de sa question. Simple, mais forte et dure. Elle pensa une idée :

Comment ?

De la boîte sortit de nouveau le bredouillement affolé et impérieux :

Les poignées. Les poignées extérieures. Prenez les poignées et faites-moi sortir.

Charls et Oda se regardèrent. Charls n'était pas sûr d'avoir envie de « faire sortir » cette créature. Puis il réfléchit. Peut-être la sensation déplaisante irradiant de la boîte était-elle simplement la conséquence de l'emprisonnement ? Il savait qu'il aurait lui-même détesté être enfermé comme ça.

Se risquant sur les feuilles écrasées, Charls et Oda, ensemble, avancèrent bravement vers la boîte. Elle était noire et vieille ; elle ressemblait à quelque chose que les aînés nommaient « fer » — et ne touchaient jamais. Ils virent les poignées, corrodées et calcinées.

Avec un sourire imperceptible, Charls hocha la tête à l'intention de sa sœur. Chacun prit une poignée et souleva.

Les flancs de la boîte crépitèrent. Le fer était chaud, mais pas brûlant. Dans un grincement rouillé, l'antique porte s'ouvrit.

Ils regardèrent dans la boîte.

Et virent une jeune fille étendue.

Elle n'avait pas de fourrure, seulement de longs poils sur la tête.

A la place de la fourrure, elle avait sur le corps d'étranges objets mous qui se désintégrèrent quand elle s'assit.

D'abord, elle eut l'air effrayé ; puis, considérant Charls et Oda, elle se mit à rire. Ils inteindirent sa pensée, claire et plutôt cruelle : *Je suppose que je n'ai pas à me soucier de pudeur devant des chiots.*

Cette pensée ne sembla pas troubler Oda, mais Charls en fut blessé. La jeune fille prononça des mots avec sa bouche, mais ils ne les comprirent pas. Ils la prirent chacun par un coude et l'aidèrent à descendre jusqu'au sol.

Ils arrivèrent au bord du *cenote* et Oda fit signe à l'étrange fille de s'asseoir. Ce qu'elle fit, prononçant d'autres paroles.

Oda avait d'abord été aussi perplexe que Charls, mais elle se mit à sourire. Ils avaient bien communiqué quand la fille était dans la boîte. Pourquoi pas maintenant ? Le problème, c'est que cette étrange fille ne semblait pas savoir contrôler sa pensée. Tout ce qu'elle pensait s'adressait au monde en général — à la vallée, au soleil couchant, au *cenote*. Elle ne semblait pas réaliser qu'elle hurlait tout haut ses pensées.

Oda dirigea sa question vers la jeune fille :

Qui êtes-vous ?

L'esprit étrange et ardent renvoya immédiatement :

Juli, naturellement.

A ce point, Charls intervint :

Il n'y a pas de « naturellement » qui tienne, kosa-t-il.

Que m'arrive-t-il ?, pensa la fille. *Me voilà en conversation télépathique avec des chiots.*

Gênés, Charls et Oda la regardèrent éclabousser les alentours de ses pensées.

Elle ne sait donc pas refermer son esprit ? kosa Charls. Et pourquoi son esprit semblait-il si fermé quand elle était dans la boîte ?

Des chiots. Où suis-je si me voilà mêlée à un peuple de chiots ? Est-il possible que je sois sur la Terre ? Où ai-je été ? Combien de temps suis-je partie ? Où est l'Allemagne ? Où sont Carlotta et Karla ? Où sont papa et maman et l'oncle Joachim ? Un peuple de chiots !

Charls et Oda perçurent la dureté tranchante de cet esprit qui répandait si profusément ses pensées. Avec une sorte de gaieté cruelle chaque fois qu'elle pensait *peuple de chiots*. Ils sentaient que c'était un esprit aussi brillant que le plus brillant des Hommes Véritables — mais différent. Il était dépourvu de cette dévotion à l'espèce et de cette sagesse méfiante qui saturaient les esprits des Hommes Véritables.

Puis Charls se rappela quelque chose. Ses parents lui avaient parlé un jour d'un esprit semblable à celui-là.

Juli continua à déverser ses pensées alentour, comme un feu projette des étincelles, une gerbe d'eau des gouttes. Charls avait peur et ne savait quoi faire ; et Oda commença à se détourner de l'étrange fille.

Puis Charls perçut ce qui se passait. Juli avait peur. Cette expression de *peuple de chiots* servait à dissimuler sa peur. Elle ne savait pas exactement où elle était.

Il se dit, évitant de projeter ses pensées sur Juli : *Ce n'est pas parce qu'elle a peur que cela lui donne le droit de projeter sur nous des pensées dures.*

Peut-être son attitude trahit-elle sa pensée ; Juli sembla la comprendre.

Soudain, elle se remit à émettre un flot de paroles, de paroles qu'ils ne comprenaient pas. Elle semblait mendier, questionner, supplier, sermonner. Elle semblait demander des personnes et des choses spécifiques. Elle continua à parler, et ils saisirent des noms qu'employaient les Hommes Véritables. Etaient-ce ses parents ? Son amant ? Ses enfants ? Il fallait que ce fût quelqu'un qu'elle eût connu avant d'entrer dans sa boîte hurlante, où elle était restée captive du ciel bleu pendant... pendant combien de temps ?

Brusquement, elle se tut. Son attention s'était déplacée.

Elle montra du doigt les Arbres Combattants.

Le ciel s'était assombri et les arbres commençaient à s'allumer. Le feu intérieur commençait à revenir à la vie, comme il l'avait toujours fait durant toute la vie de Charls et celle de ses ancêtres.

Montrant les arbres, Juli se remit à émettre des mots. Toujours les mêmes. Ça ressemblait à « v-a-s-i-s-s-d-a-s- ».

Charls ne put retenir un mouvement d'irritation. *Pourquoi ne se contente-t-elle pas de penser ?* Curieux, mais ils n'arrivaient pas à lire dans son esprit pendant qu'elle émettait des mots.

De nouveau, bien que Charls n'eût pas dirigé sa pensée sur elle, Juli sembla la comprendre. Elle émit une flamme de pensée, une idée unique qui surgit comme une flammèche de cette petite tête de femelle fatiguée.

Qu'est-ce que ce monde ?

Puis la pensée se déplaça légèrement. *Vati, Vati, où suis-je ? Où es-tu ? Que suis-je devenue ?* Et il y avait en elle quelque chose de triste et désolé.

Oda tendit sa douce main vers la fille. Juli la regarda, et ses pensées dures, effrayantes lui revinrent en partie. Puis la compassion qu'exprimait Oda par son attitude sembla retenir l'attention de Juli, et la relaxation provoqua l'effondrement. La forte et terrible pensée disparut. Juli éclata en sanglots. Elle referma ses longs bras sur Oda. Oda lui tapota le dos et Juli sanglota encore plus fort.

A travers les sanglots une pensée se fit jour, pensée curieuse, amicale, affectueuse, et plus du tout méprisante. *Chers petits chiots, chers petits chiots, aidez-moi, je vous en supplie. On dit que vous êtes nos meilleurs amis... aidez-moi je vous en prie...*

Charls redressa les oreilles. Quelque chose — ou quelqu'un — montait la colline.

Il était clair qu'une pensée aussi forte et aiguë que celle de Juli devait avoir alerté toutes les formes vivantes à des kilomètres à la ronde. Elle avait peut-être même attiré l'attention distante mais toujours dangereuse des Hommes Véritables.

Un instant plus tard, Charls se détendit. Il avait reconnu le pas de ses parents. Il se tourna vers Oda.

« Tu entends ? »

Elle sourit.

« C'est papa et maman. Ils doivent avoir inteindu la pensée forte de cette fille. »

Charls regarda avec fierté ses parents approcher. Fierté parfaitement justifiée. Bil et Kae avaient l'air sensibles et intelligents, et en effet ils l'étaient. De plus, leurs fourrures étaient bien accordées. La robe caramel de Bil s'ornait de taches blanches et noires le long des joues et du nez, et au bout de la queue. Kae était d'un beau brun fauve uniforme, qui faisait ressortir le vert de ses grands yeux.

Vous n'avez rien tous les deux ? kosa Bil en approchant. *Qui est-ce ? On dirait un Homme Véritable. Est-elle amicale ? Vous a-t-elle fait mal ? C'est elle qui avait des pensées si violentes ? Nous les entendions clairement de l'autre côté de la colline.*

Oda se mit à pouffer.

Tu poses autant de questions que moi, Papa.

Charls kosa :

Tout ce que nous savons, c'est qu'une boîte est venue du ciel et qu'elle était dedans. Vous avez entendu ce bruit strident qu'elle a fait pendant la descente, non ?

Kae éclata de rire.

Qui ne l'a pas entendu ?

La boîte est tombée ici, reprit Charls. *Vous voyez l'endroit où elle a heurté la colline.*

L'aire où avait atterri la boîte était sinistre et calcinée. Tout autour, les Arbres Combattants abattus gisaient emmêlés sur le sol.

Bil regarda Juli et secoua la tête.

« Je ne comprends pas qu'elle n'ait pas été tuée après un choc pareil. »

Juli se remit à émettre des mots, puis elle parut enfin comprendre. Parler en son langage ne l'avançait à rien. Elle pensa : *Je vous en prie, chers petits chiots, aidez-moi ; je vous en prie, comprenez-moi.*

Bil, très digne, constata avec consternation que sa queue remuait toute seule. Il réalisa qu'il s'agissait d'une réaction incontrôlable. C'est à la fois avec ressentiment et bonheur qu'il répondit mentalement : *Bien sûr que nous vous comprenons et que nous essaierons de vous aider. Mais, s'il vous plaît, ne projetez pas vos pensées avec tant de force et de désordre. Elles blessent nos esprits lorsqu'elles sont si vives et aiguës.*

Juli essaya d'atténuer l'intensité de sa pensée. Elle supplia : *Emmenez-moi en Allemagne.*

Les quatre Hommes Non-Autorisés — la mère, le père, la fille et le fils — se regardèrent. Ils n'avaient aucune idée de ce que pouvait bien être une Allemagne.

Ce fut Oda qui se tourna vers Juli, de fille à fille, et transmit : *Pensez à une Allemagne pour que nous sachions ce que c'est.*

L'étrange fille émit des images d'une incroyable beauté. Les tableaux succédaient aux tableaux, éblouissant la petite famille de leur magnificence. Ils virent tout l'ancien monde revenir à la vie. Des cités éclatantes se dressaient dans un monde vert. Il n'y avait pas d'Hommes Véritables, distants et languissants ; à leur place, tous les gens qu'ils virent dans l'esprit de Juli ressemblaient à Juli elle-même. Ils étaient pleins de vitalité, parfois violents et cruels ; ils étaient tous grands, droits, et pourvus de longs doigts ; et, naturellement, ils n'avaient pas les queues des Hommes Non-Autorisés. Les enfants étaient d'une beauté dépassant l'entendement.

Le plus étonnant dans ce monde, c'était le nombre des gens qui l'habitaient. Les gens étaient plus nombreux que les oiseaux migrateurs, plus serrés que les saumons à l'époque du frai.

Charls se considérait comme un jeune homme qui a beaucoup voyagé. Il avait rencontré au moins quatre douzaines de personnes dans sa vie en plus de sa famille, il avait vu des centaines de fois des Hommes Véritables dans le ciel au-dessus de lui. Il avait souvent observé l'éclat intolérable des Cités, il en avait fait le tour plus d'une fois, sans jamais oublier de vérifier qu'il n'y avait pour lui aucun moyen d'y pénétrer. Il aimait sa vallée. Dans quelques années, il serait assez grand pour aller visiter les vallées voisines et prendre femme...

Mais cette vision venue du cerveau de Juli... il n'imaginait pas comment tant de gens pouvaient vivre ensemble. Comment pouvaient-ils tous se saluer le matin ? Comment pouvaient-ils tomber d'accord sur quoi que ce fût ? Comment pouvaient-ils se taire tous ensemble pour prendre conscience de la présence des autres, des besoins des autres ?

Survint une image particulièrement forte et vive. De petites boîtes à roues transportaient des gens à des vitesses insensées sur des routes lisses, lisses.

« Alors, c'est à ça que servaient les *routes* », se dit-il, stupéfait.

Parmi les gens, il vit beaucoup de chiens. Ils ne ressemblaient en rien aux créatures du monde de Charls. Ce n'étaient pas les longs animaux semblables à des otaries que les Hommes Non-Autorisés méprisaient comme des frères inférieurs ; mais ils n'étaient pas non plus comme les Hommes Non-Autorisés eux-mêmes, et certainement pas comme ces animaux modifiés qui, par leur apparence, étaient presque impossibles à distinguer des Hommes Véritables. Non, ces chiens du monde de Juli étaient des créatures bondissantes et joyeuses, dégagées de toutes responsabilités. Ils semblaient entretenir des rapports affectueux avec les gens. Ils partageaient joies et douleurs.

Juli avait fermé les yeux pour leur transmettre des images de l'Allemagne. Intensément concentrée, elle projetait maintenant dans ces tableaux de beauté et de bonheur des choses très différentes — choses volantes et effrayantes qui lâchaient du feu ; éclairs et bruits ; visage déplaisant, visage hurlant avec une bande de fourrure noire au-dessus de la bouche ; flammes dans la nuit ; tonnerre de machines de mort. Au milieu de ce chaos, ils perçurent l'image de Juli et de deux autres filles qui lui ressemblaient ; elles avançaient avec un homme, leur père de toute évidence, vers trois boîtes en fer comme celle dans laquelle Juli avait atterri. Puis tout retomba dans le noir.

C'était ça, l'Allemagne.

Juli s'effondra sur le sol.

Doucement, tous les quatre sondèrent son esprit. Pour eux, il était comme un diamant, clair et transparent comme un lac de forêt qu'éclaire le soleil, mais la lumière qu'il leur renvoyait n'était pas un simple reflet. C'était riche, éblouissant et merveilleux. Maintenant que l'esprit était au repos, ils plongeaient profondément en lui. Ils virent la faim, la souffrance et la solitude. Ils virent une solitude si grande qu'ils cherchèrent tous le moyen de la soulager. *L'amour,* pensèrent-ils, *c'est l'amour qu'il lui faut, et quelqu'un de sa race.* Mais où trouveraient-ils un Ancien ? Un Homme Véritable saurait-il répondre ?

Bil kosa :

Il n'y a qu'une chose à faire. Emmenons-la chez le Vieil Ours Sage. Il peut communiquer avec les Hommes Véritables.

Oda s'écria :

« Mais elle n'a rien fait de mal ! »

Son père la considéra.

« Ma chérie, nous ne savons pas qui elle est. C'est une Ancienne revenue dans ce monde après un long sommeil dans l'espace. Son monde a disparu depuis des milliers d'années ; je crois qu'elle commence à le réaliser, et que c'est pour ça qu'elle s'est évanouie. Il nous faut de l'aide. Nous avons peut-être été des chiens autrefois, et c'est ce qu'elle croit que nous sommes. Que cela ne nous trouble pas. Mais elle a besoin d'une maison, et la seule maison non-autorisée que je connaisse appartient au Vieil Ours Sage. »

Charls regarda ses parents, troublé.

« Qu'est-ce que cette histoire de chiens ? Est-ce pour cela que nous nous sentons si désemparés en présence des Hommes Véritables ? Elle aussi me déconcerte. Croyez-vous que j'aie vraiment envie de lui appartenir ? »

Pas vraiment, kosa son père. *C'est le reste d'un sentiment qui a traversé les siècles. Maintenant, nous vivons notre vie. Mais cette fille nous pose un problème trop grand pour nous. Emmenons-la chez l'Ours. Au moins, il a une maison.*

Juli était toujours sans connaissance, et pour eux, elle était très grande et lourde. La prenant chacun par un membre, ils parvinrent quand même à la transporter. En un dixième de nuit, ils atteignirent la demeure du Vieil Ours Sage. Heureusement, ils n'avaient pas rencontré de manshonyaggers dans la forêt, ni aucun autre danger.

Devant la maison du Vieil Ours Sage, ils posèrent doucement la fille sur le sol.

Bil cria :

« Ours, Ours, sortez, sortez !

— Qui est là ? » tonitrua une voix venant de l'intérieur.

« Bil et sa famille. Nous avons un Ancien avec nous. Sortez. Nous avons besoin de votre aide. »

La porte s'ouvrit, laissant passer une lumière aveuglante, qui redevint supportable quand l'énorme masse de l'Ours vint se planter sur le seuil.

Il tira ses lunettes d'un étui attaché à sa ceinture, les chaussa et considéra Juli, étrécissant les yeux.

« Dieu soit loué », dit-il. « Encore une. Où diable avez-vous déniché une Ancienne ? »

Heureux et fier, Charls prit la parole.

« Elle est descendue du ciel dans une boîte hurlante. »

L'Ours hocha la tête d'un air entendu.

Puis, Bil remarqua :

« Vous avez dit “ encore une ”. Qu'est-ce que vous vouliez dire ? »

L'Ours grimaça.

« Ne pensez plus à ce que j'ai dit. Un instant, j'ai oublié que vous n'êtes pas des Hommes Véritables. N'y pensez plus, s'il vous plaît.

— Voulez-vous dire qu'il y a des choses que les Hommes Non-Autorisés ne sont pas censés savoir ? » dit Bil.

L'Ours hocha la tête, embarrassé.

Compréhensif, Bil ajouta :

« Eh bien, si vous pouvez nous le dire un jour, j'espère que vous nous le direz.

— Naturellement », répliqua l'Ours. « Et maintenant, je ferais bien d'appeler ma gouvernante pour s'occuper d'elle. Herkie. Herkie, viens ici. »

Une blonde apparut, le regard anxieux. Ses yeux bleus avaient manifestement quelque chose de défectueux, mais à ce détail près, elle semblait fonctionner normalement.

Bil eut un mouvement de recul.

« C'est une Personne Expérimentale », dit-il. « C'est un chat ! »

L'Ours resta impassible.

« C'est exact, mais comme vous voyez, ses yeux sont imparfaits. C'est pourquoi on lui a permis d'être ma gouvernante, et pourquoi son nom n'est pas précédé d'un " C ". »

Bil comprit. Les Hommes Véritables essayaient de créer une race de sous-êtres ; les exemplaires défectueux étaient souvent détruits, mais, de temps en temps, on en gardait quelques-uns s'ils semblaient capables de remplir certaines fonctions nécessaires. L'Ours avait des relations parmi les Hommes Véritables. Comme il avait besoin d'une gouvernante, un animal modifié imparfait représentait la solution idéale.

Herkie se pencha sur la forme immobile de Juli. Perplexe, elle scruta son visage. Puis elle regarda l'Ours.

« Je ne comprends pas », dit-elle. « Je ne vois pas comment c'est possible.

— Plus tard », dit l'Ours. « Quand nous serons seuls. »

Herkie étrécit les yeux pour percer l'obscurité et perçut la famille chien.

« Oh, je comprends », dit-elle.

Bil et Charls furent gênés. Oda et Kae ne semblèrent pas remarquer l'affront.

Bil fit au revoir de la main.

« Eh bien, au revoir. J'espère que vous prendrez bien soin d'elle.

— Merci de l'avoir amenée », dit l'Ours. « Les Hommes Véritables vous décerneront sans doute une récompense. »

Bil sentit que sa queue remuait malgré lui.

« Est-ce que nous la reverrons ? » demanda Oda. « Croyez-vous que nous la reverrons ? Je l'aime, je l'aime...

— Peut-être », répondit son père. « Elle saura qui l'a sauvée, et je crois qu'elle demandera à nous voir. »

Juli s'éveilla lentement. *Où suis-je ? Quel est ce lieu ?* Sa mémoire lui revint partiellement. *Les chiots. Où sont-ils ?* Elle eut conscience d'une présence à son chevet. Elle rencontra des yeux bleus embrumés qui l'observaient avec angoisse.

« Je m'appelle Herkie », dit la femme. « Je suis la gouvernante de l'Ours. »

Juli eut l'impression de s'être réveillée dans un asile de fous. D'abord, les chiots, et maintenant un *ours* ? Et sans doute que la blonde aux yeux abîmés n'était pas une humaine ?

Herkie lui tapota la main.

« Vous êtes troublée, c'est normal », dit-elle.

Juli fut stupéfaite.

« Vous *parlez* ! Vous parlez et je vous comprends. Vous parlez allemand. Vous ne vous contentez pas de communiquer télépathiquement.

— Bien sûr », dit Herkie. « Je parle le doych authentique. C'est l'une des langues préférées de l'Ours.

— L'une des... » murmura Juli. « C'est tellement troublant, tout ça. »

De nouveau, Herkie lui tapota la main.

« Bien sûr que c'est troublant. »

Allongée sur le dos, Juli contemplait le plafond.

Je dois être dans un autre monde.

Non, kosa Herkie, dirigeant sa pensée sur elle, *mais vous avez été absente très longtemps.*

L'Ours entra dans la chambre.

« Ça va mieux ? » demanda-t-il.

Juli se contenta de hocher la tête.

« Demain matin, nous déciderons de ce qu'il convient de faire », reprit-il. « J'ai quelques relations parmi les Hommes Véritables, et je crois que le mieux serait de vous amener au Vomact. »

Juli s'assit, comme électrisée.

« Que voulez-vous dire par le “ Vomacht ” ? C'est mon nom, vom Acht !

— C'est bien ce que je pensais », dit l'Ours.

Herkie, qui la regardait, hocha la tête d'un air entendu.

« J'en étais sûre », dit-elle. « Maintenant, vous avez besoin d'une bonne soupe et d'un bon repos. Tout s'arrangera de soi-même au matin. »

La fatigue des ans pénétrait Juli jusqu'aux moelles. *J'ai vraiment besoin de repos,* pensa-t-elle. *J'ai besoin de mettre de l'ordre dans mes idées.* Si vite qu'elle n'eut pas même le temps de s'en étonner, elle s'endormit.

Herkie et l'Ours observèrent son visage. *La ressemblance est remarquable,* kosa l'Ours.

Herkie acquiesça de la tête.

— C'est le différentiel temps qui m'inquiète. Crois-tu que cela aura de l'importance ?

— Je ne sais pas, répondit Herkie. Comme je ne suis pas humaine, j'ignore ce qui tourmente les humains.

Elle se leva et se redressa de toute sa taille. *Je sais !* kosa-t-elle. *Je sais ! Elle doit avoir été envoyée pour nous aider dans notre rébellion !*

« Non », dit l'Ours. « Elle a passé trop de siècles dans le Temps pour que son arrivée soit intentionnelle. Il est vrai qu'elle nous aidera peut-être, qu'elle pourrait très bien nous aider, mais je crois que son arrivée en ce moment et en ce lieu est fortuite plutôt que prévue.

— Parfois, j'ai l'impression de comprendre un esprit humain particulier », dit Herkie, « mais je suis sûre que vous avez raison. Il me tarde qu'elles se rencontrent !

— Oui », dit-il, « mais j'ai bien peur que ce ne soit traumatisant. En plus d'un sens. »

Juli s'éveilla après un profond sommeil sous l'œil attentif de Herkie.

Julie s'étira, et son esprit toujours incontrôlé demanda : *Vous êtes vraiment un chat ?*

Oui, répondit télépathiquement Herkie. *Mais il vous faudra discipliner votre esprit. Tout le monde peut lire vos pensées.*

Désolée, pensa Juli, *mais je n'ai pas l'habitude de la télépathie.*

« Je sais », répondit Herkie, revenant à l'allemand.

« Je ne comprends toujours pas comment vous savez l'allemand », dit Juli.

« C'est une longue histoire. Je l'ai appris de l'Ours. Je crois qu'il vaudrait peut-être mieux que vous lui demandiez comment il l'a appris, lui.

— Une minute. Je commence à me rappeler ce qui s'est passé avant que je m'endorme. L'Ours a mentionné mon nom, mon nom de famille, vom Acht. »

Herkie préféra parler d'autre chose.

« Nous vous avons confectionné des vêtements. Nous avons essayé de copier le style de ceux que vous portiez, mais ils tombaient en pièces et nous ne sommes pas sûrs d'avoir réussi. »

Elle semblait si désireuse de plaire que Juli la rassura immédiatement. *S'ils sont à ma taille, je suis certaine qu'ils me plairont.*

Oh, ils sont à votre taille, kosa Herkie. *Nous avons pris vos mesures. Maintenant, après votre bain et votre repas, vous vous habillerez, puis, l'Ours et moi, nous vous conduirons à la Cité. Les sous-êtres comme moi n'ont généralement pas le droit d'entrer dans la Cité, mais je crois qu'on fera une exception pour cette fois.*

Il y avait quelque chose de sage et d'affectueux dans le visage aux yeux bleus embrumés. Juli sentit que Herkie était son amie. *Je le suis,* kosa Herkie, et Juli prit conscience, une fois de plus, de la nécessité de contrôler ses pensées, ou du moins d'apprendre à les émettre à bon escient.

Vous apprendrez, transmit Herkie. *Il faut un peu de pratique, c'est tout.*

Ils allèrent à pied à la Cité, l'Ours en tête, Juli derrière lui, Herkie fermant la marche. Ils rencontrèrent deux manshonyaggers en chemin, mais l'Ours leur parla de loin en doych authentique, alors ils se détournèrent et disparurent.

Juli en fut fascinée.

« Qui est-ce ? » demanda-t-elle.

« Leur vrai nom est “ Menschenjäger ”, et ils furent inventés pour tuer les gens dont les idées n'étaient pas en accord avec celles du Sixième Reich Allemand. Mais il en reste très peu de fonctionnels, et nous sommes si nombreux à avoir appris le doych depuis... depuis...

— Depuis ?

— Depuis un événement que vous apprendrez dans la Cité. Maintenant, avançons. »

Ils approchaient du mur de la Cité, et Juli prit conscience d'un bourdonnement et d'une force puissante qui les repoussait. Elle eut la chair de poule et sentit une légère décharge électrique. De toute évidence, un champ de force entourait la ville.

« Qu'est-ce que c'est ? » s'écria-t-elle.

« Juste une charge statique pour tenir les Sauvages à l'écart, dit l'Ours, rassurant. Ne vous inquiétez pas. J'ai de quoi le modérer. »

Un petit appareil dans la patte droite, l'Ours poussa un bouton, et immédiatement un couloir s'ouvrit devant eux.

Quand ils atteignirent le mur de la Cité, l'Ours en tâta soigneusement le bord supérieur. Quelques instants plus tard, il s'arrêta et prit une étrange clé suspendue à son cou par un cordon.

Juli ne voyait aucune différence entre cette partie du mur et les autres, mais l'Ours inséra sa clé dans une encoche qu'il avait localisée, et une section de la barrière se souleva. Ils passèrent tous les trois, puis, silencieux, le mur reprit sa position première.

L'Ours se hâtait dans les rues poussiéreuses. Juli vit quelques personnes, mais toutes semblaient lointaines, austères, indifférentes. Elles avaient bien peu de ressemblance avec les solides Prussiens de son enfance.

Ils arrivèrent enfin devant la porte d'un vieil et imposant édifice. Il y avait une inscription à côté de la porte. L'Ours les pressait de franchir l'entrée.

S'il vous plaît, monsieur l'Ours, puis-je m'arrêter pour lire ?

Pas de façons, appelez-moi l'Ours, tout simplement. Eh oui, bien sûr, vous pouvez vous arrêtez. Peut-être même que cela vous aidera à comprendre certaines choses que vous apprendrez aujourd'hui.

L'inscription était en allemand, et rédigée sous forme de poème. Elle semblait avoir été gravée des siècles plus tôt (c'était effectivement le cas, mais Juli ne pouvait pas encore le savoir).

Herkie leva les yeux.

« Oh, le premier...

— Chut », dit l'Ours.

Juli lut le poème des yeux.

> Jeunesse
> S'estompant, s'estompant, partant
> S'écoulant
> Des veines comme le sang de la vie...
> Peu demeure.
> Le visage glorieux
> Effacé
> Remplacé
> Par un visage où se mirent les larmes
> Les années
> Qui s'écoulent.
> Oh, Jeunesse,
> Attarde-toi un moment !
> Souris
> A nous
> Pauvres misérables
> Qui t'adorons...

« Je ne comprends pas », dit Juli.

« Vous comprendrez », dit l'Ours. « Malheureusement, vous comprendrez. »

Un fonctionnaire en robe vert vif bordée d'or s'approcha.

« Voilà longtemps que nous n'avons pas eu l'honneur de votre visite », dit-il respectueusement à l'Ours.

« J'ai été très occupé », répondit l'Ours. « Mais comment va-t-elle ? »

Juli sursauta, réalisant que la conversation n'était pas télépathique, mais parlée en allemand. *Comment tous ces gens savent-ils l'allemand ?* pensa-t-elle étourdiment, sans exercer aucun contrôle sur son esprit.

Chut, l'avertirent mentalement l'Ours et Herkie.

Juli se sentit penaude.

« Désolée », faillit-elle murmurer. « Je ne sais pas comment j'arriverai jamais à apprendre cette méthode. »

Herkie la rassura immédiatement.

C'est une méthode en effet, kosa-t-elle, *mais vous la maniez déjà mieux qu'à votre arrivée. Il faut être prudente, c'est tout. Il ne faut pas lancer vos pensées dans toutes les directions.*

« Ce n'est pas le moment de parler de ça », dit l'Ours.

Puis, se tournant vers le fonctionnaire en uniforme vert, il demanda :

« Est-il possible d'obtenir une audience ? Je crois que c'est important.

— Il vous faudra peut-être attendre un peu », dit le fonctionnaire, « mais je suis sûr qu'elle trouvera toujours le temps pour *vous.* »

Juli eut l'impression que l'Ours se rengorgeait légèrement à ces paroles.

Ils s'assirent pour attendre, et, de temps en temps, Herkie tapotait le bras de Juli, pour la rassurer.

L'attente fut courte. Le fonctionnaire reparut et dit :

« Elle va vous recevoir immédiatement. »

Il les précéda dans un long corridor débouchant dans une grande salle au bout de laquelle un dais abritait un fauteuil.

« Presque un trône », se dit Juli.

Derrière le fauteuil se tenait, debout, un jeune et beau mâle, un Homme Véritable. Dans le fauteuil était assise une femme, vieille, inexprimablement vieille ; ses mains ridées n'étaient plus que des serres, mais quelques vestiges de beauté persistaient dans le visage hagard et fripé.

Juli se sentait de plus en plus désorientée. Elle *connaissait* cette personne, et en même temps elle ne la connaissait pas. Son sens de la réalité, déjà bien ébranlé par les événements du dernier « jour », faillit se désintégrer. Elle saisit la main de Herkie, comme si c'était le seul élément familier dans un monde qu'elle ne pouvait pas comprendre.

La femme prit la parole. D'une voix vieille et faible, mais elle parla en allemand.

« Ainsi, Juli, te voilà. Laird m'avait dit qu'il te ramenait. Je suis si heureuse de te voir et de savoir que tu es saine et sauve. »

Juli eut le vertige. Elle *savait*, elle *savait*, mais elle n'arrivait pas à croire. Trop de choses avaient changé, trop de choses étaient arrivées dans le court laps de temps écoulé depuis son retour à la vie.

Abasourdie, elle murmura, hésitante :

« Carlotta ? »

Sa sœur acquiesça de la tête.

« Oui, Juli, c'est moi. Et voici mon mari, Laird », dit-elle, montrant de la tête le beau jeune homme debout derrière elle. « Il m'a ramenée il y a environ deux cents ans, mais malheureusement, en ma qualité d'Ancienne, je ne peux pas profiter du procédé de rajeunissement mis au point depuis que nous avons quitté la Terre. »

Juli se mit à sangloter.

« Oh, Carlotta, c'est tellement difficile à croire. Et tu es si vieille. Tu n'avais que deux ans de plus que moi.

— Ma chérie, j'ai vécu deux cents ans de félicité. Ils n'ont pas pu me rajeunir, mais ils ont pu au moins prolonger ma vie. Maintenant, ce n'est pas dans un but purement altruiste que j'ai demandé à Laird de te ramener sur Terre. Karla est toujours dans l'espace, mais elle n'avait que seize ans quand elle a été mise en animation suspendue, et nous avons pensé que tu conviendrais mieux à la tâche.

» En fait, nous ne t'avons pas fait une faveur en

te ramenant, parce que, maintenant, toi aussi tu vas commencer à vieillir. Mais rester éternellement en animation suspendue n'est pas une vie non plus.

— Bien sûr que non », dit Juli. « Et d'ailleurs, si j'avais vécu une vie normale, j'aurais vieilli. »

Carlotta se pencha pour l'embrasser.

« Au moins, nous sommes enfin réunies », soupira Juli.

« Ma chérie », dit Carlotta, « c'est merveilleux de t'avoir retrouvée, même pour peu de temps. Tu comprends, je suis mourante. Vient un point où, malgré la technologie, les savants ne peuvent garder un corps en vie. Et nous avons besoin d'aide pour la rébellion.

— La rébellion ?

— Oui. Contre les Jwindz. Ils étaient chinois, et philosophes. Maintenant, ils sont les vrais maîtres de la Terre, et nous — croient-ils —, nous ne sommes que leur Instrumentalité, leur police. Leur pouvoir ne s'exerce pas sur le corps de l'homme, mais sur son *âme*. Ici, c'est un mot presque oublié maintenant. On dit " esprit " à la place. Ils se sont donné le nom de Parfaits, et ont cherché à remodeler l'homme à leur image. Mais ils sont lointains, distants, exsangues.

» Ils ont recruté des personnes de toutes les races, mais l'homme n'a pas bien réagi. Seule une poignée d'entre eux aspire à la perfection esthétique qui est le but des Jwindz. Alors, les Jwindz ont fait appel à leur connaissance des drogues et des opiacés pour transformer les Hommes Véritables en un peuple indifférent, tranquillisé — pour les rendre plus faciles à gouverner, pour contrôler tout ce qu'ils font. Malheureusement, certains de nos descendants — elle montra Laird de la tête — se sont joints à eux.

» Nous avons besoin de toi, Juli. Depuis que je suis revenue de l'ancien monde, Laird et moi avons fait ce que nous pouvions pour libérer les Hommes Véritables de cette forme d'esclavage, car c'est bien un esclavage, ce manque de vitalité, cette vie qui n'a pas de sens. Nous avions un mot pour cela autrefois. Tu te souviens ? Zombie.

— Que veux-tu que je fasse ? »

Pendant toute la conversation entre les deux sœurs, Laird, l'Ours et Herkie avaient gardé le silence.

Maintenant, Laird prit la parole.

« Jusqu'à l'arrivée de Carlotta, nous nous abandonnions, indifférents, au pouvoir des Jwindz. Nous ne savions pas ce que c'était, réellement, que d'être humain. Nous pensions que notre seul but dans la vie était de servir les Jwindz : puisqu'ils étaient parfaits, quelle autre fonction pouvions-nous remplir ? C'était notre devoir de servir leurs besoins — d'entretenir et de garder les Cités, de repousser les Sauvages, d'administrer les drogues. Certains membres de l'Instrumentalité allèrent même jusqu'à capturer des Hommes Non-Autorisés, des Impardonnés, et, en dernier ressort, des Hommes Véritables, pour alimenter leurs laboratoires.

» Mais maintenant, beaucoup d'entre nous ne croient plus en la perfection des Jwindz — ou peut-être en sommes-nous venus à croire en quelque chose de supérieur à la perfection humaine. Nous avions servi des hommes. Nous aurions dû servir l'*humanité*.

» Maintenant, nous pensons que le temps est venu de mettre un terme à cette tyrannie. Carlotta et moi, nous avons quelques alliés parmi nos descendants, parmi certains des Impardonnés, et, comme vous l'avez vu, même parmi les Hommes Non-Autorisés et autres personnes dérivées des animaux. Je crois que nous avons dû conserver des liens depuis l'époque où les êtres humains avaient des “ animaux de compagnie ”. »

Juli regarda autour d'elle, et réalisa que Herkie ronronnait doucement.

« Oui », dit-elle, « je comprends ce que vous voulez dire. »

Laird poursuivit :

« Ce que nous voulons, c'est fonder une *véritable* Instrumentalité — qui ne sera plus une force au service des Jwindz mais au service de l'homme. Nous avons juré que l'homme ne trahirait plus jamais sa propre image. Nous établirons l'Instrumentalité du Genre Humain, bienveillante et non manipulatrice. »

Carlotta hochait lentement la tête. Son visage vieilli manifestait de l'inquiétude.

« Je mourrai dans quelques jours et tu épouseras Laird. Tu seras la nouvelle Vomact. Avec un peu de chance, quand tu seras aussi vieille que je le suis aujourd'hui, tes descendants et certains des miens devraient avoir libéré la Terre du pouvoir des Jwindz. »

De nouveau, Juli se sentit totalement désorientée.

« Je vais épouser ton mari ? »

Laird reprit la parole.

« J'ai tendrement aimé votre sœur pendant plus de deux cents ans. Je vous aimerai aussi, parce que vous lui êtes très semblable. Ne pensez pas que je sois infidèle. Elle et moi en avons longtemps discuté avant que je ne vous ramène. Si elle n'était pas mourante, je continuerais à lui être fidèle. Mais maintenant, nous avons besoin de vous. »

Carlotta renchérit :

« C'est vrai. Il m'a rendue très heureuse, et il te rendra heureuse toi aussi, pendant toutes les années de ta vie. Juli, je n'aurais pas pu te ramener si je n'avais pas eu des projets pour ton avenir. Tu ne pourrais jamais être heureuse avec l'un de ces Hommes Véritables drogués et tranquillisés. Fais-moi confiance, je t'en prie. C'est la seule chose à faire. »

Les yeux de Juli s'emplirent de larmes.

« Te retrouver enfin et te perdre si vite... »

Herkie lui tapota la main, et, levant la tête, Juli vit des larmes dans les yeux bleus embrumés.

Carlotta mourut trois jours plus tard. Elle mourut le sourire aux lèvres, entourée de Laird et de Juli qui lui tenaient les mains. Pressant leurs mains, elle dit en expirant :

« Je vous reverrai. Dans les étoiles. »

Juli sanglota sans pouvoir s'arrêter.

La cérémonie du mariage fut repoussée après le deuil qui dura sept jours. Pour une fois, les portes de la Cité furent ouvertes et le champ d'électricité statique coupé, car même les Jwindz ne pouvaient pas contrôler les sentiments qu'éprouvaient les personnes dérivées d'animaux, les Hommes Non-Autorisés et même certains des Hommes Véritables envers cette femme venue à eux de l'ancien monde.

L'Ours était particulièrement triste.

« C'est moi qui l'avais trouvée, vous savez, après que vous l'aviez ramenée sur Terre », dit-il à Laird.

« Je me souviens. »

C'est donc ça que l'Ours voulait dire par « encore une », se dit Bil.

Charls et Oda, Bil et Kae participaient au deuil. Juli les vit et pensa : *Mes chers chiots*, mais cette fois la pensée était affectueuse et non plus méprisante.

Oda remua la queue. *Je viens d'avoir une idée*, kosa-t-elle à Juli. *Pouvez-vous me rejoindre près du* cenote *dans deux jours ?*

Oui, répondit Juli, très fière, car, pour la première fois, elle était sûre que sa pensée n'avait été reçue que par la personne à qui elle était destinée. Elle sut qu'elle avait réussi quand, regardant Laird, elle comprit qu'il n'avait pas lu sa pensée.

Quand elle rejoignit Oda au *cenote*, Juli ne savait pas ce qu'on attendait d'elle — ni ce qu'elle attendait elle-même.

Il faut diriger votre pensée avec beaucoup de prudence, kosa Oda. *On ne sait jamais à quel moment il y a un Jwindz au-dessus de soi.*

Je crois que je commence à apprendre, kosa Juli. Oda acquiesça de la tête.

Mon idée, c'était de nous servir des Arbres Combattants. Les Hommes Véritables ont toujours peur de la maladie. Mais moi, je sais que la maladie a disparu, vous comprenez. J'en avais tellement assez d'avoir peur chaque fois que je frôlais un arbre, que j'ai décidé de faire une expérience ; alors j'ai mangé une gousse provenant d'un Arbre Combattant — et rien n'est arrivé. Depuis, je n'ai plus jamais eu peur d'eux. Alors, si nous nous réunissions ici, nous les rebelles, dans une futaie d'Arbres Combattants, les chefs des Jwindz ne nous trouveraient jamais. Ils auraient peur de venir nous y pourchasser.

Le visage de Juli s'éclaira. *C'est une très bonne idée. Puis-je consulter Laird ?*

Certainement. Il a toujours été des nôtres. Et votre sœur aussi.

De nouveau, Juli fut accablée de tristesse. *Je me sens si seule.*

Non. Vous avez Laird, et vous nous avez, nous, et l'Ours et sa gouvernante. Et plus tard, il y en aura d'autres. Maintenant, nous devons nous séparer.

Quand Juli rentra de son rendez-vous avec Oda au *cenote,* elle trouva Laird en conférence avec l'Ours et un jeune homme présentant une singulière ressemblance avec Laird — et avec la jeune Carlotta dont Juli avait conservé le souvenir.

Laird lui sourit.

« Voici votre petit-neveu », dit-il, « qui est aussi mon petit-fils. »

Une fois de plus fut ébranlée la perspective qu'avait Juli du temps et de l'âge. Laird ne paraissait pas plus vieux que son petit-fils. *Où est ma place dans tout cela ?* pensa-t-elle, diffusant accidentellement sa pensée à la ronde.

« Je sais que ce doit être très difficile à comprendre pour toi, lui dit Laird en lui prenant la main. Carlotta aussi avait eu quelque difficulté à s'y habituer. Mais essaye, essaye, je t'en prie, ma chérie, parce que nous avons désespérément besoin de toi, et moi, moi particulièrement, je suis déjà dépendant de toi. Sans toi, je ne pourrais supporter la perte de Carlotta. »

Juli se sentit vaguement embarrassée.

« Quel est mon... (elle n'arriva pas à le dire)... quel est son nom ?

— Pardonne-moi. Il s'appelle Joachim, en souvenir de votre oncle. »

Joachim sourit puis la serra dans ses bras.

« Vous comprenez », dit-il, « la raison pour laquelle nous avons besoin de votre aide pour la rébellion, c'est le culte qui avait pris corps autour de votre sœur, ma grand-mère. Quand elle est revenue sur la Terre en qualité d'Ancienne, un culte s'est formé autour d'elle. C'est pourquoi elle a été “ la Vomact ” et pourquoi vous devez l'être aussi. C'est un point de ralliement pour tous ceux d'entre nous qui s'opposent au Pouvoir des Jwindz. Grand-mère Carlotta avait ici un mini-royaume, et même les Jwindz ne pouvaient empêcher les gens de venir lui faire leur cour. Vous devez l'avoir compris pendant les obsèques et le deuil.

— Oui, j'ai vu que toutes sortes de gens lui vouaient une vraie vénération. Si elle s'était prononcée en faveur d'une rébellion, je suis sûre qu'elle devait avoir raison. Carlotta a toujours été l'intégrité même. Et maintenant, il faut que je vous parle du plan que propose Oda. »

Ce qu'elle fit.

« Cela pourrait marcher », dit l'Ours. « Les Hommes Véritables ont toujours soigneusement observé le *tambu* des Arbres Combattants. En fait, je pourrais peut-être même apporter une amélioration à l'idée d'Oda. »

Très excité, il fit tomber ses lunettes. Joachim les ramassa.

« Vous faites toujours ça quand vous êtes excité, Ours », dit-il.

« Je crois que ça veut dire que mon idée est bonne », dit l'Ours. « Ecoutez, pourquoi ne pas nous servir des manshonyaggers ? »

Les autres le regardèrent, stupéfaits, et Laird dit lentement :

« Je crois comprendre où vous voulez en venir. Les manshonyaggers, bien qu'il en reste très peu, ne réagissent qu'à l'allemand et...

— Et les chefs des Jwindz sont chinois, et trop orgueilleux pour avoir appris une autre langue, l'interrompit l'Ours en souriant.

— Oui. Nous établissons donc notre quartier général au milieu des Arbres Combattants, et faisons savoir que la nouvelle Vomact s'y trouve...

— Et nous entourons la futaie de manshonyaggers... »

Ils se coupaient mutuellement la parole à mesure que l'idée prenait forme. Ils étaient tous de plus en plus excités.

« Je crois que ça marchera », dit Laird.

« Je le crois aussi, l'assura Joachim. Je vais rassembler la Bande des Cousins et, quand vous serez établis au milieu des Arbres Combattants, nous ferons un raid au centre de la drogue et nous apporterons tous les tranquillisants à la futaie où nous pourrons les détruire.

— La Bande des Cousins ? » demanda Juli.

« Ceux de nos descendants, à Carlotta et à moi, qui n'ont pas rejoint l'Instrumentalité des Jwindz, lui dit Laird.

— Pourquoi certains d'entre eux les ont-ils rejoints ? »

Laird haussa les épaules.

« La cupidité, la puissance, toutes sortes de raisons trop humaines. Même l'illusion de l'immortalité physique. Nous avons essayé de donner des idéaux à nos enfants, mais la corruption du pouvoir est grande. Tu dois le savoir. »

Se rappelant un visage haineux, hurlant, à la lèvre supérieure ornée d'une moustache noire, un visage venu de son temps et de son pays, Juli acquiesça de la tête.

Herkie et l'Ours, Charls et Oda, Bil et Kae accompagnèrent Juli à la futaie des Arbres Combattants. D'abord, Bil et Kae se montrèrent récalcitrants. Il fallut qu'Oda confesse qu'elle avait mangé une gousse pour qu'ils acceptent d'y aller, et alors, Bil eut une véritable réaction de père.

« Comment as-tu pu prendre ce risque ? » demanda-t-il à Oda.

« Il le fallait », dit Oda.

Il regarda Herkie.

« Si elle l'a fait, elle... »

Herkie se redressa de toute sa taille.

« Je crois que le rapport entre la curiosité et les chats a sans doute été un peu exagéré », dit-elle. « En fait, nous sommes généralement très prudents.

— Je ne voulais pas être irrespectueux », dit vivement Bil, et Herkie remarqua que sa queue tombait entre ses jambes.

« C'est un préjugé commun », dit-elle gentiment, et la queue de Bil se redressa.

Une fois au centre de la futaie, ils étalèrent un pique-nique et s'assemblèrent autour. Juli avait faim. Dans la Cité, on lui avait donné des aliments synthétiques, incontestablement très bons pour la santé et pleins de vitamines, mais peu satisfaisants pour l'appétit et le goût d'une Ancienne Prussienne. Les personnes dérivées d'animaux avaient apporté de la *vraie* nourriture, et Juli mangea avec bonheur.

L'Ours, en particulier, remarqua sa satisfaction.

« Vous voyez », dit-il, « c'est comme ça qu'ils ont fait.

— Fait quoi ? » demanda Juli, la bouche pleine.

« Drogué la majorité des Hommes Véritables. Les Hommes Véritables avaient tellement l'habitude de vivre d'aliments synthétiques que, lorsque les Jwindz y ont introduit des tranquillisants, ils ne s'en sont pas aperçus. J'espère que si la Bande des Cousins réussit à s'emparer des réserves de drogues, les symptômes de manque ne seront pas trop graves. »

Bil leva la tête.

« C'est une question à considérer », dit-il. « Si le sevrage est effectivement très difficile, un certain nombre d'Hommes Véritables seront peut-être tentés de rejoindre les Jwindz pour retrouver de la drogue. »

L'Ours acquiesça de la tête.

« J'y pensais », dit-il.

Laird, Joachim et la Bande des Cousins ne les rejoignirent que plusieurs jours plus tard. Entre-temps, Juli s'était habituée à la pénombre régnant tout le jour sous les branches et les feuilles serrées des Arbres Combattants, et à la douce lumière qu'ils irradiaient la nuit.

Laird parut heureux de la retrouver.

« Tu m'as manqué », dit-il simplement. « Je me suis déjà beaucoup attaché à toi. »

Juli rougit et parla d'autre chose.

« As-tu — ou plutôt, la Bande des Cousins a-t-elle réussi ?

— Oh oui. Sans grande difficulté. Comme ils contrôlent l'esprit des Hommes Véritables depuis des générations, les fonctionnaires des Jwindz ne sont plus très vigilants. Joachim n'a eu qu'à prétendre qu'il désirait être tranquillisé, et on l'a laissé accéder librement à la salle des drogues. En quelques jours, il est parvenu à faire passer tout le stock aux Cousins et à les remplacer par des placebos. Je me demande quand ils vont comprendre.

— Dès que surviendront les premiers symptômes de sevrage, je suppose », suggéra Joachim.

Une idée qui tracassait inconsciemment Juli depuis quelque temps fit brusquement surface.

« Tu as ici ton petit-fils et la Bande des Cousins. Mais où sont les enfants que vous avez eus, Carlotta et toi ? Car vous en avez eu. »

Le visage de Laird s'attrista.

« Bien sûr. Mais comme leur sang était ancien pour moitié, non seulement on n'a pas pu les rajeunir, mais la combinaison chimique des deux sangs n'a pas permis de prolonger leur vie. Ils sont tous morts avant quatre-vingt-dix ans. Nous en avons beaucoup souffert, Carlotta et moi. Toi aussi tu dois te préparer à cette idée, ma chérie, si nous avons des enfants ensemble. Toutefois, à la génération suivante, le sang ancien est suffisamment dilué pour que le rajeunissement soit possible. Joachim a cent cinquante ans.

— Et toi ? Et toi ? » demanda-t-elle.

Il la regarda.

« Tout cela, c'est très dur pour toi, n'est-ce pas ? J'ai trois cents ans. »

Juli ne pouvait pas en douter, mais elle n'arrivait pas à comprendre. Laird était si beau, si jeune ; et Carlotta était si vieille quand elle l'avait revue.

Elle essaya de revenir au présent.

« Qu'allons-nous faire des tranquillisants maintenant que nous les avons ? »

Oda s'était approchée pendant la dernière partie de la conversation. Les yeux étincelants, la queue remuant furieusement, elle dit :

« J'ai une idée.

— J'espère qu'elle sera aussi bonne que la précédente », dit Laird.

« J'espère. Pourquoi ne les faisons-nous pas consommer aux Jwindz ? Ils ne s'en apercevront sans doute jamais. Et alors, nous n'aurions même pas à nous soucier de les combattre. Ils mourraient simplement, les uns après les autres ; ou peut-être que...

nous pourrions les envoyer dans l'espace ? Sur une autre planète ? »

Laird hocha lentement la tête.

« Tu as vraiment de bonnes idées. Oui, leur faire consommer les tranquillisants... mais comment ?

— Nous faisons une bonne équipe », dit l'Ours, montrant Oda. « Chacune de ses idées en déclenche d'autres dans ma tête. »

Il chaussa soigneusement ses lunettes et reprit :

« J'ai une carte de cette région. A part le *cenote,* il n'y a pas d'eau à des kilomètres à la ronde dans toutes les directions. Nous pourrions jeter les tranquillisants — tout le stock — dans le *cenote,* puis l'un des Cousins pourrait préparer les aliments synthétiques des Jwindz de façon à ce qu'ils soient très épicés. Je crois que ça résoudrait le problème. »

Laird dit :

« Nous avons un Cousin qui a infiltré les Jwindz. Mais qu'est-ce qui pourrait les pousser à boire l'eau ? »

Charls était venu se joindre au groupe.

« J'ai entendu parler », dit-il, « d'une épice ancienne qui provoquait la soif. On la trouvait dans les océans avant que leurs lits ne soient couverts d'herbe. Mais il en reste sur les rivages. Je crois qu'on appelait ça du “ sel ”.

— Maintenant que tu en parles, je me souviens avoir entendu parler de ça, moi aussi, dit l'Ours, approuvant de la tête. C'est donc cela qu'il nous faut. Du “ sel ”. Nous en mettrons dans leur nourriture, puis nous les attirerons dans la futaie en répandant le bruit que la nouvelle Vomact s'y trouve avec le gros des rebelles. C'est risqué, mais c'est la meilleure idée ou combinaison d'idées que nous ayons eue jusqu'à présent. »

Laird acquiesça.

« C'est en effet risqué, mais cela peut marcher, et même dans le cas contraire, il est peu probable qu'ils nous exécutent. Ils se contenteront de nous tranquilliser. Je crois que nous avons plus d'une chance sur deux de gagner. Et si l'Homme Véritable n'est pas bientôt revitalisé, libéré de cette servitude de tranquillité et d'apathie, je crois que toute la race s'éteindra en quelques centaines d'années. Ils ont atteint le stade où tout leur est indifférent. »

Tous les mondes savent ce qu'il advint de ce plan. Tout se passa exactement comme l'Ours l'avait prédit. Les Jwindz, assoiffés par leurs aliments très salés, burent avidemment l'eau du *cenote* et furent rapidement tranquillisés. Ils n'opposèrent aucune résistance aux membres de la rébellion qui surgirent peu après du couvert des Arbres Combattants.

Joachim était triste.

« L'un de mes frères faisait partie des leurs », dit-il.

Laird lui entoura les épaules, pour le réconforter.

« Il n'est que tranquillisé. Nous pourrons sans doute l'aider quand il sortira de cet état.

— Peut-être. Mais cela va à l'encontre de mes principes.

— Ne sois pas trop dogmatique, Joachim. Les principes ont leur prix, mais la réhabilitation, ça existe aussi. »

Et c'est ainsi que fut fondée l'Instrumentalité du Genre Humain. Au cours des âges, elle allait finir par gouverner bien des mondes. Juli, parce qu'elle était la Vomact, devint l'une des premières Dames de l'Instrumentalité. Laird, parce qu'il était son mari, en devint l'un des premiers Seigneurs.

Juli vécut assez longtemps pour voir certains de ses descendants devenir les premiers sondeurs de l'espace. Elle était très fière d'eux, et très vieille. Laird, bien sûr, était aussi jeune que jamais. Tous ses amis dérivés d'animaux étaient morts depuis longtemps. Ils lui manquaient, bien que Laird lui fût indéfectiblement fidèle.

Enfin, si vieille qu'elle avait peine à se mouvoir, Juli fit appeler Laird auprès d'elle. Elle considéra son beau visage.

« Mon chéri, tu m'as rendue très heureuse, comme tu l'avais fait pour Carlotta avant moi. Mais maintenant je suis vieille, et, je crois, mourante. Tu es toujours jeune et plein de vie. Je voudrais pouvoir passer par le processus de rajeunissement, mais comme c'est impossible, je crois que nous devrions rappeler Karla. »

Il répondit si rapidement qu'elle en fut blessée. « Oui, je crois que nous devrions rappeler Karla. »

Il se détourna d'elle un instant.

Elle dit, des larmes dans la voix :

« Je sais que tu la rendras heureuse et que tu l'aimeras de tout ton cœur. »

Il continua à garder le silence avant de se retourner vers elle.

Soudain, elle vit sur son visage des rides qu'elle n'y avait jamais vues.

« Que t'arrive-t-il ? » demanda-t-elle.

« Mon cher et dernier amour », dit-il. « Je te perdrais deux fois. Je ne peux pas le supporter. J'ai demandé au médecin de neutraliser le processus de rajeunissement. Dans une heure, je serai aussi vieux que toi. Nous partirons ensemble. Et quelque part dans l'espace, nous retrouverons Carlotta, nous joindrons nos mains tous les trois, parmi les étoiles. Karla se trouvera un compagnon et accomplira son destin. »

Ils s'assirent ensemble ; ensemble, ils regardèrent descendre la capsule spatiale de Karla.

LA SAGA DE LA TROISIÈME SŒUR

KARLA avait mal au cœur, très très mal au cœur tandis que son ancienne capsule minuscule la ramenait vers la Terre. Une Terre qu'elle ne reconnaîtrait pas, bien que ce fût la même planète qu'elle avait quittée des milliers d'années plus tôt.

La mémoire lui revint ; elle se demanda où étaient ses deux sœurs aînées. Elle ne pouvait pas savoir que l'une était morte de vieillesse deux cents ans plus tôt, et que l'autre, âgée de plus de deux cents ans, attendait maintenant son arrivée.

Karla avait toujours seize ans. Elle savait que son père et son oncle avaient placé chacune des trois adolescentes dans trois capsules individuelles, le 2 avril 1945, pour les sauver des Russes qui envahissaient l'Allemagne. Elle savait que ses parents devaient être morts depuis longtemps, puisqu'il n'y avait que trois fusées et qu'ils avaient décidé de sauver en priorité les trois jeunes filles. Karla surtout avait pleuré, disant qu'elle ne voulait pas partir, mais ses parents et l'Oncle Joachim avaient insisté. A la fin, l'Oncle Joachim lui avait même administré les piqûres avant de la placer dans la capsule, de sorte qu'elle n'avait aucun souvenir d'avoir été lancée dans l'espace.

Maintenant, la folle vitesse de la descente lui donnait le vertige. Qu'y avait-il en bas ? se demandait-elle.

Inconsciemment, elle toucha la croix d'or suspendue à son cou. Sa main gauche était étroitement serrée sur son rosaire. Ces deux objets la réconfortèrent et elle commença à se détendre.

Très loin au-dessous d'elle, le Robot, le Rat et le Copt tenaient conseil.

« Je crois qu'elle arrive », dit le Rat.

« Mais pourquoi devrait-elle être différente des deux autres ? » demanda le Copt.

Le Robot secoua la tête.

« Je le sens dans mon aluminium. Les deux autres ont rapporté la vitalité à l'humanité, mais je crois que celle-ci nous rapporte quelque chose de plus. Je sens quelque chose de plus fort. »

Orange, or rouge et pourpre, les anciens Arbres Combattants luisaient plus doucement qu'aux siècles passés. Plantés pour débarrasser la terre de ses déchets radioactifs, ils avaient depuis longtemps terminé leur tâche. Maintenant, ils éclairaient doucement la nuit. Le Robot, le Rat et le Copt s'arrêtèrent à l'orée de la forêt.

« Nous l'attendrons ici », dit le Copt.

La fusée descendit en tourbillonnant.

Elle atterrit assez légèrement sur le coteau près de la forêt. Ils se ruèrent tous les trois pour ouvrir l'appareil. Karla s'était évanouie, les mains toujours serrées sur sa croix et son rosaire.

« Vous voyez », dit le Robot. « Je vous l'avais bien dit. »

Ils la sortirent doucement, et étendirent sur elle une couverture que le Rat avait eu la délicatesse d'apporter.

« Puisque les vêtements de ses deux sœurs s'étaient désintégrés dans l'espace », dit-il, « j'ai pensé qu'il en serait de même pour les siens, et elles semblent toutes avoir été des jeunes filles pudiques.

— Tu as raison », dit le Copt. « Je regrette seulement de n'y avoir pas pensé moi-même.

— Je suppose que c'est à Joachim que nous devons l'amener, puisqu'il prépare les funérailles », dit le Robot.

Les deux autres acquiescèrent.

Ils confectionnèrent une sorte de civière et ils partirent, le Robot devant, les deux autres fermant la marche. En route vers la Cité, ils rencontrèrent dans la forêt un Menschenjäger solitaire.

« Allons, allons, mon vieux », dit le Rat en allemand.

L'antique machine poussa un soupir de soulagement et s'accroupit sur ses pattes postérieures, dans la posture du sommeil. Ce Menschenjäger était le dernier survivant des machines inventées des siècles plus tôt pour éliminer les ennemis du Sixième Reich Allemand à l'époque des Anciens. Le Robot se demanda si ce Menschenjäger ne se sentait pas un peu seul, étant le dernier de son espèce. Machine lui-même, il ressentait une sorte de sympathie pour le Menschenjäger. Au moins, il y avait beaucoup d'autres robots.

Joachim les accueillit dans la salle funéraire.

« Ils avaient prévu de rester en vie jusqu'à son arrivée, mais il n'en a pas été ainsi. Peut-être est-ce préférable. Le choc sera moins rude. »

Le Robot approuva de la tête.

« Vous avez sans doute raison. Ce sera très difficile pour elle, quoi qu'il arrive. »

Karla s'éveilla lentement, sous le regard vigilant de Joachim.

« J'ai faim », dit-elle.

« Naturellement. »

Presque instantanément apparut un robot portant un plateau. Karla se mit à manger voracement. Soudain, elle s'arrêta.

« Une minute. Qui êtes-vous ? Dans quel lieu suis-je ? Dans quel temps ? »

Joachim la considéra avec sympathie.

« Vous êtes sur votre propre planète, mais très loin de votre temps. Vous êtes restée des millénaires dans l'espace. Et, pour répondre en dernier à votre première question, je suis votre petit-neveu. »

Ses yeux se dilatèrent.

« Je vous demande pardon ? »

De nouveau, il hocha la tête avec sympathie.

« Je sais », dit-il. « Vous comprenez, vos deux sœurs sont revenues sur la Terre bien longtemps avant vous. Je suis le petit-fils de votre sœur Carlotta. Votre sœur Juli et son mari, qui était aussi le mari de votre sœur

Carlotta, viennent de mourir. Nous préparons des funérailles interplanétaires. »

L'appétit de Karla s'évanouit et elle se mit à trembler de peur.

« Je ne comprends pas. Je ne comprends rien. »

Joachim lui entoura les épaules de son bras.

« Bien sûr que vous ne comprenez pas », dit-il. « Essayez de vous détendre. »

Paroles malheureuses. Elle se mit à sangloter violemment. Il l'étreignit plus fort, jusqu'à ce que ses larmes se calment. Enfin, elle leva les yeux vers lui.

« Je vous en prie », dit-elle.

« D'accord. Mon grand-père Laird perçut la présence de votre sœur Carlotta dans sa fusée il y a plus de quatre siècles, et, en tant que télépathe, il la ramena sur la Terre. Ils se marièrent et je suis leur petit-fils. Puis, alors que Carlotta se mourait de vieillesse, car elle ne pouvait pas être rajeunie, et que nous avions besoin d'aide dans notre Rébellion contre les Jwindz, il ramena aussi votre sœur Juli et l'épousa. Maintenant, ils sont morts tous les deux. Ils avaient prévu de rester en vie jusqu'à votre arrivée, mais le destin en a décidé autrement. Il m'a demandé de tout vous expliquer. »

Karla ne semblait pas avoir compris ce qu'elle venait d'entendre. Elle était très belle, très jeune, et semblait très vulnérable. Soudain, Joachim sentit le poids de ses trois cent cinquante ans. Il comprenait son grand-père, qui avait décidé de mourir plutôt que de subir un autre rajeunissement. Et, oh, par les dieux, qu'allait-il faire maintenant, lui, Joachim ? Il était amoureux de sa grand-tante.

Il la serra contre lui, avec tendresse, mais aussi avec réserve, attendant que ses larmes tarissent.

— Tout ira bien, lui répétait-il, apaisant, mais il savait qu'il n'en serait rien.

Soudain, les portes s'ouvrirent, et entrèrent le Robot, le Rat et le Copt. Le Robot embrassa la scène du regard et s'arrêta sur le seuil.

« Sommes-nous indésirables ?

— Pas du tout. C'est simplement qu'elle a un peu de mal à s'adapter. »

Le Robot hocha la tête.

« Je comprends. »

Le Copt tendit la croix et le rosaire.

« Elle les a laissés tomber pendant que nous l'amenions ici. »

Karla tendit la main.

« Oh merci, merci.

— Je sais que ces objets sont importants pour vous », dit le Rat, « à la façon dont vous les teniez quand nous vous avons sortie de la fusée. Notre frère le Copt a de faibles souvenirs ataviques de légendes concernant un Dieu Cloué Haut. Ces objets ont-ils un rapport avec ces histoires ? »

Elle était un peu déroutée.

« Le Christ a été cloué sur une croix », dit-elle, « et, oui, ces objets ont un rapport avec son histoire. Mais je ne comprends pas. Le christianisme a-t-il disparu de la Terre ? Mes sœurs ne vous en ont rien dit ?

— Je suis sûr », dit Joachim, « qu'elles le pratiquaient en secret et qu'elles ont même converti mon grand-père. Je crois que c'est pour cela qu'il a accepté la mort. Mais il n'y a eu aucune restauration publique de la religion. Les gens adorent le *djin* vers lequel ils se sont tournés après les Anciennes Guerres.

» Pour moi, je n'ai guère d'opinion. Je n'ai jamais adoré quoi que ce soit. Mon grand-père croyait qu'après sa mort, il serait réuni à ses deux amours, vos sœurs, mais je n'arrive pas à y croire.

— Moi, si », dit Karla, d'une voix douce mais très ferme.

Joachim lui sourit, d'un sourire très amoureux, mais aussi quelque peu cynique.

« Je vous souhaite de toujours conserver cette croyance », dit-il.

Les jours qui suivirent le retour de Karla parurent à Joachim s'écouler avec la rapidité d'un torrent de montagne. Tous les jours, il était un peu plus profondément amoureux. Et l'enfant — car, à seize ans, elle n'était encore qu'une enfant — ne semblait pas s'en apercevoir.

En un sens, il en était plutôt content. Parce que la situation était impossible. Dès qu'elle s'en apercevrait, dès qu'elle commencerait à lui rendre son amour, il savait qu'il devrait partir pour une autre planète. Il ne pouvait pas partir en qualité de Sondeur, mais il pouvait partir congelé. Il serait obligé de partir ; elle, elle ne pourrait pas, à cause de son sang d'Ancienne qui ne supporterait pas le voyage.

Ensemble, ils partirent en exploration. La planète, dans sa présente évolution, fascinait Karla. Ils pique-niquèrent dans la douce luminescence des Arbres Combattants, et Joachim lui raconta comment, plus de deux cents ans plus tôt, sa sœur Juli, son grand-père et une troupe d'hommes dérivés d'animaux s'étaient réfugiés au milieu des Arbres Combattants pour fomenter leur Rébellion contre les Jwindz chinois.

« Il n'existe plus d'hommes dérivés d'animaux, n'est-ce pas ? » demanda-t-elle.

Il la regarda curieusement.

« Et votre ami le Rat, pour qui le prenez-vous ? Et les domestiques du palais ? Et les gens qui exécutent les travaux tout autour des cités ? Ce sont tous des Sous-Etres, dérivés d'animaux. Il est vrai qu'ils ne ressemblent plus aux animaux dont ils sont issus, mais si l'on sait ce qu'il faut chercher, il y a des signes indubitables. Ici, sur Terre, il est interdit aux humains et aux Sous-Etres de s'accoupler. C'est permis sur quelques planètes, mais s'il y a des enfants, ils doivent être génétiquement codés avec soin.

— Rat, je croyais que c'était son nom, c'est tout », dit-elle.

« La plupart des Sous-Etres ont des noms tout différents », concéda-t-il. « Il aurait pu, par exemple, s'appeler R'adam, le " R " indiquant son ascendance de rongeur. »

Il trouvait curieux — et significatif — que, contrairement à ses deux sœurs, Karla ne diffusât pas ses pensées dans toutes les directions. En fait, elle ne semblait pas savoir communiquer télépathiquement.

Il ne pouvait pas lire dans son esprit ; il était fermé ; c'était une personne très secrète.

Au cours de leurs explorations, ils arrivèrent un jour devant une cathédrale en ruine. Le toit s'était effondré, l'herbe poussait sur le sol, il ne restait plus une vitre aux fenêtres et seuls quelques pans de trois murs demeuraient debout. Joachim, qui l'avait vue des centaines de fois, ignorait totalement à quoi elle avait bien pu servir. Karla la reconnut immédiatement.

« Entrons », implora-t-elle.

Joachim haussa les épaules.

« Pourquoi pas ? »

Il ne s'était jamais soucié de visiter les quelques ruines d'édifices de l'Ancien Passé. Pour lui, son époque était plus intéressante. Mais si Karla voulait visiter un vestige de son propre passé, où était le mal ?

« Il me faut quelque chose pour me couvrir la tête », dit-elle.

Il la considéra, dérouté.

« Je n'ai rien à vous offrir. »

Elle chercha autour d'elle dans les buissons et avisa une plante à larges feuilles. Elle en cueillit une qu'elle se posa sur la tête.

« Dieu comprendra », murmura-t-elle.

Ils passèrent le portail en ruine et Karla, de la main droite, fit un signe sur son cœur. C'était un geste que Joachim n'avait jamais vu. Elle s'avança lentement, légèrement, jusqu'à l'ancien emplacement de l'autel. Là, elle s'agenouilla. Joachim la considérait avec un respect mêlé de crainte. Elle sortit son rosaire et se mit à en égrener les grains en murmurant quelque chose, si bas qu'il n'entendait pas ce qu'elle disait.

Un étrange sentiment de paix descendit sur lui, et il crut voir une grande lumière blanche. Puis, pour la première fois, il put regarder un peu dans l'esprit de Karla. C'était un esprit si pur, si innocent, si dénué de tout mal, qu'il en fut stupéfait. Il n'était jamais entré en contact avec un esprit pareil.

Quand elle eut terminé son rosaire, elle fit une petite révérence à l'autel en ruine et refit le même geste devant son cœur. Elle se tourna vers Joachim, le visage rayonnant de beauté, et lui fit un sourire d'une telle douceur qu'il craignit de fondre en larmes.

Parfois, le Robot, le Rat et le Copt les accompagnaient dans leurs excursions. Ces trois-là se séparaient rarement. Ils pouvaient sembler mal assortis, mais étaient en fait les meilleurs amis du monde.

Le Copt, surtout, était fasciné par Karla. Il semblait sentir entre eux des rapports qu'il ne comprenait pas. Il savait que cela concernait ses ancêtres et les légendes presque oubliées du Dieu Cloué Haut, mais il n'arrivait pas à définir la raison pour laquelle il désirait se trouver près de Karla. Comme il ne pouvait pas comprendre, il accepta la situation, tout simplement.

Pour Joachim, chaque jour qui passait sans que Karla se rende compte de son amour pour elle était un présent. Il pouvait rester près d'elle. Il demanda au médecin du *semangat-memperlangat,* drogue qui ralentirait son esprit et ferait paraître chaque jour plus long. Il voulait conserver d'elle autant de souvenirs que possible. Le médecin lui donna la drogue, mais le considéra d'un regard pénétrant.

Ai-je compris pourquoi vous désirez cela ? kosa-t-il.

Joachim acquiesça de la tête.

Certainement. Bientôt, je serai obligé de partir.

Pourquoi ne pas la prendre ? Elle serait à vous pour la vie.

Non, kosa Joachim avec gravité. *Vous ne comprenez pas. Non seulement l'ancien* tambu *contre les rapports entre proches parents s'y oppose, mais j'ai aussi regardé dans son esprit. Ce genre de chose tuerait son essence. C'est impossible. Car alors, je ne pourrais plus la posséder d'aucune façon qui compte.*

Je comprends. Mais où irez-vous quand vous nous quitterez ?

Sur l'une des planètes Binatang, je suppose. Je ne peux pas supporter l'idée d'un autre amour humain. Et sur les planètes Binatang, on peut s'accoupler avec un Sous-Etre. Je ne crois pas que je pourrais vivre célibataire.

Si vous ne voulez pas l'épouser, je crois que c'est une sage décision.

C'est impossible, répéta Joachim.

Un jour, dont Joachim devait se souvenir toute sa vie, ils allèrent tous les cinq, Joachim, Karla, et le trio disparate formé par le Robot, le Rat et le Copt, visiter la cathédrale en ruine, à l'instigation de Karla.

Quand ils y entrèrent, tout le monde comprit immédiatement, sauf Karla, que leur pèlerinage était plein d'une haute signification. Une sorte de lumière rayonnait de son visage. Joachim repensa à la lumière blanche de sa première visite avec Karla.

Elle les conduisit à l'autel en ruine, et ils suivirent comme sous l'influence d'un charme. Elle regarda à ses pieds et s'agenouilla. Ils l'imitèrent. Elle commença à murmurer sa prière.

Soudain, ses yeux se levèrent vers le ciel et elle entra en extase. Ses mains, comme de leur propre volonté, cherchèrent celles de Joachim et du Rat. Instinctivement, ils se donnèrent tous la main. La lumière blanche reparut, mais son incandescence était tellement plus forte que la première fois que Joachim eut envie de fermer les yeux. Il découvrit qu'il ne le pouvait pas.

Soudain, tout sembla changer. Ils éprouvèrent la sensation vertigineuse d'être transportés dans le temps, vers le passé ou l'avenir, ils n'auraient su le dire.

Ils sentirent que, sans avertissement, ils s'étaient déplacés latéralement dans l'espace.

Ils étaient stationnaires. Curieusement, aucun d'eux n'éprouva la moindre terreur — seulement une grande paix.

Une voix retentit. Aucun d'eux n'aurait su déterminer sa source. J'AI BESOIN DE CHACUN DE VOUS.

Puis la lumière se fit moins aveuglante, diminuant d'intensité jusqu'à ce que le fond soit redevenu gris nuage. Chacun voyait clairement un homme portant une couronne d'épines. Il était cloué sur une croix.

Ainsi, c'était le Dieu Cloué Haut, pensa le Rat.

L'Homme sur la croix parla.

« Je suis mort pour chacun de vous. Maintenant, soyez prêts à mourir pour moi. »

Aussi soudainement qu'elle était apparue, la vision s'évanouit. Karla sortit de son extase.

« Ai-je vraiment vu ce que j'ai cru voir ? L'un de vous l'a-t-il vu aussi ? »

Le Rat lui baisa respectueusement la main.

« Je crois pouvoir dire sans crainte de me tromper que nous l'avons tous vu. »

Le Robot parla d'une voix émerveillée.

« Nous avons été en un autre lieu et en un autre temps. Je ne prétends pas savoir comment c'est arrivé, mais nous avons été dans un autre espace.

— Si ce n'est pas ça, c'était une vision », dit Karla.

« Non », dit Joachim avec autorité. « Je ne crois pas aux visions. Nous avons été momentanément transportés dans un autre espace. Sinon, nous n'aurions pas tous vu la même chose. »

Karla secoua la tête, dubitative.

« Je crois qu'une vision serait plus logique qu'un voyage dans un autre espace.

— Je ne crois pas aux visions », répéta Joachim.

Karla le considéra avec quelque tristesse.

« J'ai peur que vous ne passiez à côté de bien des choses dans la vie, mon Joachim. »

Et lui, tellement plus avancé en âge, eut le cœur déchiré de ces mots « mon Joachim ».

Elle ne savait pas combien ces mots étaient vrais.

Le Robot prit la parole :

« Et maintenant, Dame Vomacht, les prêtres du *djin* vont vous mettre en péril, car une vision si puissante a dû être diffusée dans un vaste périmètre. Il nous faut inventer un moyen de vous protéger.

— Oh, vous devez certainement vous tromper », dit-elle.

Joachim regarda le Robot.

« Non, il a raison. Les prêtres du *djin* sont très jaloux de leur autorité. Des rumeurs circulaient déjà sur le Dieu Cloué Haut, mais votre vision de Lui doit avoir touché les gens dans un vaste rayon. Les prêtres du *djin* voudront éliminer toute religion concurrente. Il ne faut pas que vous restiez seule. »

Elle leur sourit en secouant la tête, incrédule.

C'était l'un de ses charmes, pensa Joachim, cette innocence naïve.

Trois jours passèrent et rien de fâcheux n'arriva. Les gardes du corps improvisés de Karla se détendirent. Karla n'avait jamais pris le danger au sérieux ; elle était contente qu'on ne surveille plus tous ses mouvements.

Un jour, elle s'aventura hors du palais sans dire à personne qu'elle sortait. Il lui fallut pour cela ruser un peu, et Karla était si innocente et ouverte que cette tromperie indirecte l'affecta un peu.

Elle allait à la cathédrale en ruine, et cela lui parut l'absoudre du petit mensonge qu'elle avait commis en feignant d'aller se reposer dans sa chambre.

Elle sortit du palais par une porte de derrière et ne rencontra personne. Elle marchait depuis peu dans la forêt des Arbres Combattants quand elle rencontra une femme qui pleurait. C'était une femme-chien. Karla n'aurait su dire d'où elle le savait, mais elle était sûre de l'ascendance de cette femme. Joachim avait raison. Il y avait des signes qui ne trompaient pas quand on savait avoir affaire à des personnes dérivées d'animaux.

La femme-chien sanglotait, le visage caché dans ses mains.

Karla s'arrêta pour la consoler.

« Qu'y a-t-il? dit-elle. Qu'est-ce que je peux faire pour vous aider?

— Dame Vomacht », dit la femme-chien, « mes enfants ont été enlevés par les prêtres du *djin*. Ils m'ont envoyée pour que je vous attire dans un endroit secret de la forêt. Je ne souhaite pas le faire, mais j'aime beaucoup mes enfants. Je ne peux pas vous tromper, mais je ne sais pas quoi faire. »

Elle se remit à sangloter et Karla posa une main sur son épaule.

« Vous ne m'avez pas trompée », dit-elle. « Si vos enfants sont aux mains du *djin,* je vous accompagnerai. Je ne crois pas qu'ils puissent me nuire physiquement. »

La femme-chien la regarda, pathétique.

« Dame », dit-elle, « je ne crois pas qu'ils vous tueront ou vous feront du mal ; mais ils essaieront de vous transformer psychologiquement. Ils souhaitent extirper à jamais l'idée du Dieu Cloué Haut. Ils ont vu votre vision, et beaucoup d'entre nous aussi.

— Si ma foi est si faible qu'elle peut être anéantie, c'est que je n'en suis pas digne », dit Karla. « Allez, marchons. »

Karla aida la femme-chien à se lever. Elles traversèrent des parties de la forêt dont Karla ne connaissait même pas l'existence. Enfin, ils arrivèrent dans une clairière.

« C'est là », murmura la femme-chien.

Karla vit un édifice partiellement caché par des arbres.

« Venez », dit Karla. « Nous les affronterons sans peur. »

Elle s'avança fièrement, comme le devait une fille vom Acht. Du coin de l'œil, elle observait la femme-chien. Si celle-ci avait été dans sa forme originelle, elle aurait eu la queue entre les pattes.

Quand elles arrivèrent devant la porte de l'édifice, Karla l'ouvrit sans frapper ni demander à entrer.

Sept visages étonnés se levèrent vers elle.

Les prêtres du *djin* étaient assis à une longue table.

« Me voilà », dit Karla, sans réaliser qu'elle parlait sur le ton du commandement. « Libérez les enfants de cette femme. »

Lentement, le prêtre assis au haut bout de la table se leva. Il y avait quelque chose d'involontairement déférent et obéissant dans ses manières.

« Il en sera comme vous le désirez, Dame. »

Il fit signe à un prêtre qui se leva immédiatement et sortit. Il revint peu après, accompagné de trois enfants-chiens qui coururent à leur mère.

La femme-chien, les larmes aux yeux, se tourna vers Karla.

« Merci de tout mon cœur, Dame Vomacht. J'espère que vous n'aurez jamais de raisons de le regretter. Je préviendrai vos amis.

— C'est ça, prévenez-les », dit le grand prêtre du *djin*. « Le temps qu'ils viennent à son secours, elle sera des nôtres. »

Karla le regarda avec mépris.

« Jamais », dit-elle.

Le grand-prêtre la considéra avec gravité ; son expression était un mélange de respect et de pitié.

« Vous ne comprenez pas », dit-il. « Cela ne dépend pas de votre volonté. Nous avons d'autres méthodes. »

La voix de Karla tremblait, mais elle dit :

« Nous luttons depuis des millénaires. Et, au cours des temps, notre Dieu nous a toujours protégés. Je ne faiblirai pas. »

De nouveau, le grand-prêtre s'inclina légèrement, en un hommage involontaire.

Un jeune prêtre entra pour lui administrer une piqûre. Karla perdit connaissance.

Le Robot, le Rat et le Copt, unissant leurs forces à celles de Joachim, mirent une semaine à rassembler une troupe suffisante pour tenter une opération de sauvetage. La femme-chien était immédiatement allée trouver Joachim en quittant le sanctuaire du *djin*.

Joachim fut atterré de ce qu'elle lui apprit. Cet esprit si beau, torturé et transformé en autre chose ? Modifié contre sa volonté ? C'était un crime qui le toucha au plus profond de son être. Pratiquement sans s'en apercevoir, il pensa : *Plutôt tuer le corps que l'âme.*

Elle était inconsciente quand ils la retrouvèrent. Les prêtres du *djin* avaient fui et l'avaient laissée dans la clairière près de leur édifice sacré. Joachim était angoissé. Que serait-elle devenue à son réveil ? Il essaya de voir dans son esprit, sans succès.

Ils se relayèrent pour la veiller pendant les jours qui précédèrent son retour à la réalité. Par hasard, Joachim était de garde quand elle ouvrit enfin les yeux.

Il fut stupéfait du changement survenu en elle.

Elle était plus belle que jamais, mais ce n'était plus la beauté de l'enfant innocente. C'était une femme, une femme qui avait lutté contre plus fort qu'elle pour sa foi. Elle avait manifestement triomphé, mais elle avait payé le prix.

La maturité lui allait bien, mais elle décalait toutes ses

pensées. Maintenant, elle connaîtrait bientôt les implications de l'amour qu'il lui portait. Maintenant, il devrait bientôt partir.

Karla le regarda quelque temps avant de parler. Puis, d'une voix plus chaude, plus grave que dans son souvenir, elle ne dit que deux mots, mais il comprit que c'était la fin :

« Mon chéri. »

La douleur qu'il en éprouva, il ne l'oublierait jamais.

« Maintenant que tu sais, il faudra que je m'en aille. Tu le sais, n'est-ce pas ? »

« Bien sûr », dit-elle. « Nous ne pouvions pas continuer comme ça, à vivre près l'un de l'autre, nous aimant sans jamais pouvoir nous marier. C'est seulement après ma lutte contre les prêtres du *djin* que j'ai réalisé la nature de nos rapports — à toi et à moi. Ils voulaient me rendre mauvaise, mais ils n'ont réussi qu'à me rendre adulte. »

Il s'écria, comme un animal blessé :

« Pourquoi ne t'ont-ils pas laissée en paix ? Tant que tu ne savais pas, il n'y avait pas de mal... »

Dans son étrange et nouvelle maturité, elle secoua la tête.

« J'aurais compris tôt ou tard. Et le résultat de leur intervention est le contraire de ce qu'ils désiraient. Ils ont renforcé ma foi. Avant, c'était simplement ce qu'on m'avait appris ; mais maintenant que j'ai dû lutter pour mes certitudes, elles sont plus réelles que jamais. »

Il s'agenouilla devant elle, devant cette Ancienne de seize ans, qui avait trois cent cinquante ans d'âge, et il posa sa tête sur ses genoux. Il pleura comme il n'aurait jamais cru pouvoir pleurer, les mains tendres de Karla caressant sa tête. Enfin, il leva les yeux et la regarda.

« Demain, je prendrai mes dispositions pour le voyage. »

Elle avait les yeux pleins de larmes, mais elle lui sourit.

« Comme ton grand-père et ses femmes, peut-être nous retrouverons-nous dans l'au-delà », dit-elle.

« Ce serait merveilleux, mais je ne peux toujours pas y croire... »

Le visage de Karla s'assombrit.
« Où vas-tu ?
— Sur l'une des planètes Binatang. Peut-être sur Dubhe, Merak ou Alioth. La première pour laquelle je pourrai avoir un passage.
— Pourquoi les appelle-t-on " Binatang " ? » demanda-t-elle.
Il hésita un instant, puis décida de lui dire la vérité.
« Ce sont des planètes où les Hommes Véritables peuvent s'accoupler avec des Sous-Etres. »
Il n'en dit pas plus, mais elle comprit.
Elle n'en reparla jamais.

Quand il partit une semaine plus tard, Karla, le Robot, le Rat et le Copt lui dirent au revoir dans la Salle Anté-Congélation. Karla se permit un unique baiser. Puis il fallut l'aider à sortir. Elle ne s'était jamais sentie si triste et si vide. Elle remercia Dieu de lui avoir donné ses trois étranges amis.

Joachim se réveilla de son hibernation sur la planète Alioth. Un docteur et une libre-fille étaient à son chevet. La libre-fille était issue d'un singe, il s'en rendit compte à certains de ses mouvements. Elle était très jolie et fort gentille. « Gibbon », pensa-t-il. Cette impression fut confirmée quand il lui tendit la main et qu'elle lui donna la sienne avec confiance.
Quand il fut assez éveillé pour parler, Joachim sourit à la libre-fille et demanda :
« Comment t'appelles-tu ?
— M'onica », répondit-elle, confirmant son ascendance de singe.
« On t'a assignée à ma personne, M'onica ? »
Elle baissa la tête, timide.
« C'est ma première affectation, Seigneur. Je viens de devenir libre-fille. Mes parents n'en étaient pas très heureux.
— Alors, tu n'es certainement pas vierge ? » dit-il.
Elle eut l'air horrifié.
« Bien sûr que non, Seigneur. Le grand-prêtre du

djin doit déflorer toutes les libres-filles avant leur première affectation. »

Il hocha la tête.

« Je n'en étais pas sûr, mais je pensais bien que cela se passait ainsi. Je te promets, M'onica, d'être bon envers toi, et que, si nous avons des enfants, ils seront génétiquement codés comme Sous-Etres. Est-ce suffisant ? »

Son visage rayonna de bonheur.

« Seigneur, c'est très généreux. »

Le docteur s'avança, donnant à Joachim un formulaire à signer.

« Je suis témoin de votre déclaration », dit-il.

Joachim signa, puis se tourna vers M'onica.

« Je suis content que tu ne sois pas vierge », dit-il. « Je ne pourrais pas déflorer une vierge alors que mon cœur est ailleurs. »

Elle hocha la tête avec solennité.

« Je comprends, Seigneur. Vous aimez sur la Terre une femme qui vous est interdite.

— Tout à fait interdite », acquiesça-t-il.

Leur vie ne fut pas malheureuse. Dans le domaine des sentiments, M'onica ne put jamais remplacer Karla, mais elle était tendre, douce et gentille. Ils eurent plusieurs enfants, tous génétiquement codés en tant que Sous-Etres.

Mais M'onica savait que quelque chose manquait à Joachim.

Un jour, elle entra dans le salon, ce qu'elle faisait rarement. C'était la pièce où Joachim se retirait, parfois pour des périodes assez longues. M'onica soupçonnait qu'il y passait son temps à penser à la personne qu'il avait laissée sur la Terre. Cette fois, ses soupçons furent confirmés. Joachim ne l'avait pas entendue entrer. Il tenait un cube holographique et, réalisa M'onica, il regardait, d'une façon qu'elle ne comprenait pas, une scène d'une autre planète. Ce ne pouvait être que la Terre.

Comme elle était à l'autre bout de la pièce, M'onica n'entendit pas les paroles, mais elle vit une femme très belle et trois autres personnages. L'un descendait manifestement d'un rat, l'autre était un robot, et le troisième un humain en costume bizarre. La femme semblait leur indiquer quelque chose à faire.

Très doucement, pour que Joachim ne l'entende pas, M'onica quitta la pièce.

Elle revint peu après avec l'instrument à cordes dont elle jouait quelquefois. Cette fois, elle fit du bruit à dessein en entrant dans le salon. Elle vit que Joachim remettait hâtivement l'holographe à sa place en l'entendant entrer.

Elle ressentit pour lui un amour infini, mêlé de quelque pitié. Il ne voulait pas la blesser. Il lui sourit, tendrement, mais elle savait qu'il aurait souri autrement à la femme de l'holographe. C'était la femme qui possédait son cœur.

Sans un mot, M'onica lui rendit son sourire.

Elle s'assit et plaqua doucement quelques accords. Ses cheveux châtain clair lui couvraient partiellement le visage. Elle se mit à chanter.

Si jamais tu m'aimas
Par le djin que je prie
Je t'en supplie, ne me trompe pas...
La vérité blesse, c'est ainsi.

Dis-moi si nostalgie tu as
Du lointain monde de l'enfance
Et liberté tu retrouveras
Malgré ma profonde souffrance.

Lèvres unies, corps enlacés
Nous sommes toujours séparés
Séparation, ô douleur
Dont la tristesse broie mon cœur.

Plus amer que le départ
Et de nous savoir séparés
Plus amer encor de te voir
Toujours, toujours plus t'éloigner.

Elle plaqua quelques accords, puis, toujours sans un mot, se leva.

Joachim lui prit la main.

« Ma chérie », dit-il, « tu sais que tu ne peux pas avoir mon cœur tout entier. Néanmoins, je t'aime beaucoup. Tu m'as rendu la vie supportable — et elle ne l'aurait pas été sans toi. Je ne te quitterai jamais. Notre vie est ici, ensemble. »

Si, à ce même moment, il avait regardé l'holographe, il aurait vu une douleur pathétique se peindre sur le visage de Karla. Elle ne saurait jamais pourquoi, mais une douleur intense venait de fulgurer en elle.

Par un jour qui resterait mémorable, le Copt vint trouver Karla, les yeux brillants.

« Dame », dit-il, « j'ai eu une idée en rêve. Peut-être pourriez-vous visualiser le Temple de la Vieille Religion Forte et projeter votre vision. Ainsi, nous pourrions le reconstruire comme il était, avant les Anciennes Guerres. »

L'âme de Karla illumina son visage.

« Oh, ce serait merveilleux. Mais pour cela », dit-elle avec hésitation, « J'aurais besoin de votre aide, comme l'autre fois. Si vous et moi, plus le Robot et le Rat, nous joignions nos mains, je crois que je pourrais le revoir. »

Son visage s'attrista.

« Puisque Joachim n'a jamais été Croyant, je suppose que sa présence n'est pas nécessaire. »

Le Copt la regarda, plein de compassion.

« Il vous manque.

— Bien sûr », dit-elle.

Puis, parfaitement honnête envers elle-même, elle ajouta :

« Sa présence physique me manque, mais plus que cela, je suis triste de penser que nous ne nous retrouverons sans doute pas dans l'au-delà. Je souffre qu'il n'ait pas foi en une autre vie. »

Le Copt ne répondit pas par des paroles. Il s'inclina et lui baisa la main.

« Dame, nous nous retrouverons cet après-midi à la cathédrale. »

Comme ils l'avaient déjà fait, mais cette fois sans Joachim, ils se donnèrent la main. Ils s'agenouillèrent dans la cathédrale à ciel ouvert, et, presque immédiatement, Karla ressentit comme une vibration électrique, présageant une vision.

Elle commença à voir l'ancienne cathédrale se matérialiser peu à peu. Les flèches gothiques s'élançaient vers le ciel. Des arcs-boutants aériens étayaient les murs puissants. Une rosace multicolore apparut au-dessus de l'autel. De hautes verrière étroites, également en verre de couleurs, perçaient tous les murs. Chacune représentait une scène religieuse, en une progression qui se terminait par celle qu'ils avaient déjà vue dans la première vision de Karla. La dernière fenêtre représentait le Dieu Cloué Haut.

Epuisée, Karla s'évanouit.

Le Robot, le Rat et le Copt l'étendirent doucement sur l'herbe.

« Laissons-la reposer », dit le Robot.

« Oui, nous avons du travail à faire », acquiesça le Copt.

« Curieux. Elle ne diffuse pas ses pensées dans toutes les directions comme faisaient ses deux sœurs, mais elle semble incapable de ne pas diffuser ses visions. Je suis sûr que celle-ci a été reçue dans un large rayon. »

Le Rat en tomba d'accord.

« Attendons-nous à des ennuis avec les prêtres du *djin* d'un moment à l'autre. »

Cette nuit-là, Karla fut réveillée par un bruit qu'elle n'avait pas entendu depuis qu'elle avait quitté l'Allemagne. La pluie tambourinait sur le toit du palais. Elle s'approcha vivement de la fenêtre. Des nuages filaient dans le ciel, sombres sur le ciel noir.

L'étrangeté de ce type de temps l'alarma. Malgré l'heure, elle convoqua le Robot, le Rat et le Copt.

Le Robot parla le premier.

« Vous avez bien fait de nous appeler, Dame. Ceci est l'œuvre des prêtres du *djin*. Ils ont arrêté les machines météorologiques. Leur but est évident. »

La jeunesse de Karla se révéla dans sa réponse.

« Je ne comprends pas. »

Le Copt, bien qu'animé de bonnes intentions, fut légèrement condescendant dans sa réplique.

« Ils veulent que le temps gêne la reconstruction de la cathédrale, naturellement.

— Ohhh », soupira-t-elle, comme poussée par une force invisible.

« Toutefois », dit le Robot avec une suffisance qui sembla irriter le Copt sinon le Rat, « les prêtres n'ont pas pensé que moi et mes frères robots sommes faits d'aluminium inoxydable et ne sommes pas affectés par le temps qu'il fait. Nous pouvons reconstruire la cathédrale, quel que soit le temps qu'ils provoquent.

— Et nous », dit le Rat, « nous ne sommes pas affectés par le mauvais temps. Nous nous adaptons très facilement, nous autres rongeurs. »

Karla les considéra tous les trois, si étranges, si chers à son cœur.

« Nous commencerons les travaux », dit-elle.

Au cours des ans, Karla eut une autre expérience qui la bouleversa profondément.

Bien des hommes voulurent épouser cette étrange Ancienne, mais elle les refusa tous. Chaque fois qu'elle pensait pouvoir s'intéresser à l'un d'eux, elle revoyait le visage de Joachim. Et cela faillit causer sa perte.

La cathédrale avait été reconstruite. Puis l'on avait accompli la dédicace et la consécration.

Après la cérémonie, un jeune homme s'approcha de Karla comme elle sortait de l'édifice. D'abord, elle ne prêta pas attention à lui, mais il insista, et enfin, impatientée, elle le regarda. C'était le visage de Joachim, plus jeune, mais la parenté était inconstestable.

« Qui êtes-vous ? » demanda-t-elle d'une voix angoissée.

« Vous le devinez sans doute », répondit-il.

Mais il avait quelque chose d'obséquieux dans la voix et elle pensa qu'elle ne désirait pas le connaître.

« Etes-vous apparenté à Joachim ?

— Naturellement. Mais nous — vous et moi — sommes assez éloignés par le sang pour que le vieux *tambu* ne s'applique pas. Vous pourriez m'épouser et penser que je suis votre Joachim.

— Et qu'auriez-vous à gagner à cette situation ?

— Oh », dit-il joyeusement, « je suis Oigen, jeune prêtre du *djin*. Une fois marié avec vous, je pourrais vous contrôler, et aider ainsi à extirper votre religion.

— Merci de votre honnêteté », dit Karla. « Je ne me marierai jamais. »

Les années passant, il semblait aux admirateurs de Karla qu'elle devenait de plus en plus belle. La spiritualité de son visage semblait émettre une luminescence qui diffusait le bonheur sur tout être à qui elle souriait. Jusqu'à la fin, le Robot, le Rat et le Copt demeurèrent ses fidèles. Ils n'oublièrent jamais les visions qu'ils avaient eues avec elle. Peu à peu naquit et s'étendit la religion clandestine du Dieu Cloué Haut. Assez curieusement, les plus fidèles adhérents de cette nouvelle religion ancienne se trouvèrent parmi les Sous-Etres ; peut-être parce que cette foi leur donnait l'espoir qu'ils n'avaient jamais eu auparavant.

A mesure qu'ils se disséminaient sur d'autres mondes, les Sous-Etres répandirent l'évangile du Dieu Cloué Haut. Le Copt devint une espèce de Grand-Prêtre. Les croyants auraient déifié Karla, mais elle s'y opposait fermement. Plus on la révérait, plus son humilité augmentait.

Enfin, elle arriva au seuil de la mort, sans avoir jamais connu un amour humain, sauf pour Joachim. Elle était étendue sur un coussin d'air chaud pour apaiser les douleurs de ses vieux os. Le Robot, le Rat et le Copt faisaient cercle autour d'elle. Elle les regarda, elle leur sourit, et ils sentirent une dernière fois la beauté quintessentielle de son âme.

Puis, elle ferma les yeux, et, son rosaire à la main, elle répéta les dernières lignes d'une prière de son enfance ;

Et quand je porte haut la tête
Mon cœur s'incline devant Toi.
Je t'adore, ô Seigneur
Aie pitié de moi.

Sur la lointaine Alioth, Joachim regardait le cube holographique. Ses yeux s'emplirent de larmes.

« Aie pitié de moi », répéta-t-il doucement en écho.

Il rangea le cube-images. Il savait qu'il ne le regarderait plus jamais.

LES SONDEURS VIVENT EN VAIN

MARTEL était furieux. Il ne régla même pas sa pression sanguine pour clamer sa colère. Exaspéré, il traversa la pièce au jugé, sans se servir de sa vue. Quand il vit la table tomber et qu'il se rendit compte, à l'expression de Luci, qu'elle avait dû s'écraser à grand fracas, il baissa les yeux pour voir s'il s'était cassé la jambe. Non. Sondeur jusqu'à la moelle, il fallut qu'il se sonde. Chez lui, c'était un réflexe, c'était automatique. L'inventaire comprenait ses jambes, son ventre, sa boîte thoracique d'instruments, ses mains, ses bras, son visage et son dos incrusté d'un miroir. Alors seulement il retourna à sa colère. Il parla avec sa voix, bien qu'il sût que sa femme en détestait la fanfare métallique et préférait qu'il écrive.

« Je t'assure qu'il faut que je cranche, il le faut. C'est mon affaire, non ? »

Quand Luci lui répondit, il ne put lire qu'une partie de ses paroles sur ses lèvres : « ... Chéri... tu es mon mari... bien de t'aimer... dangereux... fais-le... dangereux... attendre... »

Il était face à elle, mais il parla quand même avec sa voix, lui blessant de nouveau les oreilles : « Je te dis que je vais cruncher. »

Devant son expression, il ne ressentit plus que du remords et se fit un peu plus tendre : « Tu ne comprends donc pas ce que ça signifie pour moi ? Sortir de cette horrible prison dans mon crâne ? Etre de nouveau un homme. Entendre ta voix, sentir la fumée ? Avoir de nouveau des *sensations*. Mes pieds sur le sol, l'air qui glisse sur mon visage ? Tu ne comprends pas ce que ça signifie pour moi ? »

Les grands yeux de Luci, dilatés par l'inquiétude, le renvoyèrent dans sa fureur. Il ne lut que quelques mots sur ses lèvres qui remuaient : « ... T'aime... ton bien... tu ne crois pas que j'aimerais que tu sois humain ?... Ton bien... trop... il dit... ils disent... »

Quand il se mit à crier, il réalisa que sa voix devait être particulièrement épouvantable. Il savait que le son la blessait autant que le sens de ses paroles : « Est-ce moi qui t'ai obligée à épouser un Sondeur ? Ne t'ai-je pas dit que nous étions tombés presque aussi bas que les habermans ? Nous sommes morts, je te l'ai dit. Il faut que nous soyons morts pour remplir notre tâche. Comment, sinon, pourrions-nous aller dans le Grand Extérieur ? Imagines-tu ce qu'est l'hyper-espace ? Je t'ai prévenue. Mais tu m'as épousé. D'accord, tu as épousé un homme. Alors, je t'en prie, permets-moi d'être un homme. Permets-moi d'entendre ta voix, permets-moi de sentir la chaleur de la vie, la chaleur de l'humain. Je t'en prie ! »

Il vit à son air de consentement consterné qu'il avait gagné la partie. Il ne se servit plus de sa voix. Il tira sa tablette de sa poitrine, et y écrivit, de l'ongle effilé de son index droit — l'ongle parlant du Sondeur —, d'une écriture nette et claire : *Stp, chrie, où fil crcher ?*

Elle tira le long fil gainé d'or de la poche de son tablier. Elle laissa la sphère de champ tomber sur la moquette. Vivement, consciencieusement, avec l'obéissance mécanique d'une femme de Sondeur, elle lui enroula le fil à crancher autour de la tête et en spirale autour du cou et du torse. Elle évita les instruments incorporés dans sa poitrine. Elle évita même les cicatrices radiantes autour des instruments, marques distinctives de ceux qui s'étaient mesurés au Grand Extérieur. Machinalement, il leva un pied pour qu'elle glisse le fil entre ses jambes. Elle tendit le fil. Elle brancha la petite fiche près de son lecteur cardiaque. Puis elle l'aida à s'asseoir, disposant ses mains pour lui, lui poussant la tête dans le repose-tête en forme de coupe, en haut du dossier. Alors, elle se tourna, bien face à lui, pour qu'il puisse aisément lire sur ses lèvres. Elle semblait impassible.

Elle s'agenouilla, ramassa la sphère à l'autre bout du fil et se redressa calmement. Il la sonda, et ne trouva en elle que douleur, une douleur qui aurait échappé à quiconque, sauf à un Sondeur. Elle parla et il vit remuer les muscles de sa poitrine. Elle réalisa qu'elle n'était plus face à lui et se retourna afin qu'il pût voir ses lèvres.

« Enfin prêt ? »

Il acquiesça d'un sourire.

De nouveau, elle lui tourna le dos. (Luci ne supportait pas de le voir sous le réseau à crancher.) Elle lança en l'air la sphère qui se prit dans le champ de force et ne retomba pas. Soudain, elle devint incandescente. Ce fut tout. Tout — à part l'ébranlement prodigieux de retrouver soudain l'usage de ses sens. Qui lui revenaient, franchissant l'atroce seuil de la souffrance.

Quand il se réveilla, sous le réseau, il n'eut pas l'impression qu'il venait de crancher. Il se sentait en forme. Il demeura renversé dans son fauteuil. C'était pourtant son deuxième cranchage de la semaine. Ses oreilles buvaient le son de l'air qui glissait sur les objets de la chambre. Luci respirait dans la pièce voisine, où elle étendait le fil pour qu'il refroidisse. Il sentit les mille et une odeurs communes à toutes les demeures : la fraîcheur astringente du brûleur de microbes, la salure douce-amère de l'humidificateur, l'odeur du dîner qu'ils venaient de manger, les parfums des vêtements, des meubles, des gens même. C'était un pur délice. Il entama un quatrain de son chant préféré :

« *Et voici l'haberman, dans le Grand Extérieur !*
Dans le Grand — Grand — Grand Extérieur ! »

Il entendit Luci pouffer dans la pièce voisine et, avec délice, prêta l'oreille au froufrou de sa robe à l'instant où elle passait la porte.

Elle lui fit un petit sourire malheureux. « Tu as l'air en forme. Est-ce que tu te sens bien, vraiment ? »

Même en possession d'un tel arsenal de sens, il sonda. L'inventaire éclair qui était sa spécialité professionnelle. Ses yeux parcoururent les cadrans de ses instruments. Tout était normal, à part la compression nerveuse dont l'aiguille approchait de la marque *Danger.* Mais il n'y avait pas à s'inquiéter de la boîte à nerfs. Il en était toujours ainsi après le cranchage. Impossible de se mettre sous le réseau sans que ça affecte la boîte à nerfs. Un jour, l'aiguille irait jusqu'à *Surcharge,* puis retomberait sur *Mort.* C'est ainsi que finissait un haberman. Mais on ne peut pas tout avoir. Ceux qui allaient dans le Grand Extérieur devaient payer leur tribut à l'Espace.

De toute façon, pas de raison de s'inquiéter. Il était Sondeur. Et compétent, il le savait. S'il ne pouvait se sonder lui-même, qui d'autre le pourrait ? Ce cranchage n'était pas trop dangereux. Dangereux, mais pas trop.

Luci tendit la main et lui ébouriffa les cheveux. Comme si elle avait lu ses pensées plutôt que de les suivre simplement. « Mais tu sais que tu n'aurais pas dû crancher ! Tu n'aurais pas dû !

— Je l'ai fait ! » Il lui sourit.

Avec une gaieté forcée, elle dit : « Allez, viens, chéri ! Viens vivre ! J'ai presque tout dans le réfrigérateur — toutes tes saveurs préférées. Et j'ai deux nouveaux enregistrements pleins d'odeurs. Je les ai essayées moi-même. Elles me plaisent. Et tu me connais...

— Lesquelles ?

— Lesquelles quoi, mon grand chéri ? »

Il lui entoura les épaules de son bras et sortit de la pièce en boitillant. (Il n'arrivait jamais à sentir le sol sous ses pieds ni l'air sur son visage sans devenir maladroit et embarrassé. Comme si le cranchage était réel, et qu'être haberman fût un mauvais rêve. Mais il était pourtant un haberman et un Sondeur.) « Tu sais bien ce que je veux dire, Luci... les odeurs que tu as. Lesquelles t'ont plu, sur les enregistrements ?

— Eh bien », dit-elle d'un air réfléchi, « il y avait des côtelettes d'agneau dont l'odeur était bien la plus étrange... »

Il l'interrompit : « Qu'est-ce que c'est que des côtelèdanneau ?

— Attends de les sentir. Puis tu essayeras de deviner. Je vais te mettre sur la voie. C'est une odeur vieille de centaines et de centaines d'années. On l'a retrouvée dans de vieux livres.

— Une côtelèdanneau, c'est un animal ?

— Je ne te dirai rien. Tu n'as qu'à attendre », dit-elle en riant, tout en l'aidant à s'asseoir et à étaler ses plats goûte-mets devant lui. Il voulait d'abord récapituler le dîner, essayer toutes les bonnes choses qu'il avait mangées et, cette fois, en les savourant avec ses lèvres et sa langue revenues à la vie.

Quand Luci eut trouvé le fil musical et eut lancé sa sphère dans le champ de force, il lui rappela les nouvelles senteurs. Elle prit les longs enregistrements en verre et introduisit le premier dans un transmetteur. « Maintenant, respire ! »

Une odeur bizarre, effrayante, excitante, emplit la pièce. Cela ne ressemblait à rien de ce monde, et à rien du Grand Extérieur non plus. Et pourtant c'était une odeur familière. L'eau lui vint à la bouche. Son pouls battit un peu plus vite. Il sonda sa boîte cardiaque. (Plus rapide, évidemment.) Mais cette odeur ?... Jouant la perplexité, il lui saisit les mains, la regarda dans les yeux et gronda : « Dis-moi ce que c'est, chérie ! Sinon, je te mange !

— C'est exactement ça !

— Quoi ?

— Tu as raison. Cette odeur doit te donner envie de manger. C'est de la chair.

— De la chair. Qui ?

— Il ne s'agit pas d'une personne », dit-elle avec assurance, « mais d'un animal. D'un animal que les gens mangeaient autrefois. Un agneau. C'était un jeune mouton. Tu as bien vu des moutons dans les étendues désertiques, non ? Une côtelette. Un morceau pris au milieu du corps — là ! » Elle se frappa la poitrine.

Martel ne l'entendit pas. Les aiguilles de tous ses cadrans s'étaient mises sur *Alarme,* certaines sur *Danger.* Il luttait contre le rugissement de son esprit, qui jetait son corps dans une agitation excessive. Comme il est facile d'être un Sondeur, quand on est à l'extérieur de son propre corps, comme un haberman, et qu'on le regarde seulement par les yeux. Alors, on peut diriger ce corps, le maîtriser, même dans l'agonie glacée de l'Espace. Mais réaliser qu'on *est* un corps, et que c'est ce corps qui vous gouverne, que l'esprit peut brutaliser la chair et lui inspirer une panique démentielle ! Ça, c'est mauvais.

Il essaya de se rappeler sa vie avant d'être devenu haberman, avant d'avoir été démembré et réassemblé pour le Grand Extérieur. Avait-il toujours été sujet à ces flambées d'émotions passant de l'esprit au corps, du corps à l'esprit, et le troublant à tel point qu'il ne pouvait plus sonder ? Mais, à l'époque, il n'était pas Sondeur.

Il savait ce qu'il venait de retrouver. Au milieu du rugissement de son sang, il savait. Dans le cauchemar du Grand Extérieur, cette odeur s'était infiltrée jusqu'à lui, tandis que leur vaisseau brûlait au large de Vénus et que les habermans redressaient à mains nues le métal qui cédait. Alors, il avait sondé : tous étaient sur *Danger.* Tout autour de lui, les boîtes thoraciques marquèrent *Surcharge,* puis retombèrent sur *Mort* à mesure qu'il allait d'homme en homme, écartant les corps mous de son chemin comme il luttait pour sonder chaque homme à son tour, serrant dans un étau les jambes cassées passées inaperçues, ouvrant les valves de sommeil aux hommes dont les instruments montraient qu'ils étaient désespérément près de *Surcharge.* Entouré d'hommes essayant de mener leur tâche à bien et maudissant le Sondeur, tandis que lui, empli de zèle professionnel, luttait pour faire son travail et les maintenir en vie dans la Grande Douleur de l'Espace, il avait senti cette odeur. Elle était montée avec violence le long de ses nerfs reconstruits, sautant par-dessus les coupures de l'haberman, par-dessus toutes les protections de la discipline physique et mentale. Au plus brûlant de la tragédie, ç'avait été comme une puanteur. Il se souvint que c'était comme un mauvais cranchage, intimement lié à la fureur et au cauchemar qui l'entouraient. Il avait même interrompu son travail pour se sonder, craignant que ne se déclarent les atteintes du Premier Effet, surmontant les obstacles des coupures de l'haberman et l'anéantissant dans la Grande Douleur de l'Espace. Mais il s'en était sorti. Ses propres instruments s'étaient fixés immuablement sur *Danger*, sans monter jusqu'à *Surcharge*. Il avait accompli sa mission et s'était vu décerner une citation. Il avait même oublié le vaisseau en flammes.

Mais pas l'odeur.

Et voilà qu'elle le submergeait de nouveau — odeur de viande soumise au feu, puanteur...

Luci le regarda avec une inquiétude toute conjugale. Elle pensait qu'il avait trop cranché, c'était clair, et qu'il allait se retrouver dans son univers d'haberman. Elle essaya de se montrer joyeuse : « Tu ferais bien de te reposer, chéri. »

Il murmura : « Coupe... coupe... cette... odeur. »

Elle ne discuta pas. Elle débrancha le transmetteur. Elle traversa même la pièce et manœuvra les contrôles jusqu'à ce qu'une petite brise se lève, entraînant les odeurs au plafond.

Il se leva, raide et fatigué. (Ses instruments indiquaient la normale, sauf pour le cœur, un peu rapide, et les nerfs, toujours proches de la limite *Danger*.) Il dit avec tristesse : « Pardonne-moi, Luci. Je suppose que je n'aurais pas dû crancher. Pas deux fois de suite. Mais, chérie, il faut bien que je cesse de temps en temps d'être un haberman. Sinon, comment être jamais près de toi ? Comment être un homme sans entendre ma propre voix, sans même sentir ma propre vie qui coule dans mes veines ? Je t'aime, ma chérie. Ne puis-je donc jamais être près de toi ? »

Elle répondit avec une fierté disciplinée et automatique : « Mais tu es un Sondeur !

— Je sais que je suis un Sondeur. Et alors ? »

Elle récita sans respirer, comme un conte mille fois raconté pour se rassurer : « Tu es le plus brave des braves, le plus habile des habiles. Toute l'Humanité doit honorer le Sondeur, qui unit les Terres. Les Sondeurs sont les protecteurs des habermans. Ils sont les juges dans le Grand Extérieur. Ils permettent aux hommes de vivre en des endroits où ils éprouvent la nostalgie de la mort. Ils sont les membres les plus honorés de l'Humanité, et même les Seigneurs de l'Instrumentalité se plaisent à leur rendre hommage ! »

Tout à son chagrin obstiné, il objecta : « Luci, nous connaissons ça par cœur ! Mais est-ce que ça nous paye de...

— Les Sondeurs ne travaillent pas que pour le salaire. Ils sont les puissants gardiens de l'Humanité. L'aurais-tu oublié ?

— Mais nos vies, Luci ! Quel plaisir y a-t-il pour toi à être la femme d'un Sondeur ? Pourquoi m'as-tu épousé ? Je ne suis humain que quand je cranche. Le reste du temps... tu sais bien ce que je suis. Une machine. Un homme transformé en machine. Un homme qu'on a tué et ressuscité pour servir. Ne comprends-tu donc pas ce qui me manque ?

— Bien sûr, chéri, bien sûr... »

Il continua : « Ne sais-tu pas que je me souviens de mon enfance ? Ne sais-tu pas que je me souviens de ce que c'est que d'être un homme, et non un haberman ? De marcher et de sentir le sol sous mes pieds ? De sentir une honnête douleur au lieu de surveiller mon corps à chaque seconde pour voir que je suis encore vivant ? Comment saurai-je si je suis mort ? As-tu déjà pensé à ça, Luci ? *Comment saurai-je si je suis mort ?* »

Elle ignora la folie de cette explosion. Elle dit d'un ton apaisant : « Assieds-toi, chéri. Je vais te préparer un verre. Tu es épuisé. »

Automatiquement, il sonda. « Non, je ne suis pas épuisé ! Ecoute ! Qu'est-ce que tu crois que l'on ressent dans le Grand Extérieur avec, autour de soi, tout l'équipage ligoté pour l'espace ? Qu'est-ce que tu crois qu'on ressent à les regarder dormir ? Crois-tu que ça me plaise de sonder, sonder, sonder mois après mois, tout en sentant la Douleur de l'Espace battre contre toutes les parties de mon corps, essayer de franchir mes blocages d'haberman ? Crois-tu que j'aime réveiller les hommes, quand vient le moment, sachant qu'ils me haïront pour cela ? As-tu déjà vu des habermans combattre ? Ce sont des combattants puissants qui ne connaissent pas la douleur et qui luttent jusqu'à *Surcharge ?* Penses-tu quelquefois à tout cela, Luci ? » Il ajouta triomphalement : « Peux-tu me reprocher de crancher pour redevenir un homme, rien que deux fois par mois ?

— Je ne te le reproche pas, chéri. Jouissons ensemble de ton cranchage. Assieds-toi. Je vais te préparer un verre. »

Il s'assit, il enfouit sa tête dans ses mains tandis qu'elle lui préparait un verre, n'utilisant que des fruits naturels en bocaux en plus des alcaloïdes sans danger. Nerveux, il la regardait, plein de pitié à l'idée qu'elle ait pu épouser un Sondeur. Et puis, bien que ce fût injuste, il lui en voulut de l'avoir plaint.

A l'instant où elle se retournait pour lui tendre son verre, ils sursautèrent tous les deux en entendant le visiphone. Ils l'avaient débranché. Il sonna une seconde fois, sans doute sur le circuit urgence. Devançant Luci, Martel s'avança vers l'appareil. Sur l'écran, Vomact le regardait.

La coutume des Sondeurs l'autorisait à se montrer brusque, même envers le Sondeur Doyen, en certaines occasions. C'en était une.

Avant que Vomact ait pu parler, Martel prononça deux mots face à l'écran sans se soucier de savoir si le vieillard pouvait ou non lire sur ses lèvres : « Cranchage. Occupé. »

Il coupa la communication et revint vers Luci.

La sonnerie retentit une seconde fois.

Luci dit avec douceur : « Je vais voir ce qu'il veut, chéri. Là, prends ton verre et assieds-toi.

— Ne t'occupe pas de ça. Personne n'a le droit d'appeler quand je suis en train de crancher. Il le sait. Il devrait le savoir. »

Le téléphone sonna encore. Furieux, Martel se leva et se dirigea vers l'écran. Avant qu'il ait pu parler, Vomact leva son ongle parlant devant sa boîte cardiaque. Martel revint à la discipline :

« Sondeur Martel présent et disponible, Maître. »

Les lèvres remuèrent solennellement : « Extrême urgence.

— Maître, je suis en train de crancher.

— Extrême urgence.

— Mais ne comprenez-vous donc pas ? » Martel articulait exagérément, pour être bien sûr que Vomact le suivait : « Je... suis... en... train... de... crancher. Inapte... à... l'Espace ! »

Vomact répéta : « Extrême urgence. Vous présenter au Quartier Général.

— Mais, Maître, jamais une urgence pareille...

— C'est vrai, Martel, jamais pareille urgence ne s'est produite jusqu'ici. Présentez-vous au Quartier Général. » Puis, avec une imperceptible nuance de gentillesse, il ajouta : « Inutile de décrancher. Venez comme vous êtes. »

Cette fois, ce fut Vomact qui coupa. L'écran redevint gris.

Martel se tourna vers Luci. Toute colère avait quitté sa voix. Elle vint à lui. Elle l'embrassa en lui ébouriffant les cheveux. Elle ne put dire qu'une chose : « Je suis désolée. »

Elle l'embrassa encore, sachant combien il était déçu. « Fais bien attention, chéri. J'attendrai. »

Il sonda, puis se glissa dans sa vareuse aérienne transparente. A la fenêtre, il s'arrêta et lui fit au revoir de la main. Elle lui cria : « Bonne chance ! » Comme l'air filait autour de lui, il se dit :

Voilà la première fois que je me sens voler en... en onze ans. Dieu ! qu'il est facile de voler quand on se sent voler !

Loin devant lui, le Quartier Général scintillait, blanc et austère. Martel scruta le vide. Il ne vit pas le miroitement de vaisseaux arrivant du Grand Extérieur, ni le flamboiement terrifiant du Feu de l'Espace dont on a perdu le contrôle. Tout était tranquille, comme il se doit un jour sans service.

Et, pourtant, Vomact avait appelé. Pour une urgence

supérieure à l'Espace. Cela n'existait pas. Et, pourtant, Vomact avait appelé.

Quand Martel arriva, il trouva la moitié des Sondeurs présents, environ une vingtaine. Il leva son ongle parlant. La plupart des Sondeurs étaient debout face à face. Ils conversaient en lisant sur les lèvres. Quelques-uns, parmi les plus vieux et les plus impatients, griffonnaient sur leurs tablettes et se les jetaient à la tête. Tous les visages étaient placides et mornes, des visages d'habermans. Quand Martel entra dans la salle, il sut que les autres riaient dans le profond isolement de leur propre esprit, chacun pensant des choses qu'il eût été inutile d'exprimer en paroles. Il y avait longtemps qu'un Sondeur ne s'était pas présenté à une réunion sous l'influence du cranchage.

Vomact n'était pas là. Martel pensa qu'il était probablement encore au visiphone, en train d'appeler les autres. La lumière du visiphone se mit à clignoter, puis la sonnerie retentit. Martel se sentit tout drôle en se rendant compte que, de toute l'assemblée, il était le seul à l'avoir entendue. Il comprenait soudain pourquoi les gens ordinaires n'aimaient pas se trouver avec un groupe d'habermans ou de Sondeurs. Il regarda autour de lui, cherchant une compagnie.

Son ami Chang était là, très occupé à expliquer à un vieux Sondeur irascible qu'il ne savait pas pourquoi Vomact les avait réunis. Un peu plus loin, il vit Parizianski. Il s'en approcha, se frayant un chemin à travers les autres, avec une dextérité montrant qu'il sentait ses pieds de l'intérieur et n'avait nul besoin de les surveiller de l'extérieur. Plusieurs Sondeurs tournèrent vers lui leurs visages morts et essayèrent de sourire. Mais ils manquaient du contrôle musculaire total, et leurs faces se convulsèrent en d'horribles masques. (Généralement, les Sondeurs ne tentaient même pas d'exprimer quelque chose sur un visage qu'ils ne gouvernaient plus. Martel se dit en lui-même : *Je jure que je ne sourirai plus jamais, à moins d'être cranché.*)

Parizianski le salua du doigt parlant. Face à face, il lui dit : « Tu viens cranché ? »

Parizianski ne pouvait pas entendre sa propre voix, à la fois grinçante et rugissante ; Martel fut stupéfait, mais il savait que la question partait d'un bon sentiment. Il n'était pas de meilleur homme que le solide Polonais.

« Vomact a déclaré l'état d'extrême urgence.

— Tu lui as dit que tu étais cranché ?

— Oui.

— Et il t'a quand même ordonné de venir ?

— Oui.

— Alors... alors, il ne s'agit pas de l'Espace. Tu ne pourrais pas partir dans le Grand Extérieur. Tu es comme un homme ordinaire.

— C'est exact.

— Alors pourquoi nous a-t-il appelés ? » Quelque habitude pré-haberman lui fit lever les bras en un geste interrogateur. La main frappa le dos d'un vieillard derrière eux. Le coup résonna très fort dans la salle, mais Martel fut le seul à l'entendre. Instinctivement, il sonda Parizianski et le vieux Sondeur, et ils le sondèrent en retour. Alors seulement le vieillard demanda pourquoi Martel l'avait sondé. Quand Martel lui expliqua qu'il était cranché, le vieillard circula vivement parmi les autres pour leur annoncer la nouvelle.

Mais même cette information à sensation ne put distraire longtemps les Sondeurs de leur inquiétude. Un jeune homme, qui avait sondé son premier transit l'année précédente, s'interposa entre Parizianski et Martel. Très dramatique, il leur montra sa tablette : *Vmct dngue ?*

Ses deux aînés secouèrent la tête. Martel, se souvenant qu'il n'y avait pas longtemps que le jeune homme était passé à l'état d'haberman, adoucit la solennité de la dénégation par un sourire amical. Il dit de sa voix véritable : « Vomact est le Doyen Sondeur. Je suis sûr qu'il ne peut pas devenir fou. Ne le verrait-il pas d'abord sur ses cadrans ? »

Martel fut obligé de répéter deux fois sa question, articulant soigneusement pour que le jeune Sondeur comprît son commentaire. Le jeune homme voulut lui adresser un sourire facial et contorsionna son visage en un masque comique. Mais il reprit sa tablette et griffonna : *vs avz rson.*

Chang quitta son ami et rejoignit Martel, son visage à demichinois souriant dans la tiédeur du soir. (C'est étrange, pensa Martel, qu'il n'y ait pas davantage de Chinois qui deviennent Sondeurs. Ou peut-être pas si étrange après tout, si on pense qu'ils ne remplissent jamais leur quota d'habermans. Les Chinois aiment trop la vie. Mais ceux qui sondent sont tous de grande valeur.) Chang vit que Martel était cranché et parla :

« Tu violes la coutume. Luci doit être furieuse de te perdre !

— Elle a bien pris la chose. Chang, c'est étrange.

— Quoi ?

— Je suis cranché et j'entends. Ta voix paraît normale. Comment as-tu appris à parler comme... comme un homme ordinaire ?

— Je me suis exercé avec des enregistrements vocaux. Curieux que tu l'aies remarqué. Je crois être le seul Sondeur, sur la Terre ou entre les Terres, à pouvoir passer pour un homme ordinaire. Miroirs et enregistrements. Je me suis appris à jouer la comédie.

— Mais tu ne... ?

— Non, je n'ai ni goût, ni ouïe, ni odorat, comme toi. Parler ne me sert pas à grand-chose. Mais j'ai remarqué que les gens autour de moi en sont plus heureux.

— Ça transformerait sûrement la vie de Luci. »

Chang hocha la tête, approbateur. « Mon père a insisté. Il m'a dit : “ Tu es peut-être fier d'être un Sondeur, mais je regrette que tu ne sois plus un homme. Cache tes défauts. ” Alors, j'ai essayé. Je voulais raconter au vieux comment c'est dans le Grand Extérieur, et ce qu'on y fait, mais ça ne l'a pas impressionné. Il a dit : « Les avions étaient assez bons pour Confucius, et ils sont donc assez bons pour moi aussi. » Le vieux farceur ! Il se donne tellement de mal pour être chinois, et il ne sait même pas lire l'ancienne écriture. Mais il a un merveilleux bon sens et, pour quelqu'un qui va sur deux cents ans, il se remue vraiment. »

Martel sourit : « Dans son avion ? »

Chang lui rendit son sourire. Il avait une maîtrise

étonnante de ses muscles faciaux ; un profane n'aurait jamais deviné qu'il était un haberman, contrôlant ses yeux, ses joues et ses lèvres uniquement par l'intellect. Ses expressions avaient la spontanéité de la vie. Martel sentit un pincement d'envie quand il regarda les visages morts et froids de Parizianski et des autres. Il savait qu'il faisait lui-même bonne figure, mais c'était normal, il était cranché. Se tournant vers Parizianski, il dit : « Tu as vu ce que disait Chang à propos de son père ? Le vieux se sert d'un avion. »

Parizianski remua la bouche, mais les sons ne voulaient rien dire. Il prit sa tablette et la montra à Martel et à Chang.

Oh, oh ! Bn vix.

A ce moment, Martel entendit des pas dans le corridor. Il ne put s'empêcher de regarder vers la porte. D'autres yeux suivirent son regard.

Vomact entra.

Le groupe se mit au garde-à-vous sur quatre rangs. Ils se sondèrent mutuellement. De nombreuses mains se tendirent pour ajuster les contrôles électrochimiques des boîtes thoraciques qui commençaient à se charger. Un Sondeur tendit un doigt cassé découvert par son contre-Sondeur, et le fit soigner et plâtrer.

Vomact avait son bâton de commandement. Le cube au sommet se mit à clignoter, dans la salle les rangs se reformèrent, et tous les Sondeurs firent le signe signifiant : *Présent et prêt !*

Vomact répondit par la posture signifiant : *Je suis le Doyen et je prends le commandement.*

Les doigts parlants se levèrent pour le geste-réponse : *Nous vous assurons de notre concours.*

Vomact leva le bras droit, laissa sa main s'affaisser comme s'il avait le poignet cassé, en un geste interrogateur signifiant : *Y a-t-il des hommes ici ? Des habermans ? Sommes-nous entre Sondeurs ?*

Seul de tous les assistants, Martel, le cranché, entendit le frottement des pieds au moment où tous pivotèrent sur eux-mêmes sans quitter leur place, se regardant d'un œil incisif et dirigeant leurs lampes de ceinture vers les coins sombres de la grande salle.

Quand ils revinrent face à Vomact, il leur fit un autre signe :

Nous sommes seuls. Ecoutez mes paroles.

Martel remarqua qu'il était le seul à se détendre. Les autres ne pouvaient pas comprendre le sens de la relaxation, avec leur esprit bloqué dans leur crâne, uniquement connecté avec les yeux, et le reste du corps connecté avec l'esprit seulement par l'intermédiaire de nerfs non sensoriels et des boîtes d'instruments incrustées dans leurs poitrines. Il comprit que, cranché comme il était, il s'était attendu à entendre la voix de Vomact ; le Doyen parlait depuis un moment. Aucun son ne sortait de ses lèvres. Vomact ne se donnait jamais la peine d'émettre des sons.

« ... Et quand les premiers hommes à aller dans le Grand Extérieur arrivèrent sur la Lune, que trouvèrent-ils ?

— Rien ! » répondit le chœur silencieux des lèvres.

« Aussi allèrent-ils plus loin, jusqu'à Mars et Vénus. Les vaisseaux partaient tous les ans, mais ne revinrent jamais jusqu'à l'An Premier de l'Espace. Alors, un vaisseau revint avec le Premier Effet. Sondeurs, je vous le demande, qu'est-ce que le Premier Effet ?

— Personne ne le sait. Personne ne le sait.

— Personne ne le saura jamais. Trop nombreuses sont les variables. Comment connaissons-nous le Premier Effet ?

— Par la Grande Douleur de l'Espace », dit le chœur.

— Et par quel autre signe ?

— Par la nostalgie, ô la nostalgie de la mort ! »

Vomact dit : « Et qui a stoppé la nostalgie de la mort ?

— Henry Haberman a vaincu le Premier Effet en l'An 83 de l'Espace.

— Et que fit-il ensuite, Sondeurs, je vous le demande ?

— Il fit les habermans.

— Comment, ô Sondeurs ! les habermans sont-ils faits ?

— Ils sont faits grâce aux coupures. Le cerveau est

coupé du cœur, des poumons. Le cerveau est coupé des oreilles, du nez. Le cerveau est coupé de la bouche, du ventre. Le cerveau est coupé du désir et de la douleur. Le cerveau est coupé du monde. Sauf les yeux. Sauf le contrôle de la chair vivante.

— Et comment, ô Sondeurs ! la chair est-elle contrôlée ?

— Par les boîtes incrustées dans la chair, les contrôles incrustés dans le torse, les signes faits pour régir le corps vivant, les signes par lesquels vit le corps.

— Comment un haberman vit-il et continue-t-il à vivre ?

— L'haberman vit par le contrôle des boîtes.

— D'où viennent les habermans ? »

Martel sentit, dans la réponse qui suivit, un vaste grondement de voix cassées se répercutant dans la salle, comme les Sondeurs, habermans eux-mêmes, répliquaient à haute voix : « Les habermans sont la lie de la Terre. Les habermans sont les faibles, les cruels, les crédules et les débiles. Les habermans sont condamnés à pire-que-la-mort. Les habermans ne vivent qu'en esprit. Ils sont tués pour l'Espace mais ils vivent pour l'Espace. Ils commandent les vaisseaux qui unissent les Terres. Ils vivent dans la Grande Douleur, tandis que les hommes du commun dorment du sommeil froid, si froid du transit.

— Frères Sondeurs, je vous demande maintenant : sommes-nous des habermans, oui ou non ?

— Nous sommes des habermans dans notre chair. Nous sommes démembrés, cerveau et chair. Nous sommes prêts à aller dans le Grand Extérieur. Tous, nous avons subi l'opération d'haberman.

— Sommes-nous donc des habermans ? » Les yeux de Vomact lançaient des éclairs en posant la question rituelle.

Une fois encore, le chœur des réponses s'accompagna d'un rugissement de voix que Martel fut seul à entendre : « Habermans, nous le sommes, mais nous sommes plus qu'habermans ! Nous sommes les Elus qui sont habermans de leur propre choix. Nous sommes les Agents de l'Instrumentalité du Genre Humain.

— Que doivent dire les autres en parlant de nous ?

— Ils doivent dire de nous : Tu es le plus brave des braves, le plus habile des habiles. Toute l'humanité doit honorer le Sondeur qui unit les Terres de l'humanité. Les Sondeurs sont les protecteurs des habermans. Ils sont les juges dans le Grand Extérieur. Ils permettent aux hommes de vivre en des endroits où les hommes ressentent la nostalgie de la mort. Ils sont les membres les plus honorés de l'Humanité, et même les Seigneurs de l'Instrumentalité se plaisent à leur rendre hommage ! »

Vomact se redressa de toute sa taille : « Quel est le devoir secret du Sondeur ?

— De garder notre loi secrète et de détruire ceux qui la connaissent.

— Comment les détruire ?

— Deux fois sur *Surcharge,* puis retour sur *Mort.*

— Si les habermans meurent, quel est notre devoir ? »

Tous les Sondeurs serrèrent les lèvres en réponse. (Le mot d'ordre était : *silence.*) Martel, depuis longtemps familiarisé avec ce rituel, s'ennuyait un peu ; il remarqua que Chang avait la respiration oppressée, tendit le bras et ajusta le contrôle pulmonaire de Chang, qui le remercia du regard.

Vomact remarqua l'interruption et ses yeux brillèrent de colère. Martel se détendit, essayant d'imiter l'immobilité froide et morte des autres. C'était très difficile lorsqu'on était cranché.

« Si d'autres meurent, quel est votre devoir ? » demanda Vomact.

« Les Sondeurs assemblés informent l'Instrumentalité. Les Sondeurs assemblés acceptent le châtiment. Les Sondeurs assemblés règlent l'affaire.

— Et si le châtiment est trop sévère ?

— Alors, vaisseaux ne partent pas.

— Et si les Sondeurs ne sont pas honorés ?

— Alors, vaisseaux ne partent pas.

— Et si un Sondeur n'est pas payé ?

— Alors, vaisseaux ne partent pas.

— Et si les Autres et l'Instrumentalité ne sont pas en

tous temps et en tous lieux conscients de leurs obligations envers les Sondeurs ?

— Alors, vaisseaux ne partent pas.

— Et qu'arrive-t-il, ô Sondeurs ! si vaisseaux ne partent pas ?

— Terres se disloquent. Sauvagerie revient. Vieilles Machines et Bêtes reviennent.

— Quel est le premier devoir d'un Sondeur ?

— Ne pas dormir dans le Grand Extérieur.

— Quel est le second devoir d'un Sondeur ?

— Oublier à jamais le nom de la peur.

— Quel est le troisième devoir d'un Sondeur ?

— Ne se servir qu'avec prudence et modération du fil d'Eustache Cranch. » Plusieurs paires d'yeux jetèrent un rapide regard à Martel avant que le chœur ne reprenne : « Ne crancher que chez soi, seulement entre amis, et dans le seul but de se souvenir, de se détendre ou d'engendrer.

— Quelle est la parole du Sondeur ?

— Fidèle jusque dans la mort.

— Quelle est la devise du Sondeur ?

— Eveillé dans le grand silence.

— Quelle est la tâche du Sondeur ?

— Labeur, même aux profondeurs du Grand Extérieur : loyauté, même aux profondeurs des Terres.

— Comment reconnaître un Sondeur ?

— Nous nous connaissons entre nous. Nous sommes morts bien qu'en vie. Et nous parlons par l'ongle et la tablette.

— Quel est ce code ?

— Ce code est l'ancienne sagesse des Sondeurs, ordonnant que nous soyons pleins d'égards les uns pour les autres et que nous trouvions notre joie en notre mutuelle loyauté. »

A ce point, le rituel aurait dû continuer : « Nous complétons le code. Y a-t-il travail ou ordre pour les Sondeurs ? » Mais à la place, Vomact dit et répéta : « Extrême urgence. Extrême urgence. »

Ils lui firent le signe : *Présent et prêt !*

Il dit alors, tandis que tous les yeux scrutaient ses

lèvres pour entendre : « Certains d'entre vous connaissent-ils l'œuvre d'Adam Stone ? »

Martel vit remuer des lèvres, qui disaient : « L'Astéroïde Rouge. L'Autre qui vit à la lisière de l'Espace.

— Adam Stone s'est rendu auprès de l'Instrumentalité, prétendant avoir réussi. Il dit qu'il a trouvé le moyen d'éliminer la Douleur de l'Espace. Il dit que le Grand Extérieur peut être rendu sans danger pour que l'homme du commun y travaille et y reste éveillé. Il dit qu'il n'y a plus besoin de Sondeurs. »

Les lampes de ceinture clignotèrent par toute la salle, tous les Sondeurs demandant ensemble le droit de réponse. Vomact fit un signe de tête à l'un des plus vieux. « La parole est au Sondeur Smith. »

Smith entra lentement dans la lumière, regardant ses pieds. Il se retourna pour qu'ils puissent tous voir son visage. Puis il parla : « J'affirme que c'est un mensonge. J'affirme que ce Stone est un menteur. J'affirme qu'il ne faut pas tromper l'Instrumentalité. »

Il se tut. Puis, en réponse à quelque question de l'assistance que la plupart des autres n'avaient pas vue, il dit : « J'invoque le devoir secret du Sondeur. »

Smith leva le bras droit pour demander l'attention d'urgence.

« J'affirme que Stone doit mourir. »

Martel, toujours cranché, frissonna en entendant le fracas des huées, cris, grognements, grondements, gémissements qu'émirent les Sondeurs, oubliant le bruit dans leur excitation et essayant d'obliger leurs corps morts à parler à des oreilles mortes. Les lampes de ceinture clignotaient dans toute la salle. On se rua vers le podium et les Sondeurs se mirent à s'agiter, essayant d'attirer l'attention, jusqu'à ce que Parizianski — uniquement par la force — écarte les autres et se tourne vers le groupe, remuant les lèvres : « Frères Sondeurs, donnez-moi vos yeux ! »

Ceux restés dans la salle continuaient à se bousculer. Enfin, Vomact vint se placer devant Parizianski, face aux autres, et dit : « Sondeurs, agissez en Sondeurs ! Donnez-lui vos yeux ! »

Parizianski était médiocre orateur. Ses lèvres remuaient trop vite et il bougeait les mains, ce qui distrayait l'attention de ses lèvres. Néanmoins, Martel put suivre la plus grande partie de son message.

« ... Cela est impossible. Stone a peut-être réussi. S'il a réussi, cela signifie la fin des Sondeurs. Et aussi la fin des habermans. Aucun d'entre nous n'aura plus à combattre dans le Grand Extérieur. Personne ne cranchera plus pour redevenir humain pendant quelques heures ou quelques jours. Tout le monde sera Autre. Personne ne cranchera plus, plus jamais. Les hommes pourront être des hommes. On pourra tuer les habermans décemment et proprement, comme on tuait autrefois les criminels, sans avoir besoin de les conserver en vie. Ils ne seront plus obligés de travailler dans le Grand Extérieur ! Plus de Grande Douleur ! Imaginez ! Plus... de... Grande... Douleur ! Comment pouvez-vous être sûrs que ce Stone est un menteur... ? » On lui braquait des lampes droit dans les yeux. (La plus sanglante insulte de Sondeur à Sondeur.)

De nouveau, Vomact fit acte d'autorité. Il se plaça devant Parizianski et dit quelque chose que les autres ne pouvaient voir. Parizianski descendit du podium. Vomact reprit la parole.

« Je crois que certains Sondeurs ne sont pas d'accord avec notre Frère Parizianski. Je demande la suspension du droit à la parole jusqu'à ce que nous ayons pu discuter la question. La réunion reprendra dans un quart d'heure. »

Martel chercha Vomact des yeux quand le Doyen eut rejoint le groupe resté dans la salle. Le trouvant enfin, Martel écrivit vivement sur sa tablette, attendant l'occasion de la mettre devant les yeux de Vomact : *Suis crché, dmnde rsptmt prmissn ptir mntnt, attds vs ordres.*

Etre cranché constituait pour Martel une étrange expérience. La plupart des réunions auxquelles il avait assisté lui avaient semblé cérémonieuses, d'un rituel revigorant qui éveillait les sombres éternités intérieures de l'état d'haberman. Quand il n'était pas cranché, il ne faisait pas plus attention à son corps qu'un buste de marbre à son piédestal. Souvent, avant ce jour, il était resté debout avec eux. Debout des heures sans effort, tandis que le long rituel s'infiltrait lentement dans la terrible solitude qui était derrière ses yeux, et lui faisait sentir que les Sondeurs, cette confrérie de damnés, étaient néanmoins à jamais honorés par l'obligation professionnelle de leur mutilation.

Cette fois, c'était différent. Cranché et en pleine possession de ses sens du goût, du toucher et de l'odorat, il réagissait pratiquement comme un homme normal. Il voyait dans ses amis et collègues une bande de fantômes cruellement abusés, mimant le rituel vide de sens de leur damnation irrévocable. Etait-il une chose qui pût vraiment compter, quand on était devenu haberman ? Pourquoi tous ces discours sur les Sondeurs et les habermans ? Les habermans étaient des criminels ou des hérétiques et les Sondeurs étaient des héros volontaires, mais ils étaient tous dans le même état, sauf qu'on accordait aux Sondeurs l'occasion de brefs retours à l'état normal par le cranchage, tandis qu'on se contentait de déconnecter les habermans quand les vaisseaux restaient au port. On les suspendait jusqu'à l'heure du réveil, en un moment d'urgence ou de trouble, pour vivre un autre épisode de leur damnation. Il était rare de voir un haberman dans la rue. Il fallait que ce fût un être d'un mérite ou d'un courage tout particulier, à qui on permettait de regarder l'humanité de la terrible prison de son corps mécanisé. Et pourtant, un Sondeur avait-il jamais pitié d'un haberman ? Avait-on vu un Sondeur honorer un haberman, si ce n'est du bout des lèvres et en service ? En tant que guilde et en tant que classe, qu'avaient fait les Sondeurs pour les habermans ? Quand un haberman avait vécu trop longtemps aux côtés d'un Sondeur, quand il apprenait les ficelles du métier de Sondeur et commençait à vivre selon son idée et non plus suivant ce qu'imposait la volonté d'un supérieur, on le tuait d'un simple mouvement de poignet. Que pouvaient savoir les Autres, les hommes du commun, de ce qui se passait à l'intérieur des vaisseaux ? Les Autres dormaient dans leurs caissons, inconscients jusqu'à leur réveil sur celle des autres Terres qu'ils avaient choisie. Que pouvaient savoir les

Autres sur les hommes qui devaient rester vivants à l'intérieur du vaisseau ?

Que pouvaient savoir les Autres sur le Grand Extérieur ? Les Autres pouvaient-ils contempler la beauté mordante et acide des étoiles dans l'immensité de l'Espace ? Que pouvaient-ils savoir de la Grande Douleur, qui commençait doucement dans la moelle, comme un mal sourd continuait par la nausée et la fatigue de chaque cellule nerveuse, qui se développait dans chaque cellule cérébrale et en tous les points où le corps touchait quelque chose, jusqu'à ce que la vie elle-même ne devînt qu'une immense souffrance et une faim terrible de silence et de mort ?

Il était Sondeur. Oui, *il était Sondeur*. Il était Sondeur depuis le moment où, parfaitement normal, il avait juré, debout dans le soleil en présence d'un Sous-Chef de l'Instrumentalité :

« *J'engage mon honneur et ma vie au service de l'Humanité. Je me sacrifie volontairement pour le bien de l'Humanité. En acceptant cet honneur austère et dangereux, je délègue tous mes droits sans exception aux Honorables Chefs de l'Instrumentalité et à l'Honorable Confrérie des Sondeurs.* »

Il avait prêté serment.

Il était passé dans la machine d'haberman.

Il se rappelait son enfer. Qui n'avait quand même pas été parmi les plus terribles, bien qu'il lui eût semblé durer un million d'années, sans sommeil. Il avait appris à voir malgré les lourdes plaques placées derrière ses globes oculaires pour isoler ses yeux du reste de son corps. Il avait appris à surveiller sa peau. Il se souvenait encore du jour où il avait remarqué de l'humidité sur sa chemise et où, tirant son miroir de Sondeur, il s'était aperçu qu'il s'était déchiré le flanc en s'appuyant à une machine vibratoire. (Chose qui ne pourrait pas lui arriver maintenant ; il était trop versé dans l'art de lire ses instruments.) Il se souvenait comment il était allé dans le Grand Extérieur et comment la Grande Douleur avait battu en lui, bien que son toucher, son odorat, son goût et son ouïe fussent anéantis pour les usages ordinaires. Il se souvenait d'avoir tué des habermans et d'en avoir conservé d'autres en vie, et de s'être tenu pendant des mois aux côtés de l'Honorable Sondeur-Pilote, sans que ni l'un ni l'autre dormît. Il se rappelait être descendu en permission sur Terre Quatre, et se souvenait n'en avoir éprouvé aucun plaisir. Il avait alors compris qu'il n'y avait pas de récompense.

Ainsi, debout immobile au milieu des autres Sondeurs, il haïssait leur maladresse à se mouvoir, leur immobilité. Il haïssait le bizarre assortiment d'odeurs qu'exsudaient leurs corps sans qu'ils s'en aperçoivent. Il haïssait les grognements et grondements qu'ils émettaient dans leur surdité. Il les haïssait, et se haïssait lui-même.

Comment Luci pouvait-elle le supporter ? Pendant qu'il la courtisait, les aiguilles de sa boîte thoracique n'avaient guère quitté le repère *Danger,* car il emmenait partout, tout à fait illégalement, son fil à crancher, passait directement d'un cranchage à un autre, sans se soucier de ce que toutes ses aiguilles montaient lentement vers la marque *Surcharge.* Il avait courtisé Luci sans songer à ce qui arriverait si elle disait « oui ». Elle avait dit oui.

« Et ils vécurent heureux et eurent beaucoup d'enfants. » Dans les vieux livres, oui, mais comment le pouvaient-ils dans la vie ? Dans toute l'année écoulée, il n'avait passé que dix-huit jours sous le fil à crancher ! Pourtant, elle l'avait aimé. Elle l'aimait toujours. Il le savait. Elle était nerveuse pendant les longs mois qu'il passait dans le Grand Extérieur. Elle s'efforçait de lui donner un foyer, bien qu'il fût un haberman ; de rendre appétissants ses plats, bien qu'il n'eût plus de goût ; de se faire jolie, bien qu'il ne pût pas l'embrasser — et c'était mieux ainsi, car un corps d'haberman n'était rien de plus qu'un meuble. Luci était patiente.

Et maintenant, Adam Stone ! (Il abaissa sa tablette. Comment partir, maintenant ?)

Dieu bénisse Adam Stone !

Martel ne put s'empêcher de s'apitoyer un peu sur lui-même. L'appel strident et lancinant du devoir ne le porterait plus jamais à travers deux cents ans du temps des Autres, deux millions d'éternités privées bien à lui.

Il pourrait se détendre et se prélasser. Il pourrait oublier les profondeurs de l'Espace et laisser aux Autres le Grand Extérieur. Il pourrait crancher autant qu'il l'oserait. Il pourrait être presque normal — presque — pendant un an, ou cinq ans, ou rien du tout. Mais il pourrait au moins rester près de Luci. Il pourrait aller avec elle dans les contrées sauvages, où des Bêtes et de Vieilles Machines hantaient encore les ténèbres. Il mourrait peut-être dans l'excitation de la chasse, en lançant un javelot sur un ancien manshonyagger surgi de sa tanière ou en jetant des sphères brûlantes sur les sauvages de l'Impardonné qui rôdaient toujours dans les Déserts. Il existait encore une vie à vivre, une mort normale à mourir, au lieu du simple mouvement d'une aiguille dans le silence et l'agonie de l'Espace !

Il marchait, très agité. Son ouïe s'était accordée au son de la parole normale, de sorte qu'il n'avait pas envie de regarder les lèvres de ses frères. Maintenant, ils semblaient avoir pris une décision. Vomact se dirigeait vers le podium. Martel chercha Chang et alla à son côté. Chang murmura :

« Tu es aussi agité que l'eau en plein ciel ! Qu'est-ce qui se passe ? Tu décranches ? »

Tous deux sondèrent Martel, mais les instruments ne montraient aucun signe d'affaiblissement du cranchage.

Les lumières clignotèrent pour signaler la fin de la suspension. Ils reformèrent les rangs. Le visage émacié et ancien de Vomact surgit dans la lumière, et il parla : « Frères Sondeurs, je demande un vote. »

Il prit la posture signifiant : « *Je suis le Doyen et prends le commandement.* »

Une lampe de ceinture s'alluma en protestation.

C'était le vieil Henderson. Il monta sur le podium, parla à Vomact et — avec l'assentiment de ce dernier — se tourna face aux autres pour répéter sa question : « Qui parle au nom des Sondeurs présentement dans l'Espace ? »

Aucune lampe ni main levée ne lui répondit.

Henderson et Vomact, face à face, discutèrent quelques instants. Puis Henderson se tourna de nouveau vers eux :

« Je m'incline devant l'autorité du Doyen. Mais je conteste la validité de cette réunion en temps que Meeting de la Confrérie. Il existe en tout soixante-huit Sondeurs, et quarante-sept seulement sont présents, dont un qui est cranché et inapte au service. J'ai donc proposé que le Doyen ne préside qu'un Comité d'Urgence de la Confrérie, et non un Meeting plénier. Est-ce compris et accepté par les Honorables Sondeurs ? »

Les mains se levèrent pour acquiescer.

Chang murmura à l'oreille de Martel : « Pour la différence que ça fait ! Qui peut dire ce qui distingue un comité d'un meeting ? » Martel était d'accord avec les mots, mais encore plus impressionné par la façon dont Chang, quoique haberman, arrivait à contrôler sa propre voix.

Vomact reprit la présidence. « Nous allons maintenant voter sur la question d'Adam Stone. Premièrement, nous pouvons partir du principe qu'il n'a pas réussi et que ses prétentions ne sont que des mensonges. Nous savons cela d'après notre expérience de Sondeurs. La Douleur de l'Espace n'est qu'une partie du Sondage (*Mais la partie essentielle, la base de tout !* pensa Martel) et nous pouvons être sûrs que Stone ne peut pas résoudre le problème de la Discipline de l'Espace ! »

« Encore ces foutaises ! » murmura Chang, mais seul Martel entendit.

« La Discipline de l'Espace pratiquée par notre Confrérie a mis les Profondeurs de l'Espace à l'abri des querelles et des guerres. Soixante-huit hommes disciplinés contrôlent les Profondeurs de l'Espace. Notre serment et notre statut d'haberman nous éloignent des passions de la Terre.

» C'est pourquoi, si Adam Stone a vaincu la Douleur de l'Espace, de sorte que les Autres puissent anéantir notre Confrérie et transporter dans l'Espace les dissensions et les ravages qui affligent les Terres, je déclare qu'Adam Stone a tort. Si Adam Stone réussit, les Sondeurs vivent en vain !

» Deuxièmement, si Adam Stone n'a pas vaincu la Douleur de l'Espace, il va provoquer de grands troubles dans toutes les Terres. L'Instrumentalité et ses Sous-Chefs ne nous donneront peut-être plus autant d'habermans que nous en avons besoin pour manœuvrer les vaisseaux de l'Humanité. Il se répandra des histoires invraisemblables, il y aura moins de volontaires, et, pis que tout, la Discipline de la Confrérie pourra se relâcher si cette hérésie insensée se répand.

» C'est pourquoi, Si Adam Stone a réussi, il menace notre Confrérie d'anéantissement et doit mourir.

» Je propose la mort d'Adam Stone ! »

Et Vomact prit la posture signifiant : *Les Honorables Sondeurs sont priés de voter.*

Martel saisit farouchement sa lampe de ceinture. Chang, devinant sa pensée, avait déjà allumé la sienne ; son faisceau brillant, signifiant « *non* », dardait droit sur le plafond. Martel alluma sa lampe et en projeta le faisceau contestataire au-dessus de sa tête. Puis il regarda autour de lui. Sur quarante-sept assistants, seuls cinq ou six faisaient briller leur lampe.

Deux autres s'allumèrent. Vomact se redressa de toute sa taille, raide comme un cadavre gelé. Ses yeux flamboyèrent en parcourant le groupe pour compter les lampes. Plusieurs autres se mirent à briller. Enfin, Vomact prit la posture finale :

Les Sondeurs sont priés de vouloir bien compter les voix.

Trois des plus anciens rejoignirent Vomact sur le podium. Ils parcoururent la salle des yeux. (Martel pensa : *Ces maudits fantômes sont en train de voter la vie ou la mort d'un homme véritable, d'un homme vivant ! Ils n'en ont pas le droit. Je le dirai à l'Instrumentalité !* Mais il savait qu'il ne le ferait pas. Il pensa à Luci et à ce qu'elle gagnerait au triomphe d'Adam Stone, et il eut bien du mal à supporter la navrante folie de ce vote.)

Les trois scrutateurs levèrent la main pour acquiescer au signe donnant le nombre des opposants : *Quinze contre.*

Vomact les remercia d'une courtoise inclinaison de tête. Puis il se retourna et reprit la posture : *Je suis le Doyen et prends le commandement.*

S'émerveillant de sa propre audace, Martel alluma sa lampe de ceinture. Il savait que, pour un tel acte, n'importe lequel des assistants pouvait tendre la main et mettre l'aiguille de sa boîte cardiaque sur *Surcharge*. Il sentit que Chang tendait la main pour le retenir par sa vareuse aérienne. Mais il l'esquiva, et courut vers le podium plus vite qu'il n'était permis à un Sondeur. Dans le même temps, il se demandait quel appel il devait lancer. Inutile de parler bon sens. Pas maintenant. Mieux valait invoquer la loi.

Il bondit sur l'estrade à côté de Vomact et prit la posture : *Sondeurs, illégalité commise !*

Il contrevint aux bonnes manières en prenant la parole alors qu'il n'avait pas encore quitté la posture : « Un Comité n'a pas le droit de voter la mort par un vote majoritaire ! Les deux tiers des voix d'un Meeting plénier sont exigées ! »

Il sentit le corps de Vomact se jeter sur lui par-derrière, il se sentit tomber, s'affaler au bas du podium, heurtant douloureusement ses genoux et ses mains qui avaient retrouvé le sens du toucher par le cranchage. On l'aida à se relever. On le sonda. Un Sondeur qu'il connaissait à peine modéra l'intensité de ses instruments.

Immédiatement, il se sentit plus calme, plus détaché et se détesta.

Il leva les yeux vers le podium. Vomact restait dans la posture : *A l'ordre !*

Les Sondeurs rectifièrent l'alignement. Les deux voisins de Martel le prirent chacun par un bras. Il leur hurla quelque chose, mais ils détournèrent les yeux, coupant toute communication avec lui.

Quand il vit que la salle avait retrouvé son calme, Vomact reprit la parole : « Un Sondeur est venu ici cranché. Je m'en excuse, Honorables Sondeurs. Ce n'est pas la faute de notre grand et digne Frère Sondeur Martel. Il est venu sur mon ordre. Je lui ai dit de ne pas décrancher. J'espérais lui épargner un haberman inutile. Nous savons tous que Martel est heureusement marié, et nous souhaitons tous la réussite de cette expérience. J'aime beaucoup Martel et je respecte son jugement. Je désirais sa présence ici. Je sais que vous désiriez aussi sa présence. Mais il est cranché. Il n'est pas en état de prendre part à la noble tâche des Sondeurs. C'est pourquoi je propose une solution qui respectera toutes les règles de la justice. Considérant les infractions aux règles commises par Martel, je propose que nous votions son incapacité temporaire. Ces infractions seraient inexcusables s'il n'était pas cranché.

» Mais, toujours pour être juste envers Martel, je propose également de discuter les difficultés soulevées par notre Frère, si remarquable mais actuellement disqualifié. »

Vomact fit le signe : *Les Honorables Sondeurs sont priés de voter.* Martel essaya d'atteindre sa lampe de ceinture ; les puissantes mains mortes de ses voisins le maintinrent solidement, et il lutta en vain. Une seule lampe s'alluma : celle de Chang, sans aucun doute.

Le visage de Vomact revint en pleine lumière. « Fort de l'approbation des Honorables Sondeurs ici présents en ce qui concerne la motion de base, je propose maintenant que ce Comité se déclare investi de l'autorité plénière d'un Meeting, et qu'il me rende responsable de toutes les irrégularités qui pourraient être commises, afin que j'en réponde devant le prochain Meeting plénier, mais jamais devant aucune autre autorité étrangère aux rangs secrets et fermés des Sondeurs. »

Avec panache, son triomphe ne faisant maintenant plus de doute, Vomact prit la posture *Votez*.

Seules quelques lampes s'allumèrent : beaucoup moins, c'était évident, que la minorité d'un quart.

Vomact reprit la parole. La lumière éclairait à plein son haut front calme, ses pommettes mortes. Son menton et ses joues émaciées restaient dans la pénombre, mais la lumière l'éclairant par-dessous accentuait les contours de sa bouche, cruelle même au repos. (On disait que Vomact descendait d'une dame de haute antiquité, qui, de façon inexplicable et illégitime, avait vécu plusieurs siècles en une seule nuit. Son nom, Dame Vomact, était devenu légendaire, mais son sang et son amour archaïque de la domination avaient été transmis à son descendant. Les yeux fixés sur le podium, Martel se surprenait à croire aux vieilles légendes, se demandant quelle mutation inconnue avait fait des Vomact des oiseaux de proie tourmentant l'Humanité.) Criant bien haut par le mouvement de ses lèvres, mais toujours sans émettre aucun son, Vomact déclara :

« L'honorable Comité est maintenant prié de vouloir bien réaffirmer la sentence de mort votée contre l'ennemi hérétique, Adam Stone. »

De nouveau, la posture *Votez.*

De nouveau, la lampe de Chang, seule à protester.

Vomact passa à la conclusion :

« Je demande la désignation du Sondeur Doyen ici présent comme responsable de l'exécution de la sentence. Je demande qu'on lui accorde l'autorisation de désigner un ou plusieurs exécuteurs, qui manifesteront la volonté et la majesté des Sondeurs. Je demande d'être tenu pour responsable de la fin, non des moyens. La fin est une noble fin, et vise à la protection de l'Humanité et à la sauvegarde de l'honneur des Sondeurs ; quant aux moyens, disons qu'ils seront les meilleurs possibles, sans plus. Qui connaît la meilleure façon de tuer un Autre, ici, sur la Terre surpeuplée et vigilante ? Ici, il ne s'agit pas simplement de larguer dans l'espace un dormeur en caisson ou d'affoler les cadrans d'un haberman. Ici, quand les gens meurent, ce n'est pas comme dans le Grand Extérieur. Ils meurent de mauvaise grâce. Tuer sur la Terre ne fait pas partie de nos devoirs ordinaires, ô Frères Sondeurs ! vous le savez bien. Vous devez m'élire afin que je choisisse au mieux notre agent. Car si tous connaissaient son nom, tous pourraient nous trahir, tandis que si je suis le seul à le connaître, je serai le seul à pouvoir nous trahir, et vous n'auriez pas à chercher bien loin le jour où l'Instrumentalité commencerait à enquêter. » (Et *le tueur que tu choisiras ?* pensa Martel. *Lui aussi, il saura — à moins que tu ne le réduises à un éternel silence.*)

Vomact prit la posture : *Les Honorables Sondeurs sont priés de voter.*

Une seule lumière de protestation s'alluma : encore Chang.

Martel imagina qu'il discernait un sourire cruel sur le visage de Vomact — le sourire d'un homme qui sait qu'il est un juste et dont la justice a été reconnue et affirmée par une autorité militante.

Martel essaya une dernière fois de se dégager.

Les mains mortes ne le lâchèrent pas. Elles étaient bloquées comme des étaux jusqu'à ce que leurs propriétaires les débloquent : sinon, comment auraient-ils pu piloter sans relâche pendant des mois interminables ?

Martel hurla alors : « Honorables Sondeurs, c'est un meurtre légal ! »

Personne ne l'entendit. Il était cranché, et seul.

Néanmoins, il hurla encore : « Vous mettez la Confrérie en danger ! »

Pas de réponse.

L'écho de sa voix résonna d'un bout à l'autre de la salle. Aucune tête ne se tourna. Aucun œil ne vint rencontrer le sien.

Comme ils s'appariaient deux à deux pour parler, Martel réalisa que tous les yeux l'évitaient. Il vit que personne ne désirait regarder ses discours. Il savait que les visages morts de ses amis dissimulaient amusement ou compassion. Il savait qu'ils le savaient cranché — absurde, normal, humain, temporairement non Sondeur. Mais il savait aussi qu'en cette matière la sagesse des Sondeurs n'était rien. Seul un Sondeur cranché pouvait sentir dans sa chair l'outrage et la colère que provoquerait chez les Autres un meurtre délibéré. Il savait que la Confrérie se mettait elle-même en danger, et que la plus ancienne prérogative de la loi était celle de la mort. Même les anciennes nations, aux temps des Anciennes Guerres, avant les Bêtes, avant que l'homme aille dans le Grand Extérieur — même les anciens savaient ça. Que disaient-ils donc ? *Seul l'Etat a le droit de tuer.* Les Etats avaient disparu, mais l'Instrumentalité demeurait, et l'Instrumentalité ne pardonnerait pas de choses survenant dans les limites des Terres, mais hors de portée de son autorité. La Mort dans l'Espace était du domaine, du droit des Sondeurs ; comment l'Instrumentalité aurait-elle pu faire respecter ses lois en un lieu où tout homme ne se réveillait que pour mourir dans la Grande Douleur ? Avec Sagesse, elle abandonnait l'Espace aux Sondeurs ; avec sagesse, la Confrérie ne se mêlait pas des affaires des Terres. Et maintenant la Confrérie tout entière allait se transformer en une bande de hors-la-loi, en un gang de voyous aussi stupides et brutaux que les tribus de l'Impardonné !

Martel savait cela parce qu'il était cranché.

Dans son état d'haberman, il n'aurait pensé qu'avec son esprit, pas avec son cœur, sa chair et ses tripes. Comment les autres Sondeurs auraient-ils pu savoir ?

Vomact revint sur le podium pour la dernière fois : *Le Comité a décidé, et sa volonté sera faite.* Verbalement, il ajouta : « Doyen parmi vous, je vous demande votre loyalisme et votre silence. »

A ce stade, les deux Sondeurs lâchèrent Martel. Il frotta ses mains engourdies, secouant ses doigts pour rétablir la circulation. Avec une liberté totale, il se mit à penser à ce qu'il pouvait encore faire. Il se sonda : son cranchage tenait. Il avait peut-être un jour devant lui. Enfin, il pourrait y aller même en temps qu'haberman, mais ce serait incommode de parler avec l'ongle et la tablette. Il chercha Chang des yeux. Son ami était debout, patient et immobile, dans un coin tranquille. Martel se mit en marche lentement, pour ne pas attirer davantage l'attention sur lui. Il se plaça face à Chang, avança jusqu'à ce que son visage soit dans la lumière, puis articula : « Qu'est-ce que tu vas faire ? Tu ne vas pas les laisser tuer Adam Stone, non ? Ne comprends-tu pas ce que signifient les travaux d'Adam Stone, s'il réussit ? Plus de Sondeurs. Plus d'habermans. Plus de Douleur dans le Grand Extérieur. Je t'assure que, si tous les autres étaient cranchés comme moi, ils verraient la situation d'un œil humain et non avec la logique étroite et démentielle dont ils ont fait preuve pendant le Meeting. Il faut que nous les arrêtions. Comment ? Que pouvons-nous faire ? Qu'en pense Parizianski ? Qui a été choisi ?

— A quelle question veux-tu que je réponde ? »

Martel éclata de rire. (C'était bon de rire, même en cette situation ; on se sentait humain.) « Est-ce que tu m'aiderais ? »

Chang répondit, ses yeux lançant des éclairs : « Non, non, non.

— Tu ne m'aiderais pas ?

— Non.

— Pourquoi, Chang ? Pourquoi ?

— Je suis un Sondeur. Nous avons voté. Tu ferais la même chose si tu n'étais pas dans cet état insolite.

— Je ne suis pas dans un état insolite. Je suis cranché. Ça signifie simplement que je vois les choses comme les verront les Autres. Je vois la bêtise. L'imprudence. L'égoïsme. C'est un meurtre.

— Qu'est-ce qu'un meurtre ? N'as-tu donc jamais tué ? Tu ne fais pas partie des Autres. Tu es un Sondeur. Tu regretteras ce que tu t'apprêtes à faire si tu n'y prends pas garde.

— Mais alors, pourquoi as-tu voté contre Vomact ? N'as-tu pas compris ce que signifie pour nous Adam Stone ? Les Sondeurs seront inutiles. Dieu merci ! Ne le comprends-tu pas ?

— Non.

— Mais tu me parles, Chang ! Es-tu mon ami ?

— Oui, je te parle. Je suis ton ami. Pourquoi pas ?

— Mais qu'est-ce que tu vas faire ?

— Rien, Martel. Rien.

— Tu m'aiderais ?

— Non.

— Pas même à sauver Stone ?

— Non.

— Alors, je vais demander de l'aide à Parizianski.

— C'est inutile.

— Pourquoi ? En ce moment, il est plus humain que toi.

— Il ne t'aidera pas, parce que c'est lui qui est chargé de la mission. Vomact l'a désigné pour tuer Adam Stone. »

Martel resta muet.

Soudain, il prit la posture : *Je te remercie, Frère, et je prends congé.*

A la fenêtre, il se retourna vers la salle. Il vit que les yeux de Vomact étaient posés sur lui. Il prit la posture : *Je te remercie, Frère, et je prends congé,* y ajoutant les fioritures exprimant le respect d'usage en présence des Doyens. Vomact perçut le signe, et Martel vit bouger ses lèvres cruelles. Il pensa voir les mots : « ...Ne fais pas d'imprudences... » mais ne prit pas le temps de s'en assurer. Il recula et tomba dans le vide.

Au-dessous de la fenêtre, il régla sa vareuse aérienne sur la vitesse maximale et se mit à nager paresseusement dans l'air, se sondant à fond, réduisant le taux d'adrénaline. Puis il lâcha tout, et sentit l'air froid filer contre son visage comme de l'eau courante.

Adam Stone devait être à l'Aéroport Central.

Il devait y être, il le fallait.

Ne serait-il pas surpris, en pleine nuit, de voir le plus étrange des êtres, le premier Sondeur renégat ? (Soudain, Martel comprit que c'était à lui qu'il pensait : Martel. Traître aux Sondeurs ! Cela sonnait bizarrement, ignoblement ! Mais que dire de Martel, fidèle à l'Humanité ? N'était-ce pas une compensation ? S'il gagnait, il gagnait Luci. S'il perdait... il ne perdait rien — pauvre haberman interchangeable et méprisé. Quelle importance, comparé à l'immense avantage que l'Humanité, la Confrérie, Luci tireraient de son acte ?

Il songea : « Adam Stone aura deux visiteurs, ce soir. Deux Sondeurs qui sont aussi deux amis. » Il espérait que Parizianski était toujours son ami.

« Et le sort du monde », ajouta-t-il, « dépend de celui de nous deux qui arrivera le premier. »

Les lumières complexes de l'Astroport Central se mirent à scintiller dans le brouillard. Martel distinguait les tours extérieures de la cité et apercevait maintenant la périphérie phosphorescente qui contenait la Sauvagerie, qu'elle prît la forme des Bêtes, des Machines ou de l'Impardonné.

Une fois encore, il invoqua les maîtres de son destin : « Aidez-moi à passer pour un Autre ! »

A l'intérieur de l'Astroport, Martel eut moins de difficultés qu'il ne l'avait craint. Il drapa sa vareuse aérienne par-dessus son épaule pour dissimuler ses instruments. Il prit son miroir à sonder et composa son visage de l'intérieur, en ajoutant de l'animation à son sang, du tonus à ses nerfs et à ses muscles jusqu'au moment où son visage se colora et perla de sueur. Il ressemblait ainsi à un homme ordinaire venant juste d'effectuer un long vol de nuit.

Après avoir ajusté ses vêtements et caché sa tablette dans sa jaquette, il se trouva confronté au problème de son ongle parlant. S'il le conservait, il trahirait sa qualité de Sondeur. Il serait respecté, mais reconnu. Il pouvait être arrêté par les gardes dont l'Instrumentalité entourait sans aucun doute la personne d'Adam Stone. S'il le cassait... Mais c'était impossible ! Dans toute l'histoire de la Confrérie, aucun Sondeur n'avait jamais cassé volontairement son ongle parlant. Cela signifiait *Démission,* et la démission n'existait pas. La seule *sortie* ouverte, c'était le Grand Extérieur ! Martel mit son doigt dans sa bouche et sectionna son ongle. Il contempla son doigt maintenant si curieux et étouffa un soupir. Puis il se dirigea vers les portes de la cité, glissant la main sous sa jaquette et ajustant sa force musculaire à quatre fois la normale. Il se mit à sonder, puis réalisa que ses instruments étaient masqués. *Autant prendre tous les risques en même temps,* pensa-t-il.

le veilleur l'arrêta à l'aide d'un fil chercheur. La sphère heurta soudain le torse de Martel.

« Etes-vous un homme ? » dit la voix désincarnée. (Martel savait que, dans son état d'haberman, sa charge magnétique aurait illuminé la sphère.)

« Je suis un homme. » Martel savait que le timbre de sa voix avait été bon ; il espérait qu'on ne la prendrait pas pour celle d'un manshonyagger, ou d'une Bête, ou d'un Impardonné qui, par mimétisme, cherchaient à entrer illégalement dans les villes et les ports de l'Humanité.

— Nom, numéro, grade, but, fonction, heure de départ.

— Martel. » Il chercha son ancien numéro, qui n'était pas Sondeur 34. « Sunward 4234, An 782 de l'Espace. Rang : Sous-Chef débutant. » Ce n'était pas un mensonge, mais son grade effectif. « But, personnel et légal dans les limites de cette cité. Pas de fonction à l'Instrumentalité. Départ de l'Astroport d'Emigration à

2019 heures. » Allait-on le croire ou vérifier à l'Astroport d'Emigration ? Tout dépendait de cela, maintenant.

La voix répondit, plate et monotone : « Temps désiré à l'intérieur de la cité ? »

Martel donna la réponse standard : « Ce qu'en décidera votre bon plaisir. »

Debout dans la nuit froide, il attendit. Loin au-dessus de lui, par une déchirure dans le brouillard, il voyait le scintillement venimeux du ciel des Sondeurs. *Les étoiles sont mes ennemies,* pensa-t-il. *J'ai maîtrisé les étoiles, mais elles me haïssent. Oh ! cela sonne antique ! Comme un livre. Trop cranché.*

La voix reprit : « Sunward 4234, an 782, Sous-Chef débutant Martel, franchissez les limites légales de la cité. Soyez le bienvenu. Désirez-vous nourriture, vêtements, argent ou compagnie ? » La voix n'était pas accueillante, seulement officielle. Quelle différence avec l'entrée dans une ville en tant que Sondeur ! Alors, les sous-officiers sortaient, éclairaient leurs visages nerveux de leurs lampes de ceinture, et articulaient leurs paroles avec une absurde déférence, hurlant aux oreilles sourdes des Sondeurs. Ainsi, c'était là la façon dont on traitait un Sous-Chef : simple, mais correcte. Correcte.

Martel répliqua : « J'ai tout ce dont j'ai besoin. Mais je prie la cité de m'accorder une faveur. Mon ami Adam Stone est ici. Je désire le voir, pour affaires personnelles et urgentes. »

La voix répliqua : « Avez-vous rendez-vous avec lui ?

— Non.

— La cité le trouvera. Quel est son numéro ?

— Je l'ai oublié.

— Vous l'avez oublié ? Adam Stone n'est-il pas un Magnat de l'Instrumentalité ? Etes-vous vraiment son ami ?

— Vraiment. » Martel laissa sa voix trahir une légère contrariété. « Veilleur, si vous doutez, appelez votre Sous-Chef.

— Je ne doute pas. Pourquoi ne connaissez-vous pas son numéro ? Cela doit figurer dans le dossier », ajouta la voix.

« Nous étions amis pendant notre enfance. Il a traversé... » Martel allait dire « le Grand Extérieur », mais se souvint que l'expression n'était courante que parmi les Sondeurs. « Il a bondi de Terre en Terre, et vient juste de rentrer. Je le connaissais bien et je le trouverai. J'apporte des nouvelles de sa parenté. Que l'Instrumentalité nous protège !

— Entendu et cru. Adam Stone sera recherché. »

Prenant le risque — quoique assez minime — que la sphère lance l'alarme « non-humain », Martel saisit son écritoire de Sondeur dans sa jaquette. Il vit que l'aiguille lumineuse attendait ses paroles, et il se mit à écrire de son ongle cassé. *Ça n'ira pas,* pensa-t-il, et il paniqua jusqu'au moment où il trouva son peigne, dont la dent était assez dure et acérée pour écrire. Il inscrivit : « Urgence. Sondeur Martel appelle Sondeur Parizianski. »

L'aiguille frémit, et la réponse scintilla puis s'évanouit : « Sondeur Parizianski de service. Appel enregistré par le Relais des Sondeurs. »

Il coupa son écritoire.

Parizianski était quelque part dans les parages. Etait-il possible qu'il fût venu directement, qu'il eût volé par-dessus le mur de la cité et déclenché l'alerte en invoquant une mission officielle quand les sous-officiers l'avaient arrêté en plein vol ? Difficile à croire. Cela aurait signifié qu'un certain nombre d'autres Sondeurs étaient venus avec Parizianski, prétendant tous rechercher quelques-uns des rares plaisirs qu'un haberman pouvait apprécier, comme la vue des photos de journaux ou celles des jolies femmes dans la Galerie des Plaisirs. Parizianski était dans les parages, mais il ne pouvait pas être là pour affaires personnelles, parce que le Central des Sondeurs le déclarait de service et enregistrait ses mouvements ville par ville.

La voix se remit à parler. Son ton exprimait la perplexité. « Adam Stone est localisé et éveillé. Il demande pardon à votre Honneur et dit qu'il ne connaît aucun Martel. Voulez-vous voir Adam Stone demain matin ? La ville vous souhaite la bienvenue. »

Martel était à bout de ressources. Il était déjà assez

difficile d'imiter un homme sans avoir à dire des mensonges. Il ne put que répéter : « Dites-lui que je suis Martel, le mari de Luci.

— Ce sera fait. »

Encore le silence et les étoiles hostiles, et l'impression que Parizianski était dans les parages, se rapprochant à chaque seconde ; Martel sentit son cœur s'accélérer. Il jeta un regard furtif sur sa boîte thoracique et descendit son cœur d'un degré. Il se sentit plus calme, bien qu'il n'ait pu sonder convenablement.

La voix reprit, joyeuse cette fois, comme si un petit ennui avait été réglé : « Adam Stone consent à vous voir. Bienvenue à l'Astroport Central. »

La petite sphère tomba sans bruit. Le fil chercheur bourdonnait dans l'ombre. Un arc de lumière s'éleva du sol devant Martel et balaya la ville jusqu'à l'une des tours les plus hautes — un hôtel, apparemment, où Martel n'était jamais entré. Il mit sa vareuse aérienne sur sa poitrine pour lui servir de ballast, monta sur l'arc et se sentit enlever dans les airs jusqu'à une fenêtre d'entrée qui s'ouvrit devant eux comme une gueule dévorante.

Un garde se dressait sur le seuil. « On vous attend, Maître. Avez-vous des armes ?

— Aucune », dit Martel, heureux de ne compter que sur ses seules forces.

Le garde lui fit passer l'écran-vérificateur, sans s'arrêter. Martel remarqua le rapide éclair avertisseur qui traversa l'écran quand les instruments l'identifièrent comme Sondeur. Mais le garde ne vit rien et s'arrêta devant une porte. « Adam Stone est armé. Il est légalement armé, de par l'autorité de l'Instrumentalité et la liberté de cette cité. On en avertit tous ceux qui entrent. »

Martel hocha la tête pour montrer qu'il avait compris, et entra.

Adam était petit, trapu, l'air bienveillant. Ses cheveux gris se dressaient, raides, au-dessus d'un front bas. Il avait un visage rougeaud et joyeux. Il ressemblait plus à un guide de la Galerie des Plaisirs qu'à un homme qui était allé à la lisière du Grand Extérieur combattre la Grande Douleur sans la protection des habermans.

Il regardait fixement Martel, d'un air perplexe, peut-être un peu contrarié, mais pas hostile.

Martel alla droit au but :

« Vous ne me connaissez pas. J'ai menti. Je m'appelle bien Martel, et je ne vous veux pas de mal. Mais j'ai menti. Je vous supplie de m'accorder l'honneur de votre hospitalité. Gardez votre arme. Pointez-la sur moi. »

Adam sourit : « C'est ce que je fais », et Martel remarqua alors le téléfusil dans la main potelée de Stone.

« Parfait. Restez sur vos gardes. Cela vous donnera confiance en ce que je dirai. Mais établissez autour de nous un écran garantissant notre entretien. Je ne veux pas de témoins inopinés. C'est une question de vie ou de mort. »

« La vie ou la mort de qui ? » Le visage de Stone restait calme, sa voix égale.

« La vôtre, la mienne, et celle de tous les mondes.

— Vous êtes énigmatique, mais j'accepte. » Stone cria à travers la porte : « Intimité, s'il vous plaît ! » Un bourdonnement, et tous les petits bruits de la pièce s'évanouirent.

Adam Stone demanda : « Qui êtes-vous ? Qu'est-ce qui vous amène ?

— Je suis le Sondeur Trente-Quatre.

— Vous, un Sondeur ? Je ne le crois pas. »

Pour toute réponse, Martel ouvrit sa jaquette, montrant sa boîte thoracique. Stone le regarda, stupéfait. Martel expliqua : « Je suis cranché. Avez-vous déjà vu cela, avant ?

— *Pas chez un homme.* Sur les animaux, oui. Etonnant ! Mais... que voulez-vous ?

— La vérité. Vous avez peur de moi ?

— Pas avec ça », dit Stone, montrant son arme. « Mais je vous dirai la vérité.

— Est-il vrai que vous ayez vaincu la Grande Douleur ? »

Stone hésita, cherchant ses mots.

« Vite ! Pouvez-vous me dire comment vous avez fait, afin que je puisse vous croire ?

— J'ai rempli les vaisseaux de vie.

— De vie ?

— De vie. Je ne sais pas ce qu'est la Grande Douleur, mais, au cours de mes expériences, j'ai découvert que si j'envoyais dans l'Espace des masses d'animaux ou de plantes, les organismes vivants situés au milieu de la masse résistaient mieux à la mort. J'ai construit des vaisseaux — de petits vaisseaux — et je les ai lancés dans l'Espace pleins de lapins ou de singes.

— Ce sont des Bêtes, non ?

— Oui. De petites Bêtes. Et elles sont revenues vivantes. Vivantes, parce que les parois des vaisseaux étaient remplies d'organismes vivants. J'ai essayé bien des espèces, et j'en ai finalement trouvé une qui vit dans l'eau. L'huître. Des parcs d'huîtres. Les couches d'huîtres les plus extérieures sont mortes dans la Grande Douleur. Les couches intérieures ont survécu. Et les passagers n'ont eu aucun mal.

— Mais c'étaient des Bêtes ?

— Pas seulement des Bêtes. J'y étais aussi.

— Vous ?

— J'ai traversé l'Espace, seul. Ce que vous appelez le Grand Extérieur. Et seul. Eveillé ou endormi tour à tour. Je n'ai eu aucun mal. Si vous ne me croyez pas, demandez à vos Frères Sondeurs. Venez voir mon vaisseau demain matin. Je serai heureux de vous le faire visiter, de même qu'à vos Frères Sondeurs. Je vais faire une démonstration devant les Seigneurs de l'Instrumentalité. »

Martel répéta sa question : « Vous êtes venu seul ? »

Adam Stone répondit avec humeur : « Oui, seul. Allez vérifier dans les registres de vos Frères Sondeurs si vous ne me croyez pas. Vous verrez que je n'ai jamais été mis en caisson pour la traversée de l'Espace. »

Le visage de Martel rayonnait. « Je vous crois maintenant. C'est vrai. Plus de Sondeurs. Plus d'habermans. Plus de cranchage. »

Stone regarda la porte d'un air éloquent.

Martel ignora l'allusion. « Il faut que je vous dise que...

— Vous me direz cela demain matin. Allez jouir de votre cranchage. N'est-ce pas censément un plaisir ? Médicalement, je sais très bien ce que c'est. Mais pas dans la pratique.

— C'est un plaisir en effet. Le retour à la vie normale... pendant un moment. Mais écoutez-moi : Les Sondeurs ont juré de vous détruire, vous et vos travaux.

— Quoi ?

— Ils se sont réunis, ils ont voté et juré. Ils disent qu'à cause de vous les Sondeurs ne seront plus nécessaires. Que vous ramènerez les guerres entre les mondes si l'on ne sonde plus et si les Sondeurs sont inutiles ! »

Adam Stone s'agita nerveusement, mais sans perdre sa vigilance. « Vous êtes un Sondeur. Allez-vous me tuer — ou du moins essayer ? »

« Non, insensé ! J'ai trahi la Confrérie. Appelez des gardes à l'instant même où je vous quitterai. Restez constamment entouré de gardes. Je vais essayer d'intercepter le tueur. »

Martel vit une tache d'ombre bouger devant la fenêtre. Avant que Stone ait pu se retourner, son arme lui fut arrachée. La tache se précisa et prit la forme de Parizianski.

Martel identifia ce que faisait Parizianski : *Grande Vitesse.*

Sans penser qu'il était cranché, il porta la main à sa poitrine et se mit aussi sur *Grande Vitesse.* Des vagues de feu, comme la Grande Douleur, mais plus brûlantes, le submergèrent. Il lutta pour que l'expression de son visage reste lisible, s'avança vers Parizianski et fit le signe : *Extrême Urgence.*

Parizianski prit la parole, tandis que le corps d'Adam, se mouvant à une vitesse normale, s'éloignait d'eux, lent comme un nuage à la dérive : « Dégage la voie. Je suis en mission.

— Je sais. Ne bouge plus. Stop. Stop. Stop. Stone a raison. »

Dans le flot de douleur qui submergeait Martel, il arrivait à peine à lire sur les lèvres de Parizianski. (Il pensa : *Oh Dieu ! Dieu ! Dieu des anciens ! Faites que je tienne ! Faites que je tienne en* Surcharge *juste assez longtemps !*)

Parizianski lui disait : « Dégage la voie. Par ordre de la Confrérie, dégage la voie ! » Et il fit le signe : *Au nom de mon devoir je demande ton aide !*

Martel, près d'étouffer, cherchait à retrouver son souffle. Il essaya une dernière fois : « Parizianski, ami, ami, mon ami ! Stoppe. Stoppe ! » (Aucun Sondeur n'avait jamais assassiné un autre Sondeur avant ce jour.)

Parizianski fit le signe : *Tu es inapte au service et je prends la relève.*

Martel pensa : *Pour la première fois au monde !* tout en tendant la main pour mettre la boîte cervicale de Parizianski sur *Surcharge.* Comprenant ce qu'il faisait, les yeux de Parizianski s'emplirent de terreur. Son corps s'effondra lentement sur le sol.

Martel eut à peine la force de porter la main à sa boîte thoracique. Il retournait à l'état d'haberman ou au néant, il ne savait pas. Il sentit ses doigts tourner les contrôles de vitesse, pour ralentir. Il essaya de parler, de dire : « Appelez un Sondeur, j'ai besoin d'aide, appelez un Sondeur… »

Quand Martel s'éveilla, il vit le visage de Luci près du sien.

Ses yeux se dilatèrent, et il découvrit qu'il entendait — qu'il entendait le son des pleurs de joie de sa femme, le son de l'air qui grondait dans sa gorge.

Il dit d'une voix faible : « Je suis encore cranché ? Je suis vivant ? »

Un autre visage surgit à côté de celui de Luci. Adam Stone. Sa voix grave vibrait à travers toutes les immensités de l'Espace avant de parvenir aux oreilles de Martel. Martel essaya de lire sur ses lèvres, mais n'y parvint pas. Il se résigna à écouter sa voix :

« … Et pas cranché. Vous me comprenez ? Pas cranché ! »

Martel tenta de dire : « Mais j'entends ! Mais je

sens ! » Les autres comprirent, sinon les paroles, du moins le sens.

Adam Stone reprit : « Vous n'êtes plus un haberman. Vous êtes le premier qui ait bénéficié de la Reconversion. Je ne savais pas comment ça marcherait dans la pratique, mais j'avais une théorie toute prête. Vous ne croyez pas que l'Instrumentalité aurait supprimé les Sondeurs, non ? Vous revenez à l'état humain. Nous laissons les habermans mourir à mesure que les vaisseaux rentrent au port. Ils n'ont plus besoin de vivre. Mais nous rétablissons les Sondeurs dans leur humanité. Vous êtes le premier. Vous comprenez ? Le premier. Mais du calme quand même ! »

Adam Stone sourit. Derrière lui, Martel eut l'impression de voir, comme dans une brume, le visage d'un Seigneur de l'Instrumentalité. Ce visage aussi lui souriait. Puis les deux visages s'éloignèrent et disparurent.

Il voulut lever la tête pour se sonder. Impossible. Luci le regardait, calme, tendrement perplexe. Elle dit : « Oh ! mon chéri ! Tu es là, et tu ne repartiras plus ! »

Martel essaya encore de voir sa boîte. Enfin, il passa sa main sur son torse, d'un geste maladroit. Rien. Les instruments avaient disparu. Il avait retrouvé son état normal, et il était encore vivant.

Du fond de son esprit affaibli mais profondément serein surgit une autre pensée inquiétante. Il essaya de l'écrire avec son ongle, suivant le désir de Luci, mais il n'avait plus ni ongle parlant ni tablette. Il fut obligé de se servir de sa voix. Il rassembla ses forces et murmura : « Les Sondeurs ?

— Oui, chéri, qu'est-ce qu'il y a ?

— Les Sondeurs ?

— Les Sondeurs ? Oh ! chéri, tout va bien ! Il a fallu en arrêter quelques-uns qui s'étaient réglés sur *Grande Vitesse* pour s'échapper. Mais l'Instrumentalité a pu les arrêter tous — tous ceux qui étaient au sol — et ils sont heureux maintenant. Tu sais, chéri », ajouta-t-elle en riant, « que certains ne voulaient pas retrouver leur état normal ? Mais Stone et les Seigneurs les en ont persuadés.

— Vomact ?

— Il va bien aussi. Il reste cranché jusqu'à ce qu'on lui redonne son humanité. Tu sais, il a négocié de nouvelles situations pour les Sondeurs. Vous êtes tous Assistants-Chefs pour l'Espace. Vous serez tous pilotes, pour que votre Confrérie et votre Guilde puissent se perpétuer. Et, juste en ce moment, on est en train de ramener Chang à la normale. Tu vas le voir bientôt. »

Elle détourna le visage, le regarda avec gravité et dit : « Autant te l'apprendre tout de suite. Sinon, tu t'inquiéterais. Il y a eu un accident. Un seul. Quand toi et ton ami êtes allés voir Adam Stone, ton ami était si heureux qu'il a oublié de se sonder et il s'est laissé mourir de *Surcharge.*

— Quand on est allés voir Stone ?

— Oui. Tu ne te rappelles pas ? Ton ami. »

Il continuait à ne pas comprendre. Alors, elle ajouta : « Parizianski. »

PETIT LEXIQUE DE L'INSTRUMENTALITÉ

On trouvera ci-après un choix de noms propres et de mots inventés par Cordwainer Smith, ou employés par lui dans un sens particulier. Rien ne remplacera jamais le carnet de notes de l'auteur, perdu par celui-ci en 1965 ; mais l'on s'est efforcé de faire ressortir la cohérence de son dessein en privilégiant les termes les plus fréquents et ceux qui réapparaissent dans plusieurs histoires. Le lecteur curieux pourra se reporter à un travail beaucoup plus détaillé (mais encore incomplet) d'Anthony R. Lewis : *Concordance to Cordwainer Smith* (New England Science Fiction Association, Cambridge, Mass., 1984). Cet ouvrage est particulièrement fertile en hypothèses stimulantes (et parfois aventureuses) sur les étymologies — un domaine où nous avons dû nous limiter au strict minimum.

ABRÉVIATIONS UTILISÉES

AR Boulevard Alpha-Ralpha (tome III).
BC La Ballade de C'mell (tome III).
BI Le Bateau Ivre (tome III).
CB Le Cerveau Brûlé (tome II).
CG Le Crime et la Gloire du Commandant Suzdal (tome II).
CR Le Colonel Revint du Grand Néant (tome II).
DD La Dame Défunte de la Ville des Gueux (tome II).
DE La Dame aux Etoiles (tome II).
ET Une Etoile pour Trois (tome VI).
GQ La Guerre N° 81-Q (tome I).
HT L'Homme qui acheta la Terre (tome IV).
JP Le Jour de la Pluie Humaine (tome II).
LA Lui-même en Anachron (tome III).
MH La Mère Hitton et ses Chatons (tome III).
MO Marc Onze (tome I).
MS Jusqu'à une mer sans soleil (tome III).
NN Non, non, pas Rogov ! (tome I)
NY Nancy (tome I).
PB Pensez bleu, comptez deux (tome II).
PG La Planète de Gustible (tome II).
PS La Planète Shayol (tome III).
PT Sur la Planète des Tempêtes (tome VI).
RA La Reine de l'Après-Midi (tome I).
RB La Rivière de brillantes étoiles (tome II).
RD Le Jeu du Rat et du Dragon (tome II).
SG Sur la Planète aux Gemmes (tome VI).

SP Le Sous-Peuple (tome V).
SS Sur la Planète des Sables (tome VI).
ST Sous la Vieille Terre (tome III).
SV Les Sondeurs vivent en vain (tome I).
TS La Saga de la troisième sœur (tome I).
VO Le Vaisseau d'Or (tome II).

A

ABBA-DINGO : machine à prédire l'avenir située sur le boulevard Alpha Ralpha. Connaissait le destin de Paul et Virginie douze ans avant leur naissance, ce qui en dit long sur les limites de la Redécouverte de l'Homme. (AR)

ACCORD FONDAMENTAL : passé entre l'Instrumentalité et l'Empire et fondant pour mille ans le pouvoir de celui-ci. (PS)

A'GENTUR : nom pris par E-ikasus quand on le transforma en singe. Fils de l'E-telekeli. Participe à la Réduction de Rod McBan. (HT)

AGES SOMBRES ou AGES OBSCURS : ère ayant précédé l'Instrumentalité. (SG)

AIDE AUX VOYAGEURS : machine ayant reçu l'empreinte d'une personnalité et destinée à diriger les gens égarés dans une cité. (DD)

AITCH EYE : prononciation anglaise des initiales H. I. de Holy Insurgency : la Sainte Rébellion. (SP)

ALAN : voir MAAC.

ALERTE GALACTIQUE-APPEL A TOUS LES VAISSEAUX : à ne déclencher que contre des ennemis. Pourtant, B'dikkat la déclenche quand l'Empire envoie quatre enfants sur Shayol. (PS)

ALMA : voir FINSTERNIS.

ALPHA RALPHA (BOULEVARD) : voie processionnelle suspendue dans le ciel sans aucun pylône et menant à Terraport. Comporte des trottoirs roulants express. Fermé depuis une centaine de siècles ; effondré en un endroit. (AR)

AME (L') : nom du vaisseau que pilote Hélène Amérique vers Nouvelle-Terre. (DE)

AMERIQUE, HELENE : suivit M. Plusgris sur un voilier spatial (PB) et arriva sur Nouvelle-Terre où elle l'épousa. (DE)

ANACHRON (grec ana : « en remontant » + chronos : « temps ») : région située hors du temps réel, entre les Probabilités. Tasco y flotte en sortant de son vaisseau temporel. (LA)

ANCIEN : homme de l'Ancien Passé. (RA)

ANCIEN ANGLAIS ou ANCIEN INGLAIS : langue apparentée au vieil australien du nord. (BC). A évolué pour donner l'anglic. (CR)

ANCIENNE LOI : permettait à de nombreux Télépathes Secondaires de ne pas subir le traitement exigé par leur état. (CR)

ANCIEN PASSE : époque des Anciennes Guerres. (RA)

ANCIENNES GUERRES : ont causé jadis l'empoisonnement de la Terre. (RA, TS)

ANCIENNES RUINES : situées à environ 150 kilomètres à l'est de Central Park de New York, probablement sur la rive orientale de Long Island. (CR)

AN-FANG (all. Anfang : « commencement ») : Lieu proche de la cité de Meeya Meefla. Abrite le Programmateur de la Population. (DD)

ANNONCÉ ou PROMIS : celui dont le robot, le rat et le Copt attendaient la venue. Certains pensaient qu'il s'agissait de Rod McBan. (SP)

APICIENS (d'Apicius, gastronome latin) : habitants de la Planète de Gustible, petits, semblables à des canards, malhonnêtes et gourmands. Ont le pouvoir de paralyser les humains. (PG)

ARACHOSIA : planète peuplée par des vaisseaux-coquilles environ 4000 ans avant l'épopée du Commandant Suzdal, et où les colons sont devenus des non-humains. Sur la planète, au bout de 20 ans, 3 mois et 4 jours, la féminité devient cancérigène. (CG)

ARBRE COMBATTANT : arbre nettoyant le sol de sa radioactivité après les Anciennes Guerres en attirant les particules à ses racines. Ces arbres luisaient dans la nuit ; il était interdit de les toucher. (RA, TS)

ARGENT B.A.T. ou CREDITS B.A.T. (Bien Arrivé sur Terre) : Devise finale après change par ordinateur. Elle perd un tiers de sa valeur par voyage planoforme vers la Terre. C'est la meilleure monnaie qui soit. (SP)

ARGENT L.E.S. ou CREDITS L.E.S. (Livré Et Sûr) : tout argent offrant de bonnes garanties. (HT)

AROI : groupe de danseurs de Xanadu, sortes de prêtres du plaisir. Au moment de l'adhésion à ce groupe, il faut sacrifier tous les descendants vivants du conjoint ou le conjoint lui-même plus un nombre de volontaires égal à celui de ses descendants. (MS)

ARTICLE 376984 (de l'accord par lequel Xanadu devint partie intégrante de l'Instrumentalité) : protégeait les coutumes locales de Xanadu. (MS)

ASILE : endroit où les sous-êtres devenus inutiles sont gazés et détruits. (BC)

ASSISTANT CHEF POUR L'ESPACE : titre des Sondeurs après la Reconversion. (SV)

ASTROPORT CENTRAL : ville de la Terre protégée contre les Bêtes, les Impardonnés et les Manshonyaggers. (SV)

ASTROPORT D'EMIGRATION : ville située sur la Terre. (SV, PB)

AUTOTELEVISATION : appareil utilisé par le camp américain pour inspecter les vaisseaux téléguidés pendant la bataille des Kerguelen. (GQ)

AUTRES (les) : terme utilisé par les Sondeurs pour désigner les êtres humains normaux. (SV)

B

BALEINE AERIENNE : animal terrestre adapté à la vie dans les violentes tornades d'Henriada. Carnivore. (PT)

BANDE DES COUSINS : descendants de Laird et de Carlotta vom Acht, qui se révoltent contre les Jwindz. (RA)

BANQUE (La) : Banque de mémoire de l'Instrumentalité. Il en existe trente disséminées sur toute la Terre, une à côté du Vaisseau d'Or et une dissimulée sous forme d'astéroïde. Voir CLOCHE. (BC)

B.A.T. : voir ARGENT B.A.T.

B'DANK : homme-bœuf dirigeant les araignées charognardes chargées de nettoyer Terraport. (HT) Se sauve dans les égouts après que les araignées se sont emparées de l'un des robots construits à l'image de Rod McBan à Terraport. Se trouvait avec le Seigneur Jestocost quand Rod l'appela du Tréfonds. (SP)

B'DIKKAT (du turc dikkat : « soin, attention » ?) : homme-bœuf chargé du soin des prisonniers (qui l'appellent ami) sur la Planète Shayol. (PS)

BEAUREGARD : domaine de Madigan, à l'est d'Ambiloxi. Ne subit pas les tempêtes d'Henriada. Toute la région est un vaisseau planoforme. (PT, ET)

BERCEAU DE L'HUMANITE : la Terre.

BETES : animaux des régions désertes de la Terre. (SV) Attaquèrent l'Idiot. (MO)

BEZIRK (all. Bezirk : « district ») : sous la Terre (en fait, sous l'océan). Partie intérieure du Gebiet. Fermé depuis 57 siècles. N'a jamais été soumis à aucune loi. (ST)

BINATANG (PLANETES) : mondes où les Hommes Véritables peuvent s'accoupler avec les sous-êtres. (TS) L'ancêtre félin de Dame Léonie y séjourna peut-être. (RB)

BOMBE PHOTONUCLEAIRE, BOMBE LUMINEUSE ou BOMBE DE LUMIERE : bombe utilisée contre les Rats-Dragons. (RD)

BOMBE TELEPATHIQUE : diffusion télépathique d'émotions très violentes par très courtes saccades. Comportement interdit à l'intérieur de l'atmosphère terrestre. (HT)

BORD DU MONDE : sur Fomalhaut III. Lieu très

étrange où la Cité Souterraine rejoint la lumière du jour. (DD)

BOULEVARD : voir ALPHA RALPHA.

BOUTE-LUMIERE : équipe formée d'un homme et d'un chat combattant contre les Rats-Dragons. (CG)

BOUTE-LUMIERE (CASQUE DE) : appareil mécanique correcteur de la télépathie naturelle. Permet aux synapses de deux esprits d'entrer en contact. (CR)

BRAVE-CAPITAINE : commandant d'un vaisseau planoforme lorsqu'il est en vol. (MH) Guide le vaisseau par l'esprit ; travaille en transe en s'aidant de Cartes. (CB) Sait se battre. (AR)

BUAH : l'une des deux variétés d'arbres de Xanadu. On en tire deux boissons : le dju-di et le pisang. Un bosquet de Buah dissimule le laboratoire où sont fabriqués les diehr-morts illégaux. (MS)

C

CARTE DE RETOUR D'URGENCE : utilisée pour le retour sur les vaisseaux planoformes. (CB)

CELALTA (esp. alta : « haute » + celar : « cacher » ou celo : « zèle ») : Dame de l'Instrumentalité démissionnaire, elle épouse Casher O'Neill. (SS) Elle découvre avec lui une menace tapie au-delà des étoiles. (ET)

CELUI-QUI-N'A-PAS-DE-NOM : avait un nom que l'humanité ne connaissait pas, mais que prononçait la Vieille Religion Forte. (DD) L'E-telekeli. (HT)

CELUI-QUI-VIT-AU-TREFONDS : l'E-telekeli. (SP)

CENOTE : puits naturel profond dans le calcaire. Le vaisseau de Juli s'écrase près d'un cenote. La Rébellion contre les Jwindz s'y regroupe. (RA)

CHAMBRE HILARANTE : terme d'argot norstralien désignant la Maison de Destruction. (HT)

CHEFS DE L'INSTRUMENTALITE : terme désignant les Seigneurs et les Dames de l'Instrumentalité. (CR, DD, HT, RD, SV).

CHOUICES (chin. shaw hai : « petit enfant ») : enfants

prenant part à la colonisation de Vénus par les Chinois. (JP)

CHRONOPATHE (gr. : « malade temporel ») : distorseur temporel généralement utilisé pour éviter à un vaisseau la destruction totale. (CG)

CHRONOPATHIQUE (IDIOT) : à bord du vaisseau du Seigneur Lovaduck. Permet à celui-ci de remonter le temps pour lui éviter d'être détecté sur la Planète de Raumsog. (VO)

CHRONOPLASTE : synonyme de planoforme, utilisé en particulier lors de l'invention du procédé. (CR)

CINQUIEME REGLE POUR TOUS LES HOMMES : la deuxième partie s'énonce ainsi : « Les services de toute personne seront à la disposition de tout autre Humain Véritable en détresse ou en danger, sans délai et sans honoraires ». (SP)

CITE : ce nom désigne les forteresses des Hommes Véritables après les Anciennes Guerres. Un bouclier magnétique en interdit l'entrée aux Sauvages. Les Jwindz gouvernaient les cités ; ils ne se souciaient pas du reste du monde. (RA)

CITE DE L'ESPERANCE DESESPEREE : ville de Mizzer, près des sources du Treizième Nil. Les gens qui ont peur de la mort s'y retrouvent. (SS)

CLAIRE MEMOIRE : voir DROGUE.

CLOCHE (La) : table de situation en 3 dimensions. Les Seigneurs pouvaient la consulter en toute situation en la contactant manuellement ou télépathiquement de la Banque. (BC) Casher O'Neill jure « par la Cloche ». (SS)

C'MELL : libre-fille. Sous-être dérivé d'une chatte. Travaille à Terraport. Amoureuse du Seigneur Jestocost. Elle obtient des lieux de refuge pour la Sainte Rébellion. (BC) Elle sauve Paul et Virginie de l'homme-bœuf saoul, puis, plus tard, transporte Paul en bas du Boulevard Alpha Ralpha. (AR) Elle a 29 ans au moment de la visite de Rod McBan sur la Terre et joue le rôle de sa femme. (HT, SP). Elle a 73 enfants et meurt à l'âge de 103 ans. (BC)

COMMONWEALTH : désigne à la fois la Norstralie et son gouvernement. (HT)

CONDAMINE : le plus puissant des narcotiques existants. Ne doit pas être mentionné en dehors d'un hôpital (règle 47-B). (BI)

CONDITIONNEL-CONDITIONNEL : châtiment de L'Instrumentalité. Le criminel doit quitter sa planète. Ensuite, il peut y revenir, mais si son crime a eu des conséquences néfastes, il sera condamné à des rêves-châtiments ou à la déportation sur la planète Shayol. Si le crime n'a pas eu de conséquences, il peut vivre en paix. (HT)

CONGOHELIUM : composé instable de matière et d'antimatière retenu dans un fin réseau magnétique. (ST)

CONSEIL DU COMMONWEALTH ou CONSEIL TEMPORAIRE : gouvernement de la Norstralie. (HT)

COPT, le (du nom des Egyptiens chrétiens) : l'un des trois êtres (avec le robot et le rat) qui ont accueilli sur Terre Carla Vom Acht (TS), exploré Espace-3 et accepté la Vieille Religion Forte. (PT, SS) E-lamelanie parle de la promesse faite par le Copt et de ses liens avec D'joan. (SP)

COULOIR JAUNE ET BEIGE : sur Fomalhaut III. Abri antitélépathique construit par le Seigneur Englok. Vestige des Anciennes Guerres. La Ville des Gueux (qui abrite les sous-êtres) se trouve là. Elaine s'y rend à l'instigation de Dame Panc Ashash. (DD)

CRANCHER : technique utilisée pour rendre aux Sondeurs l'usage de leurs sens pendant un temps limité. Inventée par Eustace Cranch. (SV)

CRANCHER (Fil à) : appareil utilisé par les Sondeurs pour crancher. (SV)

CREDITS B.A.T. : voir ARGENT B.A.T.

CREDITS L.E.S. : voir ARGENT L.E.S.

CROISEUR AU LONG COURS : vaisseau de guerre très rapide. L'un d'eux fut utilisé par le Seigneur Redlady pour envoyer Rod McBan sur Mars. (HT)

CROYANT : adepte de la religion avant la Redécouverte de l'Homme. (AR)

CRUDELTA, SEIGNEUR : Seigneur de l'Instrumentalité. Envoie Rambo dans Espace-3 dans une fusée de sa conception. Plus tard. Crudelta va lui-même dans Espace-3. (BI) Né mille ans avant Jestocost, il connaît ses plans pour le Sous-Peuple et devient l'un des Administrateurs de la Fondation Cent Cinquante. Il a participé à la guerre contre Raumsog. (SP)

CRYPTODERME : pansement vivant très coûteux. Figure dans toutes les trousses de secours d'urgence de la Norstralie. (HT)

D

DAIMONI : entités de lointaine origine terrestre qui reviennent d'au-delà des étoiles. Aident à construire Terraport et les Hespérides, puis s'en vont. (BC) La chambre personnelle de Murray Madigan, la porte et les murs sont en matériaux daimoni. (PT) La cabane de Rod McBan est en rondins daimoni importés en Norstralie par voiles photoniques. Les Daimoni ont aussi construit le Palais du Gouverneur de la Nuit. (HT)

DAME : titre des Chefs de l'Instrumentalité quand ils sont de sexe féminin.

DEDOUBLEMENT : art perdu de produire un double de soi-même au cours d'un combat. T'ruth l'enseigne à Casher O'Neill. (PT)

DIEHR-MORTS : individus cultivés dans des fluides à partir de fragments de la chair congelée de morts célèbres. (MS)

DIEU CLOUE HAUT ou HOMME SUR LES DEUX BOUTS DE BOIS : image de la Vieille Religion Forte dont le Copt se souvient et que Karla vom Acht voit grâce à un voyage temporel. (TS) Adopté par les sous-êtres et interdit par l'Instrumentalité, le Dieu Cloué Haut finit par s'imposer à Casher O'Neill. (SS)

DISGRACE HONORABLE : l'Instrumentalité corrompait ses propres membres. Les Seigneurs pouvaient obtenir une vie plus longue en renonçant à leurs objectifs... et à leur honneur. (HT)

DJIN : dieu adoré par les hommes après les Anciennes Guerres. (TS)

D'JOAN (dog Joan ; cf. Jeanne d'Arc) : Sous-être dérivé d'une chienne. Sur Fomalhaut III, partage l'esprit d'Elaine. Elle a de nombreux esprits imprimés dans le sien, y compris celui du Chasseur. On la fait passer de l'âge de cinq ans à l'âge de quinze ou seize ans en quatre heures. Contrôle brièvement l'esprit de Dame Underwood. Brûlée sur un bûcher à Kalma. (DD)

DJU-DI : pisang distillé, dont le goût rappelle celui de la grenade. (MS)

DOUZIEME REGLE POUR TOUS LES HOMMES : « Toute personne découvrant qu'elle forme une opinion non autorisée ou la partage avec d'autres personnes doit en aviser immédiatement le sous-chef le plus proche afin de se faire soigner. » (SP)

DOYCH/DOYCHES (all. deutsch : « allemand ») : langue préférée du Vieil Ours Sage. Beaucoup de gens ont appris à la parler pour tromper les manshonyaggers. (RA, ET, SP) Les musiciens en reçoivent l'empreinte. (SP)

DRAGONS : les Rats apparaissent sous cette forme aux humains. Ils dévorent les âmes. La lumière du soleil les éloigne. Les boute-lumière les détruisent. (RD)

DROGUE DE POLICE N° 4 ou CLAIRE MEMOIRE : permet de tout se rappeler. Utilisée sur le musicien et ancien Superviseur de la Programmation des Humains trente-sept ans après son erreur pour découvrir le mystère de la naissance d'Elaine. (DD)

DROMOZOAIRES : formes de vie de Shayol. Apparaissent sous forme d'éclairs lumineux, entrent dans le corps et font pousser des organes. Nourrissent les hommes, les gardent en vie, mais dans la douleur. (PS)

E

E'DUARD : descendant de l'E-telekeli. Croyant de la Vieille Religion Forte. Guérit l'esprit du Seigneur bin Permaiswari. Tue les diehr-morts illégaux. (MS)

EEFUNJUNG : unité de temps très courte, presque instantanée. Le pisang tue dans ce laps de temps. (MS)

EFFET BATEAU IVRE : capacité d'utiliser le système nerveux pour le contrôle direct des machines. (BI)

EFFET KASKASIA : voir KASKASIA.

E-IKASUS (de Jésus, transformé en homme puis retransformé en esprit) : fils de l'E-telekeli. Transformé en homme-singe (A'gentur) pour emmener Rod sur la Terre. Revient au Tréfonds par le Puits du Magasin des Désirs du Cœur. Est retransformé en oiseau par l'E-telekeli. L'oiseau le plus important de la Terre après son père. (HT, SP)

ELAINE : nom antique et interdit. Née par erreur et envoyée sur Fomalhaut III. Elle aime le Chasseur, partage l'esprit de D'joan. Après le procès, Dame Goroke lui ôte tous ses souvenirs et l'assigne à la surveillance du temps. (DD)

E-LAMELANIE (gr. Mélanie : « noire ») : fille de l'E-telekeli. Très pieuse, demande que son père lui donne l'espoir. Pense que Rod McBan est l'Annoncé et qu'elle ne l'a pas reconnu ; craint que sa foi ne l'ait abandonnée. (SP)

ELLEN : voir FOLLY.

ELUS : autre nom des Sondeurs. (SV)

EMETTEUR GRANDES ONDES : télépathe ayant un pouvoir erratique d'émettre et de recevoir, avec une grande intensité au besoin. Rod McBan et le Seigneur Redlady sont des Emetteurs Grandes Ondes. (HT, SP)

EMPIRE : gouvernement établi ou autorisé par l'Instrumentalité pour une période de mille ans. Il fut éliminé avant l'évacuation de Shayol. (PS) Existait à l'époque du Crime du Commandant Suzdal. (CG)

EMPRISE : technique utilisée pour mettre une personne sous hypnose afin de procéder au Récurage du Cerveau. (SP)

EPHEMERES : individus mourant à l'âge de soixante-dix ans. L'Instrumentalité leur accordait des plaisirs subjectifs nommés « les bénédictions ». (HT)

ESPACE-DEUX : hyperespace à travers lequel se déplacent les vaisseaux planoformes. (BI)

ESPACE-TROIS : hyper-hyperespace pressenti grâce à Elaine. (DD) Rambo fut le premier à le traverser. (BI) Le robot, le rat et le Copt l'ont exploré et y ont accepté la Vieille Religion Forte. (SP) T'ruth l'utilise pour envoyer O'Neill à Mizzer. (PT)

E-TELEKELI : à l'origine, essai manqué pour produire un Daimoni à partir d'un aigle. (HT) Chef du Sous-Peuple. Son nom n'est jamais prononcé tout haut. Jestocost et C'mell lui indiquent des lieux où le Sous-Peuple peut se cacher. Il a des ailes en lieu de bras et ses yeux sont blanc opaque. (BC) A une fille et plusieurs fils, dont E-ikasus. Accorde à Rod McBan une vie subjective avec C'mell et obtient de lui la plus grande partie de sa fortune, avec laquelle il crée une fondation destinée à aider les sous-êtres et les humains. (SP) A l'époque où le Seigneur Kemal bin Permaiswari séjourne sur Xanadu, il est devenu le chef et conseiller légendaire de son peuple. (MS)

EXTREME URGENCE : invoquée par Vomact quand Adam Stone découvre comment guérir la Grande Douleur de l'Espace. Invoquée sans succès par Martel pour arrêter Parizianski. (SV) Invoquée par Sh'san pour protéger Veesey-koosey. (PB) Invoquée par le Seigneur Crudelta pour prendre le commandement des troupes du Berceau de l'Humanité. (BI) Invoquée par Dame Da pour amener l'Instrumentalité sur Shayol. (PS)

F

FENNINE : drogue destructrice. (CR)

FINSTERNIS (all. Finsternis : « ténèbres ») : cube fou

de cinquante mètres de côté. Peut éteindre des soleils et geler des planètes. Déchargé dans l'espace à partir d'un vaisseau planoforme, en compagnie de Folly et de Maac. Devient Alma sur Linschoten XV après la dissolution du cube. (ET)

FOLLY : femme rousse devenue après son suicide un petit vaisseau spatial de onze mètres de long. Puis le vaisseau devient maison et prend le nom d'Ellen. (ET)

FONDATION CENT CINQUANTE : établie par Rod McBan à l'instigation de l'E-telekeli pour aider les humains et les sous-êtres. Parmi les Administrateurs figurent les Seigneurs Jestocost et Crudelta et Dame Johanna Gnade. La Fondation achète un restaurant pour C'mell. (SP)

FRAGMENTS DE LA PAROLE ou FRAGMENTS DU LIVRE : parties de la vérité situées au-delà de la vérité. Accessibles aux sous-êtres. (SP) Désigne aussi le message écrit sur lequel s'accordent le robot, le rat et le Copt. (HT)

G

GALERIE DES PLAISIRS : située à l'Astroport Central ; on peut y voir des femmes ravissantes. (SV)

GEBIET (all. Gebiet : « district ») : région sans lois ni châtiments située sous la Terre. (ST)

GLOIRE ET L'AFFIRMATION DE L'HOMME (La) : danse au Festival de Danse Inter-Mondes en 13582. (NN)

GNADE, DAME JOHANNA : assiste à la réunion où l'E-telekeli. Obtient des informations pour cacher les sous-êtres. (BC) Organise l'évacuation de la planète Shayol. (PS) Rejette les idéaux de Jestocost concernant les sous-êtres. (HT) Agée de six cents ans à l'époque de la visite de Rod, elle est la plus orgueilleuse et volontaire des Chefs de l'Instrumentalité. Administratrice de la Fondation Cent Cinquante. (SP)

GOONHOGO (chin. gung he guo : « gouvernement ») : gouvernement chinois indépendant régnant sur dix-sept milliards de personnes. Lâche des millions de Chinois sur Vénus pour la coloniser. (JP)

GRAND EXTERIEUR ou GRAND NÉANT : Espace vide entre les étoiles. (NY, CR, PB, SG) Provoque le Premier Effet, la Grande Douleur de l'Espace. Les Sondeurs y voyagent et survivent. (SV) En planoforme, on y trouve les Rats. (RD)

GRAND NETTOYAGE : dernière crise politique de la Vieille Australie du Nord. Tous les objets de luxe devaient être remis au gouvernement et pouvaient être rachetés dans certains cas pour 20 000 fois leur valeur. Rod McBan CXXX avait caché ses trésors. (HT)

GRAND ŒIL : centre de messages sur la Terre. En principe, les sous-êtres n'y ont pas accès. (PB, HT, SP)

GRAND PLONGEON : vol en dehors de la Galaxie. John Joy Tree fit le premier Grand Plongeon. (PT)

GRANDE DOULEUR DE L'ESPACE : tue les hommes ordinaires. Rend indispensable l'invention des Sondeurs pour piloter les vaisseaux. (SV)

GUNUNG BANGA : force qui maintenait l'arche à Mortoval ; désigne à la fois la machine et l'être qui l'anime. (SS)

H

HABERMAN : homme séparé chirurgicalement de ses organes et pourvu d'instruments pour enregistrer ses réactions. N'éprouve aucune sensation, ce qui lui permet de rester conscient et vivant dans l'espace. Vit par la volonté des Sondeurs, condamnés-à-pire-que-la-mort. Déconnecté quand les vaisseaux sont au port. (SV)

HARKENING (Colonel Desmond, le) : il fut le meilleur navigateur de son temps et le premier homme à planoformer. Il réapparut sur Terre à Central Park.

Liana, sa fille adoptive, disait que les étoiles avaient volé son âme ; il souffrait d'un plaisir à vif et inhumain. Il ne quitta plus jamais la Terre. (CR)

HARNAIS MAGNETIQUE : à porter pour utiliser un Puits de Descente. (SP)

HENRIADA : la planète des tempêtes, colonisée à l'origine par une coopérative post-soviétique. Population durement touchée par les tempêtes. Là se trouve Beauregard, où vit T'ruth. (PT)

HITTON : vieille famille norstralienne, fondée par Benjamin Hitton, un des pionniers de la planète, qui passe pour le créateur de son système de défense. Katherine Hitton est Maîtresse d'Armes de la Vieille Australie du Nord. (MH) Elle épouse le grand-oncle de Rod McBan. (HT)

HOMINIDÉS : humains d'outre-Terre. (BC) Modifiés pour s'adapter aux conditions variées régnant sur un millier de mondes. (AR)

HOMME SUR LES DEUX BOUTS DE BOIS : voir DIEU CLOUE HAUT.

HOMMES DES AIRS : humains adaptés pour vivre dans les tempêtes d'Henriada. Adorent manger du canard cru. Leur esprit a reçu l'empreinte du désir de Casher. (PT)

HOMMES LIBRES : humains transformés par la Redécouverte de l'Homme. (AR)

HOMMES NON AUTORISES : hommes-animaux mutants pourvus d'une queue. Ce ne sont pas des sous-êtres. (RA)

HOMMES VERITABLES : humains. Vivent généralement dans les Cités des Jwindz. (RA) Télépathes. Aiment le silence et la contemplation. Ne vivent pas dans les contrées sauvages. (MO)

HOMONCULES : Nom donné aux sous-êtres pendant la Redécouverte de l'Homme. (BC, AR)

I

IDIOTS : sur la Terre, ont servi de politiciens et d'administrateurs. (MO)

IDIOT CHRONOPATHIQUE : voir CHRONOPATHIQUE.

IMPARDONNES (LES) : tribus vivant en dehors des Cités. (SV) Attaquent les Idiots et les hommes ordinaires. (MO) L'Instrumentalité des Jwindz les utilise parfois dans ses laboratoires. (RA)

INGLAIS : voir ANCIEN ANGLAIS.

INSTRUMENTALITE DU GENRE HUMAIN : corporation établie après le succès de la rébellion contre les Jwindz dirigée par Laird, Juli vom Acht et la Bande des Cousins. Son but est de servir tout le genre humain sans le manipuler. (RA) Corps dirigeant la plus grande partie ou la totalité du genre humain. (BI) Ses maximes : « Surveiller sans gouverner ; arrêter la guerre sans la déclarer ; protéger sans contrôler ; et, plus que tout, survivre ! » Elle protège les hommes et leurs mondes contre les non-humains. Elle laisse ses membres commettre des erreurs et des crimes, et se suicider. Elle fait pour l'humanité ce qu'un ordinateur ne peut pas faire. (CG) Elle a vocation à lutter pour que l'homme reste l'homme. (ST) Elle peut corrompre ses propres officiers. (SP) Elle ne prend pas de sanctions contre Wedder, mais donne à Casher O'Neill un passeport inter-mondes. (SG)

INSTRUMENTALITE DES JWINDZ : Hommes Véritables agissant en qualité de police des Jwindz. Ils enlèvent des Hommes Non-Autorisés, des Impardonnés, et même des Hommes Véritables pour les laboratoires des Jwindz. (RA)

INSTRUMENTALITE DE LA TERRE : le côté peu flatteur de la Terre. (MH) Contrôle les vaisseaux spatiaux. (DE)

INTERFERENCE ETIOLOGIQUE DE CLASSE TROIS : petite fille psionique folle à bord du vaisseau du Seigneur Lovaduck. Douée du pouvoir de modifier la chance, elle bouleverse la planète de Raumsog. L'Instrumentalité échoue à la guérir mais efface de son esprit les souvenirs de la guerre. (VO)

INTEINDRE : recevoir télépathiquement. Terme norstralien. (HT, SP)

INTERDIT (L'HOMME) : Le Christ. (SP)

INTERDIT (PREMIER) : figure de la Vieille Religion Forte mentionnée par le Chasseur. (DD) Correspond au Père de la Trinité chrétienne.

J

JARDIN DE LA MORT : grande roulotte où l'on auditionne les Norstraliens. Les non-aptes sont condamnés à la mort hilarante. (HT)

JESTOCOST (d'un mot russe signifiant « cruauté ») : grande famille de l'Instrumentalité. Le Seigneur Jestocost I était le fils de Dame Goroke, qui lui donna ce nom en souvenir de la mort de D'joan. Le Seigneur Jestocost VI servait l'Instrumentalité depuis deux cents ans quand il rencontra C'mell et, grâce à elle, l'E-telekeli. Il aima C'mell à sa façon et voulut la justice pour le sous-peuple. (BC) Leader de la Redécouverte de l'homme (AR), il taxa Rod McBan pour utiliser l'argent du stroon au profit des sous-êtres. (HT) Devint l'un des Administrateurs de la Fondation Cent Cinquante. (SP)

JEU : bataille entre les boute-lumière et les Rats. (RD)

JONASOÏDAL (EFFET) : permet de planoformer. (CB)

JONASOÏDAL (VAISSEAU) : vaisseau planoforme. (CB)

JOUR DU CHATIMENT : institution impériale. Ce jour-là, les hurlements des condamnés de Shayol sont diffusés dans tout l'Empire en guise d'avertissement. (PS)

JOUR DU MASSACRE : jour où les colonels Wedder et Gibna conquirent Mizzer et où 1 131 personnes furent tuées dans le seul palais. (PT)

JWINDZ : philosophes chinois qui gouvernaient la Terre après les Anciennes Guerres. Ils voulaient refaire l'homme à leur image. Ayant échoué, ils donnèrent aux hommes des tranquillisants. Le retour dans l'histoire des sœurs vom Acht provoqua leur chute. Juli vom Acht suggère de les envoyer dans l'espace sur une autre planète. (RA) On les retrouve dans la cité de Jwindz Jo, aux sources du Treizième Nil, sur Mizzer ; ils connaissent la réponse à toutes les questions. (SS)

JWINDZ JO : Cité des Etres Parfaits où se sont retirés les Jwindz. (SS)

K

KASKASIA (EFFET) : arme des Temps Obscurs, qui ne fut jamais redécouverte. (SG) Arme américaine arrêtant les manshonyaggers et les Bêtes. L'Effet Kaskasia ne peut pas se mesurer. Les hommes simples aux pensées pures peuvent vivre à l'intérieur de son champ d'action. Il y en avait 21 à 34 sur la Terre à l'époque où atterrit Carlotta vom Acht. (MO)

KELAPA : l'une des deux variétés d'arbres poussant sur Xanadu. (MS)

KLAUS, ASTARTE : doctoresse, qui se transforma en mâle pour survivre sur Arachosia. Transforma aussi en mâles toutes les autres femmes de la planète. Inventa un système pour que les hommes puissent porter des enfants mâles. (CG)

KLOPT : nom des habitants d'Arachosia. (CG)

KOSER : émettre télépathiquement. Terme norstralien. (HT, SP)

L

LAITEUX : se dit des vaisseaux disparaissant dans Espace-2. Les parents de Rod McBan sont morts de cette façon. (HT, SP)

LAVAGE DE CERVEAU : technique d'amnésie sélective, utilisée sur Elaine et le Chasseur. (DD)

LAVINIA (dans l'*Enéide*, femme d'Enée et ancêtre des

Romains) : cousine et amie d'enfance de Rod McBan. (HT) Devient sa femme. (SP)

L.E.S. : voir ARGENT L.E.S.

LIBRE-FILLE : sous-être employé comme hôtesse à Terraport. C'mell est une libre-fille. (BC)

LIVRE DES MOUTONS ET DES NOMBRES : premier livre d'enseignement en Norstralie. (HT)

LIVRE DE RHETORIQUE : Second livre d'enseignement en Norstralie. (HT)

LOUDIE (chin. lao dai : « ancien ») : nom des anciens habitants de Vénus. Contaminent mille arpents de terre si on les tue. Les Chinois les exterminent en les faisant mourir de faim. (JP)

LUMIERE : voir BOMBE DE LUMIERE et BOUTE-LUMIERE.

M

MAAC (« Module à Auto-Action Compensée » ; angl. Samm : « Superordinated Alien Measuring and Mastering Device ») : homme d'acier long de deux cents mètres, conçu pour apporter à n'importe quel adversaire le message de la puissance de l'homme. Après sa mission sur Linschoten XV, il redevient humain sous le nom d'Alan. Il épousera Folly devenue Ellen et Finsternis devenue Alma. (ET)

McBAN (angl. ban : « proscription ») : vieille famille norstralienne.

McBAN CLI, RODERICK FREDERICK RONALD ARNOLD WILLIAM MACARTHUR dit ROD : trouve les trésors cachés par sa famille. Achète la Terre. Est réduit et expédié sur Mars par l'Instrumentalité, où, pour sa propre sécurité, il subit une intervention chirurgicale qui fait de lui C'roderick, l'homme-chat, banni de l'espèce humaine. (HT) Premier humain à rencontrer l'E-telekeli en personne. Partage une vie-rêve avec C'mell. Crée la Fondation Cent Cinquante. Rentre en Norstralie et épouse Lavinia. (SP)

MACHINES DE LA TERREUR : le Seigneur Kemal bin Permaiswari les combattit sur Styron IV. Il remporta la victoire, mais elles endommagèrent son esprit. (MS)

MACHINE A TRANSMISSION INSTANTANÉE : appareil de communication. (ST)

MAISON DE DESTRUCTION : les gens s'y rendent pour être éliminés au bout de quatre cents ans de vie. (DD) On les fait mourir de bonheur et d'excitation en leur administrant des drogues. (SG) En Norstralie, les gens n'y sont envoyés que dans les cas suivants : 1° s'ils ne peuvent supporter la régénération (SG) ; 2° s'ils sont insupportables pour la société (SG) ; 3° s'ils ne passent pas l'audition (HT).

MAISON NON AUTORISEE : maison pour personnes non autorisées, telle celle du Vieil Ours Sage. (RA)

MANNEQUIN MOIAA : mannequin testant les aptitudes électroencéphalographiques et endocriniennes d'un sujet. Le code est le suivant : mort = noir ; réserves organiques = rose pourpre ; prostration = bleu ; sensibilité à la douleur = rose clair ; douleur potentielle = brun foncé ; effondrement potentiel en vingt-quatre heures = éclairs. (ST)

MANSHONYAGGER (all. menchenjäger : « chasseur d'hommes ») : Sorte de tortue métallique de dix pieds à trois têtes. Chasse et tue les ennemis du 6e Reich Allemand. Parle à Carlotta. Endommagé et stoppé par l'Effet Kaskasia. Il en reste encore quelques-uns deux cents ans plus tard. Beaucoup de gens apprennent le doych pour les duper. (RA, TS, SV)

MARCHAND DE MENACES : celui que les générations futures devaient appeler Sun-boy. (ST)

MARIN DES ETOILES : emmène les vaisseaux parmi les étoiles. Vieillit de 40 ans en un mois subjectif. Nourri et tenu en éveil par des tuyaux. (DE)

MEMOIRE : Voir DROGUE.

MESSAGE INSTANTANE : méthode très coûteuse de communication interstellaire supprimant le délai de transmission. (PT) Utilise le sous-espace. (HT)

MIZZER : planète aride, au ciel rouge, aux Douze Nils.

Le dictateur Kuraf y est renversé par les colonels Gibna et Wedder. (SG) La planète est libérée par Casher O'Neill. (SS)

MONITEUR : humain à l'esprit programmé. Sort pire que la mort, réservé aux criminels. Un moniteur est programmé pour détruire le prince Lovaduck au cas où il se retournerait contre la Terre ou chercherait à s'échapper. (VO)

MONTAGNES PILEUSES : sur Khufu II, montagnes couvertes de lichen qu'on récolte pour faire des tissus. (HT)

MORE, DAME ALICE : Santuna devient Dame de l'Instrumentalité sous ce nom. (ST) Conçoit le plan de Redécouverte de l'Homme (SP) et reste parmi les leaders du mouvement. (AR)

N

NANCY : femme hallucinatoire créée par l'action du virus sokta sur le cerveau. (NY)

NEO-BITUME : matériau entrant dans la construction des routes et qui se répare lui-même. Utilisé sur Henriada. (PT)

NIDIES (chin. nue dai : « femme ») : femmes chinoises qui participent à la colonisation de Vénus. (JP)

NŒUD DU TEMPS : peut-être le point de contact entre le temps et le « monde en dehors du temps ». (SP) Tasco Magnon et sa femme Dita le cherchent au cours de leur voyage. (LA)

NONDIES (chin. nan dai : « homme ») : Chinois qui participent à la colonisation de Vénus. (JP)

NON-ESPACE : lieu situé hors de l'espace (et distinct d'Espace-2 et d'Espace-3) où les Vaisseaux d'Or sont cachés. (VO)

NORSTRALIE : Planète colonisée par voiliers photoniques (PB) avant la fondation de l'Instrumentalité et restée un Commonweath de Son Absente Majesté la Reine d'Angleterre. (HT) Produit le stroon. (DD) Les habitants sont grands, colorés, athlétiques, rudes

(MT) et, grâce au stroon, très riches. (HT) Leurs maximes : « Ne voyez pas trop loin. Allez d'une situation immédiate à la suivante. Ne prenez pas une décision si vous pouvez la faire prendre par un autre et y gagner quand même. Et surtout... ne vous faites jamais prendre à gagner. Contentez-vous de gagner, mais ne le montrez pas. » (SP)

NYCHTERONS TERRESTRES : unité de temps ; jour et nuit. (ST)

O

OCEANS : sur la Terre, au temps de la Rébellion contre les Jwindz, il y poussait une herbe absorbant les anciens poisons. Etaient autrefois remplis d'eau. (RA)

OFFICE CENTRAL DES URGENCES : ordinateur norstralien qui réglemente la consommation. (HT)

OLYMPIA : planète spécialisée dans le recel et l'échange de biens volés. Les habitants y sont aveugles et voient avec des yeux-radars. (MH) Des artistes aveugles y sont venus de Pontoppidan pour peindre les chambranles des portes donnant accès à l'hôpital. (SG) John Osterman y découvre un complot contre l'Instrumentalité. (RB)

O'NEILL, CASHER : originaire de Mizzer, il quitte cette planète après l'usurpation de Wedder. Il vient sur Pontoppidan pour y chercher un moyen de prendre sa revanche et rencontre la Vieille Religion forte. (SG) Il poursuit sa quête sur Hnrriada (PT), libère Mizzer par l'amour, trouve la paix avec Dame Celalta (SS) et découvre avec elle la menace du mangeur d'hommes. (ET)

ONSECK (honourable secretary) : en Norstralie, fonctionnaire expédiant les affaires courantes pour Son Absente Majesté la Reine. (SP) Tient la comptabilité du gouvernement du Commonwealth. (HT)

ORDICENT : ordinateur central sur la Terre. S'occupe de tout. (SP) Enregistre les transactions financières inter-mondes. (HT) Relié à de nombreux endroits, dont le Bezirk. (ST)

ORNITHOPTERE : appareil qui vole en battant des ailes. Utilisé en Norstralie (HT) et sur Xanadu. (MS)

OUBLIE (SECOND, TROISIEME) : figures de la Vieille Religion Forte mentionnées par le Chasseur. (DD) Correspondent au Fils et au Saint-Esprit de la Trinité chrétienne.

OUBLIEUR : criminel coupable de crimes majeurs et condamné à l'amnésie totale au lieu de la mort ou de Shayol. (ET, PT)

P

PANC ASHASH : Dame de l'Instrumentalité dont la personnalité a été imprimée dans la machine d'Aide aux Voyageurs. Elle dirige Elaine sur Fomalhaut III. (DD)

PARADIS VII : planète d'épouvante. Les pionniers qui y survécurent la quittèrent pour aller en Norstralie. (HT)

PARENTS APPOINTES : en Norstralie, ils enseignent à l'enfant les sept arts libéraux, les six sciences pratiques et les six recueils d'études sur la police et la défense. Ils sont indispensables pour préparer à l'épreuve du Jardin de la Mort. Les parents appointés risquent leur vie en même temps que le candidat. (HT)

PARFAITS (LES) : nom que les Jwindz se sont donné. (RA)

PARLOPHONE : ancien appareil pour jouer des sons enregistrés. (CB)

PAROLE DEFENDUE : révélation religieuse. Communiquée uniquement si on la demande. (SP)

PAROSKI (russe po-russki : « la langue russe ») : une des anciennes langues. (DD) L'une des nations spatiales. (BI)

PARTENAIRE : chat associé à un boute-lumière. Voyage dans un petit vaisseau d'attaque séparé. A les réflexes assez rapides pour combattre les dragons. (RD)

PAS-D'ICI : famille norstralienne revenue sur Terre plusieurs générations avant C'mell. Le Seigneur William Pas-d'Ici est à la réunion où les lieux cachés sont révélés à l'E-telekeli. (BC) Il voudrait marier sa fille Ruth à Rod McBan pour leur permettre de revenir en Norstralie. (SP)

PAUVRE OFFICIEL : en Norstralie, celui qui renonce à tous ses biens, et, ce faisant, à tous ses soucis et responsabilités de propriétaire. (HT)

PERCEPTION RADAR : forme de perception artificielle adoptée par les aveugles d'Olympia. On sectionne le nerf optique et on y raccorde le fil du radar. (RB)

P.E.E.A. : Plat d'Evacuation des Excréments Animaux en argot norstralien. (SP)

PERSONNE EXPERIMENTALE : sous-être ne répondant pas aux spécifications mais qu'on laisse vivre. Leur nom n'est pas précédé de la lettre indiquant leur ascendance animale. Herkie en est une. (RA)

PEUPLE-VOLAILLE : à l'origine, cargaison qui s'est écrasée sur Linshoten XV, et dont les individus ont muté en formes de vie intelligentes et télépathes. (ET)

PHOTONUCLEAIRE (BOMBE) : voir BOMBE.

PISANG : jus du fruit du buah. Poison mortel. (MS)

PLAISIR-VILLE : construite dans les Hespérides. Monsieur et Docteur Vomact y envoie Rambo pour le guérir. (BI)

PLANETE COMPACTE : monde de haute gravité. Les humains y sont de la taille d'une noix. (SP)

PLANETE DES GEMMES : Pontoppidan. (SG)

PLANETE DES SABLES : Mizzer. (SS)

PLANETE DES TEMPETES : Henriada. (PT)

PLANOFORMER : voyager en deux dimensions ou en Espace-2. (BI) Le Colonel Harkening est le premier à voyager ainsi. (CR) Les voyages planoformes ont ruiné Viola Siderea. (MH) Ils sont protégés par les boute-lumière. (RD) Sur la Terre, ils aboutissent à Terraport. (BC)

PLUS ANCIEN DES MONDES (LE) : la Terre avant les Anciennes Guerres. (AR)

POLICE AUXILIAIRE : à Terraport, force policière composée de sous-êtres dérivés de loups. Utilisée sans doute parmi les sous-êtres et non parmi les humains véritables. (SP)

POTENTIEL FILIAL : don de se faire accepter comme son enfant par n'importe quel adulte normal des deux sexes, lui redonnant ainsi une raison de vivre. (PB)

PONTOPPIDAN : la planète des gemmes. L'atmosphère n'y est pas respirable à l'époque de Casher O'Neill et ne le sera pas avant 2520 ans. Beaucoup de pierres précieuses et de régions radioactives. Importe des vers de terre au prix d'un diamant de 8 carats chacun. (SG)

POUVOIR DES JWINDZ : domina autrefois la Terre. (SS) La Rébellion de la Bande des Cousins y mit fin à l'époque où les vom Acht revinrent sur la Terre. (RA)

PREMIER EFFET : provoque la Grande Douleur de l'Espace malgré les opérations subies par les Habermans. Se manifeste par le besoin de la mort. Henry Haberman y mit fin. (SV)

PREMIER INTERDIT : voir INTERDIT.

PREMIERE FIN DU MONDE : fin du Plus Ancien des Mondes sous l'effet des Anciennes Guerres. (SP)

PROGRAMMATEUR DE LA POPULATION : machine située à An-Fang sur la Terre. Calcule les naissances. Commet l'erreur qui donne naissance à Elaine. (DD)

PROJET TELESCOPE : procédé inventé par Rogov et Cherpas en U.R.S.S. et destiné à lire dans les esprits. Seul résultat : entre en contact avec le Festival de Danse Inter-Mondes. (NN)

PROMIS : voir ANNONCE.

PUITS DE DESCENTE : puits vertical (généralement sur Terre) destiné au transit. On y porte des harnais magnétiques. La vitesse de descente y est pour les humains d'environ 20 mètres/minute. Sont toujours accompagnés d'un Puits de Montée. Les sous-êtres ne sont pas autorisés à utiliser les Puits destinés aux humains sauf s'ils sont en service commandé. (SP)

Q

QUATORZE B : division secrète de l'espionnage de l'Instrumentalité. (ST)

QUATRIEME VALVE : le Seigneur Jestocost a un bureau devant elle. Il y a 64 valves à Terraport. Elles aspirent et canalisent les gaz des lancements spatiaux. (BC)

R

RADIATION III : événement traumatisant survenu sur la Terre. (MS)

RAMBO, ARTYR : né sur Terre Quatre. Le Seigneur Crudelta le met dans un planoforme et l'envoie dans Espace-3, qu'il est le premier humain à visiter. (BI)

RAT (le) : membre du sous-peuple et l'un des trois êtres (avec le robot et le Copt) ayant accueilli sur Terre Karla Vom Acht (TS), puis exploré Espace-3 et accepté la Vieille Religion Forte. (PT, SS)

RATS (les) : ils vivent sous l'espace et attaquent les vaisseaux planoformes. Apparaissent aux gens sous forme de Dragons. (RD)

RAUMSOG, SEIGNEUR (all. Sog : « aspiration » + Raum : « espace ») : gouverne le Monde de Raumsog. Essaye d'attaquer la Vieille Terre et de corrompre l'Instrumentalité, emprisonne les Braves-Capitaines et tue les Boute-Lumière (mais pas les Partenaires, heureusement). Vaincu par le Vaisseau d'Or et tué sur sa planète. (VO)

REBELLION : libère la Terre du Pouvoir des Jwindz. La Bande des Cousins drogue les Jwindz et remplace les drogues par des placebos dans la nourriture des Hommes Véritables pour les libérer. (RA)

RECONVERSION : processus par lequel on transforme les Sondeurs en êtres humains normaux. (SV)

RECURAGE DE CERVEAU : technique permettant de faire disparaître les pensées non autorisées. (SP) Voir LAVAGE DE CERVEAU.

REDECOUVERTE DE L'HOMME : plan de l'Instrumentalité. Réintroduit les gouvernements, la monnaie, les journaux, les langues, la maladie, la mort — mais ne concerne pas les sous-êtres. (BC) Se place après l'incident entre Sun-boy et les mondes de Douglas-Ouyang. (ST) Les gens reprennent d'anciens noms, d'anciennes langues, d'anciennes coutumes. (SG, AR)

REDLADY, SEIGNEUR : Seigneur de l'Instrumentalité, représentant de l'Instrumentalité en Norstralie, rétrogradé au rang de Commissaire parce qu'il est un Emetteur Grandes Ondes. Un des juges de Rod McBan. (HT, SP)

REDUCTION : procédé par lequel on déshydrate le corps humain pour le faire voyager sous très petit volume. A l'arrivée, le processus est inversé et le sujet reprend sa forme première. (HT)

REGLE DES EXCEPTIONS : loi norstralienne. Le dernier survivant mâle d'une famille peut vivre jusqu'à quatre enfances. Si alors il échoue à l'épreuve du Jardin de la Mort, on l'envoie à la Maison de Destruction et on désigne un héritier qui reprendra son nom et ses biens. (HT)

REGLE (CINQUIEME) : voir CINQUIEME REGLE.

REGLE (DOUZIEME) : voir DOUZIEME REGLE.

REINE ABSENTE ou SON ABSENTE MAJESTE : quinze mille ans après, Elisabeth II d'Angleterre règne encore sur la Norstralie. Un jour, elle reviendra. En son absence, le pouvoir exécutif est provisoirement exercé par l'Onseck. (HT, SP)

RENEGAT : Norstralien qui choisit de quitter sa planète pour aller ailleurs jouir de sa fortune. Il lui est très difficile de revenir. (SG, PT)

RETRAITE (la) : euthanasie volontaire en Norstralie. (HT)

REVE ASSOCIE : union de deux esprits dans un monde subjectif. Rod et C'mell en partagent un. (SP)

ROBOT (le) : l'un des trois êtres (avec le rat et le Copt) qui accueillent sur Terre Karla Vom Acht (TS), explorent Espace-3 et acceptent la Vieille Religion Forte. (PT, SS)

ROBOT HUMANOIDE DEPHASEUR D'ONDES CEREBRALES : le Seigneur Redlady se sert de ce procédé pour assurer le secret de sa conférence en Norstralie. (HT)

S

SAINTE REVOLUTION ou SAINTE REBELLION : gouvernement secret du sous-peuple, dirigé par l'E-telekeli et aimant l'Homme. (SP)

SALLE DE COMBAT : sur un vaisseau planoforme, aire où travaillent les boute-lumière. (RD)

SALLE DE LA HAINE : au Magasin des Désirs du Cœur. Approuvé jadis par Dame Goroke. Montre les gens à eux-mêmes. Rod McBan en sort purifié. (SP)

SANTACLARA : drogue prolongeant la vie. Une once vaut quarante à soixante ans de vie. Prend le nom de stroon sous forme cristallisée. (MH) Introduite à l'époque où les Chinois envahissent Vénus. (JP) Produite uniquement par les moutons malades élevés en Norstralie, elle fait de cette planète la plus riche de l'univers mais les Norstraliens n'en profitent pas. (HT) Ont-ils fait vœu de pauvreté comme sainte Claire (1193 ?-1253) ? En tout cas, ils imposent des droits si élevés sur les importations que dans la pratique personne n'importe rien, sauf le gouvernement (à des fins militaires).

SATELLITE DE CHIRURGIE : en orbite autour de Shayol. Prépare les condamnés à vivre sur Shayol en durcissant leur peau, leurs ongles, etc. S'ils le désirent, on leur extrait les yeux et on leur brûle le cerveau, ce qui leur épargne les souffrances. (PS)

SAUVAGES : vivaient en Australie après la chute de Nanbien. Ils tuèrent tous les survivants. (SP)

SEIGNEURS DE L'APRES-MIDI : sans doute la période où les Seigneurs de l'Instrumentalité sortent de l'aube de leur histoire et où le problème de la destinée commune des hommes et des sous-êtres est enfin résolu. (après MS et LA)

SEIGNEURS DE L'INSTRUMENTALITE : titre des chefs de l'Instrumentalité quand ils sont de sexe masculin. Les Seigneurs exercent un pouvoir de contrôle sur la Terre. (PG) Ils savent se battre, (AR) peuvent tuer sans jugement, (BI) combattent pour tuer si c'est une question de vie ou de mort. Raumsog cherche à les corrompre (6 onces de stroon pour le président). (VO)

SERVICE SPATIAL : organisation militaire pré-interstellaire lançant notamment des ondes dans l'espace profond. (NY)

SHAYOL : planète où les dromozoaires provoquent chez les humains la croissance d'organes extérieurs supplémentaires. Découverte par le Brave-Capitaine Alvarez. Accès interdit deux siècles après. Devient le degré final du châtiment sous l'Empire. Quatre siècles après arrive Mercer. Six siècles après, l'Empire est aboli et l'Instrumentalité fait évacuer Shayol. La population s'élève alors à environ 1 321 individus capables de produire des organes, plus 700 autres totalement absorbés par la planète. (PS) Pire que le supplice de D'joan sur le bûcher, d'après le Seigneur Femtiosex. (DD)

SIGNE DU POISSON : signe de la Vieille Religion Forte. (ET) Symbole du Christ dans l'antiquité.

SIXIEME REICH ALLEMAND : Etat de la Terre qui construisit les manshonyaggers (MO) pour éliminer tous ses adversaires. (RA, TS)

SON ABSENTE MAJESTE : voir REINE ABSENTE.

SONDEURS : habermans plus, dont l'esprit et les yeux sont séparés du corps. Tous volontaires, ils pilotent les vaisseaux, protègent et tuent les habermans. Soixante-huit d'entre eux subissent la Reconversion et redeviennent des humains normaux grâce à Adam Stone, puis reçoivent le titre et la fonction d'Assistants Chefs pour l'Espace. (SV) Plus tard, conservent leur ancienne autorité pour l'espace dans les vaisseaux. (PB)

SOUS-ESPACE : les Messages Instantanés le traversent. (HT)

SOUS-ETRES : humanoïdes formés à partir d'animaux. Les exemplaires défectueux reçoivent le nom de Personnes Expérimentales. (RA) On les tue quand ils sont malades ; les hôpitaux leur sont interdits. D'joan donne le signal de leur révolte sur Fomalhaut III. (DD) Leur taille maximale est de six fois la taille humaine ; leur taille minimale une demi-taille humaine. (DD, BC) Ils vivent essentiellement sous la Terre et sont considérés comme inférieurs aux Hommes Véritables. (ST) Peuvent donner des ordres aux robots. (PT) Leur nom est précédé d'une lettre indiquant l'animal dont ils sont dérivés : D' = dog = chien et aussi deer = daim ; C' = cat = chat) B' = bull = taureau ; T' = turtle = tortue ; E' = eagle = aigle ; S' = snake = serpent.

SOUS-PEUPLE : le peuple des sous-êtres.

STONE, ADAM : trouve une méthode permettant aux hommes de vivre dans l'espace. Fait reconvertir les Sondeurs en humains. Devient le premier homme capable de voyager dans l'espace sans lésions irréversibles. (SV)

STOP-CAPITAINE : commande le vaisseau quand il est au sol. (GM) Surveille les opérations (entretien, chargement, etc.) qui se déroulent dans l'espace normal. (CB)

STYRON IV : lieu d'une bataille où les machines de la terreur furent vaincues par le Seigneur Kemal bin Permaiswari mais endommagèrent son esprit. (MS)

STROON : santaclara à l'état cristallisé. Un comprimé est estimé à trois méga-années de travail. (MH) Se transforme en poison au bout de 200 ans. (SP)

SUCHESACHE (all. Sache : « chose » + Suche : « recherche ») : appareil de recherche et de chasse. Passe de corps en corps mais reste à l'intérieur du corps qu'il utilise. (SS)

SUPERCONDAMINE : puissant narcotique. Semblable à la condamine avec une molécule d'hydrogène en plus. Mortelle en trois minutes sauf si le patient a été exposé aux dromozoaires. Il est interdit d'en parler. (PS)

SUZDAL, Commandant : commandant de croiseur. A des hommes-tortues pour équipage. Répond au faux appel à l'aide d'Arachosia. Renvoie des chats à deux millions d'années en arrière pour fonder une civilisation et combattre les Klopts au mépris de la loi. Dépouillé de son nom, de son grade, de sa vie et de sa mort, puis déporté à Shayol. (CG) Refuse la supercondamine quand Shayol est condamnée. (PS)

SYME, HOUGHTON : surnommé Vieux Simplet. Onseck de Norstralie. Allergique au stroon. Essaye de tuer Rod McBan. (HT) A la demande de Rod, le sous-peuple lui donne une drogue qui lui permet de jouir d'une vie-rêve et d'un allongement subjectif de sa vie. (SP)

T

TABLEAU DE PROJECTION : amplificateur télépathique utilisé pour contacter les Partenaires. Permet de voir l'espace télépathiquement. Inventé après les vaisseaux planoformes. (RD)

TALIANO, MAGNO (= italiano) : Il y a bien longtemps, il parvint à voler dans l'espace à l'aide de son seul cerveau. (PT) Triste histoire que la sienne ! (DE) Brave-Capitaine du Wu-Feinstein, il retrouva sa route (alors qu'il était perdu) par le seul pouvoir de son cerveau, qui fut d'ailleurs brûlé dans l'affaire. (CB)

TAMBU (de tabou ?) : interdit. Désigne les Arbres Combattants (RA) et l'inceste. (TS)

TELEFUSIL : arme paralysante. Peut aussi tuer. Réglé pour rechercher et atteindre les matières organiques. (BI, SV)

TELEPATHES SECONDAIRES : télépathes doués d'une capacité d'intercommunication incomplète. Se livrent souvent au charlatanisme. L'Instrumentalité essaye de les dépouiller médicalement de leur pouvoir. (CR)

TELEPATHIQUE (BOMBE) : voir BOMBE TELEPATHIQUE.

TEMPS OBSCURS : voir AGES OBSCURS.

TERRAPORT : aire d'atterrissage des vaisseaux planoformes sur Terre. (BC) Situé sans doute dans les Caraïbes — de Terraport, on voit la Martinique — (AR) à vingt-cinq kilomètres d'altitude, (BC) plus haut que les nuages et les montagnes. (DD) Il y a d'autres Terraports. (DE)

TERRE : le Berceau de l'Humanité. La planète de Terraport. (DD)

TERRE QUATRE : lieu de naissance et résidence d'Artyr Rambo. (BI) Première escale du Sondeur Martel. (SV)

TREFONDS (LE) : lieu sous la Terre où travaillent les sous-êtres et les machines. (AR) Siège de l'Aitch Eye. Les sous-êtres y sont stockés dans des cuves, attendant de naître. (SP)

TRI-PENSER : défense contre la lecture de la pensée aux trois niveaux de la conscience. Le Seigneur Sto Odin se sert de cette technique contre Sun-boy. (ST)

T'RUTH (angl. truth : « vérité ») : sous-être dérivé d'une tortue, gouvernante de Murray Madigan. A 906 ans et une espérance de vie de 90000 ans. A reçu illégalement l'empreinte de la Dame et Citoyenne Agatha Madigan. Confère à Casher O'Neill l'empreinte de ses connaissances et l'envoie sur Mizzer à travers Espace-3. (PT)

TUEUR INSTANTANE : machine qui tue toute personne dont l'identité n'est pas parfaitement établie. (HT)

VAISSEAUX-COQUILLES : planoformes perfectionnés permettant (comme les voiles photoniques) le transport massif de passagers en état d'animation suspendue. (CG)

VAISSEAU D'OR : épouvantail long de 150 millions de kilomètres, ordinairement caché dans le non-espace et utilisé contre les envahisseurs extraterrestres, qu'il met régulièrement en déroute. Employé dans la guerre contre Raumsog. (VO)

VIEILLE AUSTRALIE DU NORD : voir NORSTRALIE.

VIEILLE LANGUE DES DOYCHES : voir DOYCHE.

VIEILLE LUNE ORIGINELLE : la Lune de la Terre. (ET)

VIEILLE RELIGION FORTE : adoptée par le robot, le rat et le Copt lorsqu'ils explorèrent Espace-3. (PT) Identifiée avec le christianisme.

VIEUX RELAIS DES ETOILES : sur Mars. Rod Mac Ban y retrouve sa taille normale après la Réduction subie pour venir de Norstralie. (HT)

VIE-REVE : divertissement subjectif. (SP) Voir REVE ASSOCIE.

VILLE DES GUEUX : le Couloir Jaune et Beige où vivent les sous-êtres sur Fomalhaut III. (DD)

VIOLA SIDEREA : planète des voleurs. Peuplée à l'époque des voiles photoniques. Ruinée à l'ère des vaisseaux planoformes. (MH)

VIRUS SOKTA : cristal viral implanté dans le cerveau. Peut être activé par le pilote spatial en cas d'urgence. Permet au cerveau de créer des hallucinations cohérentes, mais lui enlève sa jeunesse, sa créativité, son imagination, etc. (NY)

VOIE DES CASCADES : voir WATERROCK.

VOILES PHOTONIQUES : vaisseaux spatiaux antérieurs aux planoformes, mesurant en moyenne 100 000 kilomètres sur 30 000. (PB) *L'Ame* fut piloté par Hélène Amérique. (DE) Permettent le peuplement de plus de 200 planètes, dont Viola Siderea

(MH), la Norstralie. (PB) Ont amené en Norstralie les matériaux entrant dans la construction de la cabane de Rod McBan. (HT) Continuent à servir pour expédier les embryons. (DD)

VOM ACHT : voir VOMACT.

VOMACT (la) : titre donné à Carlotta Vom Acht par les Hommes Véritables, les Personnes Non Autorisées et le Sous-Peuple. Le titre passe ensuite à Juli Vom Acht qui devient Dame Vomact de l'Instrumentalité du Genre Humain. (RA)

VOMACT, FAMILLE (all. achten : « estimer », ou ächten : « proscrire ») : des membres de cette famille apparaissent dans onze récits de l'Instrumentalité. Carlotta, fille du Professeur-Docteur Heinz Horst, Ritter vom Acht, est envoyée dans l'espace pour échapper aux Anciennes Guerres en même temps que ses sœurs Juli et Karla. A son retour, elle épouse Laird, ce qui marque le début de l'histoire de l'Instrumentalité. (MO) Juli revient à son tour, épouse Laird après la mort de Carlotta, marque de l'estime aux Personnes Non Autorisées et apporte son aide à la rébellion contre les Jwindz. (RA) Enfin Karla revient après la mort de Laird et de Juli et rapporte la Vieille Religion Forte. (TS) Le Sondeur Vomact, chef de la fraternité, est, de par son état, exilé de l'humanité, mais vivant au milieu d'elle pour la servir. (SV) Un autre Sondeur Vomact et sa fille Terza vivent un exil de fait sur Vénus, où elle est l'objet des soins attentifs de son père. (JP) Sur la Terre, Monsieur et Docteur Vomact prend soin d'Artyr Rambo quand, après avoir traversé Espace-3, il reparaît sur la pelouse devant l'hôpital. (BI) Au début de la Redécouverte de l'Homme, c'est M. Maximilien Macht (Where is Macht ? = Wo Macht ? = Vomact) qui conseille Paul et Virginie. (AR) Jean-Jacques Vomact, exilé sur Mars, rend Rod à sa forme première après la Réduction et oriente ses débuts dans la société de la Terre. (HT) Le Docteur Vomact, son cousin, soigne Rod et C'mell après la bataille avec Tostig Amaral et pose sa candidature à la direction de l'Instrumentalité. (SP) Un autre Docteur Vomact, exilé sur le satellite chirurgical de Shayol, prépare les déportés à la vie sur cette planète. (PS) Un dernier Vomact aurait pu être envoyé à la recherche du Nœud du Temps à la place de Tasco Magnon. (LA)

W

WATERROCK (angl. eau + roc) : emplacement des résidences et des bureaux des militaires sur Fomalhaut III. (DD) Dans le désert, Moïse fait jaillir l'eau du roc. Le Nouveau Testament y voit la préfiguration de la grâce s'écoulant du Christ. Dans la nouvelle, Elaine marche sur la Voie des Cascades (Waterrock Road) lorsqu'elle entre par hasard dans la Ville des Gueux.

WERELD SCHEMERING : planète dont les habitants deviennent très laids. Grosse importatrice de beaux êtres humains. (PB)

X

XANADU : planète sans soleil, colonisée par Kahn qui y a introduit le luxe. Dans l'échelle de la sensualité, elle est diamétralement opposée à la Norstralie. La planète est placée sous la juridiction de l'Instrumentalité, sauf en matière de coutumes locales. (MS) Allusions au Xanadu de Coleridge où Kubla Khan construisit son « dôme des plaisirs ».

Y

YEKASUSSE : prononciation de E-ikasus. (HT, SP)

Z

ZONE DE NON-IDENTITE : région de mort ? (MO)

TABLE DES MATIÈRES

CORDWAINER SMITH

LES SEIGNEURS
DE L'INSTRUMENTALITÉ

1. TU SERAS UN AUTRE
2. LE RÊVEUR AUX ÉTOILES
3. LES PUISSANCES DE L'ESPACE
4. L'HOMME QUI AVAIT ACHETÉ LA TERRE
5. LE SOUS-PEUPLE
6. LA QUÊTE DES TROIS MONDES

Achevé d'imprimer en septembre 1987
sur les presses de l'Imprimerie Bussière
à Saint-Amand (Cher)

PRESSES POCKET - 8, rue Garancière - 75285 Paris
Tél. : 46-34-12-80

— N° d'édit. 2462. — N° d'imp. 1822. —
Dépôt légal : septembre 1987.

Imprimé en France

H. Dahmer
J. Dahmer

Effektives Lernen
CompactLehrbuch
4. Auflage